Bodo Kühn

Gloriosa

Gloriosa

Roman
von
Bodo Kühn

Wartburg Verlag

Deutsche Bibliothek – CIP-Einheitsaufnahme

Kühn, Bodo:
Gloriosa: Roman von Bodo Kühn. – 3. Aufl. – Weimar: Wartburg Verlag, 1996
ISBN 3-86160-138-9

ISBN 3-86160-138-9

3. Auflage 1996
Umschlaggestaltung: Klaus Nerlich, Weimar
Satz und Druck: Gutenberg Druckerei GmbH Weimar
Buchbinderische Verarbeitung: Kunst- und Verlagsbuchbinderei GmbH Leipzig

Auf der Straße von Arnstadt nach Erfurt – sie war ein Teil der alten Handels- und Wallfahrtsstraße Erfurt-Nürnberg – rumpelte ein zweispänniges Reisegefährt gemächlich dahin, gelenkt und geleitet von einem grauhaarigen Fuhrknecht. Hinter ihm im Wagen saßen fünf Männer; einer war von gesetztem Alter, die anderen standen in der besten Jugend.

Gewiß hatte der schöne Maientag sie zu dieser Gemächlichkeit verlockt, lag doch der hellste, reinste Glanz des eben gewordenen Frühlings über dem Land, dem Wald. Da leuchtete es gar im fichtenen und buchenen Dickicht entlang der Straße, und die sonst dem Auge undurchdringliche Mauer der himmelstrebenden Hundertjährigen dahinter war licht und freundlich.

Wie das lustige Gefleuche in und über dieser Mauer sangen und pfiffen auch einige der Reisenden, die drei jüngsten. Der älteste und sein Gegenüber blieben stumm, der erstere mit einem verhaltenen Lächeln um den kräftigen Mund, der andere mit einem bekümmerten, oft wie im Schmerz verzogenen Gesicht. Auf diesem ruhte, wenn er nicht in die Umgebung schweifte, der Blick des älteren – nachdenklich und mitfühlend.

Nach einer Weile fragte der ältere: „Kannst du es noch ertragen, Pieter? Dieser Wagen ist ein Schüttelfaß. Und die Straße dazu! Achsenbrecher!" In seiner tiefen, wohlklingenden Stimme, die gar gut im Einklang stand mit seiner untersetzten, doch kräftigen, breiten Gestalt, lag Besorgnis.

„Ach, ich muß es ja durchhalten, Meister", seufzte der andere, um vieles jüngere, doch auch um vieles größere und breitere, während er seinen linken Oberschenkel vorsichtig belastete. „Das Pflaster des Eremiten tut schon gut."

„In Erfurt werden wir es erneuern lassen, bei Bader Schuppe. Der hat eine gute Hand und dazu einen weisen Kopf."

Pieters Gesicht hatte sich gerötet. Er wollte etwas einwenden, doch der Geselle, der zuhinterst saß, schnitt ihm vorlaut das Wort ab.

„Ein recht scharfes Pflästerchen muß es sein, auf daß ihn nit wieder die Lust ankommt, vor neugierigen Nönnlein als Gaukler zu faxen, hihihi. Wahrlich, bist nit schlecht vom Pferd geplumpst, Pieterche!"

„Aber Claus!" verwies der Meister den Vorwitzigen. „Ich werde dir auch einmal ein Pflaster aufkleben lassen, aber auf dein loses Maulwerk, und auch recht scharf."

„Wird Zeit, wahrlich, wird Zeit!" stimmte der Nebenmann des Vorlauten zu, ein hochaufgeschossener Bursche mit einem schmalen, scharfen Gesicht, dessen Nase dem Schnabel eines Greifvogels glich.

Pieter aber sagte grimmig: „Wie rege ist doch sein Lästermaul, wenn ihm keine Gefahr droht. Mich dünkt, zu Nürnberg, da die Brauer ihn verklopften, sei es recht artig gewesen. Wäre ich nit zur rechten Zeit dazugekommen, stünde es ganz gewiß jetzt noch still."

„Das möchte ich wohl meinen", ließ sich der fünfte vernehmen. Er war klein und rundlich, doch von flinker Art. „Da hatte er die Hosen voll bis zum Bund und ..."

„Ach, Martinche, das fette Klöppelche, will auch etwas dazusagen!" unterbrach ihn Claus mit scharfem Spott. „Dich haben die Brauer ja bloß nit angenommen, weil ihnen dein Kindergesicht leid tat."

„Nein, weil ich friedlich war und tunlichst immer bin. Doch wenn du zu Erfurt mit fremden Gesellen Händel beginnen und das Arschleder vollkriegen solltest, so helfe ich noch dabei. Ihr auch, nit wahr, Freunde?"

Die Freunde kamen nicht zu einer Antwort. Der Meister fuhr, Ruhe gebietend, mit der Rechten hart durch die Luft. Auf seinem breiten Gesicht lag Strenge. „So, nun hört mir einmal gut zu, Gesellen! Euer unnütz Gehabe mißfällt mir ganz und gar. Was zu Nürnberg war, ist vergessen. Das habe ich euch versprochen, weil ihr mich darum angegangen seid. Es ist mein dringlicher Wunsch, daß das, was mit Pieter am Kloster ‚Unsere lieben Frauen auf dem Walde' geschah, in gleichen vergessen werde. Das Blümlein an seinem Dickbein wird ihn belehrt haben, daß es sich für einen guten Glockengießergesellen nit schickt, vor verschämten jungen Nönnlein den Kräftling zu spielen wie ein osmanischer Gaukler. Dabei sei es aber nun auch belassen! Weilen wir zu Erfurt, so erwarte ich von euch ein züchtig Gehabe, auf daß es nit heißt, die Gesellen des Meisters Gerhard van Wou seien notdürftige Burschen, die man lieber vor den Toren sähe als dahinter. Wir ziehen nit nach Erfurt aus, um Händel zu bestehen, sondern um dem Domkapital eine Glocke zu gießen und dazu noch eine für das Stift Sankt Severi. Dort mißt man uns darum anders, als wenn wir Topfflicker wären. Das bedenkt gar wohl und haltet euch danach! Habt ihr recht verstanden?"

Der alte Fuhrknecht lachte lautlos auf und nickte mehreremal heftig, als wollte er sagen: Das war in guter Ordnung, Holländer! Solch junges Volk bedarf nun einmal eines straffen Zügels.

Die ernste Rede nahm sich an diesem schönen Tag und in dieser licht- und gründurchfluteten Umgebung gar ungewöhnlich aus. Weil der Meister die Gesellen dazu noch so forschend anschaute, als wollte er den Grund ihrer Seele zuoberst kehren, senkten sie die Köpfe und bissen sich auf die Lippen.

Auf Pieter, dem Riesen, blieb schließlich des Meisters Blick haften, denn der war der älteste der Gesellen und auch noch Hauptgeselle, er mußte für alle sprechen. Er hob denn auch bald den Kopf. Um seinen breiten, vollen Mund spielte ein verlegenes Lächeln. Seit fünf Jahren zog er mit dem Meister durch die Lande, diente dessen Werk mit Hingabe und großem Geschick. Dafür empfing er von ihm die Sorge des vatergleichen Freundes. So sagte er denn: „Mich dünkt, wir haben Euch gut verstanden, Meister."

Die anderen nickten eifrig, und zum Schluß nickte auch der Meister. Damit war die Sache abgetan.

Die Straße trat von Süden her, nachdem sie den Höhenzug des Wawet und des Gebindes überquert hatte, in die Löber-Vorstadt und damit in das bebaute Gebiet von Erfurt ein. Vor der äußeren Stadtmauer war aber noch der breite Stadtgraben zu überschreiten.

Als das Gefährt den Höhenzug des Wawet erreicht hatte, bat der Meister den Fuhrknecht, anzuhalten und ein wenig zu verweilen. Durch ausgedehnten Buchenwald waren sie an einen Ort gelangt, der ihnen einen weiten Blick auf die Stadt und ihre Umgebung bot.

Der Meister hob die Rechte. Er deutete in die Ferne, sie mit einer ausholenden Geste gleichsam umfassend. Das Bild war auch eindrucksvoll genug, zum Verweilen einzuladen. Vor ihnen breitete sich die Stadt gleich einer freundlichen, bunten, aber auch wehrhaften Insel inmitten eines Meeres weitläufiger, im Frühlingsgrün prangender Wiesen, Gärten und Felder. Ein von Südwest kommendes, in der Sonne glitzerndes schmales Band, die Wilde Gera, zog sich – als Stadtgraben vor dem äußeren Mauerring wohlgeleitet und ausgebaut – in scharfem Knick gen Osten und dann gen Nord um diese Insel, ihr einen zusätzlichen Schutz gebend. Nur im Westteil hatte die Insel auf diese Sicherung verzichtet, doch war die zweifache Mauer stark genug, diesen Mangel auszugleichen.

Der Raum auf der einst nur mit einer Mauer umwehrten Insel war im Laufe der Jahrhunderte, die ein stetes Wachsen des Handels und Wandels mit sich brachten, zu eng geworden. Gleich vorsichtigen Fühlern hatten sich einige kleine Vorstädte über die Mauer und den von der Wilden Gera gespeisten Stadtgraben hinausgeschoben. Sie waren den Gegnern der machtvoll aufstrebenden Stadt, die sich bald zu einem Stadtstaat entwickelte, schutzlos preisgegeben. Darum bezog der fürsorgliche Rat auch diese Vorstädte in die Sicherung ein; er ließ eine zweite, noch festere Mauer errichten, leitete um diese einen zweiten, noch breiteren Wasserhalbring. Zwischen beiden Mauern und Wassergräben aber dehnten sich neben den Vorstädten fruchtbare Gärten, sogar Weingärten, im Südwesten, wo der Raum zwischen den beiden Stadtmauern am breitesten war, auch geschlossener Laubwald.

Wuchtig und stark erschien die Stadt schon auf den ersten Blick. Wohlbehütet von einem doppelten festungsartigen Mauerhalbring schob im Westen der Petersberg seinen breiten Buckel weithin sichtbar empor. Das feste Peterskloster krönte ihn. Seit dem Jahre 1104 berichtet Geschriebenes über dieses Mönchskloster, wenn auch die Überlieferung geht, daß dessen Gründung auf eine Schenkung des fränkischen Königs Dagobert im Jahre 706 zurückzuführen sei. Neben ihm verblaßte bald der Ruhm der königlichen Pfalz, die einst hier oben stand, 802 zum erstenmal erwähnt.

Auf einem nach dem Stadtinneren zu benachbarten Hügel strebten die Türme von Sankt Marien – des Domes – und, in bescheidenem Abstand, die von Sankt Severi empor, beides ebenfalls Bauwerke ehrwürdigen Alters und Aussehens. Den Dom gründete der große Bonifatius vor dem Jahre 752. Sankt Severis Anfang reicht in das Dunkel der Sage zurück; es ist nur gewiß, daß zu Anfang des 9. Jahrhunderts hier die Kirche eines Benediktiner-Nonnenklosters Sankt Paul stand. Ihnen gleich hoben sich die Türme von 34 weiteren Kirchen und Klöstern in allen Teilen der Stadt über das Gewirr der roten und grauen Dächer als Zeugen des regen geistlichen Lebens in dieser wichtigsten Stadt des Erzbischofs und Kurfürsten von Mainz nördlich des Thüringer Waldes.

Die Männer verharrten lange Zeit stumm vor der Erhabenheit des Bildes. Der kleine Martin, der es zum erstenmal schaute, brach das Schweigen. Er wandte sich an den Meister: „Wieviel Seelen mögen wohl in diesem Kleinod wohnen?“

„Ja, wieviel Seelen!“ wiederholte der Meister. „So an die zwanzigtausend werden es wohl sein. Diese Zahl nannte mir vor zwei Jahren Vikarius Stolle von Sankt Severi, ein gar eifriger Chronist und Historiker mit einem begnadeten Wissen.“

„Zwanzigtausend!“ rief Martin erstaunt aus. „Da kann diese Stadt doch Nürnberg den Rang bald streitig machen!“

„Und Frankfurt und Straßburg dazu! Doch laßt uns den Weg fortsetzen, Gesellen! Historie dieser Stadt zu pflegen, ist in den nächsten Wochen noch gut Zeit. Und Pieter wird froh sein, bald die Beine strecken zu können.“

„O gewiß, Meister“, seufzte der Hauptgeselle. „Mir ist, als habe mir gestern der Eremit den ganzen Körper durcheinandergeschüttelt. – Wo werden wir Quartier nehmen?“

Um Gerhards Mund spielte ein verschmitztes Lächcln. „Mich dünkt, der ‚Halbe Mond‘ am Hauptmarkt sei dir nit unwillkommen, hm?“ Pieter war rot geworden. Die Gesellen sahen, daß ein Aufleuchten über sein Gesicht huschte.

Claus neigte sich zu dem Vogelgesichtigen hin und fragte leise: „Was der wohl mit dem ‚Halben Mond‘ zu schaffen hat?“ Conrad lachte lautlos auf. Das war stets seine Art, wenn ihn sein Wissen um eine Sache vergnügte. Er konnte sich recht gut denken, was das Aufleuchten auf Pieters so schmerzfinsterem Gesicht zu bedeuten hatte. Er und Pieter hatten vor zwei Jahren schon den Meister auf der Reise nach Erfurt begleitet, und er kannte des Hauptgesellen Leidenschaft. Er zwinkerte seinem Nachbarn zu und flüsterte mit wichtiger Miene: „Vielleicht hofft er, diesmal die andere Hälfte des Mondes zu finden.“ Der also Gefoppte warf ihm einen grimmigen Blick zu.

„Esel!“ zischte er und wandte sich ab.

Conrad seufzte. Ach ja, Pieters Leidenschaft, die Grete, war schon ein sauberes Ding, ein blitzsauberes sogar! Schade, daß sie eines Baders Tochter war und dazu noch dessen Bademagd. Sie hatten ihre Badestube nur wenige Häuser neben dem „Halben Mond“. Badersleute! Sie waren geringer als Bettler.

Die Straße führte den sanften Hang des Gebindes hinab, durch jungen, lichtdurchfluteten Buchenbestand. Bald hatte das Gefährt die fruchtbare Ebene erreicht – Wiesen, Gärten und Acker, auf denen Bauern und Tagelöhner werkten.

Die Leute schenkten den Reisenden kaum einen Blick. Was waren diese auch! Einige der vielen Fremden, die Tag für Tag zu Geschäften oder zum Vergnügen in die Stadt kamen. Der einfache Mann kümmerte sich nicht um die Fremden; sie waren nicht seinesgleichen und ließen ihn das zumeist auch deutlich spüren, so wie die einheimischen Herren, die heute das Regiment in der Stadt innehatten: die Patrizier und Junker, die reich gewordenen Händler und die Emporkömmlinge des Handwerks, die vergessen hatten, daß sie eigentlich die Belange des schaffenden Volkes im Rat und dessen Einrichtungen zu wahren hatten.

Breiter, wuchtiger schob sich das Bild der wehrhaften Insel heran, spürbarer wurde der Pulsschlag des Lebens dieser großen Stadt. Vor dem äußeren Tor der Löber-Vorstadt mußte das Gefährt an einem Stau von Planwagen, Bauernwagen und Karren vorbei. Schimpfend standen die Fuhrleute auf der Straße, sie gaben dem Gefährt nur widerwillig Platz.

Man sagte, die Mainzer Zöllner seien dazu übergegangen, gelegentlich schon an den Stadttoren Kontrollen vorzunehmen, weil angeblich die Zolldefraudation erschreckend zugenommen hätte. Harte Worte gegen den Mainzer Herrn und seine Amtsleute fielen.

Die Brücke über den äußeren Stadtgraben wurde von bewaffneten Stadtknechten freigehalten, um sie vor zu starker Belastung und Schäden zu bewahren. Wie die Fuhrleute begehrten auch sie gegen den Mainzer und seine Zöllner auf. Eh und je standen sie mit den letzteren auf schlechtem Fuß. Gar manchmal gab es zwischen ihnen Prügeleien, so wie die Händel zwischen den Herren der Stadt und der Mainzer Oberhoheit gang und gäbe waren.

Das Gefährt drückte sich unter des Fuhrknechtes geschickten Händen an den Stadtknechten vorbei. Die Reisenden kamen ungehindert bis zum Tor. Dort aber wurden sie von zwei Bewaffneten aufgehalten. Die trugen Schärpen mit den Mainzer Farben und hielten ihre Hellebarden quer. Ein dritter kontrollierte ein wenig abseits gemeinsam mit einem kleinen Dicken, der ebenfalls die Mainzer Farben trug, doch unbewaffnet war, gerade einen Planwagen.

„He, laßt mich durch!“ rief der Fuhrknecht vom Wagen herab den beiden Zöllnern zu. „Ich fahre weder Handelsware noch Handelsleute.“

„Hast aber recht achtbare Packen mit im Wagen. Füge dich gefälligst und reihe dich gebührlich ein!“ So schnauzte der ältere der Zöllner und bewegte drohend seine Waffe.

Gerhard van Wou legte sich ins Mittel. „Das ist Werkzeug und Reisezeug. Wir sind holländische Glockengießer und ...“ Er unterbrach sich, denn er hatte den kleinen dicken Mainzer erspäht, der gerade hinter dem Planwagen hervorgetreten war. Sein Gesicht hellte sich auf. „He, Hans Pfeffer! Brückenzöllner!“ rief er hinüber.

Der Dicke stutzte erst, blickte überrascht her. Dann hob er die Arme, eilte mit einem Freudenschrei herbei. „Bei der heiligen Mutter – der Glockengießer! Meister Wou! Ach, welch eine Freude! Willkommen – willkommen in der Stadt meines Herrn!" Er streckte beide Hände hoch.

Der Meister ergriff die rechte, schüttelte sie herzlich. „Seid bedankt, Hans Pfeffer! Es ist ein glückhaft Omen, daß ich beim Eintritt in diese Stadt schon einem Freund begegne."

Das runde, vom Schweiß glänzende Gesicht des Dicken strahlte. „Ihr macht mich stolz, ehrbarer Meister. Doch sagt, gedenkt Ihr länger in der Stadt zu verweilen?"

„Einige Wochen werden es wohl werden."

„Oh, das ist gut! Werdet Ihr mich besuchen? Ich wohne noch in dem Brückenhaus auf dem Graden."

Gerhard sagte freundlich zu, machte aber die Einschränkung: „So es meine und insonderheit Eure Zeit erlaubt." Dabei deutete er vielsagend über die Schulter zum Tor hinaus, wo es lärmte und die Wagen sich mehr und mehr stauten.

„Laßt den Wagen durch!" rief Pfeffer seinen Zollknechten zu.

Dann sagte er, als müßte er die Umstände entschuldigen: „Das ist nur selten so. Wir kümmern uns unverhofft einmal um jene, die herein wollen, und einmal um jene, die hinaus wollen. Der Küchenmeister hat befohlen, den Zolldefraudanten ein wenig auf die Finger zu klopfen."

„Ah!" Gerhard nickte verstehend. „Der Küchenmeister! Ist's noch immer Nikolaus Engelmann?"

Er ist's noch immer! Der überlebt die Erzbischöfe eines ganzen Säkulums. – Doch verzeiht, die Pflicht drückt gar zu arg. Wo werdet Ihr wohnen?"

„Vorerst im ‚Halben Mond'."

„Puh!" machte der Brückenzöllner. „Das ist auch nit gerade das beste Quartier für Euch." Dann reichte er wieder die Rechte herauf. „Zwar weiß ich nit, was Eures Werkes sein wird, doch mögen es alle Heiligen segnen. Laßt bald von Euch hören!"

Der Meister versprach es. Er bedeutete dem Fuhrknecht weiterzufahren. Die beiden Zöllner waren zur Seite getreten, hatten in Achtung die Beine gespreizt und die Spieße aufgestellt. Gerhard nickte ihnen freundlich zu.

„So ein Durcheinander!" sagte Claus. „Als sei Kriegszustand! Und bloß wegen des lappigen Zolls!"

Kaum hatten sie die Löber-Vorstadt und das zweite Tor hinter sich, befanden sie sich mitten im sprühenden Leben dieser unruhigen Stadt. Doch dieses Leben war gegensätzlich wie kaum in einer anderen nördlich des Thüringer Waldes.

Der Reichtum, den der Handel in den vergangenen Jahrhunderten brachte, hatte den Glanz unerschütterlicher Sicherheit über die Stadt gebreitet. Behäbige Handelshöfe, prachtvolle Patrizierhäuser, Wohlhabenheit kündende Bürgerhäuser und feste geistliche Bauten, vereint mit zahlreichen Stätten der geistigen Bildung, waren die Elemente dieses Glanzes, und die kluge Erwerbs- und Bündnispolitik des am Fischmarkt herrschenden Rates hatte einst dafür gesorgt, daß der Glanz immer stärker erstrahlte und der Name der Stadt in allen deutschen Landen mit Achtung, doch auch mit Furcht und Neid genannt wurde.

Man sprach von dem mächtigen Erfurt. Das war gar wohl begründet. Denn eine Stadt, die eine zweite Stadt, 82 Dörfer und sechs Burgen ihr eigen nennen konnte, war mächtiger als mancher Fürst. Man sprach nur noch selten vom „Kleinod des Erzstiftes zu Mainz" in den deutschen Landen. Das war wiederum begründet. Denn die Oberhoheit des Erzstiftes über diese Stadt bestand nur noch aus der Wahrung von Resten alter Rechte, nachdem es im 14. Jahrhundert dank seiner beständigen Geldnot beim klugen Rat der aufstrebenden Stadt ein Recht nach dem anderen gegen klingende Münze eingetauscht hatte. Zwar begann anno 1476 der tatkräftige Erzbischof Dieter mit Heeresmacht und harter Politik den Versuch, die Stadt wieder unter die Botmäßigkeit des Erzstiftes zu bringen – und alsbald wurden auch die neuen Fesseln für die Stadt spürbar –, doch noch wankte nicht die Macht des starken Stadtstaates, noch schloß er Verträge und Bündnisse, ohne den Landesherrn zu fragen, noch regelte er seine Angelegenheiten ohne dessen Ja oder Nein.

Der Glanz dieser Stadt schien noch ungebrochen, doch er steigerte sich nicht mehr, seit man durch eigene und auch fremde Schuld zu stark von seinem Gelde zehrte. Um einer starken politischen Machtstellung willen hatte der Rat Mittel verschwendet, die über die Kraft der Stadt gingen. Die ständigen Fehden mit dem Erzstift und den sächsischen Kurfürsten verschlangen Unsummen, die Pest von 1465 und der große Brand von 1472 schlugen tiefe Wunden, und als das Jahr 1496 zu Ende gegangen, lastete auf der einst so reichen Stadt eine Schuld von mehr als 111 000 Gulden.

Insbesondere die kleinen Bürger, die einflußlosen Handwerker und Gewerbler, die Bauern und Tagelöhner spürten, daß dieser Glanz einen gar stechenden Widerschein bekommen hatte. Der traf vor allem sie, weil der hohe Rat am Fischmarkt die übernommenen Lasten zum besten Teil auf ihre Schultern warf. Das wurde seit mehr denn zehn Jahren so geübt, und diese Zeit hatte ausgereicht, neben dem faulenden Reichtum eine drückende Armut wachsen zu lassen. Zwar wurde sie außerhalb der Mauern noch immer vom Glanz der Stadtmacht überstrahlt, doch innerhalb der Mauern kroch sie gar sichtbar und drohend aus den Löchern: aus den verfallenden Kleinbürger- und Bauernhäuschen, den überfüllten Hospitälern, den Armenhütten, aus Brandstätten von 1472, die noch nicht überbaut worden waren.

So war es zu einem recht gegensätzlichen Leben gekommen in dieser unruhigen Stadt. Die Reisenden spürten es gar bald.

Der Weg führte über einen breiten Platz, auf dem vor allem fremde Handelsleute und auswärtige Bauern Fuhrwerke abstellten. Am Rande des Platzes waren Müll- und Unrathaufen angelegt, und das mochte auch der Hauptgrund sein, daß sich viel armes Volk hier zu schaffen machte. Was die Wohlhabenden als abgetan hierher verbannten, suchten die Armen noch für sich nutzbar zu machen. Bettler, Gaukler, Dirnen und Spitzbuben kamen hinzu, denn wo soviel Fuhrwerk mit oft großen Werten abgestellt war, gab es immer Gelegenheit zu heimlichen und dunklen Geschäften.

Die Reisenden gerieten, kaum daß sie die Hirschlache, eines der zahlreichen die Stadt durchquerenden Gewässer, überschritten hatten, hinter zwei Karossen, deren prunkvolle Aufmachung verriet, daß sie Leuten aus den herrschenden Ständen gehörten. Drohend schwangen die Fuhrknechte ihre Peitschen vom Sitz herab, ärmlich gekleidete Blumenverkäuferinnen und bettelnde Krüppel, die am Rande der hier beginnenden breiten Gasse auf Gelegenheiten warteten, abzuwehren.

Es war ein langsames Vorwärtskommen. Das Gefährt folgte darum nicht der Gasse, die in die Stadtmitte führte, sondern bog an der Kirche des Sankt Vitus nach links ab, um über die Roßmarktbrücke, die einen Abzweig der Wilden Gera überdeckte, zum Graden zu gelangen. Hier trafen sie von Süden her auf den Hauptmarkt. Es war der größte umbaute Platz in der Stadt, hier fanden die Jahrmärkte und auch – zweimal in der Woche – Tagesmärkte statt. Ein Flüßchen überquerte ihn, etwa in der Mitte noch eine Klinge – einen künstlich angelegten Wasserlauf – abzweigend.

Neben dem Wirtshaus „Halber Mond" mündete die Gasse in den Hauptmarkt. Der Meister ließ den Wagen anhalten, um den Gesellen Einzelheiten dieses Stadtteiles zu erklären, in dem sie sich künftig am meisten aufhalten würden. „Hier seht ihr den schönsten Flecken innerhalb der alten Mauer, freilich so man den Berg des Sankt Peter nit rechnet. Leben und Tod, Freud und Leid wirken hier vertraut vereint, und frommes Tun findet hier seinen Lohn wie auch schlechtes. Hier muß mancher Schelm gerecht leiden, und hier hat der hohe Mainzer Herr eine beständig fließende Geldquelle."

„Oh, wie sinnig das alles zueinander paßt!" rief Martin spöttisch aus. „Läßt sich das näher erklären?" Pieter stieß ihn unauffällig, doch nachdrücklich in die Seite. Ihm lag jetzt nichts daran, das näher erklärt zu hören. Zum ersten kannte er es schon, zum zweiten brummte es in seinem Dickbein wie in einem Bienenhaus, zum dritten drückte ihn jegliches Verweilen so kurz vor dem Ziel seiner Leidenschaft.

In seiner Neugier vor allem Historischen übersah Martin Pieters Unfreundlichkeit.

Der Meister tat auch, als habe er sie nicht bemerkt. Er sagte aber: „Das läßt sich gar wohl näher erklären, doch heben wir es auf für eine passende Zeit. Für euch, Martin und Claus, die ihr zum erstenmal diesen Platz betretet, sei indessen gesagt: Die beiden hehren Gottesstätten linker Hand auf dem Hügel sind Sankt Marien – der Dom – und Sankt Severi. Das Haus in der Mitte des Platzes, über die Klinge gebaut, ist das Amts- und Wohnhaus des Brückenzöllners Hans Pfeffer, der mich am Löber-Tor so freundlich ansprach. Dies ist eine der Guldenquellen des Mainzer Herrn, die ich vorhin erwähnte, denn hier muß ein jeglicher, der von auswärts kommt und Handelsware mit sich führt, seinen Zoll entrichten. Dies ist noch eines der wenigen Rechte des Mainzers in dieser Stadt. Geradeaus, am Ende des Platzes, wo die Reihe der Linden endet, seht ihr das Henkershaus. Davor auf dem Pfahl der Käfig ist das Trillhäuschen, in dem die mit einem allzu losen Maulwerk Behafteten zur Schau gestellt und so gestraft werden, daneben der Gak, an den Spitzbuben mit Halseisen oder Ketten angeschlossen werden."

„Brrr!" entfuhr es Claus. „Und das am Hauptmarkt, angesichts der ehrwürdigen Gottesstätten! Doch merke es dir gut, Vogelgesicht! Mich dünkt, dein loses Maulwerk passe oft vorzüglich in das Trillhäuschen."

Ihn traf am Bein ein empfindlicher Stoß von Conrads Fuß. „Wer hat wohl hier das loseste Maulwerk, hm?" brummte der lange Geselle. „Für dich wäre das Halseisen am Gak ganz gewiß die beste Zier."

Der Meister drohte ihnen mahnend mit dem Finger. „Wir sind jetzt am Ziel, meine Herren Gesellen, sind von dieser Stunde ab Gäste des Domstiftes. Seid eurer Würde und Pflichten eingedenk! Ich habe nichts wider Scherz und Fröhlichkeit, mir würde es aber ganz und gar nit gefallen, hieße es, die Leute des Holländers seien Schelme und Lotterbuben. – Doch weiter, Fuhrmann!"

Der Wagen fuhr einige Längen an der fensterreichen Front des Eckhauses entlang, um dann in eine breite Torfahrt einzubiegen, über der an einem reichverzierten eisernen Arm ein Schild mit einem vergoldeten halben Mond hing.

Wenige Häuser weiter leuchtete über einer Toreinfahrt ein anderes Schild. Es war ein eiserner Arm mit einigen blitzblanken Messingbecken. Hier betrieb der Bader und Barbierer Ulrich Schuppe in einem Hinterhaus seine Badestube. Pieter hatte einen sehnsüchtigen Blick zu dem Wahrzeichen hin geworfen, ehe das Gefährt in die Toreinfahrt des „Halben Mondes" eingebogen war.

Ulrich Schuppes Badestube hatte einen guten Ruf in der Stadt. Er hielt darauf, daß man nicht Ursache hatte, sie als ein Haus der Unsittlichkeit zu bezeichnen, wie so manche andere. Die Männer, die hierher zum Baden kamen, wurden von ihm und seinem Badeknecht Just Diener betreut, die Frauen von seiner Tochter Grete und der Bademagd Liese. Nur beim Barbieren und Scheren durfte Grete ihm helfen, er kümmerte sich nur dann um die weiblichen Gäste, wenn es Schröpfköpfe, Schröpfeisen und Laßeisen anzuwenden galt.

Eine gute Ausnahme stellte Ulrich Schuppes Einrichtung auch insofern dar, als sie für jedes Geschlecht einen besonderen Baderaum hatte. Sie unterschied sich aber auch noch in manch anderem von den übrigen in der Stadt. So hatte er von jeher das Ausbaden von seiner Stube ferngehalten. „Die Hochzeitler und ihre Gäste mögen sich gefälligst daheim am Tisch die Bäuche vollschlagen, das ist sittsamer und bekömmlicher als nackt im Wasserdunst und Badebottich", sagte er allen, die an ihn das Ansinnen stellten mit dem

Hinweis, daß dies doch in den anderen Badestuben auch üblich sei. Nicht einmal die allgemein gewohnte Verehrung reichte er den Badenden: Käse und Brot. „Das gibt es im Wirtshaus besser und billiger. In der Badestube ist's nichts weiter als eine unbekömmliche Bequemlichkeit", war seine Meinung. Brachte aber einer gar Wein mit, wie das in anderen Stuben üblich war, so entfachte er Schuppes höchsten Zorn. „Mit Saufen und Geilen, um gar noch die Bademagd zu fordern, ist nichts bei mir. Geht dahin, wo man es leidet!"

Meister Schuppe verfuhr ehern nach seinem Grundsatz: Sittlichkeit und Sauberkeit in der Badestube! Sie muß ein Quell der Gesundheit und des Wohlbefindens sein!

Damit brachte er es zwar nicht zum Wohlstand, aber zu einem guten Ruf, und darum ging es ihm auch. Freilich, dieser gute Ruf wirkte und webte nur im stillen, im Kreis verständnisvoller Leute, die sich seiner Einrichtung gern bedienten. Doch er war an die Person Ulrich Schuppes gebunden, war nicht von solcher Wirkung, daß er das grobe Vorurteil gegen den Stand der Bader und Barbierer brechen konnte.

Dieser Stand wurde dem der Bettler gleichgesetzt, nicht selten noch verachtungsvoller behandelt. Zu den „unehrlichen" Handwerkern zählten die Bader und Barbierer – wie die Henker.

Keiner litt mehr darunter als Ulrich Schuppe. Unentwegt war sein Streben, seinem Stand im Leben der Stadt die ihm gebührende Achtung zu verschaffen. „Doch bei euch müßt ihr beginnen!" rief er den anderen Meistern seines Handwerks immer wieder zu. „Kehrt die Hurerei und Völlerei aus euren Stuben. Dient allen, die zu euch kommen, gleichermaßen mit Würde und Sauberkeit! An euch liegt's zuerst! Schafft es – dann könnt ihr auch fordern!" So redete er, seit er die Stube von seinem Vater übernommen hatte.

Doch bisher wurde noch keiner seines Sinnes, wenn auch einige die gröbsten Auswüchse aus ihren Stuben verbannten. Veit Venke, der Pächter der Löber-Stube, hatte einmal zu ihm gesagt: „Du kannst das Maul wohl aufreißen, hast ein eigenes Haus und verrechtest gut und gern 150 Gulden. Mich aber rupft der Ziegler, der Verpächter, bis aufs Blut, und die anderen werden nit weniger gerupft. Da können wir ein Beigeld für manches, was du verdammst, gar wohl gebrauchen."

Das mit dem eigenen Haus war zwar übertrieben, denn es war ein Häuschen im Schatten eines großen Gebäudes, und daß er 150 Gulden verrechtete, stimmte auch nicht, denn es waren nur 100, doch alles andere, was der Venke sagte, stimmte schon. Und dennoch: Gab es nicht noch ärmere Professionen als die Bader und Barbierer, die trotzdem Achtung genossen und als ehrlich galten? Die Türmer, die Weinrufer und die Spiegelmacher zum Exempel. Das hatte er dem Veit Venke gesagt und hinzugefügt: „Den Anfang könnt ihr nit von oben erwarten, damit müßt ihr selber beginnen. Und mit der Haltung guter Sitten fängt es an."

Nicht nur gegen seine Standesgenossen führte er in dem unentwegten Streben nach Achtung und Anerkennung eine scharfe Zunge, auch die Meister der anderen Handwerke, gar mancher Junker und auch Kleriker hatten aus seinem Munde schon harte Worte gehört.

Dem Vikar Busch von Sankt Marien, dem er einen morschen Zahn herausgeholt hatte, hielt er einmal vor: „So wäret Ihr denn dieses kleinen tückischen Teufels in Eurem Munde ledig, würdiger Herr. Nun werdet Ihr Ruhe haben. Und ein klein wenig denkt daran: Nit ein ehrbarer Arzt half Euch, nit eine würdige Betschwester, nit ein angesehener Scharlatan – ein unehrlicher Bader tat es, dessen Stand man allerwegs verachtet, eben weil er da hilft, wo die anderen es nit wollen oder können. Denkt daran, würdiger Herr!" – „Ich verachte nit Euren Stand, Ulrich Schuppe, sonst wär ich nit zu Euch gekommen", hatte der Vikar erwidert. – Doch Schuppe war um eine Antwort nicht verlegen. „Ei, es hätte mich von Herzen gefreut, wäret Ihr sogleich zu mir gekommen. Doch habt Ihr es nit erst bei den anderen versucht, wie Ihr am Anfang sagtet?" – Das mußte der Vikar zugeben. – „Seht, würdiger Herr, so ist es: In der Not findet man zum Bader – wenn's die Zähne sind, das Schröpfen, der Aderlaß, die Chirurgie, die Wundbehandlung! Der Bader hilft, der Bader macht's! Und weil dabei Blut fließt, doch Blut fließen muß, wird er mit dem Henker gleichgestellt, wird verachtet. Und unsere heilige Kirche führt dabei an. Ihr schaut mich mißfällig an, würdiger Herr. Doch warum wohl hat sie seit Jahrhunderten der Geistlichkeit wieder und wieder die Chirurgie verboten?" – „Weil die Schuld am Tode eines Menschen durch eine chirurgische Handlung dem Geistlichen für dauernd das Recht der Ausübung eines Priesteramtes nimmt", entgegnete der Vikar. „Das müßt Ihr wohl verstehen." – „Ja, so steht es geschrieben. Und das hätte ganz gewiß auch sein gutes Recht, so man dann jene, die mit der Chirurgie den Menschen helfen, Achtung gäbe und die Würde ließe. Ist eine solche Hilfe nit auch christliches Gebot?" – „Gewiß, das ist es! Doch

Eure Gedanken wandeln einen falschen Weg, Ulrich Schuppe. Die heilige Kirche verdammt doch nit jene, die die Chirurgie üben, so diese Handlungen der Hilfe für den Menschen in der Not dienen. Mit dem Verbot für die Geistlichkeit geht es ihr doch darum, diese vorbeugend vor einer Schuld zu bewahren." – „Das ist löblich, würdiger Herr, ganz gewiß! Doch was tat sie nun für jene, die sich dieses Dienstes annehmen? Was tat sie, um diese Menschen vor der Verachtung, dem Schimpf zu bewahren? Ach, nichts, gar nichts, so man ihre wohlmeinenden Hindeutungen auf die Sittenlosigkeit in vielen Badestuben nit rechnet. Und sie hätte gar wohl die Kraft, für uns ein gutes Wort zu reden. Sind wir nit auch ihre Kinder?" Die Männer gingen auseinander, ohne daß der Vikar eine rechte Erklärung gegeben hätte.

So redete, warb Ulrich Schuppe seit vielen Jahren und bei allen Gelegenheiten für seinen Stand, doch er hatte bis jetzt nur wenig erreicht. „Unehrlich" war und blieb das Handwerk der Bader und Barbierer, so „unehrlich", daß seine Meister und ihr Gesinde nicht einmal eine Wehr tragen durften. Der Zuchtbrief der Stadt von anno 1351 war immer noch gültig, und danach wurde jeder Bader und Scherer, der sich gleich anderen Bürgern eine Waffe umhing, und sei es nur ein Schermesser, mit fünf Schilling und Ausweisung aus der Stadt bestraft.

Als Meister Gerhard durch das breite Haustor den Hof betrat, an dessen hinterer Front das Häuschen Ulrich Schuppes lag, traf er auf ein junges Weib. Ein weißes Mantelkleid mit kurzen Ärmeln verriet die Bademagd. Sie trug einen Weidenkorb mit Badewäsche. Ihre nackten Füße steckten in hölzernen Schuhen, und unter der runden Badekappe schauten zwei dicke blonde Zöpfe hervor, deren Enden sie unter der Kappe hochgesteckt hatte.

Er erkannte sie sofort. Das war Grete, Schuppes Tochter. Doch von welch lieblicher Reife war sie geworden in den vergangenen zwei Jahren! Wie aufrecht, ja achtunggebietend war ihre Haltung, als sie ihm jetzt mit ihren großen himmelblauen Augen fragend entgegenschaute! Sie hatte ihn – wie es schien – noch nicht erkannt.

Der Meistcr beschloß, sie zu überraschen. Er trat auf sie zu, zog artig das Barett. „Gott zum Gruß, Jungfer!" sagte er, schalkhaft lächelnd. „Ist's erlaubt, die Stube zu besuchen?"

„Wir haben heute Frei-Tag, Herr. Doch der Bader unter den Schildern steht an solchen Tagen für uns mit zu Diensten."

‚Wie fein sie die Worte setzt, dabei so bestimmt und unnahbar', dachte der Meister. „Das ist schade", entgegnete er betrübt. „Ich hätte gerade hier so gern ein Bad genommen. So bleibt mir nur, Euch einen Gruß zu bestellen – von einem, der sich Pieter van Zwoll nennt."

Ihr Gesicht bekam einen rosigen Schimmer, um ihren Mund zuckte es, doch ihre Haltung veränderte sich nicht um einen Zoll. Langsam, Wort für Wort betonend, entgegnete sie stolz: „Ich kenne niemand, der sich so heißt."

Da entfuhr es dem Meister überrascht: „Ihr kennt ihn nit, den Pieter, Jungfer? Oh, Ihr kennt ihn nit? Denkt nach: Vor zwei Jahren war er doch mit seinem Meister, dem Glockengießer ..."

„Ach, Meister van Wou!" stieß sie hervor, und sie setzte den Weidenkorb hart auf das Pflaster. „Verzeiht, ich erkannte Euch nit sogleich. Zwei Jahre sind eine so lange Zeit." Wie eine Klage kam es aus ihrem Mund. Ihre Rechte zuckte Gerhard entgegen, doch schnell hielt sie inne in dem Bewußtsein, daß ihre niedere Stellung es ihr verbot, einen Mann, dazu noch einen solchen Ansehens, auf diese Weise zu begrüßen.

Doch schnell packte er zu, ergriff ihre Rechte mit beiden Händen. „Gretche, Jungferche, was ist denn mit Euch! Ich meinte, Ihr fallet mir um den Hals für Pieters Gruß, und nun so!"

„Ich freue mich, Euch zu sehen", sagte sie, und sie beugte Knie und Oberkörper zum Knicks, wie es sich geziemte. Gequält waren die Worte aus ihrem Munde gekommen. „Auch mein Vater wird sich gewiß freuen. Er putzt gerade das Werkzeug in der Männerstube. Erlaubt, daß ich Euch zu ihm führe." Ohne seine Antwort abzuwarten, entzog sie ihm ihre Hand und wandte sich um.

‚Heilige Mutter, welch eine Wandlung!' durchfuhr es ihn. ‚Vor zwei Jahren konnte man meinen, der stille Bund zwischen den beiden halte die Stürme eines ganzen Lebens aus, und nun ...! Was war da nur vorgegangen!'

Sie traten vom Hof in einen Vorraum ein, in dem die Badegäste sonst empfangen wurden. Waren die Räume der Badestube besetzt, mußten sie hier warten. Holzbänke zogen sich an den Wänden entlang. Durch die hintere Wand führten zwei Türen, die linke in einen Aus- und Ankleideraum für Frauen, die rechte in einen gleichen für Männer. Es waren zugleich Ruheräume, in denen die Besucher auf Wunsch auch gesalbt oder balsamiert wurden. Für die Männer war es zugleich der Barbierraum. Von jedem dieser Räume führte eine Tür in die eigentlichen Badestuben. In jeder dieser Stuben stand ein steinerner Ofen. In die Oberfläche war ein eiserner Kessel tief eingelassen, in dem das Waschwasser erwärmt wurde. Eine Hälfte jedes Raumes war von mehreren Reihen Holzpritschen belegt, auf denen die Gäste zum Schwitzbad Platz nahmen. Der Dampf wurde dadurch erzeugt, daß der Bader auf erhitzte Steine, die zwischen den Pritschenreihen lagen, Wasser goß. Mehrere Hocker, große und kleine Holzbottiche und -wannen sowie zahlreiche Holzroste auf dem steinernen Fußboden ergänzten die Einrichtung. Das verbrauchte Wasser floß durch ein Wandloch in einen Graben, der hinter dem Haus zu einem Wasserlauf führte.

Der Badende wurde zunächst mit warmem Wasser rasch abgerieben. Dann mußte er sich auf eine Pritsche legen und schwitzen. Dabei wurde er mit Reisigwedeln geschlagen, oder er tat das auch selbst. Nun folgte eine Waschung mit heißer Lauge, danach ein Guß mit kaltem Wasser. Wünschte es der Gast, wurde er noch mit einem Badetuch sehr schnell abgerieben. War auch zu barbieren, so geschah das vor dem kalten Guß. Nach dieser Prozedur ruhte der Gast im Ankleideraum. Manche Gäste begnügten sich auch mit einer warmen Waschung im Sitzbottich.

Das Schröpfen oder den Aderlaß nahm – wurde das gewünscht – der Bader nach dem Schwitzen vor. Schröpfköpfe, Laßeisen und Laßbinde zählten zu den wichtigsten Werkzeugen des Baders.

Ulrich Schuppe saß, der Tür den Rücken zugewandt, auf einem Hocker, vor sich eine flache Wanne mit scharfer Lauge. Daraus nahm er ein Stück seines Werkzeugs nach dem andern, putzte es sorgfältig und legte es auf ein weißes Tuch, das neben ihm über eine kleine Bank gebreitet war.

Grete ließ Meister Wou zuerst eintreten. Der legte den Zeigefinger auf den Mund und blinzelte ihr zu. Sie blieb an der Tür stehen, während er auf Schuppe zuschritt.

Er legte ihm die Hand auf die Schulter. „Grüß Gott, Gevatter Aderlaß!" rief er fröhlich.

Schuppe zuckte zusammen, riß den dürren Kopf herum. „Alle Heiligen, das ist doch ...!" stieß er überrascht hervor. Mit einem Ruck erhob er sich, wischte die Hände am Schurz ab, verbeugte sich tief. „Welch hohe Ehre! Oh, ich freue mich, Herr, in der Tat, ich freue mich." Über sein ausgemergeltes Gesicht huschte ein Lächeln.

Gerhard streckte ihm die Rechte entgegen. Mit dem Zeigefinger der anderen drohte er in ernstem Scherz. „Aber, lieber Meister Schuppe, Ihr werdet mir doch die Wiedersehensfreude nit verderben wollen! ‚Hohe Ehre!' und ‚Herr' – was soll denn das, wenn zwei Meister einander begegnen!"

Schuppe preßte die Lippen zusammen und schaute zur Seite. Leise sagte er: „Nur ist da ein großer Unterschied: Ihr seid ein ehrbarer Meister – ich nit." Gerhard schüttelte seufzend den Kopf. „Ach, was frage ich nach diesem Unterschied! Es gibt ehrbare Meister, die es gar nit sind, und es gibt unehrbare, die den allerbesten Ruf verdienen. Erschwert es mir nit! Reden wir künftig wie Meister miteinander, von denen keiner dem anderen etwas nachzugeben hat, ja?" Ein Blick zur Tür hin belehrte ihn, daß Grete den Raum verlassen hatte.

„Wenn Ihr so wollt, Meister van Wou, von Herzen gerne", erwiderte Schuppe, müde lächelnd. „Doch wollt Ihr Euch nit setzen?" Er schob einen Hocker heran. „Verzeiht meine Aufmachung! Ich werde ..."

Gerhard hielt ihn am Arm zurück. „Keine Umstände, bitte ich Euch! Ich störte Euch bei der Arbeit, setzt sie fort! Mein Begehr kann ich auch so äußern." Er setzte sich dem Bader gegenüber auf einen Hocker. „Habt heute Frei-Tag, sagte mir Eure Tochter. Das ist schade. Meine vier Gesellen und ich gedachten bei Euch ein Bad zu nehmen. Wir haben anstrengende Reisetage hinter uns, kamen heute erst an."

„Ach, da ist doch keine Schwierigkeit", sagte Schuppe schnell, „wenn es nit gerade ein Schwitzbad sein soll; die Steine zu erhitzen, reicht die Zeit nit mehr. Doch ein Heißbad im Bottich und danach scheren – da brauche ich nit einmal den Knecht zu holen. Das könnte in einer Stunde schon sein." „Das reicht aus, Meister Schuppe, habt Dank! Wir wollen Euren Dienst künftig in jeder Woche einmal, vielleicht auch zweimal in Anspruch nehmen. Wann sind bei Euch die besten Tage?"

„Ich stehe Euch und Euren Gesellen zu jeder Zeit zu Diensten. Ihr sagtet, künftig in jeder Woche. Werdet Ihr länger hierbleiben?"

Gerhard nickte. „Ich schätze, bis weit in den Juli hinein."

„Oh", entfuhr es dem Bader freudig. „Verzeiht meine Neugier – es sind wohl große Aufgaben, die Euch erwarten?"

„So ist es. Eine Glocke für Sankt Marien, eine kleinere für Sankt Severi. Vor zwei Jahren verhandelte ich bereits mit den Stiftern. Nun kommt das Werk zur Reife."

„Soll es für Sankt Marien gar die Große Glocke sein?" In des Baders Blick lag Sorge.

Gerhard bemerkte es gar wohl, und es wunderte ihn. „Ja, es soll die Große Glocke sein, die schon einige Vorgänger hatte. Sie alle wurden ‚Gloriosa' genannt. Doch ich sehe, sonderlich Freude scheint Euch mein Vorhaben nit zu bereiten. Ich meine, es sollte eher das Gegenteil sein. Die Große fehlt doch dem Domgeläut seit langer Zeit."

„Gewiß – gewiß." Ulrich Schuppe schlug verlegen die Augen nieder.

Da forderte Gerhard: „Warum drückt Euch das? Sprecht doch!"

Der Bader legte das Laßeisen, das er blankgerieben hatte, zur Seite. „Soll ich nit lieber erst den Ofen anheizen?" fragte er, ohne seinen Gast anzuschauen.

„Ich bitte Euch, sprecht erst!"

Schuppe seufzte. „Ach, Ihr könntet meinen, ich sei dem Widerglauben verfallen. Ich bin es nit, Meister van Wou, bei den Heiligen, ich bin es nit. Doch man sagt – man sagt ..."

„Was sagt man?"

„Man sagt, die ‚Gloriosa' – na ja, eine Glocke, die so heiße, bringe Unheil. Ich will Euch nit schrecken, doch wahrhaftig, das sagt man."

Gerhard lachte laut auf. „Soso, das sagt man! Wer ist das: man?"

„Das – das geht so im Volk um. Ganz heimlich freilich, nur einige Schreier reden laut davon."

Meister Gerhard schüttelte unwillig den Kopf. „Das ist ein unsinniges Geschwätz. Kein redliches Werk bringt Unheil. Gibt es solches mit dem Werk oder durch das Werk, so trägt immer der Mensch selber die Schuld. – Wie ist man denn darauf gekommen?"

Da hob Ulrich Schuppe die Schultern. „Fragt, wie man darauf kommt, daß rothaarige Weiber Hexen sind! Ich weiß es nit."

„Lassen wir Unheil Unheil sein, mein Freund, Geschwätz ist's allemal. Sorgt Euch nit! Ich habe schon Glocken gegossen in vielen deutschen Landen, und noch keine hat irgend jemand Unheil gebracht." Er erhob sich. „Also halten wir es so: Ich komme mit meinen Gesellen in einer Stunde. Wir haben im ‚Halben Mond' Quartier genommen. Noch eine Bitte: Schaut Euch doch einmal das linke Dickbein meines Hauptgesellen – es ist der Pieter – an. Er stürzte vor einigen Tagen vom Pferd und drückte sich ein recht feines, großes Blümlein ein. Das Entgelt für alles – heute und auch künftig – zahle ich, lieber Freund."

Schuppe begleitete ihn durch die Räume zur Hoftür. Sie sahen Grete auf dem Hof Badewäsche über die Leine hängen.

„Ein sauberes Frauenzimmer, Eure Tochter, Meister Schuppe!" meinte Gerhard. „Es ist der zu beneiden, der sie einmal heimführt."

Nur kurz hatten die Augen des Baders ob dieses Lobes stolz aufgeleuchtet. Traurig seufzte er: „Die meisten Bademägde werden alte Jungfern, sofern sie überhaupt alt werden. Meiner Grete wird es nit anders ergehen." Verbittert setzte er hinzu: „Es will sich doch von den Jungherren keiner die Unehrlichkeit an den Hals kopulieren lassen."

„Wie könnt Ihr das in diesem Falle heute schon wissen, Meister Schuppe!" entgegnete Gerhard, und dabei lächelte er so eigenartig, daß der Bader sich wunderte.

Meister Gerhard van Wou hatte seinen Gesellen anheimgegeben, sich nach dem Bad bei Ulrich Schuppe nach Belieben die Zeit zu vertreiben. Auch den morgigen Tag gab er ihnen noch frei, sich nach den Mühen der Reise zu erholen.

Er begab sich nach dem Bad in den Mainzer Hof, um Küchenmeister Nikolaus Engelmann einen Besuch abzustatten.

Bis zum Mainzer Hof war es nicht weit. Der Weg führte die Häuserfront entlang, rechter Hand den Dom Sankt Marien liegenlassend, um sich über die den Breitstrom überdeckende Brücke fortzusetzen. Hinter dieser Brücke hieß der Weg Mainzer-Hof-Gasse; sie endete am Krummen Tor, das der Ausgang zur Brühler-Vorstadt war.

Ziemlich am Ende der Gasse lag der Mainzer Hof, ein langgestrecktes Gebäude, zwei Stockwerke hoch, wuchtig, aber schmucklos. Eine steingefaßte, breite Toreinfahrt und eine feste Pforte mit schmiedeeisernem Gitterwerk und dem in Stein gehauenen fünfspeichigen Rad, dem Mainzer Wappenbild, darüber zeugten allein von der Bedeutung dieses Baues als Sitz des erzbischöflichen Küchenmeisters.

Das war der höchste Beamte des Mainzer Herrn in Erfurt für alle Dinge des Geldes, der Wirtschaft. Das Zoll- und Abgabenwesen lag in seiner Hand, die Wahrung der Pacht-, Zins- und Fronrechte aus dem Besitz des Erzstiftes in der Stadt und ihrer Umgebung oblag ihm, er verwaltete die Landwirtschaft, das Forstwesen und die Wasserwirtschaft, soweit sie zu Mainz gehörten, und um die ständig leere Kasse des Erzbischofs und Kurfürsten füllen zu helfen, waren sogar eigene Weinstuben, Badestuben und Salzhocken eingerichtet. Es waren gewaltige Aufgaben, nur ein Tüchtiger konnte sie meistern.

Nikolaus Engelmann war solch ein Tüchtiger: klug, unübertroffen an Kenntnissen in Gesetz und Verwaltung, an Arbeitskraft und Pflichtbewußtsein, streitbar und von ehernem Gerechtigkeitssinn – ein ebenbürtiger, in manchem überlegener Gegner der Patrizier und Handwerkerkönige im Rat der Stadt. Weltlichen wie Klerikern klopfte er gleichermaßen mit gewaltiger Stimme und klugen Worten auf die Finger, wenn sie ihm in seinen ureigensten Dingen anmaßend kamen. Darum hatten auch alle einen achtungsvollen Respekt vor ihm.

Engelmann saß in seinem Arbeitsraum im ersten Stockwerk des Mainzer Hofes. Sein Tisch war bedeckt mit Akten und Folianten. Heute hatte er wieder einen „Prüftag", wie er jene Tage nannte, an denen er sich mit den Abrechnungen seines Vogtes, seiner Ackermänner, Fisch-, Wiesen- und Weinmeister und aller anderen, die ihm verpflichtet waren, befaßte. Keine Abrechnung ging nach Mainz, für deren Richtigkeit er sich nicht verbürgen konnte. Doch diese Tage waren gefürchtet bei allen Dienstbaren seines Amtsbereichs. Menschliche Fehler verzieh er nach gestrenger Mahnung. Schludereien oder gar Unzulässigkeiten bestrafte er unnachsichtig.

Gerade hatte er das Stundenglas gewendet, da klopfte es an die Tür. Nur zwei seiner Leute im Haus hatten das Recht, an solchen Tagen unaufgefordert zu ihm zu kommen: der Pförtner und der Küchenmeisterschreiber. Sie brauchten nicht auf sein „Herein!" zu warten.

Hans Bestell, der alte Pförtner, trat ein.

„Was gibt's?" fragte Engelmann, ohne aufzuschauen.

Bestell lächelte verschmitzt. „Verzeiht, Herr, ein guter Freund begehrt Euch zu sprechen. Er wartet draußen, wollte gar zu Euch, ohne sich gebührend anmelden zu lassen."

Da hob der Küchenmeister den Blick, zog die breite Stirn in Falten. „Ein guter Freund? Habe ich einen solchen noch in dieser Stadt? Den möchte ich wahrhaftig sehen."

Der Pförtner zog die Tür auf, in der Öffnung stand Gerhard van Wou.

Verblüfft starrte Engelmann dorthin. Dann schnellte er mit einem Freudenschrei vom Stuhl. „Heilige Mutter – der Glockengießer! Meister, lieber Freund, kommt näher! Euer Eingang sei gesegnet!" So rief er voller Freude aus. Er eilte auf ihn zu, umarmte ihn, zog ihn in eine Ecke.

Ehe Gerhard sich's versah, war er seines Baretts und seines Umhangs entledigt, saß er in einem der vier gepolsterten Lehnsessel, die um einen runden, niedrigen Tisch standen.

„Eure Jugend ist beneidenswert, Nikolaus Engelmann", sagte der Meister voller Bewunderung. „Ich darf aus der Begrüßung schließen, daß Ihr Euch wohl befindet. Seid Ihr immer noch ‚so an die sechzig' wie vor Jahren?"

Der Küchenmeister lachte behäbig. „Das wißt Ihr noch? Welch ein begnadetes Gedächtnis! – Doch sagt, weilt Ihr für längere Zeit in dieser Stadt?"

„Ja. Darum habe ich auch meine vier Gesellen mitgebracht. Wir haben im ‚Halben Mond' Quartier genommen."

„Iiih! Im ‚Halben Mond'! Wie könnt Ihr das!" Dem Pförtner, der wartend an der Tür stand, rief er zu: „Bestell eine Kanne Rheingauer, doch aus dem ersten Faß!" Zu Gerhard gewandt, fuhr er fort: „Mit Euren Gesellen seid Ihr also gekommen! Dann wird es ein großes Werk sein, gewiß die ‚Gloriosa', von der man seit einiger Zeit wieder spricht."

„So ist es. Die Große Glocke für Sankt Marien soll es werden. ‚Gloriosa' soll sie nach der Taufe heißen. – Ich habe mich um einige Tage verfrüht, doch mich dünkt, das wird dem Werk nit schaden."

„Ganz gewiß nit. Doch das Domkapitel hat Euch den ‚Halben Mond' zum Quartier empfohlen?"

Der Mißmut, den der Küchenmeister bei dieser Frage erkennen ließ, verwunderte den Meister. „Das Domkapitel weiß erst seit heute, daß ich mich schon hier befinde. Doch habt Ihr Bedenken gegen das Quartier?"

„Ganz und gar, mein Freund!" stieß Engelmann hervor. „Ist eine unruhige Wirtschaft dort! Fuhrleute, Bauern, Märkter und sonstiges lärmendes Volk steigen dort ab. Und da wollt Ihr schaffen – rechnen und zeichnen? Ihr hättet nit einen Atemzug Ruhe. Nein, das leide ich nit! Ihr nehmt Quartier bei mir, in diesem Haus, zum mindesten bis das Domkapitel Euch ein besseres besorgt."

Gerhard mußte über den Eifer des Küchenmeisters lächeln. Bei dieser Sorge um sein Wohlergehen konnte er die Einladung nicht abschlagen. „Mit Dank und Freude, Herr Küchenmeister. Meine Gesellen werden es mir, denke ich, nit nachsehen."

Der alte Pförtner brachte Wein, und die Männer tranken sich fröhlich zu.

„Auf ein gutes Beginnen, lieber Freund!" sagte Engelmann. „Möge weiterhin auf Eurem Werke Segen ruhen! Man rühmt Euch einer Hand mit zuverlässigem Glück."

Gerhard lachte. „Ein falsches Rühmen! Eines Meisters Hand hat nit Glück oder Unglück – sie ist geschickt oder weniger geschickt, wird geleitet von einem gelenken Geist oder einem weniger gelenken. Will sagen: Das Glück ist für einen rechten Meister kein ordentlicher Weggefährte."

„Hm – hm!" machte Engelmann. Er zog die Augenbrauen hoch. „Ich hätte nit übel Lust, Euch zu widersprechen. Seht, Meister Claus von Mühlhausen war doch gewiß ein Glockengießer mit geschickter Hand und gelenkem Geist, ein solcher, daß ihn die besten Erfurter Meister beneideten. Ihm gelang die ‚Osanna' für Sankt Severi, doch schon nach drei Tagen zersprang sie. Ihm gelang auch die vorige ‚Gloriosa' für Sankt Marien, doch bald zersprang sie. Ist da nit doch Unglück im Spiel oder – stünde es zum Gegensatz – Glück?"

„Nein, mein Freund, denn das hieße, daß das Gelingen jeglichen Werkes vom Zufall abhinge und nit vom Können. Wenn Meister Claus dies Mißgeschick widerfuhr, so waren Fehler, die ihm unterliefen, die Ursache, Fehler in der Berechnung, beim Guß, bei der Wahl oder der Mischung der Glockenspeise. Solche Fehler können auch einem guten Meister unterlaufen, doch dies hat mit Glück oder Unglück nichts zu tun."

Nikolaus Engelmann nickte nachdenklich. Nach einer Weile sagte er: „Doch das Können allein ist es wohl nit. Fehlte der Segen des Allmächtigen, nützte alles Können nichts."

„So ist es! Doch ich meine, dieser Segen will erst verdient sein durch Fleiß, durch Streben nach dem Besten. Würde sonst nit der Bequeme sagen: ‚Herr des Himmels, da ich mich deines Segens sicher weiß, kann ich meine eigene Kraft wohl ein wenig schonen?' Ei, was wäre das für eine Zucht!"

Jetzt nickte der Küchenmeister eifrig. „Das ist ein guter Grundsatz, in der Tat!" Doch sogleich seufzte er. „Ach, wäre er doch auch Richtschnur für manche unserer geistlichen und weltlichen Herren! Nit wenige von ihnen sind solch Bequeme geworden. – Doch trinkt! Es ist mein Bester, liegt seit sechs Jahren im Keller."

Sie plauderten noch eine gute Stunde, bis die Dämmerung hereinbrach.

Als Gerhard sich verabschiedete, vereinbarten sie, daß er morgen früh schon sein Quartier im Mainzer Hof beziehen werde.

Conrad, Martin und Claus, des Meisters Gesellen, hatten nach dem Bad bei Ulrich Schuppe einen Spaziergang kreuz und quer durch die Stadt unternommen und dann, rechtschaffen müde, im ‚Halben Mond' ihre Kammern aufgesucht. Je zwei waren in einem Raum des ersten Stockwerks untergebracht. Zwischen diesen Räumen lag des Meisters Stube. Martin teilte eine Kammer mit Pieter, doch der war noch nicht eingetroffen.

Nach dem Bad hatte Meister Schuppe auf Gerhards Geheiß Pieter noch einmal besonders vorgenommen. Der Geselle mußte sich im Auskleideraum auf eine Pritsche legen.

Aufmerksam beschaute der Bader die Stelle, auf der sich Pieter nach seines Meisters Worten ein gar feines Blümlein eingedrückt hatte. „In der Tat, das ist schon ein zünftiger Wiesenstrauß", bemerkte Schuppe. „Und damit seid Ihr sitzend droben vom Rennsteig nach Erfurt gereist?"

„Was blieb mir wohl übrig! Habe mir den Schmerz halt verbissen. An Spott hat es freilich nit gefehlt."

„Hm! Doch da ist eine Farbe, die eigentlich nit dazugehört. War da schon jemand dran?"

„Der Eremit Goltsmit, der oben am Rennsteig haust, hat mir eine Salbe draufgeschmiert und ein Pflaster dazu. Ich habe vor dem Bad alles abgewaschen."

Schuppe prüfte weiter. „Nit übel! Er hat es verteilt. Es konnte gut eine offene Wunde werden." Er drückte mit dem Zeigefinger vorsichtig in die Mitte des großen Fleckes, tastete die Ränder ab. „Schmerzt es sehr?"

„Es reicht, sich die Zähne auszubeißen. Beim Gehen schmerzt es nit die Hälfte. – Was wollt Ihr machen?"

„Da ist nit viel zu tun. Eine Salbe drauf, ein Pflaster! Das wird ein wenig brennen und jucken, doch ..."

„Auch das noch!" stöhnte der Geselle.

„... doch es bringt das Blut in geordneten Lauf. Indes Ihr dürft nit kratzen, das bekäme der Wunde nit gut."

Das Werk war schnell getan. In Eile zog Pieter sich an. Dabei blickten seine Augen unruhig durch die Fenster. Als er mit seinen

Freunden kam, waren sie Grete auf dem Hof begegnet. Hatte sie ihn nicht erkannt? Er war auf sie zugegangen, doch sie hatte sich abgewandt, war stolz zum Haus hin geschritten, ohne sich umzublicken.

Er faßte sich ein Herz, fragte den Bader: „Erlaubt Ihr, Meister, daß ich Eure Tochter begrüße?"

Der blickte ihn nachdenklich an. Nach einer Weile sagte er: „Ich erlaube es Euch, Pieter van Zwoll, doch mich dünkt, sie wird es nit wünschen."

„Nit wünschen?" stieß der Geselle hervor. „Warum sollte sie es denn nit wünschen? Wir hatten uns doch damals ..." Er hielt inne, biß sich auf die Lippen. Fast hätte er alles verraten.

„Ich weiß es, weiß alles. Und darum eben meine ich, daß Euch Grete aus dem Weg gehen wird." Ulrich Schuppe seufzte. „Und Ihr tragt daran zum besten Teil die Schuld."

Dem Gesellen verschlug es die Sprache. Er setzte sich auf die am nächsten stehende Bank, starrte den Bader an.

„Ja, ja, mein junger Freund, so ist es", fuhr Schuppe fort. „Doch es ist nit meine Sache. Laßt es Euch nur von ihr selbst sagen!" Er durchschritt den Vorraum, trat in die zum Hof führende Tür, rief ihren Namen, rief, bis sie Antwort gab.

„Nun werde ich gehen, hinter dem Haus den Graben zu reinigen", sagte er, als er wieder in den Ankleideraum trat. Ehe Pieter ein Wort fand, war Schuppe im Baderaum der Männer verschwunden.

Da kam Grete. Als sie den Gesellen bemerkte, verhielt sie erschrocken den Schritt. Ihr Gesicht rötete sich. Dann eilte sie weiter, wollte an Pieter vorbei. Der hatte sich erhoben, vertrat ihr den Weg. „Grete!" sagte er bittend. „Höre mich doch an – nur ein Wort, nur eine Frage ..."

„Laßt mich vorbei!" unterbrach sie hart. „Ich muß zu meinem Vater, er hat mich gerufen."

„Ich weiß es. Doch er rief dich, um mir zu helfen, damit du mich anhörst. Grete ...!"

In ihren Augen flammte es auf. „Das ist eine Lüge. Ich habe mit Euch nichts zu schaffen." Sie wollte rasch an ihm vorbei.

Da packte er sie an beiden Armen, und er stieß hervor: „Aber ich habe mit dir etwas zu schaffen, so viel, daß mir Tag und Nacht die Ruhe fehlt, hörst du? Tag und Nacht fehlt mir die Ruhe, seit wir uns vor zwei Jahren einander versprachen. Und das habe ich dir auch geschrieben – zweimal, dreimal, und ich denke, daß du mir's darum glauben kannst. Du hast aber wohl alles vergessen, was einmal war – deine lieben, schönen Worte, deine Küsse draußen auf der Bank unter Sankt Peter, deinen Schwur. Ach, alles hast du vergessen und gibst gar mir noch die Schuld! Nun will ich wissen, womit ich das verdient habe, hörst du? Eher lasse ich dich nit los – es sei denn, du sagst mir ehrlich, daß du einen anderen hast, dann gehe ich sogleich."

Der Überfall war so überraschend gekommen, und seine Worte sprudelten so heftig hervor, waren so eindringlich, daß sie nicht die Kraft fand, sich zu wehren. Sie hing in seinen mächtigen Händen als ein hilfloses Wesen, schluchzend, den Kopf gesenkt.

Er schüttelte sie sanft. „Sprich, hast du es nur vergessen, oder hast du einen andern?"

„Ich – ich – habe einen andern."

Da lösten sich seine Hände langsam von ihren Armen. „Du – du hast einen andern? Grete, du hast wirklich einen andern?" Er wankte zurück. „O ihr Heiligen! Und ich habe an ihren Schwur geglaubt wie ein Kind an – an ..." Stöhnend schlug er die Hände vor das Gesicht. Doch dann riß er sich zusammen. „Ich – ich wünsche Euch Glück, Grete Schuppe. Mögen Euch die Heiligen vor dem bewahren, was Ihr mir angetan!" Dann stürmte er aus dem Haus.

Er sah nicht mehr, daß Grete auf die Bank niedersank, hörte nicht, daß sie mit erstickter Stimme seinen Namen rief.

Ihm entging auch, daß ihm in der breiten Durchfahrt des Haustores ein junger Mensch begegnete, der sich verwundert nach ihm umschaute und dann vor sich hin sprach: „Das war doch der Glockengießergeselle, der Pieter! Ei, wie muß ihm die Jungfer zugesetzt haben!" Das letztere sagte er mit froher Genugtuung. Höhnisch verzog sich sein Mund. „Mein Mittelchen hat also gewirkt. Ja, ja, Herr Glockengießer, zwar bin ich Dreck, doch dümmer als du bin ich auch nit." Frohgelaunt betrat der Badeknecht Just Diener den Hof.

Pieter kam erst spät in sein Quartier. Es herrschte tiefe Dunkelheit. Daß er noch in das Haus kam, war ein Zufall; der Wirt ließ gerade den letzten der seßhaftesten Gäste hinaus.

Leise stieg er die Treppe hinauf. Das war schwierig bei dem spärlichen Licht der Talglampe, die an der Wand hing. An der ersten Tür kam er vorbei, doch an der zweiten mußte er den Schritt verhalten.

Der Meister hatte die Tür geöffnet, winkte ihn zu sich herein. Auf dem Tisch brannte ein fünfkerziger Leuchter. Pieter sah Zeichnungen und Berechnungen liegen. Hatte der Meister noch gearbeitet – oder auf ihn gewartet? Ein wenig schuldbewußt schlug er die Augen nieder.

„Setze dich!“ gebot Gerhard. Er sprach nicht unfreundlich, doch ein wenig kurz. „Ich habe schon eine ganze Weile auf dich gewartet. Dir als meinem Hauptgesellen wollte ich sagen, daß ich morgen, am Vormittag, Quartier im Mainzer Hof nehme. Der Küchenmeister hat mich eingeladen. Hier sei es für eine gedeihliche Arbeit zu laut, sagte er. Ich bitte dich, in diesem Haus an meiner Statt auf die anderen ein wenig achtzugeben. Morgen werde ich es ihnen selbst noch sagen und dir vor ihnen Vollmacht geben. Nit so, daß sie eine Faust fühlen, das verdienen sie wahrlich nit, aber mahnen, wenn es not tut. So, das wollte ich dir sagen. – Hat der Bader sich dein Bein angeschaut?“

„Er hat mir eine Salbe auf die Wunde gerieben und ein Pflaster darauf gelegt.“

„Und du machst darob ein so jämmerliches Gesicht? Ist's denn schlechter geworden?“

Pieter schlug den Blick zu Boden, errötete. „Es ist nit die Wunde, Meister.“ Da Gerhard ihn wartend anschaute, fuhr er fort: „Eine – eine Enttäuschung ist's, eine große Enttäuschung.“

„Hm!“ Um des Meisters Lippen spielte einen Atemzug lang ein Lächeln. „Eine große Enttäuschung! Eine solch große, daß du von der Jungfer fortgelaufen bist und im Zorn die Zeit vergessen hast, nit wahr?“

Erstaunt blickte Pieter auf. „So i-ist's!“ stotterte er. „Doch wie – wie könnt Ihr das wissen?“

„Geh schlafen, mein Freund“, entgegnete Gerhard statt einer Antwort. „Kannst in guter Ruhe schlafen. Dein wilder Gang durch die Nacht brauchte nit zu sein.“

„In Ruhe schlafen?“ stieß Pieter hervor. „Da sie einen andern hat?“

„Sie hat keinen andern!“

„Ach, sie hat es mir doch selbst bekannt, Meister“, klagte der Geselle. „Deutlich hat sie es mir gesagt.“

„Und ich sage dir: sie hat keinen andern. Eine fromme Lüge war's. Zumindest ist's keiner, den sie liebt und zu dem ihr Vater ja sagen würde. Wie das zusammenhängt, mußt du selbst ergründen.

Hast ja achtundzwanzig Lenze auf dem Buckel, das reicht zur Vernunft. Und nun ins Bett! Hast mich lange genug warten lassen."

Verwirrt erhob sich der Geselle. „Verzeiht, Meister!" entgegnete er gedrückt. „Doch wollt Ihr mir nit sagen, woher Ihr wißt ... ?"

„Hinaus! Nichts sage ich heute. Ich brauche jetzt meine Ruhe. Morgen nach dem Umzug gehe ich zur ersten Unterredung ins Domkapitel, habe heute schon einen Boten geschickt."

Am Vormittag zog Gerhard van Wou in den Mainzer Hof um. Der Küchenmeister begrüßte ihn mit herzlichen Worten und führte ihn selbst in die Räume, die er für ihn hatte herrichten lassen. Sie lagen im ersten Stockwerk, am Ende eines Ganges, der – wie noch drei andere – von einem breiten Podest seinen Anfang nahm. Es waren ein großer, heller Arbeitsraum und ein kleinerer Schlafraum, alles so recht für einen längeren Aufenthalt eingerichtet.

Das Letztere betonte Nikolaus Engelmann noch besonders. „Freilich, so Euch das Domkapitel nit vorzeitig hier herausholt", ergänzte er. „Sie werden Euch nit gerne bei mir sehen, die Domleute. Ihr müßt wissen, wir schenken uns gegenseitig nit einen Schilling. Doch bis dahin seid Ihr mein Gast." Dann übergab er den Meister der Obhut des Pförtners Hans Bestell und einer Magd. „Ich werde Euch einige Tage nit sehen, lieber Freund, muß morgen hinauf aufs Eichsfeld. Schade, recht schade!" Sie verabschiedeten sich herzlich.

Die Gesellen brachten des Meisters Reisezeug und Werkzeug, die Tabellenbücher, Meßstäbe, Schablonen und Buchstabensätze, auf deren gute Aufbewahrung er stets besonderen Wert legte.

„Heute ist Donnerstag. Verbringt den Tag nach eigenem Ermessen", sagte er zu den Gesellen. „Morgen, neun Uhr früh, findet euch hier ein zu unserer ersten Besprechung." Damit entließ er sie.

Mit Pieter kaufte er Zeichenpapier und Schreibkohle ein, hielt auch nach anderem Umschau, was er für seine Arbeit brauchte. Er bemerkte gar wohl, daß den Gesellen manche Frage drückte, doch er übersah es geflissentlich.

Am Nachmittag begab sich der Meister zum Domkapitel. Bedächtig stieg er die große Freitreppe hinauf, die vom Graden zum Vorplatz zwischen dem Dom und Sankt Severi führte. Linker Hand erhob sich, den reichgeschmückten Triangel weit in den Vorplatz vorschiebend, das gewaltige Bauwerk des Domes. Wollte Gerhard von hier aus in das Kapitelhaus gelangen, mußte er das Bauwerk auf der weit ausladenden Cavate zum Teil umgehen. Die Cavate war ein gewaltiger, dreizehn Bogenwölbungen zählender Steinbau, der an die Böschung des Hügels angefügt wurde, um für den Dombau eine breitere Grundfläche zu schaffen. Ein Teil dieser Grundfläche blieb jedoch frei, so daß sich eine große, den Dom im Halbrund umlaufende Terrasse ergab. Eine starke steinerne Brüstung sicherte sie.

Gerhard van Wou trat an die Brüstung heran. Ihm zu Füßen lag der Graden im Glanz der frühsommerlichen Sonne. Hinter dem Platz und zu beiden Seiten dehnte sich das bebaute Stadtgebiet bis zu den Mauern, geteilt durch den weit nach Ost ausschwingenden Breitstrom. Rechter Hand, gen Süden, zeigte sich eine bläulich aussehende Erhebung. Das war der Wawet, über den sie am Ende ihrer Reise nach Erfurt in die Fluren der Stadt eingetreten waren.

Lange ließ der Meister den Blick über das erhabene Bild wandern. Frieden verhieß es, gutes Verrichten seines Werkes. ‚Möge es auch so in Wahrheit sein!' dachte er. Und er trat zurück, seinen ersten Gang für das Werk fortzusetzen.

Das Gebäude der Kapitelverwaltung war an den Dom angebaut. Von der Cavate aus gelangte man in das obere Stockwerk, das dritte. Die Verwaltung hatte ihre Räume im zweiten Stockwerk. Gerhard stieg hinab, er kannte den Weg zur Genüge.

Durch eine spitzbogige eichene Tür trat er ein. Ein Schreiber mit einem vom Alter und vielen Hocken gekrümmten Rücken und einem mürrischen Gesicht empfing ihn. Erst als er seinen Namen und sein Begehr nannte, hellte sich das Gesicht des Mannes auf, und er verbeugte sich mehrere Male.

„Ich bitte Euch, Meister van Wou, geduldet Euch eine kleine Weile, ich vermelde Euer Kommen sogleich dem Herrn Offizial", sagte er freundlich. Er verschwand hinter einer dunklen, reichverzierten Tür.

Es dauerte wirklich nur eine kleine Weile, der Schreiber kehrte überraschend schnell zurück. Er blieb in der Tür stehen, machte eine einladende Handbewegung.

Sie durchschritten einen zweiten Raum, in dem zwei weitere Schreiber an Pulten saßen. Sie verbeugten sich von den Hockern herab. Gerhard nickte ihnen freundlich zu. Der Alte eilte vor ihm her, öffnete beflissen die nächste Tür. Gerhard trat in einen großen, hellen Raum ein, dessen Fenster weit geöffnet waren.

Hinter einem gewaltigen Arbeitstisch erhob sich eine ganz in Schwarz gekleidete Gestalt, ein Hüne. Unter einer breiten, klugen Stirn blickten freundliche Augen.

Offizial Degenhart trat dem Meister mit freudig erhobenen Armen entgegen. „Seid willkommen, lieber Freund!“ rief er aus. „Ich freue mich, Euch so wohlauf zu sehen. Vor zwei Jahren machtet Ihr mir nit geringe Sorgen.“

„Es war zu jener Zeit ein wenig naß und kalt in Eurer Stadt. Doch jetzt ist's das Gegenteil – ein gutes Zeichen, nit wahr?“ Sie schüttelten sich herzlich die Hände.

An einem runden Tisch in der Ecke setzten sie sich nieder. Der Offizial bot gleich einen guten Trunk an, den er schon vorsorglich bereitgestellt hatte.

„Der Fuhrknecht, der Euch mit den Euren brachte, er schreckte mich gestern nit schlecht mit der Botschaft von Eurer Ankunft“, sagte Degenhart. „Ich glaubte mich einer Nachricht zu entsinnen, daß Ihr erst am kommenden Montag eintreffen wolltet. Versteht bitte, ich freue mich, doch es ist wegen des Quartiers. Wir hatten im ‚Roten Löwen‘ für Euch und die Euren ein solches vorgesehen, es soll doch auch ein würdiges sein. Ich bemühte mich darum auch gestern schon, doch die besten Räume sind bis zum Sonntag vergeben. Das ist mir peinlich, in der Tat, sehr peinlich, lieber Meister.“

„Sorgt Euch nit, Herr Offizial. Ich wohne im Mainzer Hof, der Küchenmeister, den ich nach meiner Ankunft besuchte, lud mich ein. Meine Gesellen sind im ‚Halben Mond‘ gut untergebracht. Wir kamen vor der Zeit hier an, weil unser Aufenthalt in Nürnberg und Coburg einen besseren, schnelleren Verlauf nahm als gedacht. Wir gossen ja nit, studierten nur.“

Degenhart seufzte. „Ach, der Küchenmeister! Ihr seid doch nit sein, sondern des Domstifts Gast. Ich fürchte, das läßt Johann Bonemilch von Lasphe nit zu. Ihm obliegt ja die Verwaltung. Mit lobenswertem Eifer kümmert er sich von allen Domherren am meisten um das Geläut und alles, was damit zusammenhängt. Er hat mich schon an den Ohren gezupft, daß ich Euch im ‚Roten Löwen‘ unterbringen will. ‚Bin ich erst meine Gäste los, kommt der Meister in mein Haus, das sind wir ihm schuldig‘, sagte er kürzlich. Zwar hätte ich eigentlich mit den Dingen nichts zu tun, ich bin ja nur Offizial des Stiftes, doch der gute Herr legte mir alle Sorge, außer der seinen, um Euch und das Werk in die Hand. Nun, ich werde sie mit Freude tragen.“

„Doch bitte keine unnütze Sorge, Herr Offizial“, entgegnete Gerhard. „Ich komme mit meinen Gesellen, um ein gutes Werk zu schaffen, nit um ...“

„Gewiß, gewiß", unterbrach Degenhart, „doch Lasphe ist peinlich genau und in derlei Dingen sehr empfindlich. Ich will ihm nit widerreden, ist es doch ziemlich sicher, daß er – aber bitte, das ist ganz im Vertrauen – in nächster Zeit schon die Würde des Weihbischofs erhält."

‚Aha!' dachte der Meister. ‚Da will sich der Herr Offizial nichts verscherzen.' Doch er hielt mit seiner Meinung zurück. „Dann bleibt mir nur, mich den Wünschen zu gegebener Zeit zu beugen", sagte er lächelnd. „Doch mit dem Werk gedenke ich möglichst bald zu beginnen. Erlaubt die Frage, Herr Offizial: Sind die Vorbereitungen dergestalt getroffen, wie wir damals festgelegt?"

Klagend schlug Degenhart die Hände zusammen. „Ach, Ihr Unentwegter, warum jagt Ihr mich so! Nit im mindesten gedachte ich heute schon mit Euch über das Werk zu reden. Könnt Ihr nit warten bis zu Anfang nächster Woche, wie es vereinbart war?"

„Ich will Euch nit jagen, nur Auskunft erbitten. Seht, ich könnte schon nach dem Notwendigsten gehen, könnte einiges vorbereiten. Da doch die Hochwürdigen des Kapitels meinen Vorschlag, den ihnen vorzutragen ich gehalten bin, erst in den Einzelheiten beraten werden und es vielleicht Rede und Gegenrede gibt, wären wir ein gut Stück voraus."

„Euer Vorschlag, der wohl nur noch dem äußeren Kleid der Glocke gilt, wird gewiß ohne Gegenrede angenommen, Meister", erwiderte Degenhart ein wenig unwillig. „Mich dünkt, es gibt da keine Verzögerung."

Gerhard ließ sich nicht beirren. Er wollte die Tage, die er vorzeitig eingetroffen war, gut nutzen. So sagte er eindringlich: „Verzeiht, Herr Offizial, für mich wäre es ein Gewinn zum Nutzen des Werkes, würdet Ihr mir die Auskunft heut geben. Euch kostet es heute nit mehr Zeit als nächst Woche."

Da seufzte Degenhart, er schaute den Meister eine Weile von der Seite an. ‚Ein Dickschädel ist der Holländer, das ist wohl wahr', dachte er. ‚Es geht ihm darwider, einige Tage nur Gast zu sein. Doch immerhin – sein Gutes hat das schon.' So sagte er ergeben: „Ihr habt mein Gewissen angeschlagen, ich flüchte mich in die Vernunft. Also was wollt Ihr wissen? Ich werde Euch ohne Umstände antworten."

„Dafür danke ich Euch, Herr Offizial", sagte Gerhard, und er lächelte wieder. Er zog aus einer ledernen Rolle einen Bogen Papier. „Ich habe einiges aufgeschrieben, das erfüllt sein muß, ehe wir mit dem Werk beginnen. Also: Die Glocke soll ein Gewicht von zweihundertvierzig Zentnern haben, vierzig Zentner mehr als die vorige Große. Ist dafür die Glockenspeise vorhanden?"

„Sie ist vorhanden. Außer der zersprungenen Glocke des Meisters Claus liegen vierzig Zentner Kupfer und Zinn in dem von Euch angegebenen Verhältnis in einem festen Schuppen auf der Domwiese bereit."

„Sind genug der Brandsteine bestellt für die Schmelzöfen, deren zwei wir brauchen, ferner zugeschnittenes Holz und Schindeln für das Gießhaus, Lehm für die Grube und die Form, trockenes Schürholz für die Öfen?"

„Es ist alles bestellt, wie Ihr angegeben, und liegt in der Stadt zum Heranbringen bereit."

„Werden der Werkleute genug vorhanden sein, vor allem Zimmerer und Ofenbauer?"

„Die Meister, die wir angegangen sind, haben uns zugesagt. Nur wegen des Anleitens hatten sie Bedenken. Sie brauchen noch die Pläne."

„Ich werde die Meister besuchen und mit ihnen die Pläne besprechen. Und wo soll das Gießhaus errichtet, der Guß vorgenommen werden? Es müßte tunlichst in der Nähe des Domes sein, um für das Verbringen des fertigen Stückes an den vorbestimmten Ort einen kurzen Weg zu haben."

„Meister Claus von Mühlhausen hatte wohl den gleichen Gedanken, als er seine ‚Gloriosa' auf dem Hof zwischen Sankt Marien und Sankt Severi goß. Wir würden Euch indes bitten, den Ort mehr auf den Hof vor Severi zu verlegen, da der vorgenannte Platz doch ein bissel klein ist und das Gießhaus hier ein Hindernis wäre."

„Hm, ich werde mir die Stelle einmal ansehen. – Hat das Kapitel einen Schmied in Dienst? Ich brauche eine große Spindel, insonderheit aber muß er den Klöppel fertigen können."

„Einen eigenen Schmied haben wir nit. Meister Sprenger, der für uns alle Schmiedearbeit verrichtet, besitzt jedoch ein ansehnliches Hammerwerk. Es steht hinterm Krummhaus."

Gerhard rollte den Bogen zusammen, steckte ihn wieder in die lederne Hülle. „Und zum Schluß erlaubt die Frage: Ist's dabei verblieben, daß die Glocke im Grundton c–f, im Unterton Dis–E, in der Terz g–gis klingen soll?"

„Es ist dabei verblieben. – Lieber Meister, Ihr habt die Bulle wieder an den Ort gesteckt, erlaubt nun auch mir eine Frage: Seid Ihr mit mir zufrieden?"

Der Meister lächelte. „Ich bin es, und ich danke Euch, Herr Offizial. Seht, nun kann ich beginnen, für das Nötigste zu sorgen, kann mich den Berechnungen zuwenden, den Zeichnungen, kann mit den Meistern sprechen. Da das Wetter günstig, die Erde trocken ist, wäre es ratsam, bald mit dem Bau des Gießhauses anzufangen. Schmelzöfen und Gießgrube könnten dann unberührt von schlechtem Wetter gebaut werden."

„Es steht in Eurem Belieben, die Sache anzupacken, wie es Euch am günstigsten erscheint. Ihr habt zu allem, was sie fördert, meine Hand."

Das war ein gutes Wort, der Meister vermerkte es mit Genugtuung und Freude.

Sie plauderten noch eine geraume Zeit. Ehe sie sich trennten, erbat Gerhard noch die Namen jener Meister, die dem Kapitel Werkleute zugesagt hatten.

Gerhard ging den gleichen Weg zurück, den er gekommen war. Der Hof von Severi lag rechts vom Ausgang der Freitreppe. Nach dem Graden zu begrenzte ihn die steil abfallende Böschung. In Verlängerung entlang der Kirche mündete er in die Severi-Wiese. Der Meister beschaute den Platz Er war nicht gepflastert. Freilich mußten noch Probebohrungen vorgenommen werden, um festzustellen, ob nicht etwa gewachsener Felsen im Boden das Anlegen der Gießgrube unmöglich machen würde.

Als er sich zum Gehen wandte, trat ihm ein älterer Geistlicher entgegen, der ihn schon aus der Ferne beobachtet hatte.

„Gott zum Gruß, Meister Wou", sagte der Geistliche freundlich.

„Ah, Vikarius Stolle! Gott zum Gruß, hochwürdiger Herr! Wie freue ich mich! Ihr kommt mir zuvor, morgen wollte ich bei Euch aufwarten."

„Nun, dem steht doch nichts entgegen. Ihr seid mir stets willkommen. – Weilt Ihr hier, um Euer großes Werk zu beginnen?"

„So ist es. Ich schaute mir eben den Ort an, wo das Gießhaus nach dem Wunsch des Kapitels errichtet werden soll. Ein guter Platz, so der Erdboden keine Schwierigkeiten bietet."

Stolle nickte, sein Gesicht war ernst. „Wir warten sehr auf Euer Werk, Meister. Nit nur, weil Ihr später auch für Sankt Severi gießt. Die Große von Sankt Marien muß bald läuten, es ist hohe Zeit, wirklich hohe Zeit."

Er hatte es so dringlich gesagt, daß Gerhard erstaunt aufhorchte. „Ja, gewiß, denn es sind immerhin bald zwanzig Jahre her, daß die ‚Gloriosa' des Meisters Claus zersprang", entgegnete er.

„Nit allein deshalb, Meister Wou. Doch Ihr werdet es noch erfahren. Ihr werdet kämpfen müssen gegen manchen Unverstand. Bleibt hart, laßt Euch nit beirren! – Erlaubt Ihr, daß ich von Zeit zu Zeit Zeuge Eurer Arbeit bin? Es soll meiner Chronik dienen."

„Von Herzen gern, Herr Vikarius. Doch Eure Worte ... sie haben mich in Erstaunen versetzt, wie soll ich sie verstehen?"

„Nit jetzt will ich Euch erklären, lieber Meister. Kommt an einem der nächsten Tage zu mir."

Die Worte des Vikars beschäftigten Gerhard, bis er die Werkstatt des Schmiedes hinter dem Krummhaus erreicht hatte, mit dem er die Fertigung der Spindel und des Klöppels besprechen wollte.

Nicht nur den Schmied, auch den Zimmermeister, den Maurer und den Ofenbauer, die für das Werk Leute zugesagt hatten, hatte er besucht. Die Vorsprache war überall gut verlaufen, doch über eines hatte er sich gewundert: Die Meister verlangten mit auffallender Eindeutigkeit, daß die Folgen etwaiger äußerer Gewalteinwirkung zu Lasten des Bestellers – des Meisters oder des Domstifts – gehen müßten. Ein solches Verlangen war nicht unbillig, es war üblich, doch wie die Meister es vortrugen, wunderte ihn. ‚Es scheint Erfurter Art zu sein', sagte sich Gerhard.

Als er den Rückweg antrat, war es Abend. Er begab sich zunächst in den ‚Halben Mond', um nach den Gesellen zu schauen. Hier nahm er auch das Nachtmahl ein. Es war spät, als er den Weg zum Mainzer Hof fortsetzte.

Hinter dem Dom hatte der Weg noch eine angenehme Breite – bis zur Brücke, die den Breitstrom überquerte. Jenseits der Brücke aber rückten die Häuser so nahe heran, daß zwei sich begegnende Fuhrwerke gerade noch aneinander vorbeifahren konnten. Dazu war der Weg tief ausgefahren, und an der rechten Häuserfront lief ein Abwassergraben entlang, der seinen Inhalt in den Breitstrom ergoß. An der Brücke verbreitete eine Laterne einen trüben Schimmer. Das nächste Licht leuchtete weit entfernt über der Pforte des Mainzer Hofes: es war von der Brücke aus nur als Richtpunkt zu nehmen.

Der Nachtwächter dieses Viertels hatte bereits die zehnte Stunde ausgerufen, in den meisten Häusern war das Licht erloschen. Meister Gerhard tastete sich vorsichtig in der Mitte der Gasse vorwärts, stets den Richtpunkt am Mainzer Hof ins Auge fassend.

Eine Gestalt war ihm vom Dom her gefolgt, bis zur Brücke in angemessenem Abstand. Dann beschleunigte sie den Schritt, und schließlich trat sie nahe an ihn heran, berührte ihn leicht. Der Meister blieb stehen. In der Dunkelheit sah er vor sich nur einen ungewissen Schatten.

„Meister van Wou?" hörte er die Gestalt leise, doch ziemlich hart fragen. Es war die Stimme eines Mannes.

„Der bin ich. Doch wer seid Ihr, und was ist Euer Begehr?"

„Ich muß mit Euch etwas bereden, Meister, unter vier Augen. Ich bin ein Meister Eurer Zunft, ansässig in dieser Stadt. Den Namen sage ich, so Ihr meinen Wunsch erfüllt."

Erstaunt trat Gerhard einen Schritt zurück. „Ja, muß das denn jetzt sein – zur Nachtzeit? Und warum so – so geheim?"

„Es muß jetzt sein, Meister van Wou." Eindringlich setzte der Fremde hinzu: „Es geht um Euer Wohl und das der Stadt. Es würde nit gut sein, wolltet Ihr mich abweisen."

„Oho!" entfuhr es Gerhard. „Fast scheint es, Ihr droht."

„Ich warne. Hört mich an einem ruhigen Ort an – und Ihr werdet mich recht verstehen. Erlaubt, daß ich mit Euch zum Mainzer Hof gehe. In Eurer Stube ist der rechte Ort. Zu dieser Zeit wird uns niemand stören."

Gerhard hatte Lust, den aufdringlichen Fremden hart abzuweisen, doch in ihm war die Neugierde wach geworden. Gar manche dunkle Andeutung hatte er seit gestern vernommen, wenn die Rede um die Große Glocke ging. Bei Bader Schuppe fing es an, die Worte des Vikars Stolle kamen ihm in den Sinn, und das Verhalten der Meister, die er heute besucht hatte, paßte dazu. Darum fragte er jetzt ohne Umschweife: „Geht es um die Große Glocke?"

„Ja", kam es ohne Zögern aus dem Mund des Fremden.

„Gut! Kommt mit! Doch bedenkt zuvor noch dreierlei. Zum ersten: Wenn ich Euch anhöre, so heißt das nit, daß ich auch nach Euren Wünschen handele. Zum zweiten: Ich betrachte Euch nit als Gast, der unter dem Schutz des Hauses steht. Zum dritten: Was daraus folgen kann, wißt Ihr, doch das liegt bei Euch. Nun sagt mir noch Euren Namen!"

„Valentin Groß. Bitte, geht voran und sprecht beim Pförtner für mich. Er ist schlimmer denn ein blutgenährter Wachhund."

Gerhard widersprach heftig. „Pförtner Bestell ist ein braver Mann, und der Küchenmeister hält viel von ihm. Wie kommt Ihr zu dieser Meinung?"

„Ich wollte Euch in Eurer Stube erwarten. Er ließ mich nit ein, gegen allerbeste Worte nit, und nit einmal ein Trinkgeld, das ich ihm anbot, stimmte ihn gefällig. Er verwies mich gar des Hauses, als ich zögerte zu gehen."

Der Meister lachte lautlos auf. Ja, ja – das war Hans Bestell! Ein prächtiger, treuer Mann. „So zu handeln war seine Pflicht", sagte er. „Ihr solltet ihn darum nit schelten."

Sie waren am Ziel angelangt. Der Meister bewegte den kupfernen Klopfer an der Pforte.

Bald öffnete sich ein Fensterchen, dahinter zeigte sich im Schein einer Handlampe das graubärtige Gesicht des Pförtners. Er nickte dem Meister freundlich zu und öffnete die Tür. Als er des Begleiters ansichtig wurde, verdüsterte sich sein Gesicht, und er sagte bissig: „Zum Verwundern zudringlich, das ist wohl wahr!"

„Meister Groß kommt zu mir in geschäftlicher Angelegenheit", erklärte Gerhard begütigend. „Tragt's ihm nit nach, daß er uns so spät bemüht, mein Freund. War ich doch den ganzen Nachmittag unterwegs."

Der Pförtner winkte hart ab, schob den Riegel krachend vor, daß es in der Halle laut widerhallte. „In geschäftlicher Angelegenheit – ich glaub's aufs Wort!" brummte er. Lauter fuhr er fort: „Wartet ein wenig, Meister, ich richte eine bessere Lampe vor." Ohne auf Antwort zu warten, wandte er sich ab, begab sich in ein kleines Nebengemach, die beiden in der nur notdürftig erhellten Halle stehenlassend.

„Ihr habt es geschickt gemacht", flüsterte der späte Gast dem Meister ins Ohr.

Gerhard schüttelte unwillig den Kopf. Er hatte sich den Fremden noch nicht einmal angeschaut.

Der Pförtner kam mit einer heller scheinenden Lampe zurück. Umständlich drückte er dem Meister den Griff in die Hand. Der spürte, daß ihm der Alte dabei ein zusammengefaltetes Papier unter die Handfläche schob. „Habt Dank!" sagte Gerhard, die Überraschung bezwingend.

Bestell aber erklärte: „Ich warte auf Meister Groß, ihn hinauszulassen. Und Euch, Meister van Wou, wünsche ich eine gute Nacht."

Die Lampe ein wenig zur Seite haltend, um dem hinter ihm gehenden Besucher eine bessere Sicht zu geben, stieg Gerhard die breite Treppe hinauf. Vor seinem Arbeitsraum angelangt, sagte er: „Geduldet Euch einen Augenblick, ich mache drinnen erst Licht."

Er entzündete die Öllampe, die in der Stube nahe der Tür hing. Dabei entfaltete er rasch das Papier des Pförtners. Mit Kohlestift war flüchtig daraufgeschrieben: Gebt acht, er ist ein Besessener und Gewalttätiger!

Gerhard knüllte das Papier zusammen und steckte es in die Wamstasche. Er zwang sich zur Unbefangenheit. „Tretet ein!" forderte er den Besucher auf. „Setzt Euch dort an den Tisch!"

Prüfend ließ er den Blick über den Mann gleiten. Eine hohe, sehnige Gestalt war es, mit kurzen, zu hastigen Bewegungen, leicht nach vorn gebeugt. Das schmale, doch kantige Gesicht war bleich, die schwarzen Augen blickten stechend. Ein Bild ungeregelter Kraft, fahriger Unruhe, zorniger Besessenheit gleich dem eines fanatischen Wanderpredigers.

„Erklärt Euch!" forderte der Meister. Er zündete noch die Kerzen eines fünfarmigen Leuchters auf dem Tisch an. Dann setzte er sich an die andere Schmalseite.

„Werdet Ihr die Große Glocke, die man wohl wieder ‚Gloriosa' heißen will, für das Domkapitel gießen?" fragte Groß ohne Umschweife. Sein Blick hatte eine flackernde Schärfe.

„Zu diesem Zweck weile ich hier. Was erregt denn Eure so große Anteilnahme an dem Werk, daß Ihr Euch zu so ungewöhnlicher Stunde um diese Sache müht?"

Der andere beugte sich hastig über den Tisch und forderte mit heiserer Stimme: „Meister van Wou, gießt sie nit! Gebt den Pfaffen den Auftrag zurück und zieht von dannen, sonst bekäme es Euch übel!"

Gerhard prallte zurück. Solche Unverschämtheit hatte er nicht erwartet. Schon wollte er aufbegehren, dem Mann die Tür weisen, doch zur rechten Zeit kam ihm in den Sinn, die Ursachen zu ergründen, die den anderen zu dieser Forderung bewogen. So sagte er ruhig: „Und warum soll ich sie nit gießen? Warum sollte es mir übel bekommen?"

„Weil in allem Glockenwerk, das den Namen ‚Gloriosa' trägt oder tragen soll, der Leibhaftige seine Behausung nimmt!" stieß Groß hart hervor. „Und der bricht Euch den Hals wie anderen schon, der bringt Unheil über die Stadt. Versteht Ihr?"

„Nein, das verstehe ich nit. In welch gotteslästerlichen Gedanken seid Ihr befangen, Meister Groß! Wie kann in einem Werk, das einen so hehren und dazu geweihten Namen trägt, der Leibhaftige wohnen? Widerglaube hat Euch das eingegeben. Der Widerglaube aber ist das Werk des Leibhaftigen. Laßt ab von solchen Gedanken!"

Des anderen Augen glühten, die sehnigen Hände zuckten, als wollten sie sich gegen den Meister erheben. Dumpf, grollend kam es aus seinem Munde: „Wohl, daß Ihr ein Fremder seid, daß man Euch zugute halten kann, Ihr wisset nichts von der üblen Erfahrung. Widerglaube nennt Ihr es! Ha, das ganze Volk weiß es: Wahrheit ist's, schauerliche Wahrheit! Wollt Ihr sie hören?"

Gerhard mußte über des Besessenen Eifer lächeln. „Erzählet das, was Ihr Wahrheit nennt!"

Valentin Groß lehnte sich zurück, senkte den Kopf ein wenig, als drücke ihn diese Wahrheit schon nieder, ehe er sie dargelegt. Leise, fast wehmütig war auf einmal seine Stimme. „Fluch und nochmals Fluch liegt über ihr, der ‚Gloriosa', der ‚Ruhmreichen' – von Anbeginn an. Man könnte es ergeben hinnehmen, hätte der Fluch, dessen Ausgang man nit weiß, nur sie getroffen. Doch seine grausame Wirkung vervielfachte sich bald. Von der ‚Gloriosa' geht Gefahr aus für den, der sie gießt, und für die ganze Stadt ..."

„Das habt Ihr schon gesagt", unterbrach Gerhard ungeduldig. „Ihr müßt den schlüssigen Beweis für Eure Behauptung führen."

Der andere blinzelte herüber. „Glaubt Ihr an einen tieferen Sinn der Zahlen?"

„Nit an einen dunklen, den man ihnen bös- oder gutwillig unterschiebt. Mir waren Zahlen bei meinem Werk noch stets die besten Helfer."

„Und wenn ich Euch einen solch dunklen Sinn beweise?"

„Beweist ihn, doch verschont mich mit einer Spielerei! Ihr wolltet mit mir über die ‚Gloriosa' sprechen."

„Die Glocke, ja, ja, die Glocke!" Groß lachte hart auf. „Hört mir nur gut zu! 1251 war es, als man die erste ‚Gloriosa' goß, und Bischof Dietrich von Naumburg weihte sie. Ein kurzes Menschenleben nur währte sie, dann zersprang sie. Das war 1307, und das sind 56 Jahre. Merkt Euch diese Zahl recht gut! Die zweite ‚Gloriosa' währte wiederum nur ein kurzes Menschenleben, dann zersprang auch sie. Das war 1363, und das sind wiederum 56 Jahre. Eine dritte wurde gegossen. Ha, und bald ritt der Satan sein bestes Pferd. Er bescherte eines Tages den Läutern Wein und Weiber, und sie verbrauchten diese Teufelsgabe mit Wollust des Nachts im Turm, wo die ‚Gloriosa' hing. Seinen Lohn holte er sich noch in der gleichen Nacht. Die wein- und weibestrunkenen Läuter zündeten das Öl und Schmer an, das zum Schmieren der ‚Gloriosa' diente – die Türme des Domes verbrannten, sechzehn Glocken zerschmolzen, dabei auch die ‚Gloriosa'. Das war 1416 nach 53 Jahren! – Oh, Ihr lächelt, Meister, meint wohl, es sei ja die Teufelsreihe schon durchbrochen, weil drei Jahre fehlen. Hört zu! Bei der vierten ‚Ruhmreichen' bediente sich der Satan eines feineren Werkzeugs. Da legte ein entlaufener Zisterziensermönch namens Dietrich Burghardt im Auftrag Apels von Tannroda ebenfalls ein Feuerchen an, und wieder verbrannten die Türme des Domes, dazu aber auch die von Sankt Severi und ein guter Teil unserer Stadt. Und wieder zerschmolz die ‚Gloriosa'. Das aber war 1472, nach – merkt wohl auf, Meister Wou! – 56 Jahren!"

Der Besessene beugte sich weit über den Tisch, seine Augen glühten, sein Mund verzerrte sich. „Da habt Ihr sie, die Teufelsreihe, achtbarer Meister! Dreimal ging die ‚Gloriosa' nach genau 56 Jahren dahin, einmal nach 53 Jahren! Wollt Ihr leugnen, daß es eine Teufelsreihe ist? Wollt Ihr leugnen, daß der Satan in der ‚Ruhmreichen' seine Behausung hat? Sprecht doch, sprecht!"

Meister Gerhard schaute sinnend vor sich hin. Unbewußt, im Spiel, schrieb er mit dem Finger die 56 auf den blanken Tisch. Stimmten die Zahlen, die der Besessene nannte, so wirkten sie in der Tat wie eine merkwürdige Erscheinung. Das konnte gar wohl erklären, warum manche Menschen in Furcht und Widerglauben befangen waren, wenn von der „Gloriosa" die Rede ging. Wenn man es den Menschen so erklärte ...!

Er beschloß, die Zahlen nachzuprüfen. Für ihn waren sie nicht von dunklem Sinn, nicht Schicksal, mochte der Zufall mit ihnen auch merkwürdig spielen. Doch bedrückend spürte er, daß sie im Verein mit den Brandgeschehen jenen ein trefflich Werkzeug waren, die den Guß einer neuen Großen oder doch den Guß durch ihn verhindern wollten – falls es außer dem Besessenen wirklich Menschen dieses Sinnes gab. Dieses Werkzeug galt es abzustumpfen. Damit aber mußte er jetzt schon beginnen.

„Und weiter?" fragte er. Er tat ungeduldig, als habe er auf einen Fortgang der Rede des anderen gewartet.

„Weiter?" wiederholte Groß erstaunt. „Genügt Euch das nit? Ihr habt doch noch nit einmal auf meine Frage eine Antwort gefunden."

„Ihr wolltet mir einen Beweis führen. Dazu gehört, daß Ihr den Gegenstand, um den es geht, gehörig darlegt. Mich dünkt, dem sei nit Genüge getan. Es gab noch eine fünfte ‚Gloriosa', die könnt Ihr doch nit einfach auslassen. Bringt Ihr hier noch eine 56 zuwege, glaube ich an die Teufelsreihe, denn dann ist's kein Zufall mehr."

In den Augen des Besessenen flammte es auf, und er schlug mit der flachen Hand auf den Tisch. „Ihr spottet, das ist nit gut! Wie kann seit 1472 noch eine 56 sein, da wir jetzt 1497 schreiben!"

„Eben – eben! Seht, Meister Groß, da zündet Eure Teufelsreihe nit mehr, und Ihr verschweigt wohlweislich den weiteren Fortgang der Sache. Ich weiß es aber: Die fünfte ‚Gloriosa' wurde 1477 von Meister Claus von Mühlhausen gegossen, und zwar mit viel Geschick. Ein Meister aus Sondershausen und einer aus Nordhausen halfen ihm. Sie zerbrach aber nit 56 Jahre nach der vierten, sondern schon nach sieben Jahren, zwei Jahre nach deren Guß, nämlich 1479. Oder könnt Ihr mir anderes sagen?"

„Dafür holte der Satan den Claus, eben weil dieser die Glocke mit soviel Geschick gegossen", zischte der andere. „Wollt Ihr denn das Unglück mit allem Fleiß nit sehen?"

Gerhard lächelte triumphierend. „Aber so war es ja gar nit, und Ihr seid fein über den Fallstrick gestolpert. Meister Claus hat die Glocke ja gar nit selbst gegossen. Kaum daß er die Form in die Erde gebracht, starb er an einem ganz gewöhnlichen Schlagfluß. Die Glocke aber gossen die Meister aus Sondershausen und Nordhausen, und denen hat der Satan nach dem Guß nit den Kopf vom Hals gedreht. Die stehen im Alter von rund sechzig Jahren und gießen heute noch. Oder? – Ah, Ihr seid um eine Antwort verlegen. Seht Ihr denn nit den Unsinn in Eurer eigenen Darlegung, Valentin Groß? Am Anfang führtet Ihr die Lebensgefahr für den Gießer ins Feld, und dann ließet Ihr den einzigen Fall, in dem ein Gießer während des Ablaufs des Werkes starb, in Eurer Teufelsreihe aus, weil er nit hineinpaßte. Ach! Und nun frage ich Euch mit allem Ernst: Warum in Wahrheit wollt Ihr mich hindern, die Große zu gießen? Und in wessen Auftrag handelt Ihr?" Er faßte den anderen fest ins Auge.

Groß kniff die Lider zusammen, zog den Oberkörper zurück. ‚Wie eine Katze, die zum Sprung ansetzt!' dachte Gerhard.

„Eure Fragen sind unnütz, Meister Gerhard van Wou. Ich habe Euch gewarnt, und ich sagte Euch auch, warum. Ihr weist mich zurück, legtet mir gar noch einen Fallstrick." Seine Stimme sank zu einem Flüstern herab. „Das war ganz und gar nit gut, damit habt Ihr Euch uns zum Gegner gemacht."

Mit einem Ruck erhob er sich, zog den schwarzen Umhang fester um die Schultern, die Hände unter dem Tuch verbergend. Lautlos trat er an Gerhard heran. „Merkt wohl auf, Meister Wou: Es ist nit gut, unser Gegner zu sein. Überlegt es Euch zur rechten Zeit. Wir geben Euch Frist, bis zum morgigen Abend die Stadt zu verlassen oder uns bündig Gewißheit zu geben, daß Ihr den Guß nit vornehmen werdet. Zum Zeichen dessen hängt morgen in der vierten Stunde am Nachmittag ein weißes Tuch aus dem Fenster zur Gasse hin."

Auch Gerhard erhob sich. Mit der Linken ergriff er den Leuchter, mit der Rechten wies er zur Tür hin. Ruhig sagte er: „Und ich gebe Euch eine Frist von fünf Atemzügen, diesen Raum zu verlassen. Wisset: Schandbubenstreichen werde ich mit gesetzlicher und auch mit eigener Gewalt zu begegnen wissen. Sagt es auch denen, die Euch schickten!"

Vor dem harten, entschlossenen Blick des Meisters wich der andere zur Tür hin. „Es wird Euch reuen!" zischte er. Dann schlüpfte er hinaus.

Gerhard stellte den Leuchter wieder auf den Tisch und setzte sich. Nachdenklich stützte er den Kopf in die Linke. Den zweiten Tag erst weilte er in dieser Stadt, und schon stellte sich ihm ein widerlicher Ungeist entgegen. Kaum hatte er den ersten Schritt für das Werk getan, wollten ihn schon dunkle Kräfte zwingen, es aufzugeben. Kamen sie aus der hiesigen Zunft der Glockengießer? Trieb sie der Neid, die Mißgunst, weil das Domkapitel ihm, dem Ausländer, den Auftrag gegeben? Er verwarf diesen Gedanken wieder, denn er wußte, daß sich vor Jahren schon kein hiesiger Meister für das Werk gefunden hatte. Wer stand aber in Wahrheit hinter diesem Ungeist und schürte den Widerglauben mit der Teufelsreihe? Und warum – warum?

Diese Fragen bohrten in seinem Hirn bis zum Schmerz. Darum hatte er auch das Klopfen an der Tür überhört. Der Pförtner war eingetreten.

Erst als die Diele knarrte, blickte der Meister auf. „Ach, Hans Bestell!" seufzte er.

„Verzeiht mein Eindringen, Meister van Wou. Nur, ich war in Angst, ich wollte sehen, ob Euch – ob Ihr ..."

„... noch lebt. Nit wahr, das wolltet Ihr doch sagen, mein Freund?"

Bestell nickte eifrig. „Bei der heiligen Mutter, es war nit Neugierde. Dieser – dieser Teufelsknecht ist ja zu allem fähig. Doch ich sehe, Ihr seid mit ihm fertig geworden."

„Setzt Euch doch einen Augenblick!" bat der Meister. „Ich habe Euch für die geschickte Warnung zu danken. Doch sagt, was ist das eigentlich für ein Mensch?"

Der Pförtner seufzte bekümmert. „Viel weiß ich nit über ihn, nur was man sich so erzählt. Valentin Groß war einmal ein guter Glockengießer. Doch eines Tages begann ihn der Böse zu reiten. Man sagt, um ein besonders gutes Werk zu vollbringen, habe er der Glockenspeise Menschenblut beigemischt. Just zu dieser Zeit verschwand einer seiner Gesellen. Es ging damals ein bös Gerede durch die Stadt. Das hat ihn mitgenommen. Seitdem ist er von dummen Gedanken besessen, schafft nit mehr in seiner Werkstatt, ist gewalttätig allen fremden Glockengießern gegenüber, wohl weil er in ihnen die besseren sieht. Oft hat er böses Gelichter um sich, mit dem er die Wirtshäuser unsicher macht. Mehr weiß ich nit." Hans Bestell hob warnend die knochige Hand. „Vor dem seid auf der Hut, Meister! Der kann Euch arg zu schaffen machen." Gerhard nickte vor sich hin. Unvermittelt fragte er: „Wer ist denn derzeitig der Zunftmeister der Erfurter Glockengießer?"

„Es ist Michael Bonhard. Er wohnt unweit, an der Roßmarktbrücke."

„Den werde ich morgen aufsuchen. Habt Dank, Hans Bestell!"

Kaum hatte das Markttreiben auf dem Graden begonnen, gab es einen lärmenden Auflauf. Ein auswärtiger Zwiebelhändler hatte nur einen Teil seiner Ware verzollt, und einer der gehenden Zöllner war dahintergekommen. Nun sollte auf Anweisung des Brückenzöllners der Händler als Defraudant samt seiner Ware eingeholt und nach dem Mainzer Hof gebracht werden. Nach Zahlung des restlichen Zolls und eines Strafgeldes wäre er wieder freigelassen, doch des Marktes verwiesen worden.

Gegen dieses Ansinnen wehrte sich der Händler aber mit allen Kräften, und ihm halfen alle, die in seiner Nähe ihre Karren- oder Wagenstände aufgebaut hatten. Die drei gehenden Zöllner kamen an den Händler nicht heran, die Bauern und anderes Volk drängten sich beständig lärmend und drohend zwischen sie.

Noch waren sie nicht handgreiflich geworden, deckten aber die Zöllner mit Schmähreden ein, und der Zwiebelhändler schrie aus sicherer Deckung über die Menge, die ihn schützte, sogar: „Holt euch euer Sündengeld nur bei eurem Herrn, der rupft uns zur Genüge!“

Claus, Conrad und Martin, Meister Gerhards Gesellen, schauten dem Treiben geraume Zeit zu. Sie standen in der Nähe einiger bewaffneter Knechte, die sich abseits gestellt hatten und gleich den Gesellen den Auflauf beobachteten.

Conrad, der Vogelgesichtige, schüttelte unentwegt den Kopf. Dann konnte er sich nicht mehr halten. Er trat an die Knechte heran. „Warum leidet Ihr das?“ fuhr er den ältesten der Stadtsoldaten an. „Der Händler hat doch betrogen, und die Zöllner sind im Recht. Da habt Ihr ihnen doch zu helfen!“

Der Knecht maß ihn erstaunt vom Kopf bis zu den Füßen.

Verächtlich lächelnd entgegnete er: „Ihr seid ein Fremdling, ich hör’s an Eurer Sprache. Wißt nit die Ursache, darum haltet das Maul!“

„Aber die Ursache ist, daß der Händler betrogen hat!“ widersprach der Geselle. „Das habe ich doch gehört.“

Der Bewaffnete holte tief Luft und stieß sie hart durch den Mund. „Redet mal nit so laut, junger Freund, es könnte Euch übel bekommen. Hört mir gut zu! Was dort vor sich geht, erleben wir gar nit selten. Solange es keine Balgerei gibt, geht es uns auch gar nichts an, denn das ist Sache der Zöllner. Die sind mainzisch, wir aber städtisch.“

„Das ist aber unwürdig in der Stadt des Mainzer Herrn.“

„Unwürdig in der Stadt des Mainzer Herrn?“ Der Knecht lachte lauthals. „Redet hier nit so fein vom Mainzer! Die Bauern und die kleinen Händler wünschen den Herrn zum ..., na!“ Er winkte, sich selbst unterbrechend, ab. „Und warum? Weil er sie rupft mit den Zöllen. Es sind ungerechte Zölle, und darum sind sie aufsässig seit langer Zeit. Da gibt es eben solche Aufläufe.“

„Warum sollten denn die Zölle ungerecht sein? Die gibt’s doch in jedem Land.“

„Zölle sind dann gerecht, wenn sie an Wegen und Brücken zu deren Unterhaltung erhoben werden. Für diese Zölle gibt es also eine Gegenleistung. Die kurmainzischen Zölle in unserer Stadt fließen indes in die Kasse des Erzstiftes, ohne daß es eine Gegenleistung gibt, denn die Wege und Brücken hier werden von der Stadt instand gehalten, von den Steuern der Bürger und Bauern. Darum sind die Mainzer Zölle ungerecht, und darum sind die Leute, die sie zahlen müssen, aufgebracht. Der Händler ist ein Defraudant nach dem Mainzer Zollgesetz, aber nit in den Augen des Volkes. Geht Euch das ein?“

Conrad nickte zögernd. „Das habe ich nit gewußt“, bekannte er kleinlaut.

Der Geselle hätte gerne weiter mit dem alten Stadtknecht gesprochen, doch er wurde gestört. Pieter war gekommen, klopfte ihm auf die Schulter. „Es ist Zeit, zum Meister zu gehen“, sagte er. Seine Stimme war härter als sonst, und sein Gesicht hatte einen traurigen Ausdruck.

Conrad schaute ihn von der Seite an. „Sie hat dir wohl wieder eine Nase gedreht?“ fragte er voller Teilnahme.

„Nit ganz“, seufzte Pieter, „indes ich weiß noch immer nit, woran ich bin. Sie hat mich vorhin auf dem Hofe stehen lassen wie einen ausgebeutelten Bäckerjungen. Doch mich dünkt, sie hat sich dazu einen harten Stoß geben müssen, denn das Wasser stand ihr in den Augen.“

„Gib sie doch auf! Sie ist eben doch nur eine Bademagd.“

„Nit so, Conrad! Ich leide nit, daß du so von ihr redest. Ich liebe sie – und wäre sie eine Pfeifersdirne.“

Der andere schüttelte nur den Kopf, sagte nichts, denn sie hatten auf dem Weg zum Mainzer Hof die anderen, die vorausgegangen waren, eingeholt.

Bald saßen sie Meister Gerhard in dessen Arbeitsraum an dem großen Tisch gegenüber. Er hatte mehrere Bogen Papier mit vielen Zahlen und Notizen darauf vor sich liegen, auf einem größeren Bogen sahen sie die groben Umrisse der neuen Glocke mit angedeutetem Schmuckwerk.

„Gesellen, die Arbeit beginnt! Doch zuvor eines. Habt ihr über das Quartier zu klagen, so verschweigt es nit. Vielleicht bleibt ihr nit lange im ‚Halben Mond‘. Der Offizial wird uns wohl nächste Woche in den ‚Roten Löwen‘ schicken.“

Die Gesellen nahmen diese Nachricht gleichmütig entgegen, denn im „Halben Mond“ gefiel es ihnen recht gut.

„Nun gebt acht!“ fuhr der Meister fort. „Im Groben sieht die Sache so aus: Das Werk ist vom Domkapitel gut vorbereitet. Das Gießhaus wird auf dem Hof vor Sankt Severi errichtet. Den Boden müssen wir noch zur Probe stechen. Wir wollen die sonnigen Tage gut nutzen, daß wir bald unter Dach arbeiten können. Es wird für das Haus nur ein flaches Fundament aus gewachsenem Stein nötig sein, braucht es doch nur ein Balkengerüst mit Schindeldach und

Bretterwänden zu tragen. Dann bauen wir die Schmelzöfen, es müssen ihrer zwei sein, danach heben wir die Gießgrube aus. Die Arbeit führen Leute hiesiger Meister aus, deren Namen gebe ich euch noch. Ihr unternehmt als erstes, das rechte Material aus der Stadt mit heranzuschaffen und aufzupassen, daß es ordentlich gelagert wird. Die Wiese hinter Sankt Severi ist der richtige Platz. Dann gebt ihr acht, daß die Werkleute an der Arbeit bleiben; wo ihr selbst zupackt, werde ich euch noch sagen. Für die Redlichkeit und Güte der Arbeit müssen die hiesigen Meister stehen. Bei wichtigen Dingen bin ich dabei, sonst ist Pieter für mich da. – Pieter! Wo bist du mit deinen Gedanken!"

Der Hauptgeselle schrak zusammen. „Verzeiht, Meister."

Gerhard fuhr mit erhobener Stimme fort: „Ich habe Ursache, zu glauben, daß man unser Werk zu stören versucht. Gestern abend geschah folgendes."

Er berichtete ausführlich über den Besuch des Besessenen. „Ich habe ihm die Tür gewiesen. Doch damit, meine ich, ist die Sache nit abgetan. Sie werden uns mit Tücke beikommen wollen. Gebt acht, daß nit Fremde sich an unserer Arbeitsstätte zu schaffen machen! Laßt euch nit auf Händel ein, mögen sie euch mit Worten und Gesten noch so erbärmlich locken. Doch werden sie durchaus handgemein, ohne daß ihr Ursache gabt, dann bleibt ihnen nichts schuldig. Und da stehe einer für den andern! Geht aber den Schelmen zuerst tunlichst aus dem Weg. Ich muß noch forschen, wer sich hinter der Sache verbirgt, will nit glauben, daß es Meister der hiesigen Zunft sind. Heute noch hole ich mir Gewißheit.

Doch ich will noch mehr. Ich will ihnen zeigen, daß die Geschichte, die da über die ‚Gloriosa' im Schwange ist, Widerglaube, ein erbärmliches Gespinst ist, unwürdig der hehren Sache und des hehren Namens. Wie ich es zu tun gedenke, werde ich euch noch sagen; ich brauche dazu erst das Ja des Domkapitels. Doch es wird mir nur gelingen, wenn wir das Werk in bester Art schaffen. Ich sage euch, Gesellen, es wird die beste Probe sein, die wir je in deutschen Landen gaben."

Sie schauten sich an, ihre Gesichter hatten sich gerötet. So hatte der Meister noch nie zu ihnen gesprochen, freilich hatte er auch noch nie eine solche Ursache gehabt.

„Wurden wir zu Nürnberg mit den Brauern fertig, so werden wir es wohl auch mit diesen Schelmen", sagte Claus wichtig. „Gießerfäuste waren noch nie von schlechter Art."

„Darum geht es mir aber nit zuerst", entgegnete der Meister. „Das Werk muß gelingen, dem ist alles untergeordnet. Das aber beginnt schon beim Bau des Gießhauses und der sonstigen Vorbereitung. Darum haltet die Augen offen in jeder Weise!"

Pieter meinte: „Das Domkapitel hat doch bewaffnete Wächter. Ob die nit auch ein wenig mit achtgeben können?"

„Ich werde mit dem Offizial reden."

Nun sprach der Meister noch über Einzelheiten des Werkes. Die Mittagsstunde war herangerückt, als er die Gesellen für diesen Tag entließ. Er richtete es so ein, daß Pieter als letzter ging. „Komme bald mit Grete ins reine!" mahnte er leise. „Ich will nit, daß das Werk darunter leidet. Oder soll ich einmal mit ihr reden?"

„Habt Dank, Meister! Ich bin kein Jämmerling."

„Das meine ich auch." Er gab seinem Hauptgesellen einen freundschaftlichen Schlag auf die Schulter.

Der Weg vom Mainzer Hof zu Meister Bonhards Haus an der Roßmarktbrücke führte unweit der inneren Stadtmauer entlang. Ein breiter Grünlandstreifen mit wenigen Häusern lag zwischen beiden; er endete an dem Gewässer, das ein Abzweig der Wilden Gera war und von der Roßmarktbrücke hier überquert wurde.

Rechts der Brücke stand Michael Bonhards Haus. Es war ein hohes, schmuckreiches Gebäude, sein Erbauer mußte zu den Wohlhabenden der Stadt gezählt haben. Der jetzige Besitzer war aber gewiß nicht so wohlhabend, denn der Schmuck zeigte alte Löcher und Risse, die längst ausgebessert sein mußten.

Meister Gerhard betätigte den messingnen Klopfer an der Tür. Er brauchte nicht lange zu warten. Eine junge Frau öffnete. An der die weiße Haube haltenden Kinnbinde erkannte er, daß sie verheiratet war. Wie zierlich sie war! Und wie ernst ihr feines Gesicht! ‚Ganz gewiß Meister Bonhards Eheweib!' dachte Gerhard. Er zog sein Barett und verbeugte sich gemessen.

„Verzeiht, ich bin Gerhard van Wou, der Glockengießer. Es ist mein Wunsch, Meister Michael Bonhard zu sprechen."

Schien es ihm nur so, oder zuckte es wirklich wie im Schreck über das schöne Gesicht? Zwischen den feingeschwungenen dunklen Augenbrauen bildete sich eine steile Falte. Nun trat sie gar abweisend einen Schritt zurück. Ihr Blick musterte ihn mißtrauisch. Gerhard bemerkte es mit Erstaunen.

Meister Bonhard ist – ist –, er hat –. Sie suchte nach Worten.

‚Jetzt wird sie lügen', durchfuhr es ihn. ‚Wie unfreundlich! Doch warum – warum?'

Sie wurde der Antwort enthoben. Hinter ihr erklangen wuchtige Schritte. Sie trat zurück, machte einem Manne Platz, dessen außergewöhnlich hohe und breite Gestalt die Türöffnung fast füllte. Ein gestutzter Bart verdeckte die Hälfte des Gesichtes. Was von diesem noch zu sehen war, erschien unfreundlich, fast hart. Die Augen blickten finster auf den Besucher herab.

„Ich bin Michael Bonhard. Ich hörte Euren Namen und Euer Begehr. Was führt Euch zu mir?"

Welch ein starker Mensch! Doch was bewog ihn, so unfreundlich und abweisend zu sein? Fast schien es dem Meister, als habe man hier keine sonderlich gute Meinung von ihm. Doch warum? Diese Frage begann ihn zu quälen.

„Ich komme in einer Sache der Zunft", entgegnete er, um hier Eingang zu finden, denn in einer solchen durfte der Zunftmeister ihn nicht abweisen.

„Dann tretet ein!" Bonhard gab den Eingang frei, wandte sich der ersten Tür linker Hand zu. Sie betraten einen nüchtern ausgestatteten Raum, in dem Meister Bonhard zweifellos Besucher empfing, an denen ihm nicht viel gelegen war – seine Schreib- und Zeichenstube. An den Wänden hingen große Zirkel und Meßstäbe. Zusammengerollte Zeichnungen lagen auf dem Tisch in der Mitte des Raumes. Ein wuchtiger Schrank, ein Regal mit zahlreichen flachen Kästen und einige Schemel machten die übrige Einrichtung aus.

Bonhard deutete stumm auf einen Schemel an der Wand. Er selbst ließ sich auf einem Stuhl hinter dem Tisch nieder.

„Um welche Sache geht es?" fragte er kühl.

Gerhard war sich bewußt, daß er bei diesem Mann sogleich einen schweren Klöppel anschlagen mußte, wollte er zum Ziele kommen. Darum sagte er hart: „... Gewiß ist Euch bekannt, zu welchem Zweck ich in dieser Stadt weile, Meister Bonhard. Ich folge einem Ruf des Domkapitels. Dies sei besonders herausgestellt. Doch mich dünkt, die Zunft der hiesigen Gießer will mir Mißhelligkeiten bereiten. Ich bitte Euch, mir den Grund zu sagen."

Bonhard zog erstaunt die Augenbrauen hoch, er blickte den Besucher an, als habe er ihn nicht verstanden. Dann fragte er mit ruhiger Stimme: „Was gibt Euch das Recht, so zu reden?"

„Das Recht der eigenen Erfahrung. Zum ersten: Am gestrigen Abend wurde ich von einem Eurer Meister bedroht, nachdem sein Versuch, mich mit einem absonderlichen Geschwätz von meinem Werk abzubringen, fehlschlug. Er sprach von ‚wir', steht also nit allein. Zum zweiten: So wie ich hier in diesem Haus soeben vom Zunftmeister der hiesigen Glockengießer empfangen wurde, begegnet man gemeinhin Bettlern oder böswillig drängenden Gläubigern, doch nit einem redlichen Meister, mit dem man noch keinen Strauß gefochten hat, ja, den man noch nit einmal in persona kennt, sogar einem Meister der eigenen Zunft. Verübelt mir die Worte nit, doch der Wahrheit nach müssen sie gesagt werden. Wollt Ihr bestreiten, daß ich ein Recht zu meiner Frage habe?"

Bonhards Gesicht hatte sich gerötet, unter dem Bart zuckte es. Für einen Atemzug wandte er das Gesicht unsicher ab.

Gerhad sah, daß der Angriff sein Ziel erreicht hatte.

Der Zunftmeister lehnte sich zurück, aus seiner Stimme klang ein wenig Verlegenheit. „Nun wohl, ich muß Euch das Recht zubilligen, diese Frage zu stellen, und Ihr werdet es mir auch nit verargen, wenn ich sie mit gleicher Klarheit beantworte. Doch zuvor sagt mir, wie der Meister hieß, der Euch gestern bedrohte."

„Er hieß Valentin Groß."

Bonhard lachte hart auf, schüttelte den Kopf. „Valentin Groß kann nit für die Zunft reden, denn er gehört ihr nit mehr an, seit Jahren nit mehr. Was er tut, geschieht aus seinem eigenen Ermessen. Dies zum ersten! Zum zweiten: Nit alle Meister werden hier so empfangen wie Ihr." Sein Blick wurde wieder hart wie am Anfang. „Hingegen jene, denen der Ruf voraus geht, den hiesigen Meistern das Brot nehmen zu wollen. Manche fremde Meister hatten sich schon in Erfurt niedergelassen, weil sie hier Vorteile erhofften. Und brauchten sie Hilfe für ein größeres Werk, so zogen sie gar oft noch fremde Meister und Gesellen heran und wiesen die hiesigen zurück. Das war in den vergangenen Jahrzehnten so und ist es auch heute noch. Darum ..."

„Ah, darum!" warf Gerhard ein, doch fast heiter und mit ein wenig Spott, denn nun hatte er Bonhards Sorge erkannt und deutete sich die Ursache des eigenartigen Empfangs.

Der andere bemerkte aber nur den Spott. Deshalb rief er heftig aus: „Ja, darum! Und glaubt Ihr es nit, so will ich es Euch beweisen."

„Ich bitte Euch darum."

Ruhiger, doch noch immer mit harter Stimme, fuhr Bonhard fort: „Vor vierzig Jahren schon begann der Brotraub gegen unsere hiesigen Meister, als der Gießer Koenig mit seinen Gesellen hier einzog. Andere folgten. War's darum ein Wunder, daß unsere Meister den Claus von Mühlhausen, der sich auch hier niederlassen wollte, hinderten, sein Werk zu beginnen? Er hatte ihnen 1473 den Auftrag auf die hundert Zentner schwere ‚Osanna' für Sankt Severi weggenommen. Ha, er mußte sie in Gotha gießen, die Meister litten den Guß nit in unserer Stadt. Mit einem Zwölfspänner brachte er sie dann nach Erfurt. Beim zweiten Läuten zersprang sie. Glaubt Ihr, die Meister seien darob recht traurig gewesen?"

Das war zwar nicht als Frage an den Besucher gedacht, der packte jedoch sogleich zu. Er sagte: „Habe ich Euch recht verstanden, kam das den hiesigen Meistern gut zupasse. Es ist aber nit rechte Meisterart, sich über das Mißgeschick anderer zu freuen."

„Ihr habt gut reden, da die Aufträge Euch nachlaufen", entgegnete Bonhard grimmig. „Unsere Meister kämpfen indes ums Brot, und das ist hart. Da könnt Ihr nit mit Euren Maßstäben messen." Ruhiger fuhr er fort: „Claus von Mühlhausen war hartnäckig. Er gab nach dem Mißgeschick nit auf – zu seinem Schaden. Er ertrotzte sich das Bürgerrecht von Erfurt, goß 1474 die ‚Osanna' noch einmal. Und dann brachte er unsere Meister noch um manch anderes Werk, um das sie sich vergeblich bewarben: 1474 die ‚Martha' für Sankt Severi, 1475 eine Glocke für die Barfüßer, 1476 eine für die vom Neuwerk und 1477 die ‚Gloriosa' für den Dom. Für die ‚Gloriosa' holte er gar noch Meister aus Sondershausen und Nordhausen. War das etwa eine gute Art, frage ich Euch? Den Zunftmeister, unseren guten, in Ehren ergrauten Sundram, hat es damals ins Grab gebracht. Ist es da wohl ein Wunder, wenn es die hiesigen Glockengießer und manch andere als Gottesstrafe ansahen, als Claus noch vor dem Guß der ‚Gloriosa' starb – trotz seiner jungen Jahre? Und seine Gesellen sagten gar noch, die neidischen Meister hätten ihn vergiftet. Noch andere kamen nach ihm, und die meisten der Unseren mußten weit wandern, um sich ihr Brot zu erhalten. Und was ist von der alten, guten Zunft geblieben? Es gibt in Erfurt, der Stadt, die man ein Kleinod des Mainzer Herrn nannte, keine Zunft der Glockengießer mehr. Ja, Ihr schaut mich verwundert an, wohl weil man mich Zunftmeister heißt. Noch drei Meister werden von der Steuer verrechtet. Mit dreien kann man aber keine Zunft fahren, darum haben wir uns in die Zunft der Schmiede überschreiben lassen, und mich haben sie zum Trost zum Zunftmeister gemacht, man könnte auch sagen zum Spott. – Nun seid auch Ihr gekommen, gleich mit vier Gesellen, wie man mir berichtete, und man sagt, Ihr wolltet Euch für die Dauer hier niederlassen. Da Euer Ruf groß ist, heißt das für unsere Meister wieder Einschränkung. Geradeheraus sage ich es Euch: Man sieht Euch hier nit gerne, ganz und gar nit!"

Gerhard nickte einige Male still vor sich hin, dann sagte er mißbilligend: „Ich könnte Euch gar wohl verstehen, wäre nit ein so törichtes Gerede dabei, ich meine, was mein Vorhaben angeht. Ist Euch nit gut bekannt, Michael Bonhard, daß vor Jahren die Erfurter Meister aus freien Stücken darauf verzichteten, sich der neuen Großen anzunehmen, und daß das Domkapitel darum mich mit dem Werk betraute?"

„Das ist mir gar wohl bekannt. Indes, darum geht es nit, nur darum, daß Ihr Euch für die Dauer in Erfurt niederlassen wollt."

„Wer hat Euch das gesagt?"

„Wir wissen es aus der Verwaltung des Kapitels, und ob dieser Nachricht hat es bei den Meistern großen Mißmut gegeben."

Erregt fuhr Gerhard auf: „Vom Kapitel habt Ihr es? Nit zu glauben, wahrlich, nit zu glauben! Ich sage Euch, Meister Bonhard, es ist eine Lüge. Mir steht nit im mindesten der Sinn danach, mich in Erfurt niederzulassen, und ich bitte Euch, sagt das Euren Meistern. Habe ich das Werk hier beendet, ziehe ich mit meinen Gesellen weiter."

Da ging in Bonhards Wesen eine große Veränderung vor sich. Erst blickte er den Besucher eine Weile stumm an. Dann räusperte er sich, als müsse er etwas aus der Kehle stoßen. Mehr und mehr schwanden Härte und Mißtrauen aus seinem Gesicht, und schließlich entspannten sich auch seine gewaltigen Fäuste, die wie Klöppelkugeln auf dem Tisch lagen. „Wenn das wahr wäre!" stieß er hervor.

„Es ist wahr, und wenn Ihr wollt, schwöre ich es Euch bei allen Heiligen."

Bonhard seufzte, doch um seinen Mund kam ein Lächeln auf.

„Das – das räumt gar manches hinweg", sagte er leise. Dann erhob er sich jäh, schritt auf Gerhard zu, streckte ihm die Rechte entgegen. „Meister van Wou, ich habe Euch etwas abzubitten, verzeiht mir."

Auch Gerhard erhob sich. „Warum sollte ich nit?“ entgegnete er fröhlich. „Ihr waret ja einer falschen Nachricht zum Opfer gefallen. Und Eure Sorge verstehe ich auch.“

„Es tut mir von Herzen leid. Bitte, folgt mir in die Stube!“

Die Wohnstube lag auf der anderen Seite des großen Flures. Es war ein geräumiges Zimmer mit holzgetäfelten Wänden und einer reich geschnitzten Balkendecke. Auch die Einrichtung zeigte kostbares Schnitzwerk. Alles war in hellem Braun gehalten.

In einer Ecke, vor einem geöffneten Fenster, saß die junge Frau, die Meister Gerhard an der Haustür empfangen hatte, an einer Stickarbeit. Als die Männer eintraten, erhob sie sich, um den Raum zu verlassen.

„Elisabeth“, rief Michael Bonhard, „ich bitte dich für einen Augenblick.“

Nur widerwillig, wie es schien, kam sie herbei, blickte fragend zu ihrem Mann auf, ohne den Besucher zu beachten.

„Elisabeth, wir haben Meister van Wou unrecht getan“, sagte Bonhard. „Ich werde es dir später erklären. Jetzt müssen wir nachholen, was wir versäumten: dem Gast das Willkommen zu entbieten. Bringe eine Kanne des Besten!“

Über das schöne, ernste Gesicht der Frau huschte ein heller Schein. Frei richtete sie den Blick auf den Besucher. Diesem war, als zucke es in den großen, dunklen Augen freudig auf. Dann senkte sie den Blick. „Ich freue mich“, sagte sie leise.

Die Männer setzten sich am Tisch nieder.

„Ich werde die Meister bald zusammenrufen und ihnen über die gute Wendung der Dinge berichten, des seid gewiß“, begann Michael Bonhard das Gespräch. „Doch nun drückt mich noch eines: die Sache mit Valentin Groß. Ich bitte Euch, schildert mir den Vorgang.“

Ausführlich erzählte Gerhard, was er am vergangenen Abend erlebte. Einmal nur wurde er unterbrochen, als Frau Elisabeth den Wein brachte und sie sich mit erhobenen Bechern gute Wünsche zusprachen.

Oft gab Bonhard durch ein Kopfschütteln seinen Unwillen kund. Kaum hatte Gerhard geendet, schlug er die Faust auf den Tisch. „Daß der Schelm doch nit abläßt von seinen bübischen Streichen! Dabei bringt er die Meister noch in Verruf, weil er seine Opfer stets in dem Glauben läßt, er handele auf Geheiß der Meister. Auch Ihr habt es geglaubt!“

„Ich habe mich gestern bemüht, diesen Gedanken von mir zu weisen. Äußerte ich ihn am Anfang Euch gegenüber, so nur, um den Ernst der Sache im Blick auf meine Arbeit in dieser Stadt zu unterstreichen. Ich möchte diese Arbeit ohne Lärm verrichten. Sagt, ist dieser Mann wirklich so gefährlich, wie er selbst den Anschein gibt?"

Bonhard seufzte. „Man soll seine Art nit überschätzen, doch kann er dem, den er sich selbst als Gegner erwählt hat, immerhin Ungelegenheiten bereiten. Nit daß er selbst gefährlich wird, doch sein Anhang glaubt's um so schlimmer treiben zu können. Würde er nit so aufreizende Rede schwingen, wäre er des Mitleids und der Hilfe würdig, denn bei rechtem Licht besehen, ist er ein armer Teufel. Euer Pförtner hat recht, wenn er sagt, Valentin Groß sei ein guter Meister gewesen. Das war er vor drei Jahren noch. Er goß zwar nur kleineres Glockenwerk, insonderheit für Kapellen, Glockenspiele und Stadttürme, doch er hatte den Ruf der Zuverlässigkeit und guten Arbeit. Plötzlich begann ihn der Teufel zu reiten, und dieser Teufel war sein Weib. Sie hänselte ihn ob seines ‚Bimmelwerkes', wie sie sein Erzeugnis nannte, drängte ihn, sich doch größeren Stücken zuzuwenden, auf daß er bekannt oder gar berühmt werde wie dieser und jener große Meister im Ausland. Wie oft klagte er mir doch sein Leid! Ja, und dann begann das Elend. Euch ist bekannt, warum die hiesigen Meister die ‚Gloriosa' nit gossen. Das Domkapitel wünschte und wünscht heute noch ein besonders großes Stück, würdig des Domes Sankt Marien. Auch ich bekenne, es wäre für mich ein gewagtes Werk. Nit wenige solche Stücke zersprangen schon nach kurzer Zeit. Es hätte hier nur einer gekonnt, der alte Meister Sundram, doch der war tot. Die hiesigen Meister wollten nit ihren Ruf aufs Spiel setzen. Und der ‚Gloriosa' geht dazu ein schlechtes Omen voraus. Ja, ja, ich weiß, Meister van Wou, Ihr glaubt nit an diese Teufelsgeschichte, ich auch nit. Wie könnte auch ein rechter Glockengießer sein Werk mit solchem Widerglauben verbinden. Hier geht es aber um des Unglücklichen Sache.

Seht, Valentins Weib stachelte seinen Ehrgeiz solchermaßen auf, daß er sich an ein besonders großes wagte, welches er – merkt auf! – ‚Gloriosa' heißen wollte. Heimlich wollte er es schaffen, um dann die anderen vor das fertige Werk zu stellen. Doch es ging – wie sollte es auch anders sein – zu weit über die Erfahrungen seiner Kunst hinaus. Mit viel geheimnisvollem Zeug, das die fehlenden

Erfahrungen ersetzen sollte, ging er ans Werk. Er goß sogar Rinderblut in die Glockenspeise. Außer seinen drei Gesellen, seinem Weib und seiner Tochter, die ihm halfen, durfte niemand zugegen sein, und er verpflichtete sie vor den langen Vorbereitungen mit Eid, kein Wort über sein Vorhaben verlauten zu lassen. So erfuhr ich erst von dem Unglück, als es geschehen war. Nun, er goß ein Stück von zweihundert Zentnern, so wie Claus von Mühlhausen es getan. Der Guß ging gut vonstatten, doch als Valentin mit dem ersten wuchtigen Schlag des Klotzhammers den Klang probierte, riß die Glocke von der Haube bis herab zur Schärfe.

Valentin Groß brach unter der Last dieses Unglücks zusammen. Mit der Glocke waren sein heißestes Sehnen und der größte Teil seines Vermögens dahingegangen. Kaum hatte er auf dem Krankenlager die Augen aufgeschlagen, mußte ihm seine Tochter ein weiteres Unglück berichten: die Mutter sei mit seinem Hauptgesellen davongelaufen.

Er brauchte ein reichliches Jahr, um sich von diesen Schlägen zu erholen, doch aus dem guten Meister von einst war ein anderer geworden, ein Meister des Hasses gegen alles, was ‚Gloriosa' heißt, gegen jeden fremden Gießer, weil er in jedem einen ihm Überlegenen sieht. Dabei griff er gierig nach der alten Mär von der Teufelsreihe, die nach dem Tode des Meisters Claus aufgekommen war, glaubte er doch nun besessen, daß er dem Fluch, der auf jeder Glocke dieses Namens liege, zum Opfer gefallen sei. Und jene, die es ebenso besessen glauben, scharte er um sich, er wurde ihr Sprecher, und mit seiner Schreierei sorgte er dafür, daß die alte, längst abgetane Geschichte von der Teufelsreihe wieder ein wenig in Schwung kam.

Die Lästermäuler in der Stadt, die ihm nachsagten, er habe seinen Hauptgesellen umgebracht, um dessen Blut in die Glokkenspeise zu mischen, nahmen ihm noch die letzte Vernunft. Wir konnten ihn auch bei einem hohen Maß von Wohlsinnen nit mehr in der Zunft halten. Ein ganzes Jahr schaffte er nit in seiner Werkstatt, und er weigerte sich auch, wie andere Meister auf Wanderarbeit zu gehen, dazu wies er noch jedes gute Wort zurück. Seine arme Tochter, ein redlich Ding, schafft für ihn als Hausmagd beim Brückenzöllner, auf daß er nit allzu große Not zu leiden braucht. Obgleich er jegliche Bindung mit der Zunft gebrochen, gaben wir ihm am Anfang gute Hilfe. Wir kauften ihm nach und nach das kleine Glockenwerk, das er am Lager hatte, und die zersprungene

Glocke zu Überpreisen ab. Seht, Meister, so ist das mit Valentin Groß! Darum verurteilt ihn nit allzu hart."

Gerhard seufzte. „Das ist in der Tat ein hartes Schicksal. Ich will ihn auch nit verurteilen." Entschlossen fuhr er fort: „Indes, ich lasse mich in meinem Werk nit stören. Sollte er es versuchen, werde ich ihn gebührend zurückweisen. – Eines geht mir aber nit ein: Warum setzt man denn seinem Treiben nit mit Macht ein Ende?"

„Sein Anhang sind insonderheit Gesellen aus unserer Zunft, nit viel, so zehn etwa. Wir hätten ihnen längst den Laufpaß gegeben, würden wir andere, gleich geschickte Burschen an ihre Stelle setzen können. Wir haben nit viel junge Leute, und bringen sie einige Gesellenjahre hinter sich, so verdingen sie sich oft noch als Stückgießer. Das geht den Glockengießern so wie den Rotgießern und den Kannegießern. Redlich mühen wir uns ab mit ihnen, zu mehr reicht unsere Macht nit aus. Sie arbeiten gut, sind aber so besessen wie er, denken wie er, daß ihr Wahn die reine Wahrheit sei."

„Und die Behörden, der Klerus? Was tun die gegen diesen Wahnwitz? Was tun die, um die Wurzeln des Übels zu ziehen? Sie brauchten doch nur zu zeigen, daß die Geschichte der Teufelsreihe ein törichtes Geschwätz ist."

Bonhard zuckte die Schultern. „Von den Behörden kann man es nit erwarten, solange die Sache nit zur öffentlichen Plage wird. Die Domgeistlichkeit selbst tut ja auch nichts dagegen, sie nimmt es wohl nit ernst. Und dabei geistert die Geschichte in vielen Hirnen herum, auch im einfachen Volk, wenn sie zumeist auch gleichgültig hingenommen wird."

„Nun, mich soll das alles nit hindern." Gerhard erhob sich. „Ich danke Euch, Meister Bonhard, für Eure große Freundlichkeit. Was Ihr mir sagtet, ist mir von gutem Nutzen, und ich freue mich, daß nun alles Mißverständnis zwischen uns aus dem Weg geräumt ist."

„Auch ich freue mich. Und braucht Ihr Hilfe bei Eurem Werk, so laßt es mich wissen."

„Habt Dank! – Erlaubt Ihr, daß ich mich auch bei der Meisterin bedanke?"

Bonhard lächelte, wohl weil so etwas hier nicht üblich war. Er rief sie aber sogleich herbei.

Ein wenig zaghaft trat Elisabeth auf Gerhard zu. Ihr Lächeln schien ihm mehr wehmütig als freundlich. In den großen dunklen Augen aber vermeinte er Furcht zu lesen.

Am Sonntag, in der Frühe schon, trübte sich der Himmel vom Westen her ein. Zwar sagte Hans Bestell, der Pförtner, das bedeute nicht viel, sonst würde sich sein Gichtbein ganz gewiß anders verhalten, doch der Meister beobachtete das Schwinden der sommerlichen Sonne mit Mißbehagen. Sollte es regnerisches Wetter geben, wäre es ein schlechtes Beginnen für die Bauarbeiten vor Sankt Severi, die in der kommenden Woche ihren Anfang nehmen sollten.

Gerhard besuchte mit seinen Gesellen die zweite Frühmesse im Dom. Als sie das Gotteshaus verließen, fragte Pieter, ob der Meister ihn noch brauche.

„Heute, zum Sonntag?" fragte Gerhard erstaunt. „Haben wir nit von jeher an diesem Tag Ruhe gehalten?"

„Gewiß", sagte der Geselle ein wenig verlegen, „doch ich meine, es könnte sein – der bestimmten Umstände wegen, ich meine ..."

„Solcher Umstände wegen übernehmen wir uns nit, Pieter. Was sonst noch außergewöhnlich ist, tun wir nebenbei ab während des Laufes unserer Arbeit. Wir lassen uns durch nichts behindern. Komme du nur bald ins reine mit deiner Sache."

Aufgeregt erwiderte der Geselle: „Ich bin ja schon dabei, Meister. Seht, dort ist sie ja! Verzeiht, ich werde mich an sie hängen. Und schon befand er sich im Getriebe der Menschen, die den Dom und Sankt Severi verlassen hatten.

Gerhard und die Gesellen, die hinter ihm standen, schauten Pieter verblüfft nach. Bald erkannten sie auch sein Ziel: Grete Schuppe an der Seite ihres Vaters. Doch sie sahen auch, daß Grete erschrak, als der Geselle neben ihr auftauchte, daß sie plötzlich den Schritt beschleunigte, ohne weiter auf den Vater zu achten.

„Wie ungehörig!" stieß der empfindsam Martin hervor.

„Darob gehört ihr das Röcklein straffgezogen!"

„Schaut, er läuft ihr aber nit nach!" sagte aufgeregt der Vogelgesichtige. „Er bleibt bei ihrem Vater. Wie winzig der Bader neben ihm ist!"

Claus aber seufzte: „Wie kann man einem solchen Weib auch nachlaufen! Bademagd! Als ob es in der Welt ..."

Conrad kniff ihn in den Arm. „Du, sage das nit noch einmal! Ein sauberes Ding ist die Grete, das ist wohl wahr! Weißt du, warum sie vor ihm flüchtet, hm? – Ha, du weißt es nit! Drum halt auch dein loses Maul!"

„So, nun haltet ihr mal alle das Maul!" gebot der Meister. „Laßt die beiden miteinander fertig werden! Pieter ist nit der Kerl, einem

Weib ohne guten Grund nachzulaufen. Klarheit will er haben, und das ist recht so. Bei der Grete lohnt das schon, das ist wirklich ein sauberes Ding."

Sie sahen, daß Grete im Toreingang verschwand, ohne sich noch einmal umzublicken. Pieter und der Bader waren stehen geblieben und unterhielten sich eifrig.

„Also morgen früh beginnt ihr die Arbeit mit den Meistern, wie wir es besprochen", sagte Gerhard. „Laßt euch nit auf dummes Geschwätz ein, wendet die ganze Kraft an unsere Sache. Habt ihr Mißhelligkeiten, so sagt es mir ohne Verzug. Nun Gott befohlen!"

Die Gesellen strebten dem ‚Halben Mond' zu, denn es war bald Mittagszeit.

Der Meister wollte gerade in die Mainzer-Hof-Gasse einbiegen, als ihm von der Seite her eine hohe, dunkle Gestalt den Weg vertrat. Es war Valentin Groß, der Besessene.

„Ihr seid noch hier!" zischte er. In seinen Augen flackerte es irr. „Habt uns damit den Fehdehandschuh hingeworfen, das wird Euch reuen!" Sein Atem roch nach schlechtem Wein.

Ehe Gerhard etwas erwidern konnte, war Groß in einer Nebengasse verschwunden.

‚Welch ein armer Mensch!' durchfuhr es den Meister. Doch welche Ungelegenheiten konnte er dem Werk bereiten! Wäre dieser Mann seines Wahnes zu entledigen und dem Leben wieder nützlich zu machen – wahrlich, es wäre eine gute Tat, sogar eine große Tat. Tief in Gedanken versunken, legte Meister Gerhard den Weg zum Mainzer Hof zurück. Als er angelangt war, wurde er inne, daß sich die Überlegung, wie diese Tat zu vollbringen sei, hartnäckig in ihm festgesetzt hatte.

Wollten sich die Erfurter im Grünen ergehen, brauchten sie das umwehrte Gebiet ihrer Stadt nicht zu verlassen. Beim Bau der äußeren Mauer hatte man rund um die Stadt viel Wiesenland, Gartenland und – besonders nach Südwest, zum Cyriaksberg hin – auch Laubwald in den Schutz mit einbezogen. Dazu bot der Petersberg nördlich des Domhügels gute Gelegenheit, aus dem Getriebe der Stadt zu flüchten, ohne das umwehrte Stadtgebiet verlassen zu müssen.

Reich bestanden mit Buschwerk und Laubbäumen jeglicher Art war das Gelände des Petersberges, dessen Höhe seit Menschengedenken das Peterskloster krönte. Hierher zog es vor allem junges

Volk, das Heimlichkeiten zu verbergen hatte, das auf Abenteuer ausging oder dem wachsamen Auge der Alten zu entwischen trachtete.

Wer indes an Feiertagen nur ein wenig erholsam lustwandeln oder seine neue Mode zeigen wollte, erging sich auf den festen Wegen im Hirschbrühl und der Brühler-Vorstadt zwischen dem inneren und dem äußeren Mauerring. Hier war der Raum zwischen den steinernen Wehren beträchtlich: weite Gärten wechselten mit lichten Laubbaumbeständen und Wiesen. Mehrere Gewässer – der Bergstrom, die Wilde Gera und die Kirschlache – durchflossen diesen Raum, brachten in heißen Sommertagen eine wohltuende Frische aus dem freien Land herein.

In der Nähe des Neuen Tores, abseits vom Weg, stand hinter einem hohen, breit ausladenden Dornengebüsch eine kleine Rosenlaube. Sie hatte keinen Herrn mehr, war ein wenig verwildert. Zu beiden Seiten und im Rücken einer steinernen Bank wucherte an Eisenstäben, deren Spitzen bogenartig zusammengeführt waren, dichtes Rosenlaub.

Hier hatten sich Grete und Pieter getroffen. Sie saßen in gebührlichem Abstand auf der Bank. Nach der kargen Begrüßung hatten sie noch kein Wort gewechselt. Grete wartete auf Pieters Anrede, Pieter fand in seiner Verlegenheit nicht den rechten Anfang. So vermieden sie, sich anzublicken, schauten leer geradeaus in die grüne Pracht.

„Ich freue mich, daß du gekommen bist“, sagte endlich der Geselle, doch seine Stimme war zu hart, als daß sie diese Freude erkennen ließ.

„Ich kam nur, weil Vater es mir befahl“, entgegnete sie eben so hart. „Er will, daß reine Bahn sei zwischen uns. Und das ist wohl auch das beste. Darum sage ich gleich am Anfang, ich kann nit die Eure werden. Ich bitte Euch, laßt es dabei und kümmert Euch nit mehr um mich.“

Pieter schluckte, in seiner Kehle drückte es. Und er sagte mit heiserer Stimme: „Auch ich will reine Bahn – so oder so. Indes, ich lasse mich nit abspeisen wie einen Bettler beim Seelbad. Wahrlich, das habe ich nit um dich verdient, Grete. Darum will ich den Grund wissen. Dein Vater sagte mir, ich selber sei nit ohne Schuld. Was habe ich getan?“

Es zuckte bitter um Gretes Mund. „Was Ihr getan habt? Ach, was soll ich darauf sagen! Als mein Vater zu Euch von einer Schuld sprach, kannte er nit meine Gedanken, denn ich sprach mit ihm nie darüber. Doch heute tat ich es, weil er in mich drang. Und jetzt – jetzt versteht er mich. Wenn ich Euch glaube, was Ihr mir vor einigen Tagen gesagt: daß Ihr mir in den vergangenen Jahren mehrere Brieflein gesandt, so habt Ihr keine Schuld. Es ist aber nie ein Brief in meine Hände gelangt, sosehr ich auch darauf wartete und mich ..."

„Grete!" fuhr Pieter auf. „Du hast nie einen Brief von mir bekommen? Bei allen Heiligen, ich habe dir zweimal oder gar dreimal geschrieben. Doch ich habe nie auf Antwort gewartet, weil du damals sagtest, du könntest nit schreiben. Grete, ich bitte dich, glaube mir!"

Traurig blickte sie vor sich hin. Dann sagte sie: „Ich will Euch glauben. Dann sind die Briefe verlorengegangen, das soll ja wohl oft so sein."

„Durch die Kaufmannspost sandte ich sie, über Braunschweig. Sind denn die Leute hier so ungefällig, daß sie nit einmal einen Brief abgeben?"

„Wie soll ich es wissen! Doch es war wohl gut, daß sie mich nit erreichten, es wäre mir sonst alles viel schwerer geworden."

Da begehrte Pieter auf: „Aber was sind denn das für Gedanken, Grete! Was ist dir denn so schwer geworden? Es brauchte doch nur bei dem zu bleiben, was wir uns vor zwei Jahren geschworen haben.„

„Nein – o nein!" stieß sie jäh hervor. „Nie kann es so werden – nie!" Plötzlich schlug sie die Hände vor das Gesicht. Ihr Körper erbebte in hartem Schluchzen. „Oh, wären wir uns doch nie begegnet! Welche Qualen – welches Leid!"

„Aber – aber – Grete!" stammelte Pieter. Er rückte heran, legte die Hand sachte auf ihre Schulter. „Nun sage doch, was bringt dir denn Qualen? Ich – ich verstehe das alles nit."

Sie litt es, daß er ihr so nahe saß, wehrte auch nicht seine Hand ab. Doch sie blickte mit tränenfeuchten Augen starr vor sich hin, als habe sie seine Anwesenheit vergessen.

Er ließ sie geraume Zeit gewähren, dann mahnte er zärtlich: „Grete, willst du mir nit sagen, was dich bedrückt? Siehe, ich will doch versuchen, dich zu verstehen. Vielleicht – vielleicht kann ich dir helfen."

Sie schüttelte den Kopf, seufzte. „Nein, Pieter, Ihr könnt mir nit helfen. Doch Ihr sollt es wissen – alles sollt Ihr wissen. Pieter, ich bin eine Bademagd. Damals, vor zwei Jahren hatte ich das vergessen. Das ist das Unglück. Als ich allein blieb, als keinerlei Nachricht von Euch kam, wurde ich gar schmerzlich daran erinnert. Wie konnte ich mich auch an Euch hängen! Wie konnte ich Euch auch drängen, mir Treue zu schwören, Liebe für alle Zeit? Eine Bademagd muß bei ihresgleichen bleiben – bei Badeknechten, Pfeifern, Spieglern, Henkern, darf sich vielleicht an einen Bettler hängen. So wollen es die, die über uns stehen, alle, die sich mehr dünken. Auch Ihr seid mehr! Ein Hauptgeselle bei einem Meister großen Rufes! Werdet vielleicht selbst einmal ein großer Meister. Und da soll Eure Liebe einer verachteten Bademagd gehören? Da soll eine solche Euer Weib werden? Ach, das würde man Euch nie verzeihen. Seht ..."

„Ach, was frage ich nach den Leuten!" unterbrach der Geselle heftig. „In meiner Liebe gehe ich den Weg nach eigenem Willen. Sollen diesen Weg vielleicht andere bestimmen?"

Ein bitteres Lächeln spielte um ihren Mund. „Pieter, Ihr reiset so viel, Ihr kennt manches Land, doch die Menschen kennt Ihr noch nit. Ich hatte eine Freundin, sie war eines Schäfers Tochter. Ein Fleischhauer nahm sie zum Weib. Darum schloß man ihn aus seiner Zunft aus. Meines Vaters Schwestertochter, eine flinke Büglerin, verlor sich an einen Pfeifer, ihr Brotherr jagte sie von dannen. Mein Vater hatte einen Badeknecht, Christoph Herbstedt hieß er. Weil er die Tochter eines Viertelmeisters liebte und sie seine Liebe erwiderte, steckte ihr Vater sie in ein Kloster. Soll ich Euch noch mehr solcher Sachen erzählen? Ach, Pieter, die Menschen werfen so gerne mit Steinen und finden allemal ein Ziel. Auch Ihr wäret ein solches Ziel. Daran hatte ich nit gedacht – damals, vor zwei Jahren. Und dann blieb ich auch noch allein, ohne Nachricht von Euch. Mußte ich da nit glauben, Ihr habet Euren Sinn geändert? Ihr hättet wohl auch ein Recht dazu gehabt – das Recht des besseren, des ehrbaren Standes. – Ach, laßt mich doch reden, Pieter, habt mich doch gedrängt, alles zu sagen, was mich bedrückt. Ich wollte Euch ja aus dem Weg gehen und ..."

„Aber es hat dich doch unnütz bedrückt, Grete!" fuhr Pieter auf. „Es zerreißt mir schier das Herz, wenn ich dich so reden höre. Für mich gibt es kein Recht des besseren Standes, kein Bedenken, Ziel eines Steinwurfs zu sein." Er ergriff ihre Hand, fuhr eindringlich, bittend fort: „Grete, wirf doch ab, was dich bedrückt! Ich liebe dich doch. Und in drei Jahren, vielleicht schon in zwei, hole ich dich heim. Ich werde heute noch mit deinem Vater reden."

Sacht entzog sie ihm ihre Hand. „Müht Euch nit mehr, Pieter, es ist zu spät. Ich habe mich einem anderen versprochen, einem meinesgleichen. Es ist meines Vaters Badeknecht, Just Diener. Vater hat es nit gewußt bis zum heutigen Tag, erst als er nach der Messe in mich drang, mit Euch zu reden, habe ich es ihm gesagt. In der Zeit, da mich die Enttäuschung, die Qual schier niederwarf, war Just mir ein guter Freund, und er ist es geblieben bis heute. Kann mein Vater nit mehr schaffen, wird er die Badestube übernehmen, und ich bleibe in dem Haus, in das ich dem Stande nach gehöre. – So ist es, Pieter, Ihr wißt nun alles. Ich ging Euch mit Fleiß aus dem Weg, wollte Euch nit mehr kennen. Ihr werdet es nun verstehen. Doch ich bitte Euch, vergeßt, was einmal war. Es ist Euch zum Nutzen und gibt mir Ruhe."

Der Geselle hatte das Gesicht in beide Hände gestützt starrte vor sich hin. „So schnell geht eine Liebe dahin, die ein ganzes Leben währen sollte – ha!" stieß er verbittert hervor. „Und ich glaubte an sie wie an das heilige Amen." Unentwegt schüttelte er den Kopf. „Liebst du denn diesen – diesen Just Diener?"

„So dürft Ihr nit fragen." Sie erhob sich rasch. „Ich weiß, daß er mich liebt, daß er alles für mich tut. Er ist ein guter, fleißiger Mensch. – Lebt wohl, Pieter van Zwoll! Just Diener wartet am Tor auf mich."

Pieter starrte ihr nach, bis sie hinter einer Wegbiegung verschwunden war.

In schweren Gedanken schlenderte er an einem Gewässer entlang, um durch eines der Tore der inneren Mauer in die Stadt zu gelangen. Sein Kopf schmerzte, seine Wunde am Bein – ach, ihm war, als hätten ihn derbe Fäuste durchgewalkt. Grete, seine Grete ...!

Noch ehe er das Tor erreichte, hörte er hinter sich seinen Namen rufen. Erstaunt wandte er sich um.

Da kam eiligen Schrittes Ulrich Schuppe. Er japste. „Den Heiligen sei Dank, daß – daß ich Euch noch treffe! Ver – verweilt ein wenig! Hach, ich bin Euch nachgelaufen, mich – mich litt es nit mehr zu Hause. Hach!"

„Was drängt Euch denn so?"

„Die Sorge, Pieter, die Sorge."

„Glaubtet Ihr, ich sei Eurer Tochter gegenüber rabiat geworden?"

Der Alte winkte ab. „Ach, nichts dergleichen, wenn auch die Liebe manchmal sonderbares Zeug zuwege bringt. – Doch ich wollte Euch sagen, daß ich von alledem erst heute aus Gretes Mund erfuhr, ich meine das mit ihr und meinem Knecht. Bei der heiligen Mutter, ich habe es vorher nit gewußt, Pieter."

„Ich habe auch nit anders gedacht, Meister. Doch darum hätte es Euch nit so zu drängen brauchen. Das konntet Ihr mir doch beim nächsten Bad sagen."

Schuppe atmete erleichtert auf. „So wollt Ihr noch in meine Stube kommen?"

„Warum sollte ich nit!" In hartem Spott setzte er hinzu: „Noch gehört ja die Stube Euch. Freilich, wenn erst ein Just Diener dort das Regiment führt, werde ich sie meiden. Doch ich werde mich bemühen, nie wieder nach Erfurt zu kommen."

Da klagte der Bader: „Ach, Pieter, warum gingen auch Eure Briefe verloren! Wahrlich, es wäre alles anders gekommen. Was soll ich nun tun? Grete hat sich dem Just versprochen in der Zeit, da sie die ärgsten Herzensqualen gerade überstanden hatte. Ach, sie hat mir ja heute alles bekannt unter Weh und Tränen. Er hat ..."

„Ich weiß alles, Meister. Eure Tochter hat reinen Weg gemacht."

„Ach ja, das muß ja auch so sein. Ich habe es ihr befohlen, Ihr müßt ja wissen, woran Ihr seid. Der Just mühe sich redlich um sie, sagte sie mir, er habe sogar inzwischen ein wenig schreiben und lesen gelernt, um ihr einmal einen Vers vorlesen oder gar abschreiben zu können. Ihr müßt wissen, Pieter, sie hört so gerne Verse. Einen hat er ihr schon vermacht, aus einem vornehmen Buch, wie er sagte. Wie beginnt er gleich – sie zeigte ihn mir doch heute. Ja, so: ‚Mein Herz, es hüpft so fröhlich, wenn ich dein gedenk ...'"

„Schweigt!" schrie Pieter, einen Schritt zurücktretend. Seine Augen funkelten im Zorn. „Warum erzählt Ihr mir das, jetzt, da ..." Er hielt jäh inne, starrte entgeistert auf den Bader herab. Ganz nahe trat er an Schuppe heran. „Wie beginnt der Vers? Sagt's noch einmal!" forderte er mit heiserer Stimme.

Im Schreck hatte der Bader die Augen weit aufgerissen.

„Aber – aber, wa – was habt Ihr denn?" stotterte er.

„Sagt's noch einmal!" Er packte den Meister am Arm.

Der begehrte aber jetzt gegen Pieters harte Art auf, entzog ihm unwillig den Arm. „Nit so, Pieter van Zwoll! Nit mit Gewalt! Das kommt Euch auch bei einem Bader nit zu. Der Vers beginnt: ‚Mein Herz, es hüpft so fröhlich, wenn ich dein gedenk ...'"

Der Geselle atmete heftig, sein Gesicht verzerrte sich, seine Hände ballten sich zu Fäusten. Und er stieß hervor: „Oh, das ist ja ein feines Stück! Nit zu glauben, wahrlich, nit zu glauben!"

Dann wandte er sich ab und eilte mit einem wilden Auflachen davon.

Kopfschüttelnd schaute der Meister ihm nach. „Heilige Mutter!" seufzte er. „Die Geschichte hat ihm den Verstand genommen."

Hans Bestells Gichtbein hatte recht behalten, der Himmel wurde wieder blank. Der Pförtner deutete vergnügt in die Sonne hinaus, als Meister Gerhard am frühen Morgen den Mainzer Hof verließ.

„Ganz gewiß ein gutes Omen!" orakelte Bestell wichtig.

„Ich kannte einen Böttcher ..."

Der Meister war nicht geneigt, die Geschichte von dem Böttcher anzuhören. Darum unterbrach er den Pförtner freundlich: „Sagt Eurem Bein meinen Dank, Hans Bestell! Ich nehme es für die nächsten Tage beim Wort."

Als er auf dem Domhügel vor Sankt Severi ankam, fand er die Gesellen schon eifrig beim Werken. Baumeister Werhan hatte zwei Leute geschickt, mit denen gemeinsam die Gesellen Probelöcher gruben. Pieter hatte schon die Ecken abgesteckt.

„Ist, wie es scheint, guter Boden für unseren Zweck", sagte der Hauptgeselle. „Ich habe mehreremal ein Meßeisen tief eingetrieben, bin nur auf lockeres Gestein gekommen."

„Das ist gut. Doch warum sagst du es so grimmig?"

„Ha!" machte der Geselle. „Wenn es Euch recht ist, Meister, erzähle ich Euch zu passender Zeit eine gar lustige Geschichte."

„Scheint deinem Gesicht nach aber gar nit so lustig zu sein. Ist's mit der Grete?"

„Ja, aber nit mit ihr allein."

„Erzählst es mir, vielleicht schon am Abend. – Achte, daß es hier gut weitergeht nach unserem Plan. Ich muß mir noch in zwei Sachen Klarheit holen. Jetzt gehe ich zum Offizial."

Als er sich umwandte, trat ihm Vikar Conrad Stolle entgegen. Der Meister streckte ihm erfreut die Rechte hin. „Ach, das trifft sich ja gut! Ich hatte vor, Euch heute in einer wichtigen Sache zu besuchen. Wann wäre wohl die rechte Zeit?"

Stolle überlegte. Dabei ruhte sein Blick sinnend auf dem Meister. „Soll es heute sein, so wäre es sogleich am besten. Ich habe Zeit bis zur zweiten Messe. Im Archiv sind wir ungestört."

„Mit Vergnügen, Herr Vikarius."

Sie umschritten die Kirche, traten in ein dem großen Bauwerk seitlich angefügtes einstöckiges, ganz aus Stein aufgeführtes Gebäude ein. Nachdem sie einen dunklen Flur durchschritten hatten, öffnete Stolle eine eichene Tür. Ein großer Raum nahm sie auf. Gut gefüllte Regale und breite Schränke an den Wänden sowie eine lange Tafel inmitten des Raumes, auf der Akten und Urkundenrollen lagen, zeigten die Arbeitsstätte des Historikers an.

Stolles Arbeitstisch stand an der Außenwand, zwischen zwei Fenstern. Hier nahmen die Männer Platz. Der Vikar schaute den Meister fragend an, ihn auffordernd, sein Begehr zu äußern.

„Es geht um die ‚Gloriosa', hochwürdiger Herr", begann Gerhard ohne Umschweife. „Ist Euch wohl ihre Historie von Anfang an bekannt?"

Über Stolles bleiches Gesicht huschte ein Lächeln. „Ich wußte, daß es bei Eurem ersten Besuch um die ‚Gloriosa' geht. Entsinnt Ihr Euch der Worte, die ich zu Euch sprach, als wir uns vor der Kirche zum erstenmal wieder trafen? Gewiß werdet Ihr den Sinn nun verstehen. Ich werde Euch helfen, Meister Wou, von Herzen gerne werde ich es." Stolles Gesicht war wieder ernst, fast traurig. „Oh, wäret Ihr doch ein gutes Werkzeug Gottes, den im Volk umgehenden Widerglauben um die ‚Ruhmreiche' für alle Zeit zu bannen!"

„Ihr sprecht mir ein hohes Amt zu, Hochwürdiger. Doch unsere Gedanken begegnen sich. Ein rechter Glockengießer darf nit nur das Werkstück sehen, er muß auch auf den Geist achten, der diesem innewohnt. Zuoberst steht aber, daß der Name, den das Werkstück tragen soll, rein und hehr in den Ohren des Volkes klingt, dann wirkt dieser Geist auch rein und hehr. Da muß ich mehr tun, als nur den Auftrag meisterlich erfüllen. Das Werk beginnt damit, daß ich den Namen der ‚Ruhmreichen' wieder zu gutem Klang zu bringen versuche. Gebe Gott, es gelinge mir!"

„Das gebe Gott!" sagte Stolle feierlich. „Meiner Hilfe seid gewiß." Er erhob sich, nahm aus dem Regal einen schmalen, in Pergament gebundenen Band. „Was in diesem Buch steht, könntet Ihr auch in der Bibliothek des Domkapitels finden. Es ist eine gar gute Bibliothek."

„Ich hätte die Auskunft lieber von Euch", entgegnete der Meister.

Schnell hatte der Vikar gefunden, was über die „Gloriosa" niedergeschrieben war. Er überreichte dem Meister ein Blatt Papier und einen Kohlestift. „Zeichnet auf, was Ihr braucht, Meister. Ich sage Euch die Zahlen an.

Anno Domini 1250 wurde für die Kirche Beatae Mariae Virginis eine große Glocke gegossen, im Jahr darauf, 1251, von dem Bischof Dietrich von Naumburg auf den Namen ‚Gloriosa' geweiht und dann im mittleren Turm aufgehängt. Diese Glocke zersprang anno 1307 beim Läuten. Im Jahr darauf, 1308, wurde eine neue große Glocke gegossen und wiederum auf den Namen ‚Gloriosa' geweiht, 1362 zersprang sie. 1363 umgegossen und wieder ‚Gloriosa' geheißen, zerschmolz sie 1416 bei einem Feuer, das leichtfertige Läuter verursacht hatten und das die drei Domtürme samt den sechzehn Glocken vernichtete. Erst 1423 konnte sie erneut gegossen werden, doch wurde sie wiederum durch Feuer vernichtet, das ein entlaufener Zisterziensermönch namens Dietrich Burkhard angelegt; das war anno 1472. Das Feuer zerstörte viele Häuser der Stadt, die Türme von Beatae Mariae Virgirnis und auch die Türme von Sankt Severi. Nach fünf Jahren erst, das war 1477, gab es eine neue ‚Gloriosa'. Sie goß der unglücklich Meister Claus von Mühlhausen, oder er bereitete sie doch vor, während die ihm helfenden Meister sie gossen. Es war die größte aller Glocken, die je den hehren Namen trugen, denn sie wog bei zweihundert Zentner. Doch schon nach zwei Jahren, das war 1479, zersprang sie."

Der Vikar blickte auf, schaute versonnen zum Fenster hinaus auf die Wiese, die in bunter Pracht blühte. „Seitdem läutet keine ‚Gloriosa' mehr", seufzte er. „Und seitdem geht der Widerglaube um, der den Namen der ‚Ruhmreichen' beschmutzt. – Meister, Ihr habt ein gutes Werk vor Euch."

Gerhard antwortete nicht, er war schon beim Rechnen. Die Zahlen, die Stolle ihm genannt, hatte er in zwei Säulen untereinander geschrieben. Die erste Säule nannte die Jahre, in denen die Glocken gegossen wurden. Daneben stand die Säule mit den Jahren, in denen die Glocken ihr Ende fanden. Neben dieser entstand nun eine dritte Säule mit dem Rechenergebnis, der Lebensdauer der Glocken.

Schnell brachte der Meister dieses Ergebnis zustande. Mit einem triumphierenden Lächeln schob er das Blatt so zurecht, daß Stolle bequem Einblick nehmen konnte. „Seht, hochwürdiger Herr, wie in Wahrheit das aussieht, was man Teufelsreihe heißt! 1250 zu 1307 sind 57 Jahre. 1308 zu 1362 sind 54 Jahre. 1363 zu 1416 sind 53 Jahre. 1423 zu 1472 sind 49 Jahre. 1477 zu 1479 sind 2 Jahre. Nit ein einziges Mal deckt sich eine Zahl mit der anderen! Freilich fällt auf, daß die Glocken allesamt nit alt wurden, nit einmal sechzig

Jahre. Gibt es in der Historie der Glocken in den hiesigen Kirchen noch einen solchen Fall?"

„Fragt Ihr so, Meister, muß ich sagen: nein. Doch damit treffen wir nit das Richtige. Es gibt hier keine Glocke, die so viele Vorgänger hat wie die ‚Gloriosa'. Beständig weihte man eine Neugegossene, die die Lücke der vorigen ausfüllte, auf den gleichen Namen. Bei anderen wechselte man zumeist den Namen, zumindest nach dem zweiten Mal. So fiel es nit weiter auf, wenn manche dieser Glocken eine kurze Lebensdauer hatte. An ihre Stelle trat eben eine andere. Bei der ‚Gloriosa' entstand indes eine Reihe von mehr denn zwei Jahrhunderten, und das verleitete zu Vergleichen innerhalb der Reihe."

Befriedigt nickte Gerhard. „So ist es! Im Grunde sind es fünf verschiedene Glocken. Da sie den Namen gemeinsam hatten, kam der Widerglaube auf, er sei schuld an ihrem Unglück. – Doch nun erlaubt noch einige Fragen, hochwürdiger Herr. Woran starb Claus von Mühlhausen wirklich?"

„Ich kannte Claus persönlich. Trotz seiner jungen Jahre war er kränklich, er hatte einen schwächlichen Körper. Da die ‚Gloriosa' sein bisher größtes Stück werden sollte, holte er sich zwei Meister, mit denen er einmal in seiner Gesellenzeit einige Jahre zusammengearbeitet hatte. Er wußte, er konnte sich auf sie verlassen. Sie halfen ihm, den Ofen zu laden und die Form, die er selbst gefertigt, in die Erde zu bringen. Dabei hatte er sich wohl übernommen. Dazu lebte er in ständiger Aufregung, daß das Werk ihm auch gelinge. Großer Ärger mit den hiesigen Glockengießern, die ihm die Arbeit erschwerten, kam hinzu. Jedenfalls brach er plötzlich zusammen, kaum daß er die letzte Erde über die Form gedeckt; er verstarb auf der Stelle, es war ein gewöhnlicher Schlagfluß. Die Meister, die er herbeigeholt, mußten den Guß ohne seine Hilfe vornehmen. Claus liegt im Beinhaus von Sankt Severi begraben."

Gerhard nickte schwer. „Ihr bestätigt das, was mir der Meister aus Nordhausen, der ihm half, einmal erzählte. Und nun sagt man, der Name ‚Gloriosa' habe dem Claus Unglück gebracht!"

„Diese böse Geschichte, die nach dem Unglück aufkam, war über lange Zeit vergessen – bis ein Mensch, den selbst das Unglück verfolgt, sie wieder ausgrub und mit Besessenheit unter die Leute brachte. Freilich, nur er und sein kleiner Anhang reden offen darüber, unter dem Volk geht sie nur heimlich um. Doch jedem wahren Christenmenschen ist es unerträglich, den Namen der ‚Ruhmreichen' auf solche Weise beschmutzt zu wissen."

„Doch sagt, warum unternimmt das Domkapitel nichts gegen diesen Widerglauben? Es wäre ihm doch leicht, die Unsinnigkeit des Geschwätzes zu beweisen." Der Vikar hob die Schultern. „Ich kann es nit sagen. Doch ich denke mir, die Domherren nehmen es nit wichtig. Redete ich mit einem von ihnen darüber, gab es nur ein mitleidiges Lächeln. Vielleicht ist da auch noch ein anderer Grund. In allen Thüringer Landen ließ das Kapitel seit Jahren für die neue Große Glocke sammeln. Die Spenden flossen gut. Dieser gute Fortgang wäre wohl gestört worden, hätte das Kapitel das Gerede um die unglückliche Sache ernst genommen, und es wäre dann vielleicht hinaus in die Lande gelangt."

„Hm, das geht mir ein. Und dennoch, es ist unwürdig, ja gotteslästerlich, diesen Widerglauben ungeschoren wirken zu lassen."

Stolle legte seine Rechte auf des Meisters Arm. Mit seinen großen dunklen Augen schaute er ihn eindringlich an. Und er sagte: „Bringt den Namen der ‚Ruhmreichen' wieder zu gutem Klang!"

Die Vorbereitung des Werkes ging gut voran. Die Steine für das flache Fundament des Gießhauses und das Holzwerk wurden von den Meistern in der Stadt pünktlich geliefert und auf der Wiese neben Sankt Severi gelagert. Das Fundament war abgesteckt, der Verlauf der Wände durch eine flache Schürfung markiert. Weiteres konnte erst geschehen, wenn der Meister den Plan für das Werk den Domherren in allen Einzelheiten dargelegt hatte. Das sollte am Ende der Woche sein, wie der Offizial den Meister durch einen Boten wissen ließ. Dieser Bote überbrachte zugleich die Einladung, der Meister möge mit seinen Gesellen am Anfang der nächsten Woche im „Roten Löwen" Wohnung nehmen.

„Seht, die hohen Herren leiden Euch nit bei mir, selbst wenn es für das Kapitel keine Kosten gibt", sagte Küchenmeister Engelmann lachend, als der Meister ihm die Botschaft des Offizials eröffnete. „Jammerschade! Ich hätte Euch gern um das Werk ein wenig ausgefragt. Ist ja nit nur ein Werk für das Kapitel, sondern eines für die ganze heilige Kirche, meine ich."

„Ein solches soll es sein – und darüber hinaus. Es soll ja läuten, und das heißt, es soll sich an die Menschen draußen wenden, nit nur an die Herren, die es in Auftrag gaben. – Doch wenn Ihr das Bedürfnis habt, von dem Werk jetzt schon zu wissen, so kommt doch zu mir! Ich bin dabei, den Riß und das einzelne aus dem Groben in das Feine zu übertragen, auf daß es für die Augen der gestrengen Domherren gefällig werde."

„Ich komme gerne", entgegnete der Küchenmeister erfreut. „Doch hindere ich Euch nit?"

„Nit im mindesten, lieber Freund. Fast eine Woche rechne und zeichne ich nun schon Abend für Abend, da kann ich eine Pause gar wohl vertragen."

„Könnte es heute abend schon sein?"

„Mit Vergnügen! Wenn es Euch beliebt, nit so spät."

An diesem Abend hatten die Gesellen des Meisters ein ernstes Gespräch. Es begann damit, daß Pieter nach dem Nachtmahl im „Halben Mond" plötzlich erklärte, er wolle noch einen Abendspaziergang unternehmen.

„Da machen wir doch alle mit?" Fragend blickte Conrad in die Runde.

„So es dem Herrn Hauptgesellen recht ist", sagte Claus spitz. „Ich meine, er sei in diesen Tagen mehr von uns abgerückt, als sein Amt es ihm gebietet."

„Claus!" mahnte der friedfertige Martin vorwurfsvoll.

Pieter schaute den Gesellen an, als wollte er ihn mit Haut und Haar verschlingen, doch dann wandte er sich mit einem harten Auflachen ab.

„Höre, Pieter", sagte Conrad ernst, „zwar redet Claus unnützes Zeug – wann redet der überhaupt vernünftig! –, doch auch mir gefällst du nit. Bist seit einigen Tagen einsilbig und schaust um dich wie ein grimmiger Landsknecht, dem sein Herr den Sold schuldig ist. Was hast du eigentlich?"

Pieter erhob sich. Dabei schlug er dem Vogelgesichtigen leicht auf die Schulter. „Laßt's mal jetzt, Freunde! Morgen wißt ihr mehr. Und laßt mich bei diesem Spaziergang allein, darum bitte ich euch." Er zog sein Wams glatt, stülpte sich die Lederkappe über und ging hinaus, ohne sich noch einmal umzuschauen.

Conrad schüttelte den Kopf. „Ich weiß nit – mir scheint, der hat etwas vor, was nit ganz lotrecht ist. Ob ich ihm nachgehe?"

„Tu es!" bat Martin ängstlich. „Ich glaube, es geht um die Bademagd. Er hat in den letzten Tagen so unruhig geschlafen. Einmal habe ich ihn im Schlaf reden hören. ‚Den Knirps drehe ich dir ab, du Jämmerling, in deiner Lauge ersäufe ich dich!' So hat er geredet, und manch anderes noch dazu. Mir ist rein Angst geworden."

„Hm – hm!" brummte Conrad nur. „Ich muß mich sputen."

Als er aus dem Haustor trat, sah er Pieter hinter dem Haus des Brückenzöllners vorbei den Graden überqueren. Er folgte ihm in einer Entfernung, die in der beginnenden Abenddämmerung noch ein sicheres Beobachten zuließ.

Pieter bog am Henkershaus nach rechts ab, ging ein Stück die Fischmarktgasse hinab, um in der Gasse hinter Allerheiligen zu verschwinden. Eilig folgte ihm der Vogelgesichtige. Als er in die Gasse einbog, sah er Pieter gerade eine ärmliche Hütte betreten. Er beschloß, im Toreingang eines gegenüberliegenden Hauses zu warten.

Der Hauptgeselle traf die Familie des Tagelöhners Diener in der armseligen Stube, als sie gerade das Nachtmahl beendet hatte. Am Tisch saßen die beiden Alten und ihr Sohn Just.

Überrascht blickten sie dem Gesellen entgegen.

Der zog höflich die Kappe. „Verzeiht, ich bin Pieter van Zwoll", stellte er sich vor. „Ich habe ein Anliegen an Just. Kann ich ihn wohl allein sprechen?"

Vater Diener zuckte mit den Schultern und deutete mit dem Kopf zu seinem Sohn hin.

Just verzog den Mund zu einem spöttischen Lächeln. „Große Ehre, Herr Hauptgeselle!" sagte er, ohne aufzustehen. „Doch sagt getrost Euer Anliegen. Was Ihr zu bereden habt, braucht ganz gewiß nit unter vier Augen zu geschehen."

„Wie Ihr wollt!" stieß Pieter grimmig hervor. „Man sagte mir, Ihr habet ein gutes Buch, in dem gar feine Verslein stehen. Ich bitte Euch um die Freundlichkeit, mir dieses Buch auf einige Tage zu leihen."

Verwundert blickten die Alten von einem zum andern. Just aber lachte gezwungen auf. „Ich besäße ein Buch mit feinen Verslein? Da hat man Euch einen Bären aufgebunden. Was sollte ich mit einem solchen Buch? Verse zu lesen steht mir nit nach dem Sinn. Armer Leute Kinder haben zu so etwas keine Zeit, sie können ja zumeist gar nit lesen."

„Vielleicht irrt Ihr Euch." Pieter trat einen Schritt näher. Scharf blickte er den Badeknecht an. „Ich meine ein bestimmtes Verslein, das Ihr ganz gewiß kennt. Hört gut zu! ‚Mein Herz, es hüpft gar fröhlich, wenn ich dein gedenk ...' Ist's Euch nit zur Genüge bekannt?"

Da verfärbte sich Justs Gesicht. Jäh erhob er sich. „Ich kenne es nit", stieß er heiser hervor. „Geht! Man hat – hat Euch Falsches zugetragen."

Pieter trat noch einen Schritt näher. „Ich meine, das sei gar nit so falsch. Oder soll ich den herbeiholen, der es gut genug weiß?"

Vor dem Riesen, in dessen Augen der Zorn gefährlich loderte, wich Just zurück. „Geht!" schrie er wieder. „Ich lasse mich nit von Euch bedrohen. Vater, rufe einen Stadtknecht!" Der Alte stellte sich zwischen beide. „Was soll das!" fuhr er Pieter an. „Ihr brecht den Frieden des Hauses. Was hat mein Sohn Euch getan?"

„Euer Sohn ist ein Lump. Er soll mir Rede stehen, und Ihr sollt dabei sein."

Da schnellte Just an ihnen vorbei, stieß die Tür auf, flüchtete auf die Gasse.

„Warte, Bursche!" rief Pieter, und er setzte ihm nach.

Draußen stieß er auf zwei Ringende. Conrad hatte gut aufgepaßt. Als der Badeknecht aus der Tür stürzte, war er ihm entgegengeeilt, hatte den Überraschten gepackt. „Um dich geht's also, Bürschchen! Hatte mir's beinahe gedacht. Sachte – sachte, Kleiner, Pieter will dich doch fein abputzen!"

Er brauchte sich nicht lange um den wild um sich Schlagenden zu mühen.

Pieter trat herzu. „Hast's gut gemacht, Conrad!" sagte er grimmig. „Und jetzt werden wir ihn zu seinem Meister bringen." Er packte den keuchenden Flüchtling am Arm. „Jetzt gehst du fein artig mit und erzählst deinem Meister das Bubenstück. Bist du widersetzlich, bringen wir dich gleich zur Stadtwache. Da kannst du bei den Ratten dein Herz gar fröhlich hüpfen lassen und mein gedenken."

„Laßt ihr gleich meinen Sohn los, ihr Schelme!" rief es da hinter ihnen. „Laßt ihn los, oder ich rufe die Wache!"

Pieter wandte sich um. „Vater Diener", sagte er ruhig, „wäre Euer Sohn so ehrbar wie Ihr, brauchte ich das nit zu tun. Er hat mich betrogen, seinen Meister und dessen Tochter an der Nase herumgeführt. Das soll er jetzt vor dem Bader bekennen. Kommt doch mit, auf daß Ihr Zeuge seid!"

Doch der Alte kam nicht mit. „Just!" hauchte er, und er starrte den Männern entgeistert nach.

Meister Ulrich Schuppe saß auf der Bank vor der Badestube, um in Beschaulichkeit den schönen Vorsommerabend zu genießen. Es war ein bescheidener Genuß, denn die Sicht war beschränkt durch das hochaufstrebende Haus jenseits des Hofes und gebrechliche Baulichkeiten ihm zu beiden Seiten. Doch der Himmel über ihm war blank – für alle gleich, ob arm, ob reich. Und vom Osten her kam eine gelinde Luft. Über sich im Haus hörte Schuppe seine Tochter wirtschaften.

Da wurde er jäh in seiner Ruhe gestört. Durch den Hausdurchgang kamen drei Männer. Jetzt, am Abend, Besuch? Unwillig schaute er den Männern entgegen. Doch bald erkannte er sie, er erschrak. Zwei Gießer und sein Knecht! Und wie sie ihn gepackt hatten! Das bedeutete nichts Gutes.

Er erhob sich.

Wenige Schritte von ihm entfernt blieben sie stehen, die Gießer mit trotzigen Gesichtern, der Badeknecht mit gesenktem Kopf.

„Verzeiht, Meister, daß wir Euch den Abend stören", sagte Pieter. „Doch Euer redlicher, fleißiger Knecht will Euch etwas erzählen, das keinen Aufschub leidet."

Die Hände halb erhoben, hilflos schaute Schuppe von einem zum andern. „Ja, was – was ist denn geschehen?"

„Los, rede!" herrschte Pieter den Badeknecht an.

Der hob trotzig den Kopf. „Meister, Ihr wißt, daß ich Euch redlich diene. Diese Burschen haben mich überfallen, sind gewalttätig geworden, haben mich wider meinen Willen hier hergeschleppt. Ich bitte Euch, helft mir!"

„Räudiger Hund!" stieß Pieter grimmig hervor und rüttelte ihn am Arm. „Willst noch den Armseligen spielen! – Sagt, Meister, kennt Ihr das Verslein ‚Mein Herz, es hüpft so fröhlich, wenn ich dein gedenk ...'? Kennt Ihr es?"

„Ei freilich! Das hat doch der Just meiner Grete geschrieben. Doch warum ...?"

Wieder schüttelte Pieter den Badeknecht. „Und wo hast du das her?"

Unter dem harten Griff krümmte sich der Knecht. „Aus einem Buch habe ich's. Hast doch selbst danach gefragt!"

„Ja, das hat mir Grete auch gesagt", bestätigte der Meister. „Aus einem guten Buch hat er es abgeschrieben. Laßt ihn doch los, Pieter van Zwoll! Mir scheint, der Neid treibt Euch gar zu weit."

„So, der Neid treibt mich gar zu weit", wiederholte Pieter grollend. „Nun hört mir gut zu! Dies Verslein steht in keinem Buch der Welt. Ich habe es zu einer Zeit, da ich des Irrtums war, Eure Tochter liebe mich, selbst geschrieben. Fünf gute Abende habe ich dazu gebraucht, weil ich kein Dichter und Sänger bin. Und als ich es mit Mühe zuwege gebracht, schrieb ich es in einem der Briefe nieder, die ich an Eure Tochter sandte, weil ich wußte, daß sie gerne Verse hört. Dieser Brief ist, wie die anderen, nit in Eurer Tochter Hände gelangt. Er ging – verloren, ha! Verloren, Meister, hört Ihr? Die Briefe gingen in die Hände Eures redlichen Gesellen verloren. Und er stahl mir den Vers, sich mit ihm vor Eurer Tochter aufzuputzen. Wie das alles möglich war, mögt Ihr mit Eurer Tochter ausfindig machen. Und laßt Euch von ihm auch das Buch zeigen! – So, darum ging es mir. Ihr mögt es Neid heißen, das bleibe Euch unbenommen. Ich heiße es reine Bahn machen. Hier habt Ihr Euren redlichen Gesellen!" Er schob den Badeknecht mit einem solchen Schwung von sich, daß der lang auf das Pflaster aufschlug.

Pieter hörte über sich einen leisen Aufschrei. Als er aufschaute, gewahrte er in einem der offenen Fenster Gretes Gesicht. Es schimmerte bleich in der Dämmerung, die Augen waren weit aufgerissen.

Ulrich Schuppe stand starr vor ihnen. Sein Mund bewegte sich, doch er brachte kein Wort hervor.

Die beiden Gießer verließen ihn ohne Gruß.

„Das ist in der Tat ein feines Stück!" stellte Conrad unterwegs fest. „Nit zu glauben! Darum warst du auch so grimmig in diesen Tagen. Hättest den Hund getrost noch ein wenig schinden können."

„Der hat sich jetzt genug Fell abgeschabt, mir genügt es für die reine Bahn. Mich dünkt, der Bader besorgt noch ein übriges, der alte Diener wohl auch. Und jetzt gehe ich zum Meister im Mainzer Hof und erzähle ihm alles."

„Jetzt? Er wird wohl kaum Lust haben, sich in seiner Arbeit stören zu lassen. Tust es besser morgen."

„Nein, sogleich! Ehe er es auf Umwegen erfährt. Berichte du es den andern."

Der Küchenmeister saß bei Gerhard in dessen Stube und ließ sich vom Wesen der Glocke und des Gusses erzählen. Mit großem Eifer folgte er den Worten. Als Gerhard eine Pause einlegte, fragte er: „Wann wurde die Glocke aber nun erfunden? Ich meine, das Handwerk muß doch einmal einen Beginn gehabt haben."

„Gewiß, das Handwerk der Glockengießer hat einen Beginn gehabt, wir wissen aber nit die Zeit. Doch erfunden wurde die Glocke nit, lieber Freund. Ich meine, sie sei nur zu immer besserer Art fortgesetzt worden aus der Schelle. Für diese haben wir ein sehr altes Zeugnis. Da schrieb der Apostel Paulus in seinem ersten Brief an die Korinther: ‚Wenn ich mit Menschen- und mit Engelszungen redete, und hätte der Liebe nicht, so wäre ich ein tönend Erz oder eine klingende Schelle.' Dies tönend Erz meinte nit eine Glocke, sondern erzene Stäbe. Das Zeugnis ist also nur für die Schelle."

„Aber die alte Kirche unseres Herrn hatte doch gewiß schon Glocken, welche die Gläubigen zum Dienst riefen?"

„Es kommt darauf an, welche Zeit Ihr mit ‚alt' meint. In den ersten Jahrhunderten nach dem Tod unseres Herrn ließ man die Gottesdienste durch Läufer, die mitunter klingende Hölzer anschlugen, ansagen. Auch durch Posaunen rief man die Gläubigen zusammen. In den Klöstern gaben sich die Mönche in ihren Zellen das Zeichen durch Anklopfen mit dem Weckhammer. Von einer rechten Kirchenglocke wissen wir zum erstenmal etwas aus einem Brief vom Jahre 535 aus Karthago, den ..."

„Aus Karthago?" unterbrach Engelmann erstaunt. „Da kannten die Mohren schon die Kirchenglocke?"

„Es müssen nit Mohren, es können auch Römer gewesen sein, die ja Karthago erobert hatten. Den Brief schrieb ein Armenpfleger an einen Priester in Italien. Er erfüllte dem Priester einen Wunsch, indem er ihm eine Glocke mitschickte."

„Es kann aber nur eine kleine Glocke gewesen sein. Denkt Euch doch den weiten Weg über das Meer!"

Gerhard nickte zustimmend. „Es war gewiß nur eine kleine Glocke, wie wohl überhaupt die ersten. Auch jene, die der große Bonifatius sich während seines Bekehrungswerkes in den Ländern Germaniens um 730 aus seiner irländischen Heimat senden ließ, wird nur ein kleines Stück gewesen sein. Für die Historie der Glocke liegt jene Zeit in tiefem Dunkel. Ich meine indes, daß mit des Bonifatius' Missionsglocke auch der Anfang der Kunst des Glockengießens in die deutschen Lande kam. Die Mönche des Klosters Fulda, das Bonifatius gründete, werden wohl das Glockengießen aufgenommen haben; sie hatten es in ihrer angelsächsischen Heimat erlernt. Diese Kunst gaben sie dann an die Mönche anderer Klöster weiter."

„Ach, schau an! Ich glaubte, die Glockengießerei sei eh und je ein weltlich Handwerk gewesen."

„Sie wurde erst ein weltlich Handwerk, als um 1200 die Städte aufblühten und die Innungen entstanden. Da ging diese Kunst aus den Händen der Klosterbrüder ganz in die Hände der Laien über."

Nachdenklich ruhte der Blick des Küchenmeisters auf der großen Zeichnung, die der Meister vor sieh ausgebreitet hatte. Sie zeigte die Ansicht der neuen Großen nach des Meisters Plan mit allen Einzelheiten, allem Schmuck. Daneben waren mit feinem Strich die Maßlinien mit allerlei Zahlen eingezeichnet.

„Welch ein schönes Werk!“ sagte Engelmann nach geraumer Zeit. „Und das Ganze aus einem Stück, von – von dem da oben, wie nennt Ihr das? Die Krone, nit wahr?“

„Von der Krone bis zur Schärfe! Nur der Klöppel wird besonders gefertigt. Seht, dieses Henkelwerk, an dem der Glockenkörper hängt und mit dem er später am Querholz befestigt wird, ist die Krone. Der eigentliche Glockenkörper beginnt mit der in die Breite ausschweifenden, im Verhältnis niedrigen Haube, von der der Hauptteil der Glocke nach unten ausschwingt. Diesen, dessen Hauptteil Rippe heißt, nennt der Gießer Flanke, sie läuft in der Schärfe aus, dem unteren Rand. Die Rippe ist am stärksten knapp über der Schärfe, dem Schlagteil, weil hier die Kugel des Klöppels anschlägt. Der Klöppel besteht aus der Stange, deren eines Ende oben in der Glocke an einem Zapfen mit einem Ring befestigt wird, deren anderes Ende die Kugel mit dem anhängenden Schwanz ist. Das ist im groben die ganze Glocke.“

Der Küchenmeister lachte fröhlich. „Das war eine feine Lektion! Sie ist mir gut eingegangen. Doch es wird nun gefordert, daß dieses Stück auch einen bestimmten Klang habe. Wie bringt Ihr das zuwege?“

„Das, lieber Freund, ist des Meisters Hauptsache, denn damit kommt das Werk erst zum rechten Leben. Mag ein anderer auch die Form, die Schrift und den Schmuck für die Glocke entwerfen, den Klang kann allein der Meister bestimmen.“ Er ergriff ein zweites Blatt, auf dem die Glocke im Riß gezeichnet war. „Seht, das ist die Rippe! Die äußere Form und die innere Form der Rippe nennt man Profil. Dieses Profil bestimmt den Klang. Werte der Erfahrung und gute Berechnung aber geben das rechte Maß für das Profil. Jegliche Abweichung von den Werten ergibt einen anderen Klang.“

„Prächtig – prächtig!“ rief der Küchenmeister aus. „Ihr plagt Euch mit Zahlen für einen bestimmten Ton – ich mit Zahlen für eine geordnete Verwaltung! Nennen wir es verwandte Professionen!“

„Nennen wir es so!“ erwiderte Gerhard lachend. „Doch bei meiner Profession geht es nit um die Berechnung eines bestimmten Tones, sondern eines bestimmten Klanges, das ist gut zu beachten. Da ist einmal der kurze, kräftige Schlagton, der durch das Anschlagen des Klöppels verursacht wird, da sind zum andern mehrere leiser, weicher klingende Begleittöne von langem Nachhall. Und alle müssen in guter Harmonie beieinander sein. Meine Glocke zum Exempel soll diesen Klang haben: Grundton c–f, Unterton Dis–E, Terz g–gis."

Da sagte Engelmann überrascht: „Oh, das ist ja eine ganze Musik!"

„Ja, eine ganze Musik, das habt Ihr sehr gut gesagt! Eine musica sacra aber ist's, mein Freund, ein Vorspiel des ewigen Lebens. Wo gäbe es eine, die höher, weiter und tiefer klänge? Und diese Musik einer Glocke muß abgestimmt sein mit der jener aller, die mit ihr in Gemeinschaft läuten, sonst gäbe es ein gar peinliches, unerquickliches Durcheinander. Ist darum ein Geläut nit ein hehres Beispiel für uns Menschen? Will ein Volk als etwas Rechtes gelten, muß ein jeder sich friedlich einfügen in guter Harmonie, muß ein jeder sich abstimmen mit denen, die mit ihm in Gemeinschaft leben. Das gibt eine gar feine, friedvolle Musik für alle Dauer – zur Ehre der Menschen." Seufzend setzte er hinzu: „Wahrlich, es wäre an der Zeit, daß diese friedvolle Musik aufklänge auf dem ganzen Erdkreis!"

Nachdenklich verharrte der Küchenmeister in Schweigen. Dann wiederholte er, mehr für sich: „Wahrlich, es wäre an der Zeit!" In seinen Augen lag ein tiefer Glanz, als er nun Gerhard van Wou anschaute. „Meister, ich – ich weiß nit, wie ich es sagen soll, ich sehe die Glocke jetzt mit einem ganz anderen Blick. In diesem Erz, von kunstfertigen Händen geformt, ist – ist ja göttliches Leben! Darf man das sagen? Ich meine, man darf es, Eure Worte bekunden es doch. Wenn es dröhnend spricht – ist's nur ein Ruf, zum Haus des Herrn zu kommen? Es ist doch mehr, viel mehr, es ist – ist Mahnung zum Guten unter den Menschen nach dem Wort des Herrn, ist Zeugnis seines Wortes. Darum meine ich, in der Glocke wohne göttliches Leben."

„So ist es! Und wir wollen es sorglich hüten."

In der Nacht schraken die Menschen auf. Irgendwo dröhnte eine Sturmglocke, und Feuerhörner brummten schauerlich durch die Gassen. Auch die Gesellen im „Halben Mond" eilten an die Fenster. „Heiliger Severus, das ist doch deine Kirche!" stieß Martin hervor.

Im Scheine des Mondlichtes sahen sie schon die Menschen über den großen Platz eilen, zum Domhügel hin.

„Das kann nit sein", sagte Pieter. „Der Schein kommt doch hinter der Kirche auf. Es wird ein Haus hinter dem Hügel ..." Er unterbrach sich jäh. „Mutter Maria!" schrie er. „Unser Holz! Dort liegt doch unser Holz! Wenn die Schelme es angezündet ...!"

Da stürzten Conrad und Claus herein. „Seht ihr das?" rief der Vogelgesichtige. „Ich meine, es sei unser Holz, das wir auf der Wiese hinter der Kirche aufgeschichtet haben."

„Ich meine es auch", erwiderte Pieter grimmig. „Los, Freunde, ankleiden und hin! Wer holt den Meister?"

„Ich werde zu ihm eilen", erbot sich Martin.

Sie brauchten den Meister nicht zu holen; der war schon unterwegs, als sie gingen. Ein Domwächter hatte Pförtner Bestell herausgeklopft, kaum daß die ersten Flammen aufgelodert waren, und der Pförtner hatte sofort den Meister geweckt.

Und doch kam Gerhard verspätet an der Brandstätte an, er mußte einen dichten Ring neugieriger Zuschauer durchbrechen. Die bewaffneten Domknechte hatten mit Mühe die Leute zurückgedrängt.

„Wir versuchten erst, die Flammen zu löschen, doch es brannte an mehreren Stellen zugleich", erklärte einer der Knechte.

Das sah nun auch der Meister. An drei Ecken des breiten, sorgfältig aufgeschichteten Stapels Balken und Stollen loderte es mächtig auf, ebenso an dem Stapel der Bretter, die für die Wände des Gießhauses bestimmt waren. Selbst aus der Mitte der Stapel schlugen Flammen hoch. Das Feuer ging von den untersten Schichten aus, und nur zu schnell hatten sich die Flammen durch das dürre Holzwerk nach oben durchgefressen. Jeder sah: Hier waren Brandstifter am Werk.

Die Wächter und Glöckner von Sankt Marien und Sankt Severi waren die ersten Helfer. Mit langen Hakenstangen versuchten sie, die Stapel auseinanderzureißen, andere, unterstützt von zahlreichen Bürgern, brachten in Ledereimern Wasser herbei. Doch es war ein schweres und gefährliches Werk. Die Brandstifter hatten die Stapel reichlich mit Öl begossen. Die gewaltige Hitze, von den Flammen krachend emporgeschleuderte brennende Holzstücke trieben die Helfer immer wieder zurück.

Der Meister sah, daß dieses Holz für den Bau verloren war.

Konnte einiges gerettet werden, war es stark angekohlt oder durch die Brandhitze gerissen.

„Schaut nach der Kirche, daß ihr kein Schaden geschieht!“ rief er den Helfern zu. „Seht doch, die Funken fliegen auch in die Turmluken. Hinauf! Nehmt nasse Tücher mit!“

Die Gesellen trafen ein, wollten die Hakenstangen ergreifen. Doch Gerhard wehrte ab, warf seine Stange zur Seite.

„Laßt es sein! Wir können das Holz nit mehr gebrauchen. Sollen die Brandstifter ihre Freude haben! Künftig werden wir sie ihnen verderben.“

„Gesindel!“ stieß Conrad in ohnmächtigem Zorn hervor. „Und Öl haben sie dazu genommen, das stinkt ja um und um!“

Einige Stadtknechte kamen, ließen sich von dem Meister berichten. Doch er äußerte keinen Verdacht.

Da schrie es plötzlich aus der gaffenden Menge: „Seht, der Holländer läßt sein eigenes Werk verkommen! Hast's wohl aufgegeben – hahaha! Ist dir wohl zu heiß? Merke dir's nur gut!“

„Der Hund!“ zischte Pieter und wollte sich in die Menge stürzen, um des Schreiers habhaft zu werden.

Gerhard hielt ihn jedoch mit einem harten Griff zurück. Gelassen wandte er sich in die Richtung, aus der die unflätigen Worte kamen. Und er rief mit dröhnender Stimme. „Ich weiß nit, wer du bist, du Schelm, hast dich ja gar tapfer in der Menge verborgen. Doch ich meine, du seiest einer, der hier mit angezündet hat. Merkt ihn euch gut, ihr Leute! Seht, wie die Funken lustig fliegen – dort zu den beiden stolzen Kirchen hin und zu euren Häusern hin! Könnten sie nit auch dort gar schnell zünden? Dann dankt es ihm und seinesgleichen! Merkt ihn euch! Es sind jene, die gegen die ‚Gloriosa‘, gegen mein Werk hetzen, sie haben mich schon einmal bedroht. Doch mein Werk können diese Erzschelme nit stören, nit mit Haßgesängen und nit mit Brand. Mein Werk dient dem Lobe Gottes und der Heiligen, es dient zur Ehre der Menschen. Das Werk dieser Schelme aber ist Brand, Gewalt und Schmutz und dient darum dem Teufel. Rückt ab von diesen Buben, sorgt mit, daß ihnen das Handwerk gelegt wird!“ Da kam Bewegung in die Menge. Sie reckten die Hälse, hoben die Fäuste. „Sorgt mit!“ schrien einige. „Tut es sogleich!“ riefen andere. „Wo ist der Brandstifter?“ – „Her mit dem Schelm!“ Ein wildes Geschiebe und Gedränge begann. Doch den Schreier erwischten sie nicht, der hatte sich schon nach den ersten Worten des Meisters davongemacht.

Auch Elias Degenhart, der Offizial des Domkapitels, Conrad

Stolle und einige Geistliche der beiden Stifter hatten sich eingefunden.

„Daß man das erleben muß!“ klagte Degenhart. „Zwar weiß ich um das Geschwätz wider die ‚Gloriosa‘, doch daß das Volk sich solcher Mittel bedient ...! Nein – nein!“

„Das Volk?“ wiederholte der Meister erstaunt. „Einige Verblendete sind es, Herr Offizial! Das Volk ist dieses da, das den Brandstifter sucht! Und daß die Teufelsbuben einigen Anhang haben, ist, so will es mir scheinen, nit des Volkes Schuld. Guter, ehrlicher Worte für das Volk bedarf es, und mich dünkt, jene, die sie sprechen mußten, hätten sich gar zu sparsam gehalten.“

Der Offizial machte eine Geste, die Hilflosigkeit ausdrückt, und schwieg.

Vikar Stolle überbrückte die Pause der Verlegenheit. Gerhards Meinung bekräftigend, sagte er: „Eure Worte an die Menge haben dafür gut gezündet, lieber Meister. Mögen sie für alle, die es besonders angeht, eine gute Lektion sein! Wirft Euch dieser Brand in Eurem Werk zurück?“

„Nit im mindesten, lieber Freund! Mit dem Schaden muß der Herr Offizial sich herumschlagen. Es gilt, den Platz zu räumen und neues Holzwerk in der gleichen Menge und den gleichen Maßen zu bestellen. Wir werden es erst anfahren, wenn das Fundament gelegt ist. Ist das Eures Sinnes, Herr Offizial?“

„Es muß wohl so sein“, erwiderte Degenhart seufzend. „Es gibt eben ein unnützes Loch in der Kasse.“

„Vielleicht ist es gar nit so unnütz. Gar manche, die hier Zeuge waren, hat das Feuer ganz gewiß aufgerüttelt. – Und übermorgen werde ich den Domherren meinen Plan darlegen. Es bleibt doch bei dieser Zeit, Herr Offizial?“

„Die hochwürdigen Herren haben für diese Zeit zugesagt.“

Die Menge hatte sich inzwischen verlaufen. Auch die Geistlichen gingen. Noch loderten die Flammen empor, doch sie hatten den größten Teil ihrer Nahrung verbraucht. Mit einem gewaltigen Krachen brachen die beiden Stapel in sich zusammen, einen leuchtenden Sprühregen weit von sich stoßend. Die Männer wichen erschrocken zurück.

„In einer guten Stunde ist alles Glut und Asche“, sagte ein Stadtknecht zu Gerhard. „Könnt getrost nach Hause gehen, Meister. Ich wache mit den anderen, wir sind heute für solche Fälle an der Reihe.“

Pieter erbot sich aber, bis zum Morgen mit zu bleiben. Als der Meister erstaunt fragte, was ihn denn dazu bewege, erklärte der Geselle: „Zumeist kehrt ein Missetäter an den Ort seiner Schande zurück. Vielleicht treibt auch diesen Schelm das Gewissen. Ich hätte ihm ganz gern einmal in die Augen geschaut."

„Es sei denn, du hättest ihn", entgegnete Gerhard lächelnd. „Dann bringe ihn mir. Doch Löcher in seinem Fell möchte ich nit sehen."

Da sagte Conrad: „Meister, wir bitten Euch, erlaubt uns, daß wir Pieter bei der Ausschau helfen."

Nach einigem Zögern war Gerhard einverstanden. „Dann macht es aber geschickt, bleibt nit auf einem Haufen! Und denkt daran, zu befehlen haben hier die Stadtknechte."

Pieter war glücklich, daß der Meister ihm zugelächelt hatte. Gestern abend hatte er ihn, nachdem er sich von der Überraschung über des Badeknechts schändliche Tat erholt, ob der Art, „reine Bahn" zu machen, hart angefahren. Es wäre klüger gewesen, zuerst mit Ulrich Schuppe und seiner Tochter zu sprechen. Das seien ehrbare Leute, die dann gewiß alles andere erledigt hätten. So erscheine er als rachsüchtiger Neider, und der Badeknecht werde ihm seine Gewaltsamkeit und die Löcher im Fell ganz gewiß nicht vergessen.

Als Gerhard die dunkle Mainzer-Hof-Gasse entlangschritt, vertrat ihm eine hohe Gestalt den Weg. Erst als sie nahe vor ihm stand, erkannte er sie. Es war Valentin Groß, der Besessene. Der kam ihm gerade zupasse! Er packte ihn am Arm, zog ihn zu sich heran. „So, und nun redet!" forderte er grimmig.

Groß bog sich unter dem harten Griff. „Laßt mich los!" keuchte er. „Ich will Euch sagen, daß ich mit dem Brand nichts zu tun habe."

„Ha!" Gerhard stieß ihn von sich. „Das glaubt Euch wohl nit der dümmste Waldneck! Dann habt Ihr ihn eben angestiftet, das kommt auf dasselbe 'raus. Geht mir aus dem Weg, sonst vergesse ich, daß Ihr ein Verrückter seid!"

„Glaubt, was Ihr wollt! Ich habe damit nichts zu tun. Doch das ändert nichts, ich hasse Euch wie zuvor!"

Gerhard schritt weiter. Mit einer kurzen Bewegung schob er den Besessenen zur Seite. „Armseliger Wicht! Wann werdet Ihr endlich klug!"

Der Pförtner hatte ihn schon erwartet, und der Meister mußte ihm alles berichten.

Am Vormittag – Gerhard saß gerade beim Schriftzeichnen – erschien Hans Bestell und meldete, Elisabeth Bonhard begehre ihn zu sprechen.

„Des Zunftmeisters Weib?“ fragte Gerhard erstaunt.

„Ja, Michael Bonhards Weib. Sie komme im Auftrag ihres Mannes.“

Verlegen schaute der Meister um sich. „Oh, das ist mir jetzt aber gar nit recht!“ seufzte er. „Schaut nur, diese Unordnung! – Aber ich kann sie doch nit zurückweisen. Geht geruhsam hinab, Hans Bestell, nehmt Euch Zeit, indes ordne ich hier schnell ein wenig.“

Der Pförtner tat es in bester Weise. Der Meister hatte genug Zeit, den Arbeitsmantel auszuziehen und im Schlafraum aufzuhängen und die Zeichnungen auf dem Tisch zu ordnen.

Als Elisabeth Bonhard eintrat, erhob sich Gerhard und ging ihr entgegen. Mit einigen artigen Worten begrüßte er sie, dabei erklärte er, ihr Besuch überrasche ihn zwar, doch erfreue er ihn noch mehr. Er bot ihr Platz in einem hohen Lehnsessel, zog einen Polsterschemel heran und setzte sich ihr in gebührlichem Abstand gegenüber.

Sie lächelte, doch ihre Augen blieben ernst, fast traurig. „Ich sehe Euch bei der Arbeit, Meister van Wou, verzeiht die Störung“, sagte sie mit leiser Stimme.

„Ich bitte Euch, Frau Elisabeth, sprecht nit von Störung. Wirklich, Euer Besuch ist mir eine Freude.“

Ihr feines Gesicht hatte sich ein wenig gerötet. „Michael Bonhard sendet mich, Euch sein Bedauern kundzutun über das Mißgeschick, das Euch mit dem Brand in der vergangenen Nacht ereilt hat. Er spreche auch im Namen der anderen Meister. Es ist ihm verwehrt, selbst zu Euch zu kommen, da er sich gestern den Fuß verletzt hat.“ Sie sprach es, wie Gerhard zu bemerken glaubte, ohne sonderliche Bewegung.

„Oh, wie bedauere ich das! Bitte, sagt dem Meister meine besten Wünsche! Und für die teilnehmenden Worte sagt ihm meinen Dank. Das Mißgeschick trifft mich nit so, wie die Brandstifter es sich wohl gedacht. Es verzögert nit mein Werk, und den Schaden trägt das Domkapitel.“

Schien es ihm nur so, oder atmete die Frau wirklich erleichtert auf? „Dann ist es ja gut!“ stieß sie hervor. Doch gleich mäßigte sie ihren Eifer. „Michael Bonhard gab mir auch auf, Euch zu sagen, daß Ihr stets mit seiner Hilfe und der seiner Meister rechnen könnt, so Ihr solcher bedürft.“

„Auch dafür danke ich ihm sehr. Ich werde mich im Notfall ihrer gerne bedienen."

Sie erhob sich. „Meister, seid nit bekümmert ob des groben Streiches, den man Euch spielte." Wie eine Bitte kam es aus ihrem Munde, eine ängstliche Bitte, die ihm mehr schien als nur eine höfliche Anteilnahme an dem Geschehen. „Gottes Segen ruhe auf Eurem Werk!" fügte sie leise hinzu, neigte leicht den Kopf und strebte dem Ausgang zu.

Er mußte eilen, vor ihr an der Tür zu sein und diese zu öffnen.

Sinnend blieb er stehen, starrte zu dem Sessel hin, in dem sie gesessen. Ihr Gebaren hatte ihn verwirrt.

Kopfschüttelnd ließ er sich wieder am Tisch nieder, seine Arbeit fortzusetzen.

Diese Arbeit wurde in den nächsten beiden Tagen durch weitere Besuche unterbrochen. Sie alle dienten dem Zweck, dem Meister das Bedauern über den Brand kundzutun. Der Küchenmeister kam, der Brückenzöllner. Der Domherr Johann Bonemilch von Lasphe sandte eine Botschaft durch den Offizial, und mit diesem hatte der Meister eine längere Aussprache. Der Hauptmann der Stadtpolizei erschien, um zu fragen, ob der Meister die Absicht habe, die Sache anzuzeigen; er war erleichtert, als Gerhard erklärte, daran denke er nicht, es komme jedoch auf das Domkapitel an, das ja den Schaden zu tragen habe.

Auch Pieter kam einige Male, um Bericht zu geben oder Anweisung einzuholen. Die Gesellen halfen den vom Kapitel bestellten Tagelöhnern, den Brandplatz zu räumen. Sie kümmerten sich um neues Holz in der Stadt und um andere Dinge nach des Meisters Wunsch.

So hatte die letzte Arbeit, die zum Vortrag vor den Domherren vonnöten war, nämlich das Zeichnen des Glockenschmucks, nicht den erwarteten Fortgang genommen. Und morgen sollte er den Domherren sein Werk erklären und ihre Entscheidung einholen. Da galt es noch viel zu schaffen. Er hatte den Pförtner gebeten, alle Besucher, die zu ihm wollten, abzuweisen.

Es war wieder ein milder Abend. Gerhard zog sich nach dem Nachtmahl in sein Arbeitszimmer zurück. Von Hans Bestell hatte er sich noch einen dritten Leuchter erbeten. Er brauchte gutes Licht für die Feinarbeit bei der Vollendung der Zeichnungen. Ehe er sich am Tisch niederließ, öffnete er beide Fenster weit.

Noch einmal überdachte er das bisher Geschaffene. Wahrlich, er brauchte nicht unzufrieden zu sein, trotz der Verzögerung durch die äußeren Umstände. Da war die große Zeichnung mit der Ansicht der Glocke, da die Zeichnung mit dem Riß, da waren die Tabellen und Berechnungen, deren Zahlen Größe und Klang der Glocke bestimmten. Diese Berechnungen und Tabellen hatte er zweifach gefertigt: die erste Ausfertigung mit den Werten, die auf den Wünschen des Domkapitels beruhten, die zweite Ausfertigung mit den Werten, die er für nötig erachtete, um dem Werk Bedeutung über dessen ursprünglich gedachte Aufgabe hinaus zu verleihen. Da waren weiter die Entwürfe und zahlreiche Details für das Zierwerk der Glocke.

Er hatte ein reiches Schmuckwerk vorgesehen: mehrere Friese, Ringlinien, die Inschrift und zwei sich gleichende Reliefs für die beiden Schauseiten, Mutter Maria mit dem Jesuskind auf dem Arm darstellend. Dieses Bildnis gab der Glocke den äußeren Sinn, denn es schuf die Verbindung zwischen ihr und dem geweihten Namen des Domes, den man die Stiftskirche Beatae Mariae Virginis hieß.

Eine gute Stunde zeichnete der Meister noch an dem Entwurf des Weinlaubfrieses, dann wandte er sich dem Marienrelief zu. Ein verhaltenes Leuchten breitete sich über sein Gesicht, als sein Blick wieder und wieder das Bildnis der Heiligen Jungfrau prüfend abtastete. Noch waren Feinheiten anzubringen, doch schon sah der Meister, daß ihm das Werk gar gut gelungen. Auf einer wie eine Schale waagerecht liegenden Mondsichel stand die Heilige Jungfrau in langem, faltenreichem Gewand. Aus weiten Ärmeln schauten die Hände, die das Jesuskind hielten. Auf dem Haupt, von dem das Haar wallend weit über die Schultern herabfiel, trug sie eine Krone. Hoheitsvoll war ihre Haltung, doch sie neigte leicht das Haupt, liebevoll lächelnd auf das Kind herabschauend. Das Kind hielt mit der ausgestreckten Linken spielerisch eine der langen Haarlocken der Mutter, seine Rechte war wie zur Mahnung leicht erhoben. Und das Ganze hatte der Meister mit einem Strahlenkranz umgeben; er zog sich um Körper und Mondsichel, nur die Krone auslassend.

Das war das große Zeichen am Himmel, von dem die Offenbarung des Johannes am Anfang des zwölften Kapitels spricht: „Und es erschien ein groß Zeichen im Himmel: ein Weib, mit der Sonne bekleidet, und der Mond unter ihren Füßen, und auf ihrem Haupt eine Krone von zwölf Sternen."

Mit Sorgfalt gab der Meister den Falten des Gewandes noch die rechten Schatten, prägte das Gezweig der Krone schärfer und zeichnete die breiten, kurzen Sonnenstrahlen zum Schwung der Flamme.

Dann legte er den Zeichenstift zur Seite, lehnte sich zurück. Mit Wohlgefallen lag sein Blick auf dem Werk, um seinen Mund spielte ein stilles, ernstes Lächeln. Oh, mochte es ihm auch so gelingen, wenn er es in die Form prägte und als ehernes Bildnis im Guß vollendete! „Erhabene Beherrscherin alles himmlischen Lichtes, gib dem Werk deinen Segen!" sagte er leise.

Er erhob sich, trat an das nächste der Fenster. Tief sog er die linde, würzige Nachtluft ein. Dunkel lag die Stadt. Doch gleich einer unendlich hohen Glocke zog sich das lichte Gewölbe des Himmels von der Grenze der Dunkelheit empor. Silberklar leuchtete die Sichel des zunehmenden Mondes inmitten des Flimmerns der ungezählten großen und kleinen Himmelskerzen.

„Und gib allen jenen dein Licht in das Herz und in das Leben, die hier noch in der Finsternis schmachten!"

Es war ihm nicht bewußt, daß er die Hände gefaltet hatte.

Der Tag begann so, wie die Nacht es verhießen hatte: sonnenklar und warm. Meister Gerhard war auf dem Weg zum Domkapitel. In einer langen ledernen Rolle trug er alles bei sich, was er zum Vortrag vor den hochwürdigen Herren brauchte.

Er hatte die Brücke, die über den Breitstrom führte, noch nicht erreicht, da trat ihm eine junge Frau entgegen. Sie hielt bisher das Haupt gesenkt, als sie jetzt aufschaute, erkannte er Grete Schuppe. Ihr Gesicht war bleich, Sorge und Ruhelosigkeit hatten es gezeichnet.

„Gott zum Gruß, Jungfer!" rief er, Unbekümmertheit in seine Stimme legend. „So früh schon unterwegs, und so traurig bei diesem herrlichen Tag! Das steht Euch nit zum besten."

Sie biß sich auf die Lippen, schaute für einen Atemzug zur Seite. „Verzeiht, daß ich Euch hier anspreche, Meister. Ich war auf dem Weg zu Euch, wollte – ich hatte – ich dachte, ehe Ihr Euer Tagewerk beginnt, sei es besser." Immer leiser, unsicherer war ihre Stimme geworden.

„Ihr seht, ich habe mein Tagewerk schon begonnen. Doch was drückt Euch, daß es Euch so dringlich ist?"

Da sagte sie hastig: „Pieter van Zwoll ist in Gefahr, Meister, und auch der andere Geselle, der mit dem Vogelgesicht. Just Diener drohte gestern vor meinem Vater, der ihn des Hauses verwiesen hat, er werde sich an ihnen rächen, er wüßte schon einen Weg. Meister, ich bitte Euch, warnt Eure Gesellen."

Gerhard konnte sich eines Lächelns nicht erwehren. Jedes ihrer Worte zeigte ihm, daß sie Pieter liebte wie zuvor. Sollte sie aber nur selbst mit ihm fertig werden!

„Warum warnt Ihr denn nit selbst, Jungfer?"

Da senkte sie den Kopf. Gleich einem wehen Seufzer kam es von ihren Lippen: „Ich kann nit wagen, vor ihn zu treten. Es kam doch alles durch meine Schuld. Und er – er sucht mich nit mehr."

„Könnt Ihr es ihm verargen, Grete, nach allem, was war? Doch sorgt Euch nit! Was der Just sagte, ist die Sprache eines kleinen Jungen, der ertappt wurde und nun die Faust in der Hosentasche macht. Pieter und sein Freund sind nit solche, die darum die Angst jagt."

„Sagt Ihr es ihm aber trotzdem, Meister?" fragte sie mit ängstlichem Blick.

„Ich werde es tun." Ernst lächelnd setzte er hinzu: „Doch nur die Warnung meine ich. Was Euch sonst noch drückt, müßt Ihr ihm selber sagen."

„Er wird mich weiter meiden", klagte sie. „Wie sollte ich ihm da etwas sagen!"

Da legte er seine Rechte auf ihre Schulter und schaute sie eindringlich an. „So müßt Ihr eben zu ihm gehen, müßt ihn suchen, Grete! Das ist nit wider Eure Ehre. Er hat Euch redlich die Treue gehalten in der vergangenen Zeit, sprach stets in hoher Achtung und Zärtlichkeit von Euch, ich weiß es nur zu gut. Darum, so meine ich, hat er verdient, daß jetzt Ihr zu ihm geht, auch auf die Gefahr hin, daß er sich Euch verschließt. Es ist mein Rat für den Fall, daß Ihr ihn – noch liebt, ehrlich liebt. Sonst laßt auch die Warnung sein, sie könnte nur dienen, ihm falsche Hoffnungen zu machen. Soll ich ihm sagen, Euer Vater habe ihn warnen lassen?"

Für einen Atemzug schloß sie die Augen. Sie atmete heftig.

Dann sprach sie leise: „Bitte, sagt ihm, ich hätte gewarnt."

„Es ist gut, Jungfer", erwiderte er lächelnd. „Habt nur Mut! Doch nach dem, was Pieter erlebte, müßt Ihr seinen Schmerz und auch seinen Zorn verstehen. – Nun Gott befohlen! Mich erwarten die Domherren. Grüßt Euren Vater! Vielleicht besuche ich am Nachmittag seine Stube."

Im Kapitelhaus wurde der Meister von Elias Degenhart herzlich empfangen. „Doch Ihr kommt ja um eine Stunde zu früh!" rief der

Offizial aus, während er ihn mit einer freundlichen Geste zum Sitzen einlud. „Unsere hochwürdigen Herren haben sich noch nit eingefunden."

„Es scheint mir in die Wiege gegeben, stets vor der Zeit da zu sein", erwiderte der Meister lachend. Ernst fuhr er fort: „Ehe die Handlung beginnt, hätte ich aber von Euch gerne noch eine Antwort auf eine Frage, die mich seit vielen Tagen drückt."

„So ich kann, werde ich Euch gerne Antwort geben. Geht es um die Glocke?"

„Es geht mehr um mich, Herr Offizial. Wenige Tage nach meiner Ankunft hatte ich ein Gespräch mit Zunftmeister Michael Bonhard. Es verlief am Anfang unfreundlich, ich erfuhr aber bald von ihm die Ursache. Man hatte ihm zugetragen, ich wolle mich mit meinen Gesellen für die Dauer in Erfurt niederlassen. So hegten er und seine Meister die Befürchtung, ich würde ihnen einen guten Teil ihres Brotes rauben, wie andere Meister zuvor es getan. Ich wies diese Nachricht als unwahr zurück, fragte jedoch, wer sie ihnen hinterbracht. Darauf sagte er ohne Zögern, sie sei aus der Verwaltung des Domkapitels gekommen. Nun ..."

„Aus der Verwaltung des Kapitels?" unterbrach der Offizial erstaunt. „Wie sollte denn das geschehen sein!" Er erhob sich. „Da muß ich doch gleich meine ..." jäh hielt er inne, schlug sich mit der flachen Hand an die Stirn, und laut auflachend setzte er sich wieder. „Ach, ich kann es mir zusammenreimen, lieber Meister! Wie schnell wird doch ein Wort, in der Verärgerung oberflächlich dahingesprochen, zu einer festen Sache! Und dabei liegt das schon so lange zurück! – Hört zu!

Als wir vor zwei Jahren die ersten Verhandlungen um die ‚Gloriosa' zu Ende geführt – Ihr hattet uns längst verlassen –, kam einer der hiesigen Glockengießer zu mir; entsinne ich mich recht, war es Matthias Ciegler. Er machte mir heftige Vorwürfe, daß wir den Auftrag an einen auswärtigen, dazu noch ausländischen Meister vergeben wollten. Er – Ciegler – könne gar gut ein solch großes Werk wagen, er führe ja auch die Werkstatt des großen Sundram, der sein Verwandter gewesen sei, fort.

Da er eine harte Sprache führte, entgegnete ich in gleicher Weise, hielt ihm vor, daß das Kapitel einige Monate lang Verhandlungen mit dem Zunftmeister geführt, daß dieser ihm zum Schluß erklärte, keiner seiner Meister könne oder wolle sich an ein solch großes Stück wagen. Ciegler war aufs höchste erbost. Davon wisse er nichts, und auch wenn er in dieser Zeit auswärts gewesen sei, hätte er erst befragt werden müssen. Er verlangte von mir, den Auftrag in der Zunft noch einmal auszuschreiben und Euch eine Absage zu erteilen. Das Ansinnen wies ich zurück, denn die Sache lief ja nun schon ihren guten Gang.

So gab es ein unerquicklich Hin und Her, bis ich ihn schließlich in hoher Verärgerung anfuhr, es sei ein gar betrüblich Zeichen für die hiesigen Meister, wenn sie trotz ihrer Not und kleinen Anzahl nit einmal in einer so wichtigen Sache einig seien, der alte Sundram würde sich ganz gewiß im Grab herumdrehen. Und darum scheine es vonnöten, Meister von großem Ruf heranzuholen und sie hier arbeiten zu lassen, auf daß sich die hiesigen Meister endlich wieder ihrer Aufgaben gegenwärtig würden. Das habe ich dem Sinn nach gesagt, und daraus hat man diese Geschichte gemacht, gar noch als neuere Nachricht aufgeputzt! Matthias Ciegler lebt nit mehr, auch seine Werkstatt ist eingegangen. So war das, Meister van Wou."

Gerhard seufzte. „Da habt Ihr freilich hart gesprochen, Herr Offizial. Doch die betrübliche Sache ist wohl durch mein Wort bei Michael Bonhard bereinigt. Es ist eben die Not, die in der letzten Zeit den hiesigen Meistern Ursache zum Neid gibt."

„Dem kann ich nit ganz beistimmen. Seht, die Erfurter Meister haben einen alten Ärger auf alle, die von auswärts kommen. Dieser Ärger begann schon vor zweihundertfünfzig Jahren, als Meister Heidenreich aus Aachen hier für das Kloster der Benediktiner etliche Glocken goß, das war anno 1246. Die Glockengießerei ist doch ein fahrend Handwerk, nit wahr?"

„Sie ist es zum besten Teil", bestätigte Gerhard.

„Seht Ihr! Auch Euch mußten wir vor Jahren erst irgendwo im jülicher Land ausfindig machen, und ich weiß, daß Ihr gar manches deutsche Land durchwandert habt, um Eure Werke zu vollbringen. Die meisten Erfurter Meister aber meinten, es sei zum besten Teil ein seßhaft Handwerk. Die Stadt allein und auch der nähere Umkreis konnten ihnen aber nit so viel Möglichkeiten bieten, daß sie alle ein gutes Brot hatten. So kamen manche in Not, und zur Not kam der Neid. Darin liegt, so meine ich, die Ursache alles Übels. Auch die Glockenmärkte, die sie noch zu Ende des vergangenen Säkulums hier abhielten, halfen ihnen nit viel. Und dabei hatten nit wenige einen guten Ruf, wie gerade der Ciegler und erst recht der Sundram, ein Mann von großer Vernunft, der seine Mitmeister wieder und wieder ermahnte, über die Mauern der Stadt hinauszusehen, freilich ohne Erfolg. Auch Kurt Kersten muß ich nennen, ein Mann von großer Kunst; er wanderte redlich und mühte sich sehr. Hätten die Meister diesen Leuten nachgeeifert, sähe es heute um das hiesige Glockengießerhandwerk anders aus."

„Und Michael Bonhard?" Er hatte den Namen des Meisters genannt, doch es stand das Bild dessen Weibes vor ihm: das feine, aber bleiche und traurige Gesicht, ihr Gebaren, das ihm ein Rätsel war.

Da seufzte der Offizial. „Ein guter, durch und durch ehrbarer Meister, geschaffen, den anderen seiner Zunft vorzustehen, doch ein sehr harter Kopf. Es ist schwer, mit ihm zu verhandeln, wenn er anderer Meinung ist. Man sagt, seine Unwilligkeit trübe sein Familienleben, sie sei aber die Folge eines körperlichen Leidens. Doch das gehört nit zur Sache. Michael Bonhard hätte das Zeug, Großes zu schaffen, vielleicht hindert ihn das Leiden."

„Er bot mir zweimal seine Hilfe an, falls ich ihrer bedürfte."

„Eine gute Geste, und er meint sie ganz gewiß ehrlich. Ihr habt sein Vertrauen, das will viel heißen. – Doch mich dünkt, es sei an der Zeit, daß wir uns in den kleinen Saal begeben, lieber Freund. Die hochwürdigen Herren werden sich bald einfinden. Seid Ihr bei Eurem Plan verblieben?" Er hatte diese Frage sichtlich mit Besorgnis gestellt.

„Ja!" entgegnete der Meister fest. „Diesen Plan zu verwirklichen ist – so meine ich – eines der wichtigsten Gebote."

„Gebe Gott, sie sagen ja! Halte ich ihn auch für gewagt, so habt Ihr doch mein Wort für den Fall, daß ich um meine Meinung gefragt werde. Macht es nur geschickt!"

„Ich danke Euch, Herr Offizial."

Sie betraten einen großen Raum, das Sälchen genannt, in dem die Domherren ihre geheimen Beratungen durchzuführen pflegten. Er hatte drei hohe, bunte Glasfenster, die man nach Belieben durch rotsamtene Vorhänge verdecken konnte. Die Sonne brachte einen hellen Glanz herein. Die Wände waren bis zur Decke dunkel getäfelt, mit Ausnahme der hinteren Stirnseite, deren Wand nur bis zur Hälfte der Höhe eine Täfelung aufwies, darüber aber ein riesiges farbenfrohes Gemälde der Heiligen Jungfrau auf goldenem Grund. Dies war der einzige Wandschmuck, doch er beherrschte den ganzen Raum. Von einem langen Tisch hing eine weinrote Samtdecke an allen Seiten tief herab, die Wirkung des in der Mitte des Tisches stehenden silbernen Kruzifixes besonders unterstreichend. Zahlreiche hohe gepolsterte Lehnsessel waren an einer Längsseite des Tisches bereitgestellt. Auch an jeder Stirnseite stand ein solcher Sessel. Hier konnten der Offizial und der Meister Platz nehmen.

Gerhard sah mit Befriedigung, daß sein Auftreten vor den Domherren auch dem Äußeren nach gut vorbereitet war. In geringer Entfernung vom Tisch stand eine Staffelei mit einer schwarzen Tafel. Darauf konnte er sowohl seine Zeichnungen, den Domherren gut sichtbar, stellen als auch ergänzend mit Kreide Zeichnungen ausführen. Ein Tischchen neben der Staffelei bot Gelegenheit, die Papiere griffbereit niederzulegen. Auch ein Kreidekästchen, eine Schale mit einem feuchten Wischtuch und ein kurzer Zeigestab lagen hier bereit.

„Zufrieden?“ fragte Degenhart, als der Meister seine Umschau beendet hatte.

Gerhard nickte dankend. „Bis jetzt in jeder Weise.“

„Ein Wort zum Ablauf der Handlung, Meister. Die Hochwürdigen werden nach ihrer gemeinsamen Andacht durch die Tür dort treten, sich vor dem Bildnis der Heiligen Mutter verneigen und dann auf mein Wort warten, mit dem ich Euch der Form nach vorstelle und Euer Begehr sage. Danach werden sie Euch durch Handschlag begrüßen. Während ich ihnen behilflich bin, sich zu setzen, begebt Ihr Euch zur Staffelei und beginnt Eure Rede. Ich setze mich indes drüben an die Schmalseite. Alles Weitere obliegt den Herren.“

„Das ist ja beinahe feierlich“, entgegnete Gerhard lächelnd.

„Doch so wird es nach der Regel hier geübt. Die Hochwürdigen sind sonst gar nit so feierlich, insonderheit Johann Bonemilch und Heinrich Petz nit, mit deren Verständnis Ihr, so meine ich, von Anfang an rechnen könnt. Johann Bonemilch ist zumeist für alle der Sprecher, sein Wort gilt viel. Doch stets entscheidet die Mehrheit. Zumeist hat Herr Foltzke eine eigene Meinung, Ihr erkennt ihn an seiner Körperlänge. Von den sechzehn Domherren werden acht, stellvertretend für alle, hier sein. Die vier Junioren kommen nit mit, sie können ihre Stimme noch nit erheben. Außer den schon genannten drei Herren stelle ich Euch noch die Herren Rüdiger, Bodenstein, Jodde, Clockerim und Stein vor.“

Sie brauchten nicht mehr lange zu warten. Die Tür wurde geöffnet, und die Hochwürdigen traten, Johann Bonemilch von Lasphe an der Spitze, gemessenen Schrittes ein. Mit ihnen verbeugten sich Degenhart und der Meister vor dem Bildnis der Heiligen Mutter.

Nun warteten sie auf die Anrede des Offizials – die einen mit erhaben-ernster Miene, Bonemilch und Petz mit einem freundlich-hellen Blick zum Meister hin.

„Hochwürdige Herren“, begann Degenhart, „dies ist der ehrbare Meister Gerhard van Wou aus Kampen, auf den die Wahl fiel, eine neue, die bisher größte ‚Ruhmreiche‘ für unser heiliges Haus zu gießen. Er bittet um die Gunst, sein Werk erläutern zu dürfen.“

Gerhard verbeugte sich gemessen.

Als erster reichte ihm Johann Bonemilch die Hand. Es war eine herzliche Begrüßung. „Euer Eingang sei gesegnet, lieber Meister“, sagte er freundlich. „Ich freue mich, wirklich, ich freue mich.“

Teils herzlich, teils zurückhaltend folgten die anderen.

Während die Domherren sich setzten – Degenhart half ihnen, indem er die hohen Lehnstühle zurechtrückte –, schritt Gerhard zur Staffelei. Wieder verbeugte er sich. Und er begann: „Hochwürdige Herren! Ich bin dankbar, daß mir der Auftrag erteilt wurde, das große Werk zu vollbringen, und ich danke auch für die Gunst, das Werk hier erläutern zu dürfen. Mögen die Heiligen mich und die Meinen mit der rechten Kraft segnen, daß das Werk zum Lobe Gottes und der Heiligen Mutter, der es geweiht wird, in bester Art gelinge.“

Er verbeugte sich zum Bildnis an der Stirnwand hin, das ihm in strahlendem Glanz entgegenleuchtete.

Nun entnahm er der ledernen Rolle die Blätter. Er stellte die Zeichnung mit der Ansicht der Glocke auf die Staffelei, nahm den Zeigestab zur Hand.

„Dies, hochwürdige Herren, ist das Werk im Entwurf. Erlaubt, daß ich Form und Zier erläutere. Die Glocke hat die Tulpenform, die sich allüberall als die beste durchgesetzt. Die Krone hat sechs Bügel, ihre Enden sind zur Zier als Antlitz unseres Herrn ausgeformt. Den Glockenhals umringt ein breiter Kranz von Friesen und Ringlinien in dieser Folge: Fries von Lilien, Ringlinien, Rosettenfries, Ringlinien, Inschrift, Ringlinien, Rosettenfries, Ringlinien, Fries von Weinlaub. Unten, an der Grenze zwischen Wolm und Schlag, befinden sich fünf wellenförmige Wulste mit scharfer Kante, deren mittelster am stärksten hervortritt. Ein wenig oberhalb der Schärfe befinden sich eine Ringlinie und ein Band.

Wie schon dargelegt, befindet sich die Inschrift als Band in dem Kranz von Friesen und Ringlinien am Glockenhals. Sie lautet nach dem Wunsch der Hochwürdigen:

Laude patronos cano gloriosa
Fulgur arcens et demones malignos
Sacra templis a populo sonanda
Carmine pulso.

Altem Brauch gemäß, ist gedacht, der Inschrift am Schluß den Namen des Gießers und das Jahr des Gießens zuzufügen:

Gerhardus Wou de Campis me fecit
Anno Dni MCCCCXCVII.

Zwischen den einzelnen Worten der Inschrift sind Lilien, am Zeilenende Rosetten gedacht.

Der Hauptschmuck, hochwürdige Herren, soll indes ein erzenes Bildnis jener erhabenen Frau sein, deren Namen diese Kirche trägt, der Heiligen Mutter. Dies ist die Zeichnung in großem Maßstab. Das Relief soll auf jeder dem Beschauer zugewandten Seite in gleicher Ausführung knapp unter dem letzten Fries prangen.

Den Schmuck der Glocke also zu gestalten, dazu erbitte ich die Zustimmung der Hochwürdigen. Einzelzeichnungen für die Friese habe ich bereit."

Gerhard trat einen Schritt zurück, wartete auf das Wort der Herren.

Er brauchte nicht lange zu warten. Sah er schon während seiner Rede zufriedene Gesichter, aus denen Genugtuung sprach, so nickten ihm die Herren jetzt beifällig zu. Doch diesmal sprach Heinrich Petz als erster. „Gut, Meister, gut! Ich meine, es sei eine würdige Zier für die größte Glocke unserer Kirche. Dies ist mein Wort." Er schaute nach links, dann nach rechts, seine Nachbarn zum Wort auffordernd.

„In der Tat, eine gar würdige Zier! Ich danke Euch, Meister."

So ließ sich Johann Bonemilch vernehmen. „Mich dünkt, es bedarf keines Einblicks in die Einzelheiten der Friese."

Auch die anderen waren dieser Meinung, sogar Herr Foltzke, und das wollte viel heißen.

Elias Degenhart zwinkerte von der Stirnseite des Tisches her dem Meister lustig zu. Unauffällig hob er die Rechte, die er mit eingeschobenem Daumen zur Faust geballt hatte. Denn nun kam der hohe, steile Berg, den Gerhard van Wou überwinden mußte, wollte er das Werk seinem Plan gemäß vollenden.

„Hochwürdige Herren“, begann der Meister wieder, „ich danke Euch für die Zustimmung. Die ‚Ruhmreiche‘ soll die größte Glocke dieser Kirche werden.“ Er hob die Stimme. „Doch mich dünkt, es sei notwendig, daß sie die größte aller Glocken in den deutschen Landen werde.“

Da prallten die Domherren zurück, die Freundlichkeit auf den Gesichtern schwand in die Starre der jähen Überraschung. Einige Atemzüge lang schauten sie den Meister an, als habe er eine höchst ungebührliche Rede gebraucht. Dann wandten sie sich die Gesichter in heftigen Bewegungen zu, ohne die Sprache zu finden.

Johann Bonemilch faßte sich zuerst. Seine Stimme war ruhig, doch klang aus ihr ein Quentchen Mißmut. „Sagt, lieber Meister, wie kommt Ihr zu diesem – diesem verwunderlichen Ehrgeiz?“ Dabei schob er den massigen Oberkörper ein wenig über den Tisch.

„Die – die größte aller Glocken in – den – den deutschen Landen?“ wiederholte Herr Foltzke gedehnt. „Ja, ist denn das nit – nit Vermessenheit?“

So fragten sie ihn alle, und alle schauten ihn an, als verdächtigten sie ihn eines unklaren Sinnes.

Aus Gerhards Gebaren aber sprach die Ruhe, die feurige Kraft dessen, der sich in guter Sache mit einem würdigen Gegner mißt. „Nit Ehrgeiz und Vermessenheit, nit Geltungssucht und Geschäft sind es, die mich leiten, hochwürdige Herren. Mich leitet der Drang, mit unserem Werk für alle Zeit den Schmutz zu verbannen, den der Widerglaube an den hehren Namen der Ruhmreichen vor langer Zeit schon geworfen hat. Vernehmt doch, was hinterhältig und zumeist versteckt durch die Gassen schleicht: In jeder Glocke, die ‚Gloriosa‘ heißt, niste der Teufel. Er zerbreche oder verbrenne sie in bestimmter Zeitfolge, bringe dieser Stadt Unglück und breche gar den Meistern, die sie gegossen, den Hals. Und zum ‚Beweis‘ bauten jene, die den Widerglauben fördern, eine Zeitfolge zusammen, die man Teufelsreihe heißt und die ...“

„Aber, lieber Meister, das ist uns doch gar wohlbekannt“, unterbrach Herr Petz mit einer unwilligen Handbewegung. „Es ist ein harmlos Geschwätz Irrer und Besessener, das uns nit stört. Es ist nit wert, mit dem kleinsten Aufwand dagegen anzugehen. Aus purer Eigensucht ist es aufgekommen von jenen, die sich um das Geschäft gekommen sahen, und dann wurde es von den Irren gierig aufgegriffen. Wißt Ihr nit von dem Neid der hiesigen Gießer, der einst auch dem seligen Claus von Mühlhausen das Leben sauer machte?

Und darum die größte aller Glocken in den deutschen Landen? Nein, Meister van Wou, dazu gebe ich nit mein Wort – nie!"

„Nie!" sagten auch die anderen entschieden. Nur Johann Bonemilch von Lasphe schwieg, er schaute finster, doch nachdenklich zu Gerhard hin.

Den Meister schüchterte dieses „Nie!" nicht ein. Er trat einen Schritt näher. „Hochwürdige! Ich werfe nit besonders in die Waage, daß ein solch harmloser Schwätzer mich mehrfach bedrohte, daß Leute seines Sinnes das Holz ansteckten, das für den Bau des Gießhauses bestimmt war, daß diese Leute unser Werk zu stören versuchen – diesem allen weiß ich zu begegnen. Doch ich werfe in die Waagschale, daß das harmlose Geschwätz längst nit mehr Geschwätz ist, daß es um geht beim einfachen Volk, in den Schenken und Badestuben, und wahrhaftig zum üblen Widerglauben geworden ist. Das sollte uns nit stören? Es sollte uns nit stören, daß solchermaßen der Name der ‚Ruhmreichen', stets der Stolz der Kirche Beatae Mariae Virginis, beschmutzt werde? Ist's nit der Name der Heiligen Jungfrau, der Inbegriff des reinen Glaubens? Ich meine doch, das störe gar sehr. – Ich bitte Euch, hochwürdige Herren, vergeßt das ‚Nie!' Gebt mir die Gunst, mein Vorhaben zu erläutern!"

Sie schauten mit starren Gesichtern vor sich hin. Einige schüttelten unentwegt den Kopf; es war ihnen nicht anzusehen, ob der deutlichen Worte des Meisters oder ihrer unbeugsamen Meinung wegen.

Das lange Schweigen beendete Herr Foltzke. Er sagte: „Nit übel habt Ihr geredet, Meister van Wou, das muß man Euch lassen, doch überzeugt habt Ihr mich nit. Und darum bleibt es bei meinem Nein. Da wir hier freundschaftlich alles bereden, sage ich Euch auch den Grund. Setzen wir den Fall, es sei, wie Ihr gesagt. So wollt Ihr – habe ich Euch recht verstanden – dem Widerglauben zu Leibe rücken, indem Ihr seine Sinnlosigkeit durch das Gelingen eines besonders großen Stückes der ‚Ruhmreichen' beweist. Ist es so?"

„So ist es", bestätigte Gerhard. „Doch nit nur durch ein gut Gelingen des Gusses, sondern auch durch eine lange Lebensdauer des Stückes, soweit sie durch Kunst und Geschick zu erreichen ist, will ich dem Widerglauben den Hals brechen. Bedenkt, hochwürdige Herren, auch Claus von Mühlhausen gelang der Guß eines großen Stückes, man könnte sagen: eines besonders großen Stückes, indes sein Werk war nit von langer Lebensdauer, es zersprang nach kurzer Zeit."

„Löblich ist Euer gutes Wollen, ehrbarer Meister, indes, darum braucht es nit die größte aller Glocken in den deutschen Landen zu sein. Das, was man gemeinhin Teufelsreihe heißt, endete mit dem Zerspringen von Clausens Werk. Dieses Werk hatte ein Gewicht von zweihundert Zentnern, es war die größte aller ‚Ruhmreichen' bis zu dieser Zeit. Euer Werk soll zweihundertvierzig Zentner haben, Meister van Wou, wird also um vieles größer, wird größer als alle bisherigen ‚Ruhmreichen'. Mich dünkt, ihr gut Gelingen reiche völlig aus als Beweis in Eurem Sinn."

Das war so klar und überzeugend, daß Offizial Degenhart vermeinte, es sei der Todesstoß für Meister Gerhards Plan. Er seufzte im stillen, auch darum, weil die anderen Domherren dem Sprecher eifrig zunickten. Fand der Meister jetzt nicht ein geschicktes Wort, war es um seine Sache geschehen.

Doch da baute Johann Bonemilch nach langer Überlegung eine Brücke. Er sagte freundlich und in großer Ruhe: „Ich meine, wir sollten das gute Wollen des Meisters gar wohl würdigen, geht es doch zum geringsten um seine Sache, dagegen viel mehr um die unsere. Daß er nit allein sein Handwerk sieht gemäß dem ihm erteilten Auftrag, sondern dazu noch die Sorge trägt um die Reinheit des Namens der ‚Ruhmreichen', ist doch des Lobes wert. Darum sollten wir seinen Plan nit nur dahin prüfen, ob er die Grenze des Notwendigen übersteigt, wir sollten auch prüfen, ob sich das, was seines Sinnes ist, ohne sonderliche Schwierigkeiten erreichen läßt."

Herr Foltzke rümpfte die Nase, sagte aber nichts. Auch die anderen schwiegen, ihre Gesten besagten weder ein Ja noch ein Nein.

Darum fuhr Bonemilch fort: „Sprecht, Meister! Sagt Einzelheiten!"

„Ich danke für diese Gunst. Seid versichert, hochwürdige Herren, es geht mir um die hohe Sache. Diese hohe Sache ist auch eines hohen Einsatzes wert, ich sage: des höchsten! Der höchste Ruhm für die ‚Ruhmreiche' in der größten, bedeutendsten Stadt des Mainzer Herrn diesseits des Thüringer Waldes, der größte aller ehernen Rufer und Mahner Deutschlands in einem Turm der Kirche Beatae Mariae Virginis zu Erfurt – ach, gibt es ein stärkeres äußeres Zeugnis?"

‚Jetzt packt er sie am Ehrgeiz', dachte Degenhart, ‚welch ein geschickter Mensch!' Und er führte die Hand an den Mund, um das Schmunzeln, dem er nicht widerstehen konnte, zu verbergen.

„Und sollte ein Bedenken wegen des Aufwandes gelten“, fuhr der Meister fort, „wie gering ist er im Vergleich zur Bedeutung der Sache! Rund fünfunddreißig Zentner Metall nur sind es mehr, eine größere Form, deren Mehrkosten nur wenige Gulden ausmachen, der höhere Zeitaufwand beim Gießen ist nit der Rede wert. Die Glocke wird ein Gewicht von zweihundertfünfundsiebzig Zentnern haben, der Klöppel ein solches von achtzehn Zentnern. Die Zier, der die Hochwürdigen zugestimmt, wird auf der größeren Fläche zu noch besserer Wirkung kommen.“

Herr Foltzke versuchte noch einen Einwand: „Und habt Ihr auch bedacht, daß dann der Klang nit mehr wie besprochen sein könnte, daß er vielleicht nit mehr zum anderen Geläut passen würde?“

„Er wird passen, ich habe das Geläut studiert. Der Klang ändert sich nit. Er wird das Geläut gewaltig führen.“

Wieder schmunzelte Degenhart. Der Meister sagte stets „wird“, als ob er die Sache schon in der Tasche habe.

Da wandte Johann Bonemilch von Lasphe sich ihm zu. „Und Ihr, mein Freund, wie steht Ihr dazu? Würde des Meisters Plan auch in Eure Rechnung passen?“

Der Offizial sprach ohne Zögern: „Nach meinem Überschlag gäbe es für die Rechnung keine Schwierigkeit. Die Spenden flossen reichlich. Neben dem Metall der alten Glocke und den schon hinzugekauften vierzig Zentnern haben wir noch einiges im Rückhalt, brauchten nur noch etwa zehn Zentner anzuschaffen. Das belastet die Rechnung, die im Voranschlag mit rund zweitausendvierhundert Gulden angesetzt ist, nit sonderlich. Gälte mein Wort bei der Abstimmung, würde ich ein Ja zu des Meisters Vorhaben sagen.“

Mit dem letzten Satz hatte er mehr gesagt, als in der Frage an ihn gefordert wurde. Darum warfen ihm einige Dornherren einen mißmutigen Blick zu.

Ehe aus ihrer Mitte noch ein Einwand geschehen konnte, entschied Lasphe: „Wir werden kurze Zeit beraten.“ Zu Gerhard gewandt, fuhr er freundlich fort: „Lieber Meister, würdet Ihr – ich meine, dürfen wir Euch bitten ...“

„Gerne, Hochwürdiger“, fiel Gerhard in das Zögern des Domherrn ein. Er begab sich in das Nebenzimmer, um dort das Ergebnis der Beratung abzuwarten.

Hier waren die Fenster weit geöffnet. Der Meister trat heran, atmete tief die sonnendurchflutete Luft ein, die von Nordwest über das Grün jenseits der Stadtmauer herabstrich.

Welch ein Glanz des Friedens über der Stadt! Der Meister seufzte. Sein Erleben in dieser Stadt hatte ihm bewußt gemacht, daß es ein Glanz an der Oberfläche war. Darunter gärte der Unfriede – noch still, doch unablässig, und er griff wieder nach jenen, denen er allemal das größte Leid gebracht. Wie hatte doch der kluge Bader Schuppe einmal zu ihm gesagt? „Erst haben sie dem gemeinen Mann den Buckel krumm gemacht, und nun meinen sie, er sei breit genug, um alle Mißhelligkeiten darauf zu laden." Und dabei waren sie doch alle gleich vor dem Höchsten, der ihnen diese Welt in die Verantwortung gegeben, auf daß sie diese üben im friedlichen Werken zu Nutz und Frommen aller. Waren sie nicht auch alle gleich und würdig, den Höchsten zu loben? „Durch mein Geläute rufe ich zum Gottesdienst, der durch den Gesang des Volkes in den Kirchen feierlich erklingt."

So lautete doch – ins Deutsche übertragen – ein Teil der Inschrift seines Werkes, um dessen höchste Vollendung er soeben mit den Domherren gestritten. Hier war das Volk jeglichen Standes vereint in brüderlichem Tun zu gleicher Aufgabe. Und dann? Wenn der Dienst an Gott in geweihter Stätte beendet? Da waren sie nicht mehr alle gleich und würdig, da galt das Wort vom Bruder vor Gott nicht mehr, da höhnten die Elemente des Unfriedens – Herrschsucht, Eigennutz und Neid auf der einen, Leid und bittere Armut auf der anderen Seite – die Gebote des Höchsten.

Ach, wo lag der Sinn, die gerechte Ordnung in diesem Wesen! Wieder seufzte er. Wie war er nur zu diesen dunklen Gedanken gekommen, jetzt, da es doch nur um sein Werk ging? Ach ja, die Sonne, der Glanz des Friedens über der Stadt! Frieden! Er schloß die Augen, das helle Licht, das ihm erst ein Glanz des Friedens schien, war stechend geworden, es blendete ihn.

Da hörte er hinter sich die Tür in den Angeln knarren. Er wandte sich jäh um, als wollte er vor dem harten Glanz flüchten.

Der Offizial stand vor ihm. „Die Hochwürdigen lassen den Meister bitten", sagte er fröhlich, mit einem Auge zwinkernd.

Das hieß: Sieg! Dankend nickte ihm Gerhard zu.

Aus der Gruppe der Domherren trat ihm Johann Bonemilch von Lasphe entgegen. Freundlichkeit und Güte lagen auf seinem Gesicht. „Lieber Meister, die Beratung ergab Einmütigkeit für Euren Plan. Dessen freue ich mich von Herzen. Schafft das Werk so, wie Ihr es vorgeschlagen! Schafft die größte aller Glocken in den deutschen Landen, würdig des hehren Namens und des Bildnisses, das sie tragen wird! Wir bitten um den Segen des Höchsten für Euer Werk."

Die Gesellen saßen im „Halben Mond" beim Nachtmahl. Sie feierten den Sieg des Meisters. Der hatte sie am Nachmittag zusammengerufen und ihnen sein Vorhaben erklärt, ihnen auch gesagt, daß die Domherren nach anfänglichen Vorbehalten und hartem Nein dieses Vorhaben gebilligt. Das machte sie stolz und gab ihnen den rechten Mut zum Feiern.

Von diesem Feiern wußte der Meister freilich nichts. Er hatte ihnen nur die Erlaubnis gegeben, den Abend und den morgigen Sonntag nach der Frühmesse nach eigenem Ermessen zu begehen, jedoch gut eingedenk des Umstandes, daß am Montag nach dem Umzug in den „Roten Löwen" ein gerüttelt Maß an Arbeit beginne.

Als die neunte Stunde angebrochen war, wußten sie nicht mehr genau, wie oft sie ihre Becher auf den Sieg des Meisters geleert hatten. Der freundliche Wirt hatte eifrig dafür gesorgt, daß bei alledem keine größere Pause eingetreten war. So kam es wohl, daß ihr Lachen und ihre Reden ein wenig lauter und leichter klangen als sonst. Doch da sie sittsam an ihrem Tisch in der Ecke der großen Stube sitzen blieben und die Reden nur füreinander gelten ließen, störte ihre Fröhlichkeit Wirt und Gäste nicht. Auch die anderen Gäste, zumeist fremde Kleinhändler und auswärtige Bauern, die in der Stadt Quartier genommen hatten, sprachen dem Wein und dem Bier fleißig zu, und darum fiel das Feiern der Gesellen nicht sonderlich auf. Es war ein friedliches Lärmen und Lachen an den langen Tischen unter den zahlreihen Ölleuchten an der Decke. War der „Halbe Mond" auch ein geringeres Wirtshaus, so achtete der Wirt in guter Eintracht mit seinem Weib und seinem Sohn doch auf Sauberkeit und Ordnung. Darum hatte der Meister auch kein Bedenken gehabt, nach seinem Eintreffen in der Stadt mit seinen Gesellen hier wieder Quartier zu suchen.

Die Gesellen achteten nur wenig auf den Lärm, der um sie war. Sie hatten jetzt mit Pieter ihr Werk. Der war plötzlich still geworden, stierte in seinen Becher und machte ein Gesicht, als habe er Essig getrunken.

„He!" rief der lange Conrad, sein Vogelgesicht lachend über den Tisch schiebend. „Was ist denn auf einmal über dich gekommen? Sitzt dir schon die Nachtfee im Genick?"

Pieter stieß einen wehmütigen Seufzer aus, seine Hände zuckten.

„Vielleicht ist ihm übel geworden?“ warf Martin ängstlich ein.

Claus winkte oberflächlich ab. „Übel? Dem übel! Der säuft ein Faß durchs Spundloch leer und klagt noch blanken Auges über Durst. Weißt doch noch um die Wette mit den Brauern in Nürnberg! Ha! Pieter übel! Was, mein kleines Pieterche? Der Martin kennt dich noch gar nit richtig. Ich meine, das säße nit hier“, er deutete auf den Kopf, „vielmehr hier“, nun deutete er auf die Herzgegend. „Da hat dir der Wein so plötzlich ein grausiges Löchlein geöffnet. Ist's nit so?“

„Löchlein geöffnet!“ äffte Conrad böse nach. „Du bist mir ein rechter Klugscheißer! Und wäre es so – spricht man's denn so häßlich aus? – Komm, Pieterche, dies Loch lassen wir vollaufen! Ich hörte mal, daß im Wein bei allem Unglück auch ein Quentchen Trost sei. Und so wollen wir ein wenig trösten.“ Er goß des Gesellen Becher voll. „Das Unglück für die anderen – der Trost für dich!“

Pieter schob den Becher hart von sich, so daß Wein heraus schwappte. „Laßt mich!“ stieß er heiser hervor. Er stützte die Ellenbogen auf den Tisch, legte das Gesicht in die Hände.

„Ihr werdet es nie begreifen“, sagte Martin vorwurfsvoll zu den anderen. „Seht doch, daß es ihm schwer wird. Ich meine, es sei an der Zeit, daß wir uns schlafen legen. Komm, Pieterche, ich werde mich um dich kümmern.“

Conrad lachte. „Die Amme steht dir gut, Kleiner. Hast aber recht. Wieviel Kannen hat denn der Wirt eigentlich gebracht? Als gute Gäste der Domherren müssen wir es doch sorgfältig anschreiben.“

„Das ist meine Sache“, sagte Pieter müde. „Ganz gewiß ist es mehr als erlaubt. Wir werden draufzahlen müssen.“ Er wollte sich erheben, doch seine Beine versagten den Dienst, er plumpste auf den Stuhl zurück.

„Nun schaut euch das an!“ stieß Claus hervor. „So kenne ich ihn doch gar nit! Pieterche, Pieterche, ich meine, das Löchlein ist doch ...“

„Der feine Herr hat wohl genug?“ ertönte es plötzlich vom Nebentisch her, und es war gar höhnisch gerufen. „Jaja, deutscher Wein ist nichts für ausländisch Volk. Das sollte seine Nase besser in den eigenen Saft stecken.“

„Und auch unsere Weiber in Ruhe lassen!“ rief ein zweiter herüber. „Es könnte sonst sein, daß solchen Herren der Buckel arg geputzt wird.“

Dazu ertönte ein aufreizendes Gelächter.

Die Gesellen rissen die Köpfe herum. Dort saßen fünf derbe Burschen, die Gesichter grinsend verzogen. Einer von ihnen, um vieles älter als die anderen, war Valentin Groß, der Besessene. Neben ihm aber saß Just Diener mit noch grindigem Gesicht. Die anderen kannten sie nicht.

Pieter kniff die Augen zusammen. Seine Hände schlossen sich zu gewaltigen Fäusten. „Die Burschen kommen mir just zupasse", grunzte er. Und er zog langsam die Beine an, als wollte er Maß nehmen zum Sprung.

Die anderen merkten es gar wohl. Martin packte ihn am Arm.

„Pieter, denk an den Meister! Siehst du nit, daß sie dich herausfordern wollen?"

„Wahrlich, bei solchen Schelmen lohnt es nit", sagte Conrad, denen am andern Tisch wieder den Rücken zuwendend.

„Bleib, Pieter, tu's nit! Es wäre ihnen nur zu Gefallen."

„Ich meine auch, es sei besser, wir gingen", erklärte Claus.

„Hier bleibt's nit beim losen Maul, der Teufel dort legt's auf Rumor an. Hetzt er erst gegen den Meister, kann ich mich auch nit halten. Meine Klöppelche wären gerade im rechten Schwung."

Martin erhob sich schon. „Laß deine Klöppelche mal fein lotrecht hängen, das bist du dem Meister schuldig! Ich geh zum Wirt und sage, daß wir morgen draufzahlen wollen."

„Gemach – gemach, das ist meine Sache, wie sie es immer war", fuhr Pieter ihn an. „Wegen solch Gesindels reißen wir uns keine Borste aus." Er erhob sich gemächlich, ging an dem feindlichen Nachbartisch vorbei, ohne die Burschen eines Blickes zu würdigen.

Die schauten ihm mit hämischem Lachen nach. „Und feige sind die jungen Herren auch, stehen einem nit mal Rede", rief der Besessene herüber. „Freilich, bei einem solchen Meister kann man Tapferkeit auch nit lernen. Der hält's mit den Stiftspfaffen, des guten Geschäftes wegen, und die sind zu feige, vor dem Volk über ihre Glocke zu reden, die uns das Unglück bringt."

„Mich juckt's eigentlich", knirschte Conrad, während er nach Pieter Ausschau hielt.

Martin erhob sich zum zweitenmal. „Kommt, jetzt gehen wir. An der Tür warten wir auf Pieter, auf daß er nit noch einmal an diesen Schelmen vorbei muß."

Er hatte so dringlich gesprochen, daß die anderen ihm sogleich folgten.

Da erhob sich der Besessene und schrie in fanatischem Eifer, mit der dürren Rechten auf die Gesellen weisend. „Schaut sie euch an, Leute! Das sind die Knechte des Holländers, der die Teufelsglocke gießen will. Erwehrt euch des Unglücks, erwehrt euch ihrer!"

Das Lärmen in der Stube war plötzlich verstummt. Alle schauten zu dem Schreier hin und zu den Gesellen, die sich langsam zwischen den Reihen der Bänke zur Tür hin bewegten. Doch es regte sich keine Hand. Den meisten war die Sache fremd, und wem sie bekannt, der verfolgte sie mit Scheu.

„So packt sie doch!" schrie der Besessene zornig. „Laßt sie nit entkommen! Sie bauen mit an eurem Unglück. Gedenkt doch der Teufelsreihe, die der Stadt schon genug des Schadens gebracht hat! Ihr Meister, dieser Erzschelm, hat mit den Pfaffen einen Pakt geschlossen ..."

„Nun ist's genug!" rief der Wirt aus seiner Ecke. Er trat an den Besessenen heran. „Hetzer leide ich nit in meinem Haus. Mache du deine Sache draußen ab, wenn's die Stadtpolizei leidet, lasse aber meinen Gästen den Frieden. Und kannst du's nit, so schere dich!"

„Ha, scheren soll ich mich, weil ich die Wahrheit sage! Habt ihr's gehört, Leute, ich soll mich scheren. Er hält es mit diesen Strauchdieben, mit dem Erzschelm, dem Holländer! Dieses Geschäft ist wohl besser als das mit armen, aber ehrbaren Leuten, wie?"

Ehe der Wirt den Mann an der Brust packen konnte, wurde er sanft, aber unwiderstehlich zur Seite gedrängt. Pieter stand neben ihm. „Laßt mich das mit Eurer freundlichen Erlaubnis erledigen. Die Beleidigten sind der Meister und wir."

Der Wirt trat zurück, winkte aber seinem Sohn, der eben durch eine Nebentür eingetreten war. Der verschwand sogleich wieder.

Vor der riesenhaften Gestalt Pieters wich der Besessene einen Schritt zurück. Seine Begleiter erhoben sich, traten hinter ihn.

Ruhig sagte der Geselle. „Hast unseren Meister Erzschelm geheißen, zweimal gar, und uns, seine Gesellen, Strauchdiebe. Hast gegen uns gehetzt. Nimm das zurück – sogleich, vor allen!"

„Nichts nehme ich zurück!" geiferte Valentin Groß. „Wahrheit läßt sich nit biegen, auch nit von euch Dahergelaufenen, und gibst du hier nit den Weg frei, so ..."

„Nimm's zurück, du Unflat, du Brandstifter!" zischte Pieter.

„Oder es sollte dich gereuen." Da zuckte des Besessenen Hand in Pieters Gesicht, und im gleichen Augenblick warfen sich seine Burschen, Just Diener zuerst, auf den Gesellen. Vor dem wirbelnden

Durcheinander, in dem es keuchte und schrie, sprang der Wirt zurück. Die Gäste flüchteten in die Ecken, die Gießergesellen aber eilten herbei.

„Bleibt!" schrie ihnen Pieter aus dem Gewühl zu. „Fangt sie auf, daß sie fein weich fallen!"

Es kam aber nur einer geflogen, das war Just Diener. Er fiel geradewegs Conrad in die Arme. „Aaach, du Dreckbatz, auf dich habe ich zuerst gewartet!" erklärte der schmunzelnd. Er legte ihn über das Knie und gerbte ihm kräftig das Hinterteil.

Dann stieß er ihn zurück zu seinen Kumpanen, die wehklagend, sich die Bäuche und Köpfe reibend, auf dem Fußboden saßen.

Nur der Besessene kämpfte noch in blinder Wut, doch als der Wirtssohn mit zwei Stadtknechten erschien, beendete Pieter gerade sein Werk auch mit ihm. Wie ein wildes Tier aufheulend, hatte Groß sich noch einmal auf den Gesellen geworfen. Dessen Rechte traf ihn von der Seite, der Angreifer drehte sich um sich selbst und sackte mit einem Gurgeln neben einem der Burschen zusammen.

„Halt ein – halt ein!" rief der ältere der Stadtknechte.

„Zurück! Nit einen Schlag mehr! Was ist hier geschehen?"

Pieter wischte sich den Schweiß von der Stirn, rückte sein Wams zurecht. „Die Schelme waren frech geworden, habe drum ihr Arschleder gestreichelt. Könnt sie einsammeln!"

„Hoho!" fuhr der Bewaffnete auf. „Da sammele ich Euch gleich mit ein, denn mir scheint, Ihr habt Euch hier allzu wacker hervorgetan. – Also was gab es?" Mit dieser Frage hatte er sich an den Wirt gewandt.

Doch der wurde einer Antwort enthoben. Die Gäste drängten heran und bezeugten in lautem Durcheinander, daß der Schwarze, der sich dort unter dem Tisch den Schädel halte, mit seinen Burschen die Ursache zu der Schlägerei gegeben und auch zuerst geschlagen habe. Diese üblen Burschen hätten es ja geradewegs aufs Rumoren angelegt.

Der Stadtknecht lachte dröhnend. „Also wieder einmal der Hetzer, der Valentin Groß! Aber jetzt hat es – wie mir scheint – dein fürwitzig Maul mal ehrbarlich erwischt. Los, auf, und in den Turm mit deiner Rotte. Habt schon genug Unheil angerichtet und friedlichen Bürgern die Ruhe genommen!" Mit dem Spieß stieß er sie unsanft an. An Pieter gewandt, fuhr er fort: „Und Ihr verzieht Euch tunlichst und geht künftig diesen Burschen aus dem Weg. Wie ich sie kenne, werden sie Euch das nit vergessen. Wird das hier angezeigt, müßt Ihr mit geradestehen."

Die Knechte drängten die stöhnenden und humpelnden Burschen aus der Stube. Valentin Groß wandte sich mühsam um, blickte zu Pieter hin. In seinen Augen glühte der Haß.

Die Gesellen halfen den Wirtsleuten, die Stube wieder in Ordnung zu bringen.

Als sie den Raum verließen, trat ihnen eine Frau entgegen.

In der dürftigen Beleuchtung des Flures konnten sie sie nicht sogleich erkennen.

„Pieter!" Es klang wie ein nur mühsam unterdrückter Schrei.

Conrad packte Martin und Claus an den Armen. „Kommt, das ist jetzt nit mehr unsere Sache!" flüsterte er ihnen zu.

Pieter war stehengeblieben, blickte erstaunt zu der Frau hin.

Und er stieß hervor: „Jungfer Grete, das ist nit der rechte Ort für Euch! Wollt Ihr zu Just Diener, so müßt Ihr zum Fischmarkt. Stadtknechte haben ihn und seine – seine Freunde in den Turm gesteckt."

Sie trat an ihn heran, hob bittend die Hände. „Ich – ich komme zu dir, Pieter." Ihre Stimme zitterte. „Ist dir etwas geschehen?"

Verwirrt wich er einen Schritt zurück. „Mir ist nichts geschehen. Doch Ihr kommt – zu mir? Zu mir? Ja, habt Ihr denn vergessen, was – was war?"

„O nein, ich habe es nit vergessen, darum komme ich. Ich wäre auch gekommen, hätte es das Rumoren nit gegeben. Vater weiß es." Sie hatte fest gesprochen, doch nun schlug sie die Hände vor das Gesicht.

„Hat – hat Euer Vater Euch geschickt?"

Sie schüttelte heftig den Kopf. „Ich kam, weil – weil es mich drängte."

Es hatte sie gedrängt! Allmächtiger, dann – dann ... Er seufzte. Das ganze Leid der letzten Zeit drückte sich plötzlich zum Herzen. Er packte sie an den Armen. „Du – du, ich habe dich ehrlich geliebt, ich liebe dich noch mit der gleichen Glut, bin nit losgekommen von dir, obgleich ich alle Heiligen darum angerufen habe. Doch spielen – spielen lasse ich nit mit mir, das mußt du wissen. Hörst du?"

Da flüsterte sie: „Die Heiligen wissen, daß es mir erging wie dir. Wie könnte ich das Beste verspielen!"

Lange schaute er sie an, und sie nahm mit großen, blanken Augen seinen Blick auf, als wollte sie ihm den Grund ihrer Seele darbieten.

Am nächsten Morgen begaben die Gesellen sich zu ihrem Meister in den Mainzer Hof, lange ehe es Zeit zur zweiten Messe wurde. Pieter berichtete ihm von dem Vorfall im „Halben Mond", und was er vergaß, gaben die anderen dazu.

Sie sagten es ehrlich, verschwiegen nichts.

Gerhard hörte sich alles in Ruhe an. Dann erhob er sich, trat an das Fenster. Bang verfolgten die Gesellen jede seiner Bewegungen, denn sie kannten seine Meinung über solche Dinge zur Genüge und hatten schon manch hartes Wort über sich ergehen lassen müssen.

Lange sann der Meister nach, dann kehrte er zum Tisch zurück. Er war nicht zornig, sprach aber sehr ernst. „So etwas ist nit gut, Gesellen, nie und nimmer. Doch ich kann euch nit schelten, ihr habt es in guter Meinung für eure und meine Ehre getan. Nichtswürdig der Mann, der sich beleidigen oder schlagen läßt, so er nit die Ursach dazu gab. Indes, der Fried ist stets besser als der Streit. Das gilt im Kleinen wie auch im Großen. Darum mahne ich wieder und wieder: Geht allem aus dem Weg, was zum Streit führt!"

„Sie waren aber mit dem beleidigenden Wort gar schnell zur Hand, Meister", grollte Claus. „Wir hatten nit das mindeste gesagt und waren schon an der Tür."

„Ich werfe euch ja auch nit eine Schuld vor. Habt ihr aber nit doch die Rede des Hetzers über euch ergehen lassen, die erst die Sache zum Schlimmsten trieb? Und ihr hattet doch erkannt, daß Groß es auf Rumor anlegte, das habt ihr mir ja vorhin gesagt. Vielleicht wäre euch das besser eingegangen, hättet ihr nit so gründlich gefeiert. – Nun, es ist geschehen. Wir lassen es dabei bewenden, so die Stadtpolizei nit noch etwas wissen will." Nun lächelte er, schaute die Gesellen einen nach dem anderen an. „Meint ihr nit, es sei doch besser, Erfolge künftig wieder gemeinsam zu feiern, wie wir es immer taten?"

Sie stimmten eifrig zu, froh, daß die Sache vor dem Meister einen so guten Ausgang nahm.

„Nun geht!" sagte der Meister. „Es ist Zeit zur Messe. Wartet beim Gekreuzigten oben an der Freitreppe vor dem Dom auf mich. Ich muß mich noch fertig ankleiden."

Pieter zögerte beim Hinausgehen.

„Ist noch etwas?“ fragte Gerhard.

Der Geselle zeigte ein frohes Gesicht. „Meister, ich wollte sagen, zwischen der Grete und mir ist – ist alles gut.“

„Na also!“ rief Gerhard freudig aus, dem Gesellen einen freundschaftlichen Schlag auf die Schulter gebend. „Nun halte sie nur fest, sie verdient es, hat wahrlich genug gelitten.“

Mit der neuen Woche begann ein eifriges Schaffen. Die Bahn war frei, den Plan des Meisters in die Tat umzusetzen.

Schon der erste Tag war ausgefüllt bis zum späten Abend. Da suchte Gerhard den Küchenmeister auf, ihm seinen Dank zu sagen für die Gastfreundschaft, die er nun nicht mehr zu genießen brauchte, weil er mit seinen Gesellen in den „Roten Löwen“ umzog. Um die Mittagszeit war der Umzug schon beendet. Den Wirt des „Halben Mondes“ fand er so gut ab, daß dieser noch einen Abschiedstrunk zugab für ihn und die Gesellen. Eitel Zufriedenheit glänzte auf des Wirtes Gesicht, als Gerhard erklärte, er werde mit den Gesellen gewiß noch manches Mal seinen Wein probieren, da ja ihre Arbeitsstätte in der Nähe liege, sobald das Gießhaus auf dem Domhügel vollendet sei.

Am Nachmittag begannen Bauarbeiter das Fundament für das Gießhaus auszuheben. Gerhard teilte die Grundfläche ein, die Plätze für die beiden Schmelzöfen, die Gießgrube und einen Arbeitsraum für sich und die Gesellen. Ein Lagerraum für Lehm, Brennholz und Ziegelsteine mußte auf der Wiese hinter Sankt Severi geschaffen werden, wo auch die Steine für das Fundament des Gießhauses lagen.

Elias Degenhart erschien, kaum daß sie mit den Arbeiten begonnen hatten. Er ließ sich des Meisters Bauplan erläutern.

„Recht und gut“, sagte er, als Gerhard seine Erklärung beendet hatte. „Doch fehlt da nit ein Raum, in dem Ihr die Form für die Glocke herstellt? Entsinne ich mich recht, hatte Meister Claus zu diesem Zweck ein Häuschen auf der Severi-Wiese bauen lassen.“

„Ihr habt gewiß recht, Herr Offizial. In der Regel werden die Formen auch außerhalb der Gießstätte gefertigt, auch Claus wird es so gehalten haben. Die fertigen Formen werden dann in die Gießgrube gebracht. Bei einem solch großen Stück, wie wir es vorhaben, ist es indes ein Wagnis, so zu verfahren. Wir werden darum die

Form gleich in der Gießgrube bauen." Lächelnd fügte er hinzu: „Das Kapitel spart dadurch einige Gulden. Herrn Foltzke wird das ganz gewiß freuen."

„Ihr Schalk!" Degenhart drohte scherzhaft mit erhobenem Zeigefinger. Freundlich fuhr er fort: „Tragt es ihm nit nach, daß er sich so gegen Euch stellte, Ihr habt ja Euer Ziel erreicht. Müßt wissen, er trägt mit Herrn Lasphe die Verantwortung in geldlichen Dingen, muß jegliche Rechnung gegenzeichnen. Sonst ist er ein Herr, mit dem man gut reden kann."

„Gewiß, gewiß!" lenkte Gerhard ein. „Doch mich dünkt, es ging ihm in der Verhandlung nit nur um die geldliche Seite."

Der Offizial seufzte. „Nun ja, er hat gerne seine eigene Meinung. Doch das braucht Euch jetzt nit mehr zu kümmern."

„Ich bin Euch dankbar, daß Ihr Euch so tapfer für die Sache eingesetzt, Herr Offizial. Seid gewiß, es ist zum Vorteil des Werkes."

Nachdem der Meister die wichtigsten Anweisungen gegeben hatte, überließ er das Weitere Pieter, und der ging mit großer Fröhlichkeit an die Arbeit.

Gerhard begab sich zu Matthias Sprenger, dem Schmied, um mit ihm die Fertigung der Schablone und des Klöppels zu bereden.

Sprenger machte große Augen und kratzte sich verlegen im Genick, als der Meister forderte, das Gewicht des Klöppels auf elf Zentner zu erhöhen. „Jesesmarie!" rief er aus. „Elf Zentner! So was hat ja seit Menschengedenken hier nit im Feuer gelegen. Wie soll ich denn das bewältigen!"

„Nehmt noch ein paar fremde Gesellen dazu, die bezahle ich extra. Wechselt die beiden leichten Hämmer dort gegen schwere aus, und schafft Euch auch schwereres Hebezeug an, auch das bezahle ich. Bedenkt, Schmied, es wird der Klöppel für die größte aller Glocken in den deutschen Landen. Zum Schaden wird es Euch ganz gewiß nit."

Sprenger überlegte. Dabei ging es ihm nicht um das Geschäft oder den Ruf, es ging ihm um die Sache. „Hm!" brummte er nach geraumer Zeit. „Wenn es die Räder und die Anschläge aushalten ... Ich müßte sie um einiges verstärken."

„Tut es!" Gerhard drückte dem Schmied einen kleinen, prall gefüllten Lederbeutel in die Hand. „Für die Vorarbeit!" sagte er. „Und das sind die Maße für das Stück!" Er hatte sie auf einen halben Bogen geschrieben. „Darunter stehen die Maße für die Spindel."

Der Schmied las die Zahlen. Er lachte dröhnend. „Die Spindel wird ja auch größer, als Ihr damals angegeben! Ihr macht mir eine ganz schöne Überraschung!"

„Alles wird größer, Matthias Sprenger – die Glocke, der Klöppel, also muß auch die Spindel für die Schablone größer werden, die zuerst, denn die gibt der Glocke erst die rechte Form."

„Davon verstehe ich nichts. Eine Schablone ist, so meine ich, ein Ding, das man zum Nachzeichnen auf eine ebene Fläche legt. Eine Glocke ist indes ganz und gar nit solch eine ebene Fläche."

„Gewiß, doch darum bedarf es eben der Spindel. Und das beginnt schon beim Mauern des Glockenkerns." Ausführlich erklärte ihm Meister Gerhard die Aufgaben des Werkzeugs.

Matthias Sprenger nickte eifrig, zum Zeichen, daß er alles verstanden habe. „So muß der Glockengießer auch ein guter Maurer sein", sagte er voller Bewunderung. „Das habe ich nit gewußt."

„Nit nur das, lieber Freund!" erwiderte Gerhard lachend. „Ein rechter Glockengießer muß auch sein: ein guter Zeichner, denn er entwirft die Glocke mit allem Schmuck und der Schrift; ein guter Rechner, denn er bringt die Maße der Glocke überein mit dem ihr vorgeschriebenen Klang; auch ein Musiker, denn die Töne, die das Metall gibt, muß er vereinen zu einer dem Ohr gefälligen Harmonie, einem guten Klang; auch ein guter Plastiker muß er sein, denn Schmuck und Buchstaben, die er entworfen, muß er nach der Zeichnung formen und schneiden; und auch ein rechter Modelleur, denn er schafft mit freier Hand die Glockenkrone, und die hat oft kunstvollen Schmuck an den Henkeln. Ihr seht, Matthias Sprenger, manch gute Profession ist in der des Glockengießers vereint."

Der Schmied schüttelte unentwegt den Kopf. „Nit zu glauben – nit zu glauben! Und da sagt man immer, die Glockengießerei sei des Herrgotts Lieblingshandwerk, darum gäbe er's ihren Jüngern im Schlafe."

„So, auch hier sagt man das!" Gerhard van Wou lächelte. „Vorm Herrgott gibt es indes kein Lieblingshandwerk. Jedes schafft zu seinem Lobe, weil es den Menschen nützt. Beim Glockengießer ist's nur augenfälliger. Doch nit daher rührt diese Meinung. Sie ist aufgekommen, weil der Guß einer Glocke gewöhnlich nit länger dauert als das Viertel einer Stunde. Das große Drum und Dran vorher und nachher rechnet der, der zuschaut, zumeist nit recht. – Doch nun muß ich mich sputen, will noch zum Brettschneider wegen der Schablone."

Der neugierig gewordene Schmied hatte noch gar manches auf dem Herzen. Da der Meister ihm aber das Fragen abgeschnitten, sagte er nur: „Wenn Ihr Eure Große gießt, wäre ich ganz gerne dabei."

„Ihr seid willkommen. Ich hätte Euch ohnehin gebeten, Ihr müßt ja kräftig mit Hand anlegen zum Gelingen des Werkes. Freilich wird Eure Arbeit erst zu rechten Ehren kommen, wenn ich die meine längst getan. Erst wenn die Glocke geweiht, erst wenn sie auf den Turm gebracht, wird der Klöppel eingebaut. Doch zum Guß rufe ich Euch zur rechten Zeit."

Brückenzöllner Hans Pfeffer war übler Laune.

Da hatte er den besten Teil des Tages unten in der Zollstube zubringen müssen, weil der Andrang der Märkter, die verzollen mußten, heute über das gewohnte Maß hinausging; da hatte er am späten Nachmittag die Zollgelder in Begleitung seiner drei gehenden Zöllner zum Küchenmeister in den Mainzer Hof bringen müssen, und der hatte ihn über Gebühr warten lassen, weil irgendeiner der auswärtigen erzbischöflichen Unterbeamten Klage über Aufsässigkeiten von Landleuten einbrachte; da war ihm zu guter Letzt noch der Salzgreve über den Weg gelaufen, der ihm seinen Ärger mit den Salzhocken am Markt vorjammerte, die oft heimlich andere Maße als die des Mainzer Herrn zum eigenen Vorteil benutzten.

Mit Mühe hatte er alles hinter sich gebracht, wollte den Verdruß mit Hilfe eines guten Nachtmahls hinunterschlucken. Seiner Magd, der Maria Groß, hatte er am Morgen schon aufgegeben, ihm zwei dickrückige Heringe mit Öl, Zwiebeln und Kräutern zuzubereiten und drei Handbrote mit Butter beizugeben. Dazu, versteht sich, ein Maß des guten Eimbecker. Und nun hatte doch das Mädchen vergessen, die Heringe zu wässern!

Wütend stieß er mit dem Messer in den Fisch. „Willst du mir die Kaldaunen verbrennen? Willst du mich verlaugen?" schrie er. „Nie ist meinem seligen Weib so etwas unterlaufen – oh, nie, und was habe ich ihr in derlei Sachen abverlangt! – Ach, heule nit! Heulende Weiber schickt der Böse, die Männer zu versuchen."

„Ver – verzeiht, Herr!" schluchzte das Mädchen. „Es – es ist doch nit mit Fleiß geschehen. Ich – ich – ach!" Sie weinte in die Hände hinein, daß die Tränen zwischen den Fingern hervorrollten.

Er legte das Messer hart zur Seite, schaute sie finster an. „Was hat dich denn so durcheinandergebracht, hm? Ist wohl wieder einmal dein Vater?"

Sie nickte. „Er sitzt doch noch im – im Turm."

„Hätte er sich besser aufgeführt! So zu rumoren – ist das eine Art? Er hetzt sich ja noch an den Galgen! Und du heulst noch um ihn und bringst mir die Wirtschaft durcheinander!"

Da schaute sie ihn aus nassen Augen groß an. „Herr, er ist doch mein Vater und hat viel Leid erfahren."

„Leid hin – Leid her! Muß er es darum anderen bereiten? Wo käme unsere Ordnung hin, wollte ein jeder so handeln! Einen ehrbaren ausländischen Meister ohne Ursache zu beschimpfen, seine Gesellen unflätig zu beleidigen, wie kann man das nur tun! – Hat Gerhard van Wou ihn angezeigt?"

„Ich weiß es nit. Die Wache läßt mich nit in den Kerker, der Hauptmann hat mich abgewiesen, und zum Meister traue ich mich nit. Und er ist doch krank."

„Wer hat dir denn das eingegeben! Der Meister ist quicklebendig, den traf ich erst am gestrigen Abend."

„Ich meine den Vater, Herr", seufzte Maria. „Vater hatte es doch seit seinem Unglück da drinnen in der Brust, und das ist nun im Kerker schlimmer geworden."

„Er soll nit saufen und soll sich gesittet benehmen, soll arbeiten wie jeder ordentliche Mensch", sagte er barsch. Doch aus seinem Gesicht war der Zorn verflogen. Er schaute nachdenklich an ihr vorbei. Und als er nach einer Weile nickte und wieder nickte, wußte sie, daß er einen Entschluß gefaßt hatte, bei dem es um ihren Vater ging.

Plötzlich schob er den zinnernen Teller mit dem Fisch von sich. „Nimm die Lauge weg! Bringe Käse, aber Schafkäse! Und gut gepfeffert! Spute dich! Ich muß heute noch zum Holländer."

In der Freude verschlug es ihr fast den Atem. „Wegen – wegen meines Vaters?"

„Deinetwegen!" knurrte er, während er das Maß mit dem Eimbecker an den Mund führte.

Nach einer guten Stunde begab er sich in den „Roten Löwen". Er traf Meister van Wou in der hinteren kleinen Gaststube, die nur vom Flur aus zu betreten war. Der Wirt hatte sie dem Meister und seinen Gesellen zur alleinigen Nutzung überlassen. Hier nahmen sie ihre Mahlzeiten ein und unterhielten sich über die laufenden Dinge.

Als der Brückenzöllner eintrat, hatten sich die Männer gerade erhoben, um sich in ihre Stuben zu begeben.

Die Gesellen drückten sich mit einer leichten Verbeugung an dem Ankömmling vorbei. Gerhard aber streckte ihm freundlich die Rechte entgegen.

„Willkommen, Hans Pfeffer! Besucht Ihr mich, um mir Abendgesellschaft zu leisten? Es wäre nit übel."

Der Brückenzöllner seufzte, ließ seinen massigen Körper auf einen Stuhl fallen. „Mir steht heute nit der Sinn danach, Euch eine Abendgesellschaft abzugeben, habe nur ein Anliegen an Euch, mein Freund."

„Oho, warum so gedrückt? Doch für zwei Becher wird die Lust schon reichen, wie? Welcherart ist Euer Anliegen?" Er setzte sich dem Dicken gegenüber an den Tisch, nachdem er vom Wandbrett einen frischen Becher genommen und eingegossen hatte.

„Bei mir steht doch die Maria, die Tochter des Gießers Groß, in Diensten", begann Hans Pfeffer. „Sie ist ein fleißiges, blitzsauberes und redliches Frauenzimmer, darum mag ich sie gern. Sie ist jedoch oft durcheinander wegen ihres verkommenen Vaters. Auch jetzt wieder. Hat sie mir doch heute zum Nachtmahl ungewässerten Hering vorgesetzt, denkt Euch das! Morgen gießt sie mir vielleicht Lauge in die Weinkanne, und übermorgen wirft sie Wagenschmiere statt Schmalz in die Pfanne! Und warum? Weil ihr werter Vater noch im Turm sitzt, krank dazu! Sagt, lieber Freund, könntet Ihr da nit etwas für ihn tun? Er sitzt ja in Eurer Sache."

Gerhard schaute erstaunt auf. „In meiner Sache? Noch vom Samstag vergangener Woche her? Jesses, das habe ich doch gar nit gewußt! Ich ließ die Sache laufen, kümmerte mich nit mehr darum."

„So habt Ihr nit Anzeige erstattet?"

„Ich dachte und denke nit daran! Was für den Augenblick zu tun war, hat mein Hauptgeselle besorgt. Und mich dünkt, das reicht dem Besessenen für die nächste Zeit."

Pfeffer nickte zustimmend. „Es reicht ihm ganz gewiß. Ich sagte schon, er ist krank. Es liegt bei ihm in der Brust, wohl am Herzen, seit er das Unglück hatte. Und der Rumor im ‚Halben Mond' wird das Seine beigetragen haben. Ich kann aber nit verstehen, warum sie ihn im Turm behalten. Läuft nach drei Tagen keine Anzeige ein, werden solche Übeltäter doch in der Regel wieder auf freien Fuß gesetzt."

„Mir liegt nit daran, daß er länger im Turm verbleibt", entgegnete Gerhard, „erst recht nit, da er krank ist. Vielleicht will die

Stadtpolizei einmal ernstlich durchgreifen, hat er doch ohne Zweifel in der Vergangenheit gar manchmal Unruhe unter das Volk gebracht. Ach, mein Freund, mich dauert das traurige Geschick dieses Mannes unendlich. Man sagte mir verschiedentlich, er sei ein guter Meister gewesen. Warum läßt er nur nit ab von seinen irren Gedanken! Was könnte man mit ihm beginnen, so er vernünftig wäre!"

„Eben – eben!" stimmte Pfeffer eifrig zu. „Vielleicht wäre es ein guter Anfang, wenn Ihr zuwege bringen würdet, daß sie ihn aus dem Turm lassen. Er müßte Euch zumindest dankbar sein."

„Dank wäre das geringste, was ich erwarte. Ich sage Euch dieses jetzt im Vertrauen: Ich will versuchen, ihn zurückzuführen auf den guten Weg. Dieser Gedanke drückt mich irgendwie als Pflicht seit geraumer Zeit. Mir dreht sich das Herz im Leibe, wenn ich sehe, daß ein guter Meister meiner Zunft zum Galgenvogel wird, dazu, weil das Mühen um die gleiche Glocke, die ich gießen will, der Anfang seines Unglücks war."

„Nit ganz ist es so", erwiderte der Brückenzöllner. „Der Anfang seines Unglücks war sein ehrgeizig Weib."

„Ich weiß es. Doch wäre ihm damals der heimliche Guß gelungen, hätte er wohl den Ehrgeiz seines Weibes gestillt. So verlor er sein Vermögen zum guten Teil, wurde in seiner Gesundheit hart angeschlagen, von seinem Weib verlassen, verlor seinen guten Ruf. So begann eben sein Unglück, so verbiß er sich in den irren Gedanken, daß ihm die Glocke nur deshalb mißlang und nur darum Unglück brachte, weil er sie ‚Gloriosa' heißen wollte, eingedenk der dummen Geschichte mit der Teufelsreihe, die einmal im Volk herumgeisterte. Daraus kam dann alles Weitere. Seht, lieber Freund, das ist die menschliche Seite an der Sache, die mich so bekümmert."

„Und dabei scheint mir, er sei ehrlich in seinem Wahn."

„So ist es!" stimmte Gerhard zu. „Er handelt aus Überzeugung und greift dabei zu schlechten Mitteln, in der Meinung, sein Ziel damit am besten zu erreichen. Das ist die große Gefahr."

„Ach, wenn man ihm helfen könnte!"

„Man kann es. Es geht darum, ihm den Wahn zu nehmen. Doch das kann nur geschehen mit der Kraft der Überzeugung, leere Worte der guten Zurede nützen ganz gewiß nichts. Den ersten Schritt habe ich schon getan. Mit Hilfe des Vikars Stolle von Sankt Severi habe ich die Teufelsreihe untersucht, ihre Sinnlosigkeit beweist sich von selbst. Ihm dies gehörig beizubringen ist der zweite

Schritt, denn damit wird seinem Wahn, dem ganzen Widerglauben das Fundament entzogen. Doch damit ist es nit getan. Er muß auch der Überzeugung werden, daß er noch die Kraft hat, in seiner Profession Gutes zu schaffen, der Menschheit noch zu nützen, so er nur will. Über das Wie denke ich noch nach. Ist er so auf den rechten Weg gebracht und eifert dann für die gute Sache, wie er gegen sie war, könnten wir wohl zufrieden sein."

Auf dem Gesicht des Brückenzöllners lag ein frohes Leuchten. Fast ehrfürchtig schaute er den Meister an. „Gerhard van Wou, meine Achtung vor Euch steigt mit jedem Atemzug. Was seid Ihr für ein Mensch! Komme ich da mit dem Gedanken, Euch überreden zu müssen, den Vater meiner Magd aus dem Turm zu holen – und Ihr verratet mir, daß Ihr Euch schon den Kopf darüber zerbrochen, wie er zu einem geordneten Leben zurückzuführen sei! Niemand in der Stadt hat es sonderlich versucht, und Ihr als Fremder, als Ausländer ..."

„Fremder – Ausländer!" unterbrach Gerhard fast unwillig. „Gilt nit zuoberst der Mensch? Gleich wo und wie man ihn in Not findet? Und hier ist für mich noch eine besondere Pflicht." Nachdenklich blickte er vor sich hin. „Es hätte mit Valentin Groß nit so zu kommen brauchen, wären sich andere ihrer Pflicht bewußt gewesen."

Hans Pfeffer zuckte leicht mit den Schultern. Er glaubte wohl, der Meister meine auch ihn.

„Seht, mein Freund", fuhr Gerhard fort, „es gibt auch in dieser Stadt gar viele, denen es heiliges Amt ist, Nächstenliebe nit nur zu predigen, vom Seelenheil der Wankenden, der Gestrauchelten nit nur mit erhobenem Finger zu sprechen, sondern dem Wort, der Mahnung auch die gute, die helfende Tat folgen zu lassen. Wer half Valentin Groß auf solch Weise, als er zu straucheln begann? Ich habe mir sagen lassen, daß derzeit 157 Domherren und Pfarrer in Erfurt leben, nit gerechnet die Klosterleute. Hat wohl einer von ihnen sich um den bemüht, auf den sie heute mit den Fingern zeigen oder ihn verachten? Ein verlorenes Schaf, und keiner sucht es! Ah, Hans Pfeffer, mich dünkt, das Wort vom guten Hirten müsse bald, sehr bald wieder Gültigkeit haben, soll glaubwürdig bleiben."

„Hm – hm!" brummte der Brückenzöllner. „Vielleicht habt Ihr recht, ist aber ein glattes Eis, auf dem Ihr wandelt. Riecht ein wenig nach neuem Wesen, und das wird nit gern gerochen." Er versuchte abzulenken. „Ich beneide Eure Stärke, Meister Gerhard. Das sagte ich meinem Weib – Gott habe sie selig – schon vor acht Jahren. Wißt Ihr noch, damals zu Bamberg? Ich denke an den Gießer Reutlingen. Wie habt Ihr ihm damals geholfen! Und Ihr habt Euch nit geändert. Pflicht, Pflicht, nur immer Pflicht hört man von Euch. Ein Musterstück von Mann! Da kommt unsereiner bald in Gewissensnot." Mit Erstaunen sah Hans Pfeffer, daß Gerhard plötzlich blaß geworden war, daß er tief Luft holte wie einer, der mit Macht Übelkeit unterdrücken will.

Doch schon hatte der Meister sich wieder gefangen. Er stützte nur den Kopf in die Linke und lächelte wehmütig. Dann sagte er: „Ihr habt Euer Lob an einen Falschen verschwendet, lieber Freund. Musterstück – ha! Ich war ein Irrlicht, eine schlechte Kreatur. Und wenn ich damals Meister Reutlingen half – ach, ich machte nur ein Quentchen gut von dem, was ich ihm angetan. Und er weiß es heute noch nit, daß es so ist, weil ich zu feige war, es ihm zu sagen."

„Verzeiht, Meister, ich wollte Euch nit an etwas erinnern, das Euch bedrückt", entschuldigte sich Hans Pfeffer verlegen. „Ich wußte nicht, daß ..."

„... ich ein Erzschelm war, sonst hättet Ihr mit dem Lob fein zurückgehalten – so könnt Ihr getrost sagen, mein Freund. Und wenn ich so rede, sollt Ihr auch erfahren, warum. Wie Ihr wißt, weilte ich in Bamberg, um dort das Glockenwerk zu studieren, nit um zu gießen. Gar feine Geläute hat die Stadt, altes, gutes Glockenwerk. Wer das nit kennt, weiß nit, was rechte Meisterarbeit ist. Ich kam auch mit Meister Reutlingen in Berührung, ließ mir seine Werkstatt zeigen; er ist einer von denen, die nit wandern. Bereitwillig erklärte er mir, was er an Neuem in Arbeit hatte. Nur eines zeigte er mir nit: die Reihe eines Glockenspiels, deren Stücke er soeben gegossen. Er müsse sie erst an einem ordentlichen Gehänge ausprobieren, sagte er. In solchen Spielen hatte ich nit viel Erfahrung, darum war ich neugierig geworden. Ich bat Tag für Tag, mir die Glocken zu zeigen, doch ebenso beständig wies er mich ab. Sie seien von neuer Form und mit ganz neuem Schmuck, mehr sagte er nit. Seine Weigerung erboste mich, weil er doch sonst so freundlich war. Darum schwor ich mir, ohne sein Wissen mir das anzuschauen, was er zu seinem Geheimnis gemacht hatte. Nit wahr, das war schuftig?

Seine Werkstatt stand für sich hinter dem Wohnhaus. Sie hatte zwei Eingänge, einer führte vom Hof her in das kleine Haus, der andere vom Garten her, er wurde selten benutzt. Ich benutzte ihn, schlich mich an einem Sonntagabend, als der Meister mit seiner Familie in der Abendmesse war, in die Werkstatt. Freilich, mir war nit wohl zumute, doch meine Neugierde und Bosheit überstiegen alle Bedenken. An der Wand war ein festes Gestell angebracht. Darin standen die kleinen Glocken, von einem Vorhang verdeckt. Ich zog den Vorhang zurück – welch eine feine Arbeit bot sich meinem Auge dar! Acht Glöcklein, das größte etwa eine Elle hoch, das kleinste nit höher als meine Hand, und alle aus heller Bronze. Und der Schmuck – wirklich, er war von neuer Art: Gitterbänder aus Wellenlinien; wo sie zusammenstießen, fanden sie sich zu Kreuzen zusammen. Ein Stück nach dem andern nahm ich in die Hand, probierte den Klang mit dem Fingerknöchel. Ganz wunderbar war er, meisterlich von Stück zu Stück abgestimmt.

Als ich Geräusche hörte, stellte ich das letzte Stück – es war das größte der Glöcklein – eilig in das Gestell zurück. Vorsichtig verließ ich die Werkstatt auf dem Weg, auf dem ich gekommen war.

Nun kannte ich das Geheimnis des Meisters Reutlingen. Doch mich drückte die ganze Nacht über das Gewissen. Es heißt, den Übeltäter führe die Unrast zumeist an den Ort seiner Schande zurück. Man mag darüber lachen, mir erging es jedoch so. Am frühen Morgen schon begab ich mich zu Meister Reutlingen in die Werkstatt. Ich hatte vor, gleichgültig zu tun, nit mehr nach seinem Glockenspiel zu fragen. Als ich den Hof betrat, kam gerade die Meisterin aus dem Haus mit einem fremden Mann. Sie weinte. Der Fremde legte ihr tröstend die Hand auf die Schulter, und ich hörte ihn sagen: ‚Es ist nit so schlimm, wie ich dachte, aber so an die sechs Wochen wird er wohl zubringen müssen.‘ ‚Aber was ist denn geschehen, Meisterin?‘ fragte ich, als der Fremde gegangen war.

Da erzählte sie unter Weinen und Schluchzen: ‚Als wir gestern abend zurückkamen, ging der Meister noch einmal in die Werkstatt. Da fand er, daß die Latten des Gerüstes, auf denen die Stücke des neuen Glockenspiels standen, durchgebrochen waren. Alle Glocken lagen auf der Erde, die beiden größten zersprungen, weil sie auf Metall, das unter dem Gerüst lagerte, aufgeschlagen waren. Ach, das Elend! Er muß das Glockenwerk doch am Ende der Woche liefern. Und nun hat ihn der Schreck auch noch niedergeworfen! Nein, es ist nit der Schlagfluß, wie der Doktor vorhin sagte, doch weit davon ist's nit. Ach, er kann ja nit schaffen, und die, die ihm das Spiel in Auftrag gegeben, fragen doch nit danach!‘ Und so redete sie sich das Leid vom Herzen.

Mir war, als habe man mich auf den Scheiterhaufen gestellt, glaubt es mir, Hans Pfeffer. Daß ich die Schuld trug, daran zweifelte ich nit einen Atemzug lang. Als ich die Stücke beim heimlichen Anschauen auf ihren Platz zurückstellte, hatte ich ihr Gewicht verlagert, hatte sie in der Eile zu nahe zusammengebracht, und das hielten die Latten nit aus.

Ich besuchte den Meister an seinem Lager. Ich bekannte aber nit meine Missetat, redete nur unablässig auf ihn ein. Das Gewissen trieb mich gar schmerzhaft. Er hörte mir ruhig zu, war wohl auch zu schwach, um sich mit mir zu unterhalten, oder es waren nur leere Worte, die ich sprach. Am Schluß sagte er: ‚Da nützt kein Trost, mein Freund, das Glockenspiel ist dahin, ich kann es bis zur Frist nit noch einmal schaffen. Und das Geld dafür? Ich rechnete damit, bin ja nur ein kleiner Gießer.'

Da raffte ich mich auf zu meiner großen Tat. Ha – große Tat! Ich bot mich an, die beiden zersprungenen Stücke für ihn in seiner Werkstatt zu gießen. Es bedurfte einer gewaltigen Überredung, ihn zu einem Ja zu bewegen, und er tat es auch nur, weil er sonst in große geldliche Not gekommen wäre. So goß ich ihm die beiden Stücke, und sie gelangen gut. Das war meine große Tat für Meister Reutlingen. Man lobte mich darob in der Zunft, die Meisterin umarmte mich in ihrer Freude, und ich feiger Schelm ließ alles gelten. Die Scham trieb mich nach zwei Tagen aus der Stadt. Ja, so ist das mit dem Musterstück, mit dem Mann der Pflicht! Nun wißt Ihr es, Hans Pfeffer, nun steckt mal Euer Lob fein wieder ein!"

Weil er nach dieser Rede allzulange in Gedanken schweigend verharrte, auch auf ein tröstendes, ermunterndes Wort hin nicht aufblickte, erhob sich der Brückenzöllner leise und verließ den Raum.

Am nächsten Morgen begab sich Gerhard van Wou zur Stadtpolizei. Sie war in dem großen, runden Turm untergebracht, der sich neben dem Rathaus am Fischmarkt erhob. Das erste und zweite Geschoß hatte die Polizei als Verwaltung und Unterkunft inne, die weiteren Geschosse und die Kellergewölbe wurden als Gefängnis genutzt.

Der Meister ließ sich beim Hauptmann melden. Der empfing ihn sogleich.

„Ich habe schon lange auf Euch gewartet", erklärte der Hauptmann freundlich. „Eigentlich ist die Frist zur Anzeige verstrichen, doch Euch soll noch Genugtuung werden, habt ja mit dem Burschen schon etliches erlebt."

Gerhard schüttelte lächelnd den Kopf. „Ich komme nit, um die Sache anzuzeigen, vielmehr um Euch zu bitten, Valentin Groß ohne Umstände freizulassen, Herr Hauptmann."

„Nit anzeigen? Freilassen? Ja, sagt, hat Euch denn die Sache nit bitter getroffen?"

„Mich traf noch mehr das böse Geschick dieses Mannes. Er ist im Kern nit schlecht, war einmal ein guter Meister. Und seinen Wahn hält er für Wahrheit. Das soll man nit übersehen. Ich meine, man sollte ihm eher helfen, ihm den Wahn nehmen, als ihn mit Prozeß und Kerker zu bestrafen."

„Und der Brand, den man an Euer Holz gelegt?" fragte der Hauptmann dringlich. „Ihr habt diese Brandstiftung schon nit angezeigt, auch das Domkapitel nit – wohl durch Euren Einfluß –, doch jetzt, nachdem dieses Rumoren wider Euch geschehen? Ich meine, es sei, mit Verlaub zu sagen, ein grober Leichtsinn, nun nit auf Strafe zu drängen, Meister van Wou."

„Valentin Groß hat, das glaube ich zu wissen, den Brand nit angestiftet und auch nit angelegt. Das haben wohl einige seiner Burschen im Übereifer ihres Wahnes getan."

„An dem er die Schuld hat! Ach, Meister van Wou, ich verstehe Euch nit! Der Widerglaube im Volk gegen die ‚Gloriosa' – nun, darüber kann man eigener Meinung sein, ich selbst – na ja, das gehört nit hierher, doch dieses Rumoren und öffentliche Hetzen ..."

„Nein, Herr Hauptmann", unterbrach Gerhard, „gerade dieser Widerglaube geht mich an, mich, Euch, alle. Der Widerglaube ist älter als die Untaten des Besessenen, dieser verficht ihn nur an der Spitze derer, die ihm verfallen. Die einen tragen diesen Widerglauben heimlich, geben ihn scheu von Mund zu Mund, die anderen – freilich geringer an der Zahl – vertreten ihn mit widrigen Mitteln. Im Grunde sind sie alle schuld – die einen wie die anderen, auch jene, die ihm nit verfallen, ihn aber leiden, aber doch berufen sind, wider ihn aufzustehen."

Der Hauptmann räusperte sich. Mit einem Seitenblick zum Meister hin fragte er: „Und Ihr wollt gegen diesen – diesen Widerglauben aufstehen?"

„Ich habe schon damit begonnen, mit lauten Worten schon auf dem Brandplatz vor Sankt Severi."

„Ach ja, ich hörte davon. Es geht dabei ja auch um Euer Werk."

„Und um die Reinheit des hehren Namens, die Reinheit des wahren Glaubens."

„Hm – hm!" Nachdenklich schaute der Hauptmann vor sich hin. „Ihr habt Euch viel vorgenommen, wißt Ihr das? Dieser Widerglaube ist doch tief verwurzelt im Volk – und nit nur im gemeinen. Freilich schwelt er zumeist scheu in der Tiefe. Ihr müßt mit guten Beweisen kommen und müßtet sie öffentlich geben."

„Ich werde den besten aller Beweise geben, öffentlich, sichtbar für die Dauer, Herr Hauptmann – mit meinem Werk. Den schriftlichen Beweis habe ich schon, ich will ihn probieren an dem, der seiner zuerst bedarf – an Valentin Groß. Darum bitte ich Euch, gebt den Mann frei!"

Der Hauptmann hob gleichmütig die Schultern. „Nun, so Ihr durchaus wollt ... Ich werde mit dem zuständigen Ratsmann sprechen, heute noch. – Doch sagt, könnte ich den schriftliehen Beweis wohl einmal sehen, nit gleich, doch bei Gelegenheit?"

„Recht gern. Ich werde Euch eine Abschrift fertigen. Und so Ihr ihn für gut befindet, gebt ihn weiter und weiter, daß ihn viele sehen. – Ich hörte, Valentin Groß sei krank. Ist es schlimm?"

„Er würde es nit ein halbes Jahr im Kerker aushalten", bekannte der Hauptmann ohne Zögern, „Wir haben ihm aber eine frische Schütte Stroh gegeben."

„Und der Arzt?"

Der Hauptmann kratzte sich verlegen hinterm Ohr. „Tja, der Arzt! Für einen solchen Fall haben wir keinen Arzt." Rasch setzte er hinzu: „Ihr könnt gewiß sein, daß wir ihn morgen schon aus dem Turm lassen."

Gerhard bedankte sich freundlich. Er verließ die Stadtpolizei in dem Bewußtsein, daß der Widerglaube um die „Gloriosa" hier eine gute Heimstatt hatte, freilich eine der scheuen, heimlichen Art. Dem Hauptmann würde er bald seinen Beweis senden.

„He, Leute, tretet mal ein wenig zurück!" rief Pieter den Gaffern zu, die sich in großer Zahl eingefunden hatten, um dem Richten des Gießhauses vor Sankt Severi zuzuschauen. „Noch mehr! Wenn's der Böse will, löst sich ein Balken, und dann kann's ein Unheil geben. Geht doch heim, ehe der Sturm aufkommt!"

Diese Warnung war nur zu berechtigt, denn über dem Wawet zog dunkles Gewölk auf, und der Wind fegte in kurzen Stößen einher. Die Zimmerer auf den Leitern und Gerüsten packten schneller zu, um das schon stehende Balkenwerk mit Eisenklammern und Querholz vor der Gewalt des Sturmes zu sichern. Die Gießergesellen halfen ihnen nach Kräften.

Das Gießhaus war in den letzten Tagen gut emporgewachsen. Willig hatten die Zimmerer geschafft, und darum war Meister Gerhard mit Trinkgeldern auch nicht sparsam gewesen. Ein großer Bau mußte es werden, ziemlich lang, des Platzes wegen, der auf der einen Seite durch die Kirche, auf der anderen Seite durch den nahen Abhang zum Graden hin begrenzt war. Und die Höhe mußte gleich der eines zweistöckigen Hauses sein, war es doch notwendig, die beiden Schmelzöfen drei Mann hoch aufzuführen.

Als die ersten Tropfen fielen, verliefen sich die Neugierigen. Inzwischen hatte sich der Himmel von Westen her grauschwarz überzogen, es grollte und wetterleuchtete hinter dem Wawet. Dunkel war es wie am frühen Abend.

Meister Gerhard kam von der Freitreppe her. „Macht Schluß, ehe es losbricht!" rief er den Zimmerern und seinen Gesellen zu. Zum Hauptgesellen der Zimmerer sagte er: „Geht mit Euren Leuten in den ‚Halben Mond', ich bin gut für zwei kleine Kannen. Doch gebt Obacht, daß die Leute sich nit besaufen, daß die Arbeit ordentlich weitergeht, wenn der Regen vorbei ist."

Zu seinen Gesellen gewandt, fuhr er fort: „Seht, hätten wir hier schon das Dach über dem Kopf, könnten wir an Ort und Stelle mit der Arbeit fortfahren. Wir gehen einstweilen in den ‚Roten Löwen' und übertragen den Schmuck von der Zeichnung in die richtige Größe."

Ehe sie gingen, schaute Gerhard auf dem Platz hinter Sankt Severi nach, ob das Bretterwerk für das Gießhaus ordentlich gelagert sei, so daß auch ein harter Sturm den Stapel nicht auseinanderreißen könnte. Er nickte zufrieden, denn die Gesellen hatten mit einem starken Leistenverschlag den Stapel gesichert.

Als sie sich der Freitreppe näherten, trat ihnen ein Domwächter entgegen. „Die Wache ist nun wieder an Euch, Meister, vergeßt es nit! Wir haben nun vier Nächte hintereinander aufgepaßt."

„Oje!" rief Gerhard aus. „Das hätte ich vergessen! Und meine jungen Herren haben auch nit dran gedacht! Also wer ist an der Reihe?"

„Ich fange wieder an, wache die ersten zwei Stunden, bis Mitternacht", sagte Pieter. „Wenn es nach der alten Ordnung geht, folgt

Martin, ihm Claus. Morgen beginnt Conrad, ich folge ihm, mir Martin."

„Ich werde morgen auch eine Wache nehmen", erklärte Gerhard. „Ich fange an, mir folgt Conrad, ihm Pieter. – Habt Dank, Wächter, für Eure Aufmerksamkeit!"

Sie mußten eilen, denn das Gewitter war rasch näher gekommen. Noch tröpfelte es nur, doch nach der Erfahrung wandelte sich längeres Gewittertröpfeln gar plötzlich in Sturzregen. Aus den kurzen Windstößen war ein anhaltend hartes Wehen geworden, das hohe Staubwolken durch die Stadt jagte.

„Ihr wollt doch nit ernstlich mit am Gießhaus wachen, Meister", sagte Pieter unterwegs ein wenig vorwurfsvoll. „Das ist doch ganz gewiß nit nötig, wo wir ihrer vier sind und dazu die Wächter von Sankt Marien und Sankt Severi mithelfen."

„Wir sind ihrer fünf! Zählst du mich nit mehr dazu? Und ich denke, was ich sage, habe ich eh und je ernstlich gemeint."

„Verzeiht, Meister, in solchem Sinn habe ich das nit gesagt. Doch nach der Regel kommt Euch das nit zu. Scheltet mich, es ändert indes nichts an der Sache."

„Dickschädel!" brummte Gerhard. „Hört ihr, Gesellen, wie er wieder obenauf sitzt? Sein Bein ist wieder in Ordnung und alles andere auch, man merkt's! So, nun einmal ernstlich: Was heißt denn hier Regel! Ist es vielleicht Regel, daß wir die Gießhäuser bewachen? Das mußte ich zum erstenmal hier erleben, in dieser ehrwürdigen Stadt."

Conrad seufzte: „Eine Schande ist's."

Sie hatten den „Roten Löwen" noch nicht erreicht, als der Sturzregen begann. Er kam mit einer Macht, daß die Straßen und Plätze im Nu unter Wasser standen. Die Menschen hielten sich bereit, dem in die Keller und Wohnungen eindringenden Wasser mit Eimern und Töpfen zu Leibe zu rücken. Es wäre gewiß auch übel ausgegangen, hätten die Fluten nicht in den Klingen, jenen künstlich angelegten Wassergräben, die durch die wichtigsten Gassen und über die bedeutendsten Plätze der Stadt führten, einen Ausweg gefunden. Übervoll waren die Klingen schon während des Regens, doch sie sogen das Wasser ab, führten es aus der Stadt. Es kam nicht zu einer Überschwemmung, wie man sie zu Zeiten der Schneeschmelze kannte, Zeiten, in denen die Wilde Gera, die das bebaute Stadtgebiet als Wehrgraben im Halbrund umfloß, ihrem Namen alle Ehre machte.

Wer, verwöhnt durch das anhaltende schöne Wetter in den vergangenen Wochen, geglaubt hatte, die Sonne werde sich nach dem Unwetter wieder durchsetzen, wurde arg enttäuscht. Der Tag blieb grau, es regnete leicht, doch beständig, am anderen Tag war es ebenso. Erst am Abend klärte sich der Himmel ein wenig. Der Mond huschte für Augenblicke durch Lücken des jagenden Gewölks.

Als Meister Gerhard zur Nachtwache am Gießhaus aufbrach, schlug er Pieter lachend auf die Schulter. „Siehst du, du bist gestern naß geworden, doch gewiß nur, weil du dickköpfig warst. Auf meinem Vorhaben aber ruht der Segen des Himmels, weil ich deinem Dickkopf nit nachgab. Gestehe, so ist es!"

Der Hauptgeselle grinste vor sich hin.

Claus jedoch sprach in seinem Vorwitz aus, was Pieter dachte: „Man soll nit immer mit solchem Segen des Himmels rechnen, Meister." Zwar warf Martin ihm einen mahnenden Blick zu, doch er fuhr fort, als habe er es nicht bemerkt: „Ich hörte heute einige Leute sagen, zwar sei der Regen zu heftig gekommen, doch er sei nach der langen Trockenheit ein Segen des Himmels."

„Hast ein goldenes Schandmaul, Junge!" erwiderte Gerhard lachend.

Pieter aber sagte, als wollte er Claus' Vorwitz gutmachen: „Wir haben uns am Bretterstapel einen Unterschlupf gebaut, Meister. Da läßt es sich gut untertreten. Auch ein Bänkchen ist darin, gleich bequem für zwei."

„Gleich bequem für zwei?" Kopfschüttelnd ging der Meister hinaus.

Claus lachte verschmitzt und erklärte: „Ich habe das Bänkchen nur für mich gebraucht, hatte aber große Langeweile. War's bei dir anders, Pieter?"

Der packte ihn an den Hüften, hob ihn hoch und setzte ihn unsanft auf den Tisch in eine Weinlache.

„Gut!" lobte Conrad. „Fehlt zum nassen Hintern nur noch ein Kübel Mistsotte über das, was er seinen Kopf nennt."

Es war schon dunkel, als Gerhard auf dem Domhügel anlangte. Erst umschritt er prüfend das Gerüst des Gießhauses. Das helle Balkenwerk verlor sich nach oben hin in der Dunkelheit. Die Zimmerer hatten es trotz des Regens heute bis zum First aufgeführt. Fleißig, recht fleißig, lobte der Meister im stillen. In den nächsten Tagen konnte das Dach gedeckt, konnten die Wände vernagelt werden. Nur je eine Torbreite an den Stirnseiten blieb dann zunächst noch offen, um Wege für den Transport der Erde aus der auszuschachtenden Dammgrube und des Materials für die vorgesehenen Schmelzöfen frei zu haben. Doch standen Dach und Wände, dann hinderte der Regen nicht mehr, dann konnten sie alle weitere Arbeit an dem Haus verrichten.

Unweit leuchtete matt der Bretterstapel. Der Meister dachte an den Unterschlupf, ging hin, ihn sich anzusehen. Auf halbem Weg blieb er jäh stehen, faßte seinen Stock fester. Stand da nicht jemand vor dem Stapel? Ein schwarzes Etwas zeichnete sich von dem leuchtenden Hintergrund ziemlich klar ab. Jetzt bewegte es sich, kam auf ihn zu. Als es vor ihm stand, erkannte er ein junges Weib. ‚Das Bänkchen – bequem für zwei!' durchfuhr es ihn grimmig. Hatte das Weib sich in der Zeit geirrt? Nach ihm kam Conrad an die Reihe. Oh, Bursche! „Wer seid Ihr, was wollt Ihr?" herrschte Gerhard sie an.

„Ach, Ihr seid wohl der Meister selbst", entgegnete sie ohne Furcht. „Da bin ich froh."

„So, da seid Ihr froh! Und warum seid Ihr froh? Ich kenne Euch nit."

„Ihr kennt mich dem Namen nach, Meister. Ich bin Maria Groß, die Tochter von ..."

„Ach, Maria Groß!" unterbrach Gerhard sie erstaunt, doch um vieles freundlicher. „Ja, was führt Euch denn hierher, jetzt, zur halben Nacht?" Er dachte an das Bänkchen, bequem für zwei. „Kommt, dort am Stapel muß eine Sitzgelegenheit sein."

Sie fanden sie bald. Es war ein Brett zwischen zwei mannshoch roh zusammengefügten Bretterwänden mit einem Dach darüber. Von hier konnte man das helle Balkengerüst des Gießhauses gut erkennen. Sie setzten sich. Wirklich, bequem für zwei!

„Ich komme mit einer Nachricht über meinen Vater, Meister", nahm sie das Wort. „Doch zuvor will ich Euch danken, daß Ihr ihm aus dem Turm geholfen habt."

„Schon gut! Es machte mir nit viel Mühe. Doch was ist das für eine Nachricht? Und woher wußtet Ihr, daß Ihr mich hier trefft?"

„Ich wußte nit, daß ich Euch hier treffe, Meister, glaubte, es würde einer Eurer Gesellen sein. Ihm wollte ich die Nachricht an Euch aufgeben. Mein Herr, der Brückenzöllner, sagte heute abend, sie sei wert, daß sie recht bald zu Euch gelange. Darum kam ich. In den ‚Roten Löwen' wollte ich nit."

„Nun also, was ist es?“

Sie senkte die Stimme. „Meister, mein Vater liegt noch krank darnieder. Aber er ist so ruhig geworden, daß es mir aufgefallen ist. Der Bader sagte, das liege nit an der Krankheit. Der Vater denkt so viel nach. Und ein paarmal hat er vor sich hin gesprochen: Wenn die Teufelsreihe nit wär – wenn die Teufelsreihe nit wär ...! Und darum hat er mir auch aufgegeben, beim Brückenzöllner nachzufragen, ob er nit ein Buch über die Glocken der Heilige-Jungfrau-Kirche habe. Mein Herr meint, es sei wichtig, daß Ihr es wißt.“

Es hatte den Meister vom Sitz getrieben. „Und ob das wichtig ist! Eine gute Nachricht, Jungfer, wahrlich eine gute Nachricht! Sagt Eurem Herrn meinen Dank. Sagt ihm, ich würde – ja, ich würde Euren Vater bald einmal aufsuchen. Soll er bis dahin noch ein bissel nachdenken! Und Euer Herr soll Bücher über die Glocken auftreiben, wo er kann. Ich werde ihm helfen, aber Euer Vater darf es nit wissen.“

„O nein, ich werde ihm nichts sagen“, versprach sie freudig. „Wie danke ich Euch, Meister, daß Ihr meinem Vater helfen wollt! Glaubt mir, er ist nit so schlecht, wie manche Leute sagen und wie er sich auch manchmal gibt. Er denkt, er handele recht.“ Da der Meister stand, hatte sie sich erhoben.

„Ich glaube Euch, Maria. Doch wenn alles, was er tut, anderen zum Schaden ist, können die Leute nichts Gutes von ihm sagen, das müßt Ihr verstehen. Ein Mensch nützt oder schadet seinen Mitmenschen so, wie er handelt, nit wie er denkt.“

Sie senkte den Kopf und seufzte.

„Nun geht heim, Maria“, fuhr er fort. „Sagt Eurem Vater nit, daß ich ihn bald einmal aufsuchen werde. Tut nur das, was er will, damit er nit unnütz aufgeregt wird. Laßt ihn nit merken, daß wir uns um ihn mühen.“

Er reichte ihr die Hand. Ehe er es verhindern konnte, hatte sie sich gebeugt und seine Hand mit dem Munde berührt. Schnell war sie im Dunkel verschwunden.

Er setzte sich auf das Bänkchen, lehnte den Kopf an die harte Rückwand. „Heilige Mutter, wenn das der Anfang zum Guten wäre!“ entfuhr es ihm. Ein Gefühl der Wärme kam in ihm auf, eine freudige Genugtuung, als sei ihm ein schönes Werk gelungen.

Durch das dunkle Gewölk brach das Licht des Mondes. Neben dem schattenhaften Schwarz des gewaltigen Gemäuers von Sankt

Severi nahm sich das Gießhaus wie ein Zwerg aus, der sich vergeblich hoch aufreckt, um es seinem Nachbarn gleichzutun. Doch das weiße Balkenwerk leuchtete verheißungsvoll.

„Oh, das war eine feine Geschichte!" rief Grete aus. Sie klatschte dabei in die Hände wie ein kleines Mädchen, das sich an einem Märchen erfreute.

Pieter hatte die Geschichte erzählt. Seine Augen glühten, doch Ulrich Schuppe, der dabeisaß, konnte nicht erkennen, ob das der Eifer des Erzählens oder Gretes Nähe machte.

Sie befanden sich in des Baders Wohnstube. Den dritten Abend war Pieter schon gekommen, denn das nasse Wetter war nicht dazu angetan, Spaziergänge zu unternehmen. Er erzählte aus seinem Wanderleben, das ihn an der Seite des Meisters Gerhard schon weit umherführte, von seinen Abenteuern und Erlebnissen. Ulrich Schuppe und seine Tochter hörten ihm stets dankbar zu.

Heute ging es um Glockensagen und -geschichten, und auch hier flocht Pieter Erlebtes ein. Weil Grete nicht genug solche Geschichten hören konnte und auch der Bader ihn ermunterte, reihte er eine an die andere.

„Weiter, bitte weiter!" rief Grete aus, obgleich der Nachtwächter des Marienviertels schon die zehnte Stunde geblasen und ausgerufen hatte. Sie putzte sogar schnell noch den Docht der Öllampe auf dem Tisch, damit das Dämmern nicht zu stark würde und Müdigkeit nicht aufkomme.

„Nun, dann soll es die Geschichte von der toten Glocke sein", entgegnete Pieter, dem Drängen gerne nachgebend.

„Wie traurig: eine tote Glocke!" warf der Bader ein. „Wo Glocken doch vom Leben künden sollen!" Der Geselle lächelte. „Keine Angst, Meister. Sie kam wieder zum Leben und ..."

„Oh, nit vorwegnehmen, bitte nit!" rief Grete dazwischen, und mahnend erhob sie den Zeigefinger.

„Also die Geschichte von der toten Glocke! Sie geschah in einem Dorf in Mittelfriesland, meiner Heimat. Es war zu der Zeit, da sich die armen Schieringer, die Aalfischer, die im Westergo saßen, mit den reichen Vetkoopers, den Fetthändlern, die im Ostergo saßen, bekriegten. Das war im vorigen Jahrhundert. Die Schieringer wurden von den Vetkoopers ausgepreßt wie eine reife Weintraube, und darum wehrten sie sich. Weil sich keiner um ihre Not kümmerte, wollten sie sie hinausschreien in die Welt, wollten sich eine Glocke schaffen, die jedesmal läuten sollte, wenn die Vetkoopers wieder einen der Fischer zur Strecke gebracht hatten. So sollte die Schande offenbar werden weit in das Land hinein und auf das Wasser hinaus. Im Kirchturm des größten Dorfes im Westergo sollte sie ihren Platz haben.

Lange Zeit brauchten die Schieringer, das Geld für die Glocke zusammenzutragen. Dann goß sie ein holländischer Meister. Sie wurde auf den Turm gebracht. Und als sie das erstemal ihre Aufgabe erfüllen sollte – schwieg sie. Der Klöppel schlug wohl ein wenig an, doch als die Glocke recht ins Schwingen kam, fand er nit mehr zum Metall. Die Läuter konnten sich mühen nach Kräften – die Glocke blieb tot.

Es war ein großer Jammer bei den Fischern. Was sollte dieses Schweigen bedeuten? Und das viele Geld, das sie in das Werk gesteckt hatten! Sie holten den Meister, der sie goß. Er betrachtete sie, beklopfte sie, er läutete sie mit – sie schwieg.

Da zuckte er mit den Schultern. Er habe sein Werk nach der Ordnung getan, doch sicherlich sei die Glocke verhext, und dagegen komme auch seine Kunst nit an. Die Fischer sollten doch einmal einen Magier zu Rate ziehen.

Ein als Zauberbanner bekannter Priester wurde geholt. Er mühte sich redlich, beschwor drei Tage lang das Metall, verbrannte unter der Glocke geweihte Kräuter, sprach die stärksten Segen, die ihm bekannt – die Glocke blieb tot.

Das Schlimmste aber war nit der Verlust des Geldes, nit der Schreck, die Enttäuschung, dagegen der Umstand, daß das Zeugnis der Schande wider die Vetkoopers versagte. Das war in den Augen der Fischer ein übles Zeichen. Die Heiligen hatten ihren Segen nit zu dem Werk gegeben, hatten kein Einsehen mit der Not der Fischer, hatten sich auf die Seite der Vetkoopers gestellt. Diese aber saßen nun erst recht oben auf, höhnten die Fischer und trieben es ärger als zuvor.

In ihrer Not versuchten die Schieringer, wenigstens den geldlichen Schaden, den sie erlitten hatten, auszugleichen, oder doch zum Teil. Manchem Glockengießer boten sie sie an, zum Wert des Metalls. Doch keiner nahm sie, da sie ja verhext war. Wer wollte sich in diese Gefahr begeben? In ihrem Zorn vermauerten die Fischer die Pforte, die zur Glocke führte, denn diese vom Turm zu entfernen hätte nur unnütze Kosten gebracht. So wurde sie erst recht eine tote Glocke, und sie hing um vieles mehr als hundert

Jahre ungestört hinter der Pforte. Fluch- und Zaubergeschichten über sie gingen um in den Dörfern für zwei Generationen.

Auch mein Meister hörte von der toten Glocke. Die Sache ließ ihm keine Ruhe. So begab er sich denn – es mag vor fünfzehn Jahren gewesen sein – in das Dorf und erbot sich beim Geistlichen, die tote Glocke ohne Kostenberechnung zu untersuchen. Zeitlebens hatte er nit an Glockenzauber geglaubt; er ist der Meinung, in einem Werk, das dem Guten diene, könne niemals etwas Böses stecken, könne auch ein Zauber keine Macht haben. War diese Glocke einstens auch nit zum Lobe des Herrn gedacht, so sollte sie doch etwas Gutes erfüllen, sollte den Fischern Helfer in der Not sein. Auch hier glaubte mein Meister darum nit an einen Zauber. Er war sich gewiß, daß ein Fehler des Gießers oder des Schmiedes, der den Klöppel fertigte, oder vielleicht auch das Gestühlbauers vorliegen mußte.

Der Geistliche erfüllte trotz einiger Bedenken die Bitte des Meisters und ließ die Pforte aufbrechen. Unversehrt hing die Glocke im Stuhl, zwar sehr verstaubt und mit morschem Seil, doch dieses war schnell ersetzt. Mit einem Gesellen und drei Läutern ging der Meister an die Arbeit. Er ließ die Glocke schwingen – sie war tot wie vorzeiten. Er nahm die Maße, rechnete, ließ schwingen, rechnete wieder.

Am anderen Tag schickte er nach einem Schmied, führte mit ihm eine lange Unterredung, ging mit ihm in dessen Werkstatt.

Ich will es kurz machen: Am vierten Tag geschah das Wunder – die Glocke läutete, sie läutete wahrhaftig. Die Menschen bekreuzigten sich, waren fürs erste starr in ihrer Freude, als sei eine Offenbarung über sie gekommen. Die Glocke hatte Leben bekommen, und die Wartezeit von zwei Generationen war ihr nit im geringsten zum Schaden geworden.

Die Menschen des Dorfes wollten den Meister als Zauberbanner feiern, doch er drohte, sofort abzureisen, sollten sie ihr Vorhaben wahrmachen. Er litt nur, daß sie ihn in die Schenke einluden, um gemeinsam einen Trunk zu nehmen. Und hier erklärte er ihnen, was sie und ihre Vordern für einen Zauber hielten.

Das einzige Geheimnis lag darin, daß der Gießer und der Schmied damals aus Zufall Gewicht und Länge des Klöppels so bemaßen, daß dieser just die gleiche Zeit zum Schwingen brauchte wie der Glockenkörper. So konnte er die metallene Wand nit berühren. Der Meister brach den Zauber, indem er durch den

Schmied den Klöppel ändern ließ, nachdem er hinter das Mißverhältnis gekommen war. – Ja, das war die Geschichte von der toten Glocke!" Pieter nickte den beiden lächelnd zu, als wollte er den Schluß der Geschichte noch einmal bekräftigen.

„Wie schön, daß die Glocke zum Leben kam und daß dein Meister das Werk vollbrachte", sagte Grete nach einer Weile. „Welch ein kluger und geschickter Mann ist das doch!"

Ulrich Schuppe aber sprach: „Eine Geschichte zum Nachdenken ist's, wahrlich, zum rechten Nachdenken! Da halten sie etwas für einen Zauber, sehen es gar noch als schlimme Himmelsfügung an, lassen ihr armseliges Leben davon beherrschen, und bei näherem Hinsehen ist's ein dummer Zufall. Ich meine, das sei oft im Leben so."

„Auf das nähere Hinsehen kommt es aber eben an, Meister Schuppe", entgegnete der Geselle. „So ist es ja auch bei der ‚Gloriosa', der sie die Teufelsreihe nachsagen. Hier hat mein Meister schon recht nahe hingeschaut, und es war wahrlich nit vergebens."

Nach einer Weile fragte Grete: „So meint Ihr, es gäbe keinen Zauber, gar keinen auf der Welt?" Ihr Vater wiegte den Kopf hin und her, schaute nur einmal kurz zu Pieter hin.

Der aber sagte nach einigem Überlegen: „Ich weiß nit ... ich kann das nit genau sagen. Es gibt so viel Böses in der Welt. In Glocken und in geweihtem Werk hat er aber ganz gewiß keine Macht. Das Böse hat ja auch keine Macht bei denen, die des rechten Glaubens sind und redlich nach diesem Glauben dienen."

Auf dem Dach des Gießhauses wurde der letzte Hammerschlag getan, wurden die letzten Schindeln gelegt. Die Wände waren schon mit Brettern und Fugenleisten versehen, nur die Abzugslöcher unter dem Dach, die Fensteröffnungen und die Flächen für die Tore an den Stirnseiten des Gebäudes hatten die Zimmerer ausgespart. Die Toröffnungen befanden sich einander seitlich gegenüber an den Eckpfosten, so daß in der einen großen geschützten Ecke – nach dem Dom hin – für die Schmelzöfen, in der anderen – nach der Severi-Wiese hin – für einen Arbeitsraum genug Platz war. Zwischen beiden gab es aber noch reichlich Raum, Ziegelsteine und anderes Material zu lagern, ohne den Durchgang an der Seite, zwischen den beiden Toren, zu stören.

Die Zimmerer hatten nun noch die Tore, die Fensterläden, die Türen und einiges grobe Möbelwerk für die beiden Arbeitsräume zu fertigen, dann war ihre Arbeit getan. Indessen konnten die Ofenbauer ihr Werk beginnen. Das sollte morgen schon geschehen.

Der Meister hatte die Zimmerer für den Abend in den „Halben Mond" bestellt. Mit einem guten Nachtmahl auf seine Kosten wollte er ihren Fleiß belohnen.

„Sie haben sich's redlich verdient", sagte er, als er mit seinen Gesellen allein war, das vollbrachte Werk in Ruhe anzuschauen.

„Das größte Gießhaus, das wir je gebaut", meinte Conrad, nachdem sie noch einmal alles überprüft hatten. „Nur es ist ein bissel in die Länge gezogen. Die Gießgrube muß in die Flucht der beiden Tore."

„Das hindert nit", entgegnete der Meister. „Die Grube wird erst ausgehoben, wenn die Ofenbauer fertig sind. Die Erde schaffen wir hinaus, und neben den Ofen lagern wir den Lehm für die Grube. Den Glockenkern müssen wir ohnehin in der Grube bauen. – So, und nun zum Abend! Wenn ihr wollt, könnt ihr euch zu den Zimmerern gesellen. Ich werde nit dabei sein, darum müht euch um das rechte Maß, so es notwendig ist. Ich gehe zu Valentin Groß."

Die Gesellen schauten ihn überrascht an. „Zu dem Besessenen?" riefen sie wie aus einem Munde.

„Warum nit?" Er lächelte. „Bin ich bei ihm, kann er euch doch nit im ‚Halben Mond' gefährlich werden. Vielleicht brauchen wir ihn von morgen ab nit mehr den Besessenen zu heißen."

Martin seufzte und sagte ängstlich: „Aber allein, Meister, ist das nit gefährlich? Soll ich nit mitkommen? Mich drängt es nit, mit den Zimmerern zu zechen."

Da gab ihm Gerhard einen freundschaftlichen Schlag auf die Schulter. „Bist ein braver Bursche, Martin, doch mit dem Manne muß ich alleine reden. Und deinen Freunden würdest du ganz gewiß fehlen, ob im ‚Halben Mond' oder im ‚Roten Löwen'. Sie sagen doch, du seiest beständig ihr guter Mahner."

„Freilich – freilich!" entfuhr es Claus. „Sein Namensheiliger ist ja auch neben ihm ein Knirps."

Da faßte der Meister ihn sachte am Kinn, hob es ein wenig. Mit strenger Güte schaute er ihm in die Augen. „Entsinne ich mich recht, hat mir das mit dem Mahner mein vorwitziger Claus selbst einmal gesagt. Ich meine, es sei vor gar nit allzu langer Zeit in Coburg gewesen, nachdem er, entgegen Martins Warnung, über das Mühlwerk spazieren wollte und dabei ins Wasser fiel – hm? Oder irre ich mich?" Claus bekam einen roten Kopf und schielte zu Martin hin.

Der aber sagte verlegen: „Ach, Meister, das mit dem Namensheiligen hat er nit so gemeint. Er hat mir doch gar ein Bild meines Patrons gezeichnet, so recht mit Gans und Mantel. Ich wollte es selbst zeichnen, doch es gelang mir nit so gut wie Claus."

„Na, da soll ihm verziehen sein!" entgegnete der Meister lachend.

Am Abend begab sich Gerhard van Wou auf den Weg zu Valentin Groß. Der wohnte nahe des inneren Johannistores. Er machte jedoch einen Umweg, besuchte zuvor Hans Pfeffer, den Brückenzöllner. Am Nachmittag hatte er durch einen Stallburschen des „Roten Löwen" sein Kommen angemeldet.

Pfeffer empfing ihn mit wehleidiger Miene. Er hatte verschwollene Augen, hustete und nieste in einem fort. In seiner Stube roch es nach heißem Wein. „Ihr würdet mich im Bette finden, hättet Ihr mir nit Nachricht gegeben", krächzte er. „Dies Haus ist noch mein Sarg!"

„Oh, das tut mir leid, lieber Freund! Doch warum soll es gerade dieses Haus sein? Ist es gar verhext?"

„Verhext – verhext!" giftete der Brückenzöllner. „Laßt Euch nur mal den ganzen Tag das Wasser unterm Hintern durchlaufen!"

Gerhard mußte laut auflachen. „Ach, verzeiht, lieber Freund, ich vergaß, daß das Haus über einer Klinge steht."

„Jaja! Und bei solchem Wetter zieht der Dunst selbst durch eine fünf Fuß dicke Steindecke. Hier oben mag es noch gehen, doch in der Zollstube unten – ach! Ich hab's versucht mit Holzrosten, mit Strohmatten und Fellen – nichts hat geholfen. – Doch was soll ich Euch ein Leid vorklagen, mit dem ich dem Küchenmeister seit Jahren schon nutzlos in den Ohren liege! Ihr wollt also wirklich zu Valentin Groß?"

„Das habe ich vor. Seid Ihr der Meinung, daß es nit der rechte Zeitpunkt sei?"

„O nein!" Pfeffer schüttelte heftig den Kopf. „Im Gegenteil. Der Mann hat schon reichlich nachgedacht, hat alle Schriften studiert, die Ihr besorgt. Doch Maria sagte, sein Leiden mache ihm wieder mehr zu schaffen als noch vor einer Woche. Dazu sei er schwach geworden, er esse nur wenig. Vielleicht müßt Ihr Euch gar beeilen, Euer Bekehrungswerk noch zur rechten Zeit zu vollbringen."

„Ach! Ich wußte nit, daß es so um ihn steht. Hat er denn einen guten Arzt?"

„Er will keinen Arzt, begnügt sich mit einem Bader. Maria kann seinen Sinn nit ändern, und ich wage den Versuch gar nit erst. Ich sprach mit Maria über Euer Vorhaben. Ihr glaubt nit, wie dankbar sie Euch ist. Sie erwartet Euch, ihr Vater weiß es nit."

Gerhard erhob sich. „Habt Dank, mein Freund! Ich gebe Euch morgen Nachricht über den Ausgang des Gesprächs."

„Und ich wünsche Euch gute Gesundheit."

Bei Dunkelheit wäre es für den Meister ein schwieriges Unterfangen gewesen, sich zu Valentin Groß' Haus durchzufinden. Die Gassen, die nicht von Klingen durchflossen wurden, waren von den Regentagen her noch verschlammt. Bei Sankt Nikolaus hatte angeschwemmtes Astwerk, von Unrat durchsetzt, im Breitstrom eine Barriere gebildet, an der sich das Wasser staute. Es war über die Ufer getreten, floß erst hinter der Barriere wieder ab. Einige Gassen standen noch immer unter Wasser.

Valentin Groß wohnte in einem ursprünglich ansehnlichen, jetzt aber heruntergekommenen Haus. Es stand für sich in einem Garten, dem man aber ansah, daß ihm die Pflege fehlte. Hinter dem Haus befand sich das einstige Werkstattgebäude.

Gerhard betätigte den Messingklopfer an der Haustür.

Maria öffnete. Sie knickste artig. „Er sitzt gerade am Tisch und liest in einem Buch", sagte sie leise. „Heut hatte er keine Schmerzen, darum ist er auch nit im Bett."

„Überraschen dürfen wir ihn nit. Sagt, ich käme, mich nach seinem Befinden zu erkundigen."

Während Maria in einer der beiden Türen linker Hand verschwand, wartete er in dem kleinen, von einer Öllampe notdürftig beleuchteten Flur. Harte Worte drangen an sein Ohr, doch er verstand sie nicht. Nun, es würde nicht gerade einen freundlichen Empfang geben.

Da trat Maria aus der Tür. Traurig und verlegen zuckte sie die Schultern. In ihren Augen standen Tränen. „Er will nit, er brauche Ruhe, sagte er, hinter Eurem Besuch stecke wahrscheinlich doch eine Tücke. Ach, Meister, nehmt es ihm nit übel, bitte ich Euch. Er weiß ja nit, wie Ihr Euch um ihn müht."

„Ich hätte es mir denken können. Darum gebe ich's aber nit auf. Gebt acht und mischt Euch nit ein, ich lasse es jetzt darauf ankommen." Er öffnete die Tür und trat ein, als sei er freundlich eingeladen worden. Valentin Groß saß in einem hohen Lehnsessel am

Tisch. Sein Körper war in ein Fell gehüllt. Vor ihm lag ein dickes Buch. Eine Wachsschale mit zwei Dochten auf dem Tisch gab ein sanftes Licht.

Groß starrte ihm entgegen. „Ich habe Euch nit gebeten", schrie er heiser. „Ihr seid hier ganz und gar nit willkommen. Geht!"

Der Meister zog einen Stuhl herbei und setzte sich Groß gegenüber an den Tisch. „Ich übe nur Gerechtigkeit", entgegnete er ruhig. „Hatte ich Euch vielleicht gebeten, damals, als Ihr mich im Mainzer Hof so freundlich anginget? Ihr wart mir durchaus unwillkommen. Und Ihr kamt damals mit schlechten Gedanken zu mir, ich komme mit guten."

„Oh – Ihr!" stieß der Kranke wütend hervor. „Ihr nutzt meine Schwäche. Was wollt Ihr von mir? Sagt doch gleich, daß Ihr mich anzeigen wollt, so ich nit das zurücknehme, was Ihr Beleidigung nennt! Das wollt Ihr doch, nit wahr?" Er hatte sich so erregt, daß ihm der Schweiß auf das eingefallene, wächserne Gesicht trat. Maria eilte herbei, wollte ihm die Nässe von der Stirn wischen. Unwillig schüttelte er den Kopf.

„Wer redet denn von Anzeige und Beleidigung? Ich ganz gewiß nit. Hätte ich Euch sonst aus dem Turm geholt? Wäre es nach dem Willen der Stadtpolizei gegangen, hätte es einen ganz schönen Prozeß gegeben. So, und nun redet vernünftig mit mir!"

„Hä?" entfuhr es dem Kranken. „Ihr – Ihr hättet mich aus dem Turm geholt? Ihr erlaubt Euch dumme Witze, das ist wohl wahr!"

„Meint Ihr, es seien Eure Rumorbrüder gewesen? Die haben Euch ganz schön sitzenlassen, obgleich sie schon am nächsten Tag wieder draußen waren. Und Euer anderer Anhang, der heimliche, hat sich auch nit um Euch gekümmert. Ja, so ist es, Valentin Groß! Da mußte eben Euer von Euch selbst erwählter Feind ein gutes Wort beim Hauptmann der Stadtpolizei für Euch einlegen. Und ich meine, das sei nit übel gewesen oder?"

Der Kranke hatte den Kopf zurückgelehnt, die Augen geschlossen. Seine Brust wogte, sie bemerkten es trotz des dicken Felles. Besorgt blickte Maria von einem zum andern.

Gerhard schüttelte leicht den Kopf. Sein Blick war ernst, mahnend, als sollte er sagen: Es muß sein, störe es nicht! Und er fuhr fort: „Ich tat es aber nit als Euer Feind, ich tat es, weil ich Euch brauche, besser: weil ich Euch bitten will, mir zu helfen."

Maria trat in jäher Überraschung einen Schritt zurück.

Groß aber riß die Augen auf. „Ha!“ drückte es sich gequält aus seiner Brust. Seine Hände zitterten, sie tasteten nach einem Ziel, ohne es zu finden. „Ich – ich soll Euch – helfen?“

„Was ist da so Absonderliches?“ fragte Gerhard. „Überall, wo ich ein großes Stück zu fertigen hatte, sicherte ich mir die Hilfe guter Meister, so solche in der Nähe ansässig waren. Ich meine, das sei uralter Zunftbrauch, in meiner Heimat wird er gern geübt. Ihr wart vor – vor Eurer Krankheit ein guter Meister, wie man mir immer wieder sagte, und Ihr könnt es wieder sein, so Ihr die Krankheit überstanden. Darum beeilt Euch damit!“

Da beugte sich Groß weit vor. Seine Augen waren aufgerissen, glühten. „Ihr wollt, daß ich Euch helfe?“ keuchte er. „Bei dem, was zwischen uns ist?“

„Was zwischen uns war, Valentin Groß! Ihr hattet so gehandelt, weil Ihr des Glaubens wart, es sei recht. Jeder Mensch kann irren, es kommt nur darauf an, daß er redlich um die bessere Einsicht ringt, sich ihr nit mit böser Absicht verschließt. Das, was man Teufelsreihe heißt, hat Euch zu einem solchen Irrtum verleitet. Gebt diesen Irrtum auf, Valentin Groß, und alles, was zwischen uns war, ist vergessen!“ Er zog aus dem Wams ein Blatt Papier hervor und entfaltete es, schob es Groß hin. „Auf diesem Bogen stehen allerlei Zahlen und Hinweise. Sie sind der Beweis, daß die ‚Teufelsreihe‘ ein Unfug ist. Ihr könnt es leicht nachprüfen. Durchdenkt auch mit Bedacht, was ich dazugeschrieben.“

Der Kranke beachtete das Papier nicht. „Und wenn ich nit wollte?“ stieß er heftig hervor.

„Dann wäre es wider Eure Redlichkeit. Hier steht die Wahrheit, von der Historie geschrieben, und die läßt sich nit biegen, nit verkleistern. Ich bitte Euch, Meister Groß, lest und durchdenkt es gut! Ich warte auf Euch, ein großes und gutes Werk wartet.“ Er erhob sich. „Seid Gott befohlen, Valentin Groß! Möget Ihr bald wieder bei Kräften sein!“

Er war noch nicht an der Tür, da schrie Groß: „Und der Brand, Holländer, der Brand? Glaubt Ihr noch, daß ich ihn angelegt?“

„Ihr habt ihn nit einmal angestiftet, des bin ich gewiß.“

Der Kranke schlug die Faust auf den Tisch. „Aber Ihr habt ihn mir doch zugeschoben, auf dem Brandplatz schon, als Ihr zur Menge geredet, und als ich Euch darauf hinter der Brücke anging, habt Ihr mir’s geradewegs ins Gesicht gesagt!“

„Valentin Groß, das war der erste Verdacht. Prüft ehrlich, mußte dieser Verdacht nit bestehen, nach dem, was vorgefallen? Doch ich kam zu der Überzeugung, daß Ihr hier die Hand nit im Spiele hattet, und sagte das auch dem Hauptmann der Stadtpolizei, ich sagte es jedem, der mich darum befragte."

Da lehnte sich der Kranke wieder zurück. Seine Faust entspannte sich, die Hand lag breit auf dem Papier, das der Meister ihm zugeschoben hatte.

Gerhard verließ leise den Raum. Maria begleitete ihn bis zur Haustür. Ehe er hinaustrat, sagte sie: „Meister, ich weiß nit, wie ich Euch danken soll. Das ist alles so – so ..."

„Schon gut!" Er faßte in die Wamstasche, holte einen kleinen Beutel hervor. „Nehmt das als Voraus für seine Hilfe und füttert ihn gut!" Er nahm ihre Hand und legte den Beutel darein.

Ehe sie etwas erwidern konnte, war er draußen.

Es war inzwischen dunkel geworden. Unter Schwierigkeiten nur fand er den Weg zum Domplatz. Im „Halben Mond" kehrte er ein. Fröhlich empfingen ihn seine Gesellen und die Zimmerer.

„Nichts gegen Eure Nation, lieber Meister, Ihr seid ein fleißiges und geschicktes Volk der Seefahrt und des Handels, doch aus Eurem Land kam das Unglück unserer Familie. Wir wären heute ganz gewiß wohlhabende Patrizier, hätte dieses Unglück unsere Vordern nit bis aufs Nichts verarmt. Seht uns an, meinen Bruder und mich! Er ist Töpfer und Ofenbauer geworden – ich ein armseliger Wachshändler."

So sprach der Mann, der neben Meister Gerhard auf einer rohen Holzbank im Gießhaus saß und den Arbeitern beim Bau des Fundamentes für die Schmelzöfen zuschaute. Es war Hans Kellner. Er kam am Morgen mit seinem Bruder, den „Holländer" kennenzulernen, der sich an die Große Glocke wagte. Außerdem fand alles seine Aufmerksamkeit, was holländisch war; das rührte von dem Unglück seiner Vordern her. So waren sie ins Gespräch gekommen.

„Und wie ging das zu?" fragte der Meister. Er fand Gefallen an dem ruhigen, offenen Wesen des Mannes.

„Unser Großvater, er hieß auch Hans Kellner, gehörte zu den wohlhabenden Fernkaufleuten in dieser Stadt. Ihr wißt doch, daß Erfurt zum Hanse-Bund zählt?"

„Ich weiß es. Die Stadt hatte auch gute Verbindung zu Holland. Doch heute ist das nit mehr so. Die Kaufleute gehen wohl jetzt stärker nach dem Osten, man sagt gar, nach Kiew."

Kellner lachte. „Ihr seid nit übel beschlagen in diesen Dingen. Es ist so, wie Ihr sagt. In dem Bund mit der Hanse ist nit mehr das rechte Leben, seit die Märkte sich mehr in das Land verlagerten. Doch zu der Zeit, da die Stadt gemeinsam mit Mühlhausen und Nordhausen dem Goslarer Bund beitrat, so um 1430, ei, da war etwas! Da rollten die Frachten beständig gen Lübeck, Hamburg und Bremen – bis hinüber nach Flandern. Und zu den eifrigsten hansischen Händlern gehörten jene, die im Erfurter Rat saßen. Schaut nur ihre Steinhöfe an!"

„War Euer Großvater auch ein solcher Ratsherr-Fernkaufherr?"

„Nein, er war ein biederer Bürgersmann, der nur seinen Geschäften lebte. Er hielt mehr von dem Handel mit Holland, und das war sein Unglück. Anno 1428 wurde seine Fracht bei Monikendam an der Zuidersee von Vitalienbrüdern überfallen. Sie raubten ihm sechzehn Faß Waid, die für Amsterdam bestimmt waren, und er mußte an die Räuber tausend Gulden Lösegeld zahlen. Im Jahr darauf wurde ihm ein Frachtzug von fünf Wagen mit Getreide, der nach Brügge sollte, unweit der Stadt ausgeraubt. Weil er dadurch nit mehr die Mittel besaß, die gedachte Rückfracht von mehreren Tonnen Heringen, Stückfischen und Lachsen gemäß dem Vertrag mit dem Brügger Händler zu kaufen, wurde er von diesem wegen Vertragsbruch verklagt und mußte hohen Schadenersatz zahlen. Und damit es der schlechten Dinge ja auch drei würden, brach bald darauf in seinem Lager in Gent ein Brand aus, der beträchtliche Mengen Waid, Leinwand und anderes vernichtete. Solche Schläge in so kurzer Zeit konnte das Geschäft unseres Großvaters nit vertragen. Er verarmte in einem Maße, daß er gar sein ererbtes Wohnhaus und all seine Liegenschaften verkaufen mußte, um die Schulden abzudecken. Ein Sohn, der älteste, der in Gent das Brandgeschehen aufklären sollte, kam nit zurück, er verscholl. Die beiden anderen Söhne waren gezwungen, ins Handwerk zu gehen, und deren Söhne kamen teils ins Handwerk, teils in den kleinen Handel. So ist's meiner Familie ergangen, Meister van Wou."

„Und Ihr habt darum einen alten Grimm auf die Holländer. Ich kann Euch darum nit verdenken. Doch schlechte Menschen gibt es dort wie hier, Hans Kellner, dafür auch gute. Es wäre vermessen, wollte man sagen, eine Nation sei besser als die andere."

Der Händler legte dem Meister die Hand auf die Schulter. „So habe ich das auch nit sagen wollen. Ich bin den Holländern nit gram. Für mich ist das alles historisches Geschehen, ich kenne nit den Reichtum meiner Vordern. Mein Bruder dort denkt nit anders.

Seht, er macht doch Geschäft mit Euch, wenn auch in kleinem Maße, ich würde es nit anders tun." Dabei blinzelte er dem Meister zu.

Der stutzte erst, dann lachte er laut. „Ach, Ihr seid ja Wachshändler! Nit übel macht Ihr das! Den guten Händlergeist habt Ihr von Euren Vordern ganz gewiß geerbt."

„Es ist außer dem Namen auch das einzige", seufzte Kellner. „Man sagt, der Glockengießer brauche auch eine ansehnliche Menge Wachs, so wie der Gießer metallener Bilder und Reliefs."

„Nun, so ansehnlich, wie Ihr vielleicht glaubt, ist die Menge nit. Trotzdem, habt Ihr das rechte Material – verzeiht!"

Er erhob sich rasch, begab sich zu Ludwig Kellner, der gerade mit dem Kohlestift auf den Bretterwänden die Breite und die Höhe der Brandmauer markierte, die an der Stirnseite und Längsseite der Ofenecke aufgerichtet werden mußte, um die Hitze der künftigen Schmelzöfen vom Holze abzuhalten. „Bitte, bis hinauf zum Dach, Meister! Bedenkt, die Öfen werden drei Mann hoch!"

„Ich weiß – ich weiß", brummte der andere, „habe ja gerade erst angefangen!"

Zu Hans Kellner zurückgekehrt, sagte Gerhard erklärend: „Daß uns nit das Haus anbrennt, wenn wir gerade mit der Schmelze und dem Guß beginnen! Habe von einem Brand genug!"

„Wurden eigentlich die Täter gefaßt?" fragte der Händler.

„Wir verfolgten die Sache nit weiter. Es waren verhetzte Leute, und jener, der die Ursache gab – nun, ich hoffe, er wird künftig solches Werk verabscheuen. – Doch zum Wachs! Habt Ihr das rechte Material, so könnten wir es wohl versuchen. Ein kleiner Bestand würde nichts schaden. Das Wachs muß indes eine bestimmte Art haben: Es muß hart sein, doch nit spröde."

„Oh, bei mir findet Ihr alle Arten, vom rohen Bienenwachs bis zum geläuterten weißen. Ich mische Euch auch das Wachs nach Eurem Wunsch, gieße es in Tafeln, Blöcke oder Stangen – wie Ihr wollt."

„Gut! Ich besuche Euch in den nächsten Tagen. Wo kann ich Euch finden?"

„Mein Laden ist gleich hinter Sankt Vitus."

Es waren Tage unentwegten Schaffens in dem Gießhaus. Umgeben von Haufen Ziegelsteinen, Lehm und Brandmörtel werkten die Ofenbauer. Rasch wuchsen die beiden Schmelzöfen empor, nahmen mehr und mehr die ihnen zugedachte Form mächtiger Bienenkörbe an. Beständig packte Conrad mit zu, prüfte, ordnete, sorgte, daß das richtige Material zur rechten Zeit zur Hand war. Hier war er in seinem Wasser, in dem er am besten schwamm. Spotteten auch die Ofenbauer oft über sein Vogelgesicht, das sich in jeden Mörtelkübel hänge, als suche es Honig wie ein lüsterner Bär, so kamen sie doch gut mit ihm aus. Ludwig Kellner sagte sogar einmal zu ihm, er sei sicher einst Ofenbauer gewesen, sei wohl aus ihrer Gilde geflüchtet, weil er bei den Glockengießern mehr verdiene. Das war ein Lob, denn der Meister legte bei der Arbeit einen strengen Maßstab an.

Indessen schafften Pieter und Claus mit allerlei Werkzeug in dem Schuppen auf der Domwiese, in dem das Metall für die Glocken lagerte. Sie hatten ein schwieriges Werk zu vollbringen, mußten sie doch die Glocke, die einst Claus von Mühlhausen gegossen, die aber nach zwei Jahren schon zersprang, in Stücke zerlegen. Diese Stücke waren als der beträchtlichste Teil der Speise für die neue Glocke gedacht. Am Anfang hatten ihnen der Meister und zwei Schmiedegesellen von Matthias Sprenger mitgeholfen. Nachdem sie aber das schwerste Hebezeug nicht mehr brauchten, wurden sie mit dem nun schon in einige Teile zerschlagenen Metall alleine fertig.

Martin war im Buchstabenschneiden und Wachsmodellieren am geschicktesten. Darum hatte Gerhard ihn zu sich genommen. Sie saßen in des Meisters Arbeitsraum im Gießhaus an einer langen Tafel. Der Meister übertrug von seinen Zeichnungen die Buchstaben auf dünne Wachstafeln, Martin schnitt sie sorgfältig aus, legte sie wortgetreu nach dem vorgeschriebenen Text auf glattgehobelte Bretter. War das geschafft, mußte die schwierigste Arbeit, die besondere Kunstfertigkeit erforderte, getan werden: das Modellieren der Ornamente und des Reliefs aus Wachs nach Zeichnungen des Meisters. Es war ein gutes Arbeiten mit Martin. Still und zufrieden tat er sein Werk, freute sich bescheiden, wenn der Meister ihn ob seines Geschickes lobte.

Nicht ohne Störungen verliefen die Tage. Da kam Offizial Degenhart, sich nach dem Fortgang des Werkes zu erkundigen. Ob alles so verlaufe, wie der Meister es sich gedacht? Ob er irgendwelche Hilfe bedürfe? Die Domherren hätten ihm wieder und wieder aufgegeben, das Werk nach Kräften zu fördern. Als ob sich das nicht von selbst verstehe! Gerhard bedankte sich freundlich. Seine einzige

Bitte sei, der Herr Offizial möge sich noch einmal um das restliche Metall für die Glocke bemühen. Doch wohlgemerkt: Präzis 78 Teile Kupfer und 22 Teile Zinn – beides rein! Da kam der würdige Vikar Conrad Stolle, der Chronist. Er entschuldigte sich, daß er sich so lange Zeit nicht um das Werk gekümmert. Das schlechte Wetter habe ihn niedergeworfen mit einem argen Zipperlein, so daß er nicht einmal mehr den Stift habe führen können. Nun wolle er aber alles nachholen, wolle wieder aufzuzeichnen beginnen, was für die Kommenden des Festhaltens wert sei.

Gerhard berichtete, was inzwischen an dem Werk geschah und was in den nächsten Tagen vor sich gehen würde. Unermüdlich fragte Conrad Stolle, zeichnete in Stichworten auf, was der Meister bereitwillig erklärte. Schließlich wollte er wissen, was nun mit den wächsernen Buchstaben geschehe die dort auf den Brettern lägen. „Sie werden auf die ‚falsche Glocke' geklebt", sagte Gerhard. „Mit dem anderen Zierat, den wir noch fertigen müssen, geschieht das gleiche. Sie drücken sich dann in dem Lehm ab, mit dem die ganze ‚falsche Glocke' überzogen wird – wenn es fertig ist, heißt man es Mantel. Im hohlen Kern ..." – „Gemach, gemach, lieber Freund, das geht mir nit alles ein", unterbrach der Vikar lachend. „Falsche Glocke, Mantel, hohler Kern – das faß ich nit! Ich bitte Euch, laßt mich dabeisein, wenn es soweit ist, da sehe ich es am werdenden Ding und verstehe es besser."

Gerhard versprach es.

Und da kam sogar Johann von Lasphe einmal. Das brachte den Meister in arge Verlegenheit, denn ein würdiger Platz für den Domherrn war auf der Baustelle nicht vorgesehen. Doch Lasphe scherte sich nicht darum. Inmitten des Gießhauses ließ er seinen schweren Körper auf einen der Gerüstböcke nieder und forderte Auskunft über das, was da in der Ecke vor sich gehe. Ludwig Kellner berichtete über den Ofenbau, und Meister Gerhard fügte hinzu, was zum Verständnis des Weiteren notwendig war: daß nach Vollendung der Öfen in deren Nähe die Dammgrube ausgehoben, daß in dieser die Form für die Glocke geschaffen und nach mancherlei anderer Arbeit auch das Gießen des Stückes selbst vorgenommen werde. – Der Domherr rief erstaunt aus: „Gütige Mutter, alles in der Grube! Wie soll denn da das flüssige Metall aus den Öfen in die Glockenform gelangen? Ihr könnt es doch nit mit dem Schöpflöffel heranbringen!" – Gerhard schilderte im groben den Vorgang: „Die fertige Glockenform steht so tief in der Grube, daß die Krone sich noch ein gut Stück unter der Ebene des Erdbodens befindet. Die gesamte Grube wird mit Lehm gefüllt, dabei auch die Form vollständig zugestampft – bis auf die Gußöffnung und die zwei Windpfeifen; das sind Lehmröhren, die auf der Kronenform aufsitzen und aus denen die Luft entweicht, wenn das glühende Erz durch die Form fließt. Nun werden von der Gußöffnung zwei kleine, mit Ziegelsteinen ausgelegte Gräben zu den Ausflußlöchern der beiden Öfen hingezogen. Ist das Erz in den Öfen gar, kann der wichtigste aller Vorgänge beginnen: das Gießen. Der steinerne Zapfen in dem Ausflußloch des ersten Ofens wird eingestoßen, das flüssige Erz schießt heraus in den Graben und fließt durch die Gießöffnung in die Form. Hat sich der Ofen entleert, wiederholt sich ohne Pause das gleiche mit dem zweiten Ofen." – „Oh, das wird ein weihevoller Augenblick!" rief Johann von Lasphe aus. „Die Domherren werden mit dem heiligen Sakrament Zeuge sein, lieber Meister." Er erhob sich mit einiger Mühe. „Ich danke Euch von Herzen. Seid Ihr mit dem Fortgang zufrieden?" – „Ich bin es, hochwürdiger Herr. Meister Kellners Leute arbeiten fleißig und geschickt." – Lasphe verabschiedete sich von den beiden Meistern mit einem freundlichen Händedruck. In Ludwig Kellners Hand ließ er dabei einen kleinen, prall gefüllten Beutel gleiten, wobei er mit dem Kopf zu den Maurern hindeutete. – Gerhard begleitete den Domherrn bis zum Tor des Gießhauses. – „Ich hoffe, Euch bald einmal bei mir zu sehen, mein Freund", sagte Lasphe. „Ich lasse Euch noch Nachricht zukommen." – Der Meister verbeugte sich dankend.

Es kam auch noch manch anderer, so einige aus der niederen Geistlichkeit und aus dem Volk. Sie stellten sich bescheiden in die Toröffnungen, um dem Werken zuzuschauen. Die ersten wurden von Conrad freundlich oder grob – wie es sich ergab – von der Stelle gewiesen. Als der Meister dies bemerkte, untersagte er es dem Gesellen. „Nimm das doch als gutes Zeichen!" erklärte er. „Es ist besser, als würden sie uns meiden. Die Anteilnahme an dem Werk kann gar nit groß genug sein. Du mußt nur sorgen, daß sie die Arbeit nit stören."

So wuchs das Werk zu aller Freude.

Doch eitel Freude sollte es nicht sein. Es kam ein Tag, der sie aufriß aus der Zufriedenheit des Erfolges.

Claus stürzte atemlos und schwitzend in Gerhards Arbeitsraum im Gießhaus. „Meister – Meister, den Pieter hat – hat es getroffen!"

japste er. „Kommt – kommt schnell, ich – ich werde nit allein mit ihm fertig!"

„Heilige Mutter!" rief Martin erschrocken aus.

Jäh erhob sich Gerhard. „Verletzt?"

„Mir scheint, recht hart – am rechten Bein unterm Knie."

„Bruch?"

Der Geselle hob die Schultern. „Es könnte sein."

„Martin, hole sogleich Bader Schuppe!" befahl der Meister. „Er soll alles mitbringen, was ein Beinbruch erfordert, soll sich aber sputen. Führst ihn gleich zum Schuppen auf der Domwiese!" Dann winkte er Claus.

Sie eilten durch das Gießhaus. Schnell unterrichtete der Meister Conrad, gebot ihm, hier in Ruhe weiter zu schaffen und auf Ordnung zu sehen.

Auf dem Weg zum Schuppen fragte Gerhard: „Wie kam es denn?"

„Pieter hatte sich die Krone vorgenommen, um sie zu zerlegen. Der Schlaghammer glitt an einem der Henkel ab und prallte ans Schienbein."

„Habt ihr die Krone vorher nit verkeilt?"

„Nein", gab der Geselle kleinlaut zu.

Da stieß Gerhard zornig hervor: „So! Und was besagte meine Anweisung? Warum habt ihr sie nit befolgt?"

„Ach, ich – ich – verzeiht Meister, es dauerte uns zu lange."

„Zu lange – zu lange! Und was ist nun? Eine Zweihundert-Zentner-Glocke ist doch kein Meßglöckchen! Glaubt ihr, ich gebot Vorsicht aus Langeweile? Na, wir reden noch darüber."

Pieter lag im Schuppen auf zwei lose aneinandergefügten Brettern. Die Kopfenden waren ein wenig gehoben, Claus hatte zwei Holzklötze daruntergeschoben. Der Geselle verbiß tapfer den Schmerz, versuchte sogar ein Lächeln, als der Meister eintrat. Er wollte erklären, sich entschuldigen.

„Kein Wort!" fuhr Gerhard ihn an. Er besah sich den Schaden. An dem getroffenen Bein war der derbe wollene Strumpf bis zu den Knöcheln herabgestreift. Etwa in der Mitte des Unterschenkels, seitlich am Schienbein, befand sich eine breite Schramme, nur wenig blutig, doch samt der Umgebung stark geschwollen.

„Hebe vorsichtig das Bein!" gebot der Meister.

Unter Schmerzen gelang es dem Gesellen.

Gerhard war in die Hocke gegangen, beobachtete das Bein von der Seite. „Runter! – Noch einmal hoch! – Runter! Nun ruhig liegenbleiben, bis der Bader kommt!“ Er richtete sich wieder auf.

„Wie ist es denn, Meister?“ fragte Claus zaghaft.

„Schlimm genug!“ grollte Gerhard. „Schlimmer ist, daß ihr mein Gebot nit beachtet. Wie kann ich mich da fernerhin auf euch verlassen?“ Er schaute sich im Schuppen um. Sauber auf einen Haufen geschichtet, lagen die Stücke der zerschlagenen Glocke. Die Gesellen hatten gut gearbeitet. Die große Krone war noch unversehrt. Bei diesem Stück, dem letzten, waren die Burschen leichtsinnig geworden.

„Du bleibst hier!“ gebot er Claus, „Der Bader wird eine Trage brauchen. Hilfst ihm, wo es notwendig ist. Auch Martin. Sage es ihm in meinem Auftrag!“

Als der Meister draußen war, ließ Claus sich seufzend auf einen Holzklotz nieder. „Da haben wir ja was angerichtet! Das vergißt er uns so schnell nit.“

Pieter schaute finster vor sich hin. Der Meister hatte sich nur um die Wunde gekümmert, ihn nicht eines Blickes gewürdigt.

„Wie kann ich mich da fernerhin auf euch verlassen!“ hatte er dazu noch gesagt. Das galt vor allem ihm. Heiß war ihm das eingegangen, sehr heiß. Er hatte den Meister enttäuscht, und der ließ es ihn fühlen. Wie mußte es ihn getroffen haben!

Claus, der nachdenklich durch das Fensterloch geblickt hatte, machte plötzlich einen langen Hals. „Drüben an den Stufen steht er mit dem Bader und Martin und redet auf sie ein. Die haben schon eine Trage mit. – Du, der Bader lächelt. Vielleicht ist's gar nit so schlimm.“

„Ach!“ seufzte Pieter. „Schlimm ist's so und so. Vielleicht muß ich liegen – wer weiß wie lange! Und wer schafft an meiner Stelle? Wo doch bald der Glockenkern gebaut wird, was doch immer meine Sache war!“

„Warum nit der Conrad? Der ist doch, wie es scheint, mit der Kelle auf die Welt gekommen. – Jetzt lustwandeln sie auf uns zu. Beichte vor der Letzten Ölung!“

Pieter warf ihm einen wütenden Blick zu. „Ist der Meister dabei?“

„Ha! So schnell verdaut der unseren Streich nit. Jetzt steigt er gerade die Stufen hinauf. Doch tröste dich! Vielleicht bietet dir der Bader ein Siechenquartier, dann ist dir ja eine zärtliche Schwester zur Hand. Ging sie dir nit ans linke Bein, so vielleicht jetzt ans rechte."

Er bückte sich zur rechten Zeit, um einem Lehmbrocken auszuweichen, der scharf an seinem Kopf vorbeiflog.

Als Gerhard van Wou das Gießhaus betrat, eilte Conrad auf ihn zu, schaute ihn fragend an. Er berichtete ihm kurz. „Mir scheint jedoch, das Bein sei nit gebrochen", sagte er zum Schluß.

„Wird es lange dauern?"

„Das kann man nit sagen. Hat er sich den Knochen nur angeschlagen, haben wir ihn vielleicht in drei Wochen wieder."

Der Geselle trat erschrocken einen Schritt zurück. „In drei Wochen? Da sind wir doch bald fertig!"

Der Meister zuckte die Schultern. „Leichtfertige Burschen!" grollte er. „Es konnte aber noch schlimmer sein."

Nach geraumer Zeit kam Martin zurück. Er berichtete dem Meister: „Bader Schuppe meint, es sehe schlimmer aus, als es ist. Ein Bruch ist's nit. Der Pieter müsse Knochen haben wie Brückenpfeiler, sagte er. Er will indes das Bein doch auf ein Brett legen. Mit der Schwellung werde er bald fertig, aber mit zwei Wochen müßten wir wohl rechnen. Er will auch in seinem Haus eine Kammer einrichten für Pieter, denn der ‚Rote Löwe' sei für so etwas wohl doch nit der rechte Platz. Wir haben ihn schon in das Haus getragen."

„Danke, Martin. Hat er Schmerzen?"

„Ich möchte meinen, er habe große Schmerzen. Das Wasser lief ihm aus den Augen, als wir ihn auf der Trage zum Bader brachten, doch er hat alles tapfer verbissen. – Ach, Meister, wie dankbar bin ich, daß es noch so abgegangen ist! Ich werde der Heiligen Mutter im Dom eine Kerze stiften."

„Tu es", erwiderte der Meister lächelnd. „Und wo ist Claus?"

„Er ist wieder in den Schuppen gegangen, um ..."

„Will er gar die Krone allein zerlegen?" unterbrach Gerhard heftig.

„Nein, er will von den Bruchstellen der Stücke ein wenig abschaben. Er hörte davon, daß Ihr das Metall erst untersuchen wollt, ehe Ihr es mit zur Glockenspeise nehmt, eingedenk des Mißgeschicks von Meister Claus von Mühlhausen. Man müsse doch versuchen, Euch wieder gutzustimmen, meinte er. Ach, Meister, wenn ich das sagen darf: Tragt's ihnen doch nit nach. Sie haben doch nit mit bösem Willen gehandelt, wollten doch nur ..."

„Aber leichtsinnig! Das darf ich nit leiden."

Als sie ihre Arbeit für den Tag beendet hatten, begaben sich der Meister und die Gesellen in Bader Schuppes Haus – die Gesellen, um Pieter zu besuchen, der Meister, um mit Ulrich Schuppe das Geldliche wegen Pieters Pflege zu regeln. Gerhard besuchte Pieter nicht, er ließ ihm durch die Gesellen nur eine baldige Besserung wünschen.

Grete war darüber erstaunt, und sie machte Gerhard gegenüber auch keinen Hehl daraus. Freilich sagte sie es mit artigen Worten.

„Ihr denkt nit weit genug, Jungfer", entgegnete der Meister. „Seht, Pieter machte sich einer groben Pflichtverletzung schuldig, indem er mein Gebot leichtfertig überging. Die Folgen seht Ihr, sie konnten noch schlimmer sein. Ich muß mich auf meine Gesellen verlassen können wie auf mich, das erfordert unser gemeinsames Werk. Einer ist nichts ohne den andern. Darum muß ich einen harten Maßstab anlegen."

„Aber er ist doch Euer Hauptgeselle, und Ihr habt ihn doch ob seines Pflichteifers und Fleißes schon oft gelobt."

„Eben darum, Jungfer! Er steht in gewisser Weise über den anderen Gesellen, ist mein nächster Helfer. Darum hat er auch eine größere Verantwortung. Er muß den anderen ein gutes Beispiel sein. Das war aber Pieter in diesem Falle nit, und das muß er spüren – nit nur körperlich."

Da klagte Grete: „Ach, Meister, das tut mir so weh."

„Mir auch. Doch wäre er mein eigener Sohn, ich würde nit anders handeln."

„Werdet Ihr ihm lange gram sein?"

„Ich bin ihm gar nit gram, doch eine Strafe ist wohl angebracht. Muß ich ihn nit schützen vor einer künftigen Pflichtvergessenheit? Er ist mir wert genug, daß ich so handele."

Da lächelte sie ein wenig, doch sie seufzte dabei.

Am Abend, beim Nachtmahl, herrschte eine gedrückte Stimmung unter den Männern. Sie litten alle unter dem Geschehen, sogar Claus zügelte sein loses Mundwerk.

Nach dem Nachtmahl besprach der Meister mit ihnen die Arbeit für den nächsten Tag. Da Pieter ausfiel, mußte eine andere Einteilung getroffen werden. Conrad sollte mit Claus noch die Krone im Schuppen zerschlagen, das Rohmetall, das Offizial Degenhart morgen anliefern lassen würde, auf seine Reinheit hin prüfen und ordentlich lagern. Dann würde die Arbeit im Schuppen fürs erste abgeschlossen sein. Die beiden Gesellen sollten dann den Ofenbauern im Gießhaus zur Hand gehen. In einer Woche mußten die Öfen fertig sein, damit ihnen genug Zeit zum Trocknen gelassen werde. Martin würde mit dem Meister den Glockenschmuck vorbereiten.

Sie wollten sich gerade in ihre Stuben begeben, da erschien der Pförtner. Draußen stehe ein junges Weib und wolle zum Meister, erklärte er, und er fügte hinzu: „Sie macht es eilig, sieht aus, als habe sie der Leibhaftige gejagt."

„Laßt sie zu mir!" gebot Gerhard.

Da erschien sie auch schon in der Tür. Es war Maria Groß, des Besessenen Tochter.

„Gütige Mutter, wie seht Ihr denn aus!" stieß Gerhard erschrocken hervor.

Sie hatte kaum Atem, zu sprechen. „Der Vater – der Vater – es geht zu Ende. – Er will Euch – Euch sehen, will – will Euch etwas sagen. – Bitte, bitte, helft, Meister!" Sie schlug die Hände vor das Gesicht, schluchzte. Conrad, der ihr zunächst stand, packte sie schnell an den Armen, da sie wankte.

„War der Arzt da?" fragte Gerhard.

Sie nickte. „Er – er hat ihn aufgegeben."

„Kommt!"

Da ihr auf dem Rückweg einige Male die Kraft versagte, schob der Meister den Arm unter den ihren. Sie gingen erst stumm nebeneinander, da sie Zeit brauchte, sich zu beruhigen.

Dann sprach Gerhard: „Ich glaubte, es gehe zum Besseren. Er war doch noch so – so leidenschaftlich. Und er sollte mir doch noch helfen."

„Und er ist ganz anders geworden, seit Ihr mit ihm gesprochen, Meister. Er hat in diesen Tagen viel gelesen und gerechnet, daß er oft gar das Essen vergaß. Und gestern schlug er mit der Faust auf den Tisch und schrie: ‚Oh, ich Erzschelm, ich Dummkopf, fräße mich doch der Leibhaftige bei lebendigem Leibe!' Ich beruhigte ihn mit vielen guten Worten. Er hatte gerade noch die Kraft, sich zu legen. Wider seinen Willen holte ich den Arzt. Der untersuchte ihn, meinte aber, da stecke keine Kraft mehr drin, da könne nur ein Wunder noch helfen. Ich wartete auf das Wunder, tat aber alles, was der Arzt sagte. Es war auch, als würde es besser, aber vor einer Stunde – ach!" Wieder überkam sie das Schluchzen.

„Weint Euch noch aus, vor dem Vater aber seid stark! Ein Kranker will zumeist einen Halt bei den anderen, sofern er sich nit selbst aufgibt."

Valentin Groß lag ruhig auf seinem Lager. Er hielt die Augen geschlossen. In der Dämmerung erschien sein Gesicht schimmernd bleich. Gerhard gebot Maria, alle Kerzen des Leuchters anzuzünden. Auf dem Tisch lagen mehrere Bücher, auch seine Aufstellung mit den Zahlen über die „Gloriosa" gewahrte Gerhard. Neben den Zahlen sah er Haken und andere Zeichen. Valentin Groß hatte also alles nachgeprüft.

Er trat an das Lager. Maria schob einen Stuhl heran.

Durch die Geräusche wurde der Kranke wach. Er schlug die Augen auf, blickte tastend um sich. Da gewahrte er Gerhard van Wou. Sein schmaler Mund verzog sich leicht zu einem Lächeln. Es war ein Lächeln, das Bitterkeit und Selbstanklage verriet.

„Mein Feind kommt – meine Freunde haben mich gemieden." Er sagte es fast heiter. „Reicht mir doch Eure Hand, Meister Gerhard van Wou."

„Ich stelle eine Bedingung, Valentin Groß: daß Ihr Euch nit erregt."

„Nein, ich errege mich nit. Wozu auch noch? Ich hing manches Jahr einer Dummheit nach, das fraß meine Kraft. Was übrigblieb, reicht nit mal aus, um auf beiden Beinen zu stehen. – Reicht mir Eure Hand!"

Gerhard legte seine Rechte in die des Kranken. Wie schmal und kalt sie war! Nein, die würde nie mehr einen Hammer schwingen oder einen Glockenkern bauen!

„Fordert von mir nit Rechenschaft, Meister Wou", sprach Groß weiter. „Verzeiht mir auch so! Ich kann es wohl erhoffen, denn Ihr – Ihr seid wahr und groß."

„Ach, sprecht doch nit so, Meister! Wo gäbe es denn einen solchen Menschen! Mir ging es nur um die Wahrheit und die Reinheit eines hehren Namens."

Der Kranke seufzte gequält. „Und mir ging es darum, beide zu beschmutzen!"

„Das Leben führte Euch dahin, Valentin Groß", sagte Gerhard. „Man muß es wohl auch so sehen. Doch Ihr seid zur rechten Zeit umgekehrt, und das ist wichtig."

„Zur rechten Zeit? Nein, Meister Wou, zu spät! Denn nichts kann ich mehr tun – nichts! – Sucht nit nach guten Worten, die mich trösten und mir Mut geben sollen. Ich – ich könnte die Umkehr nit mehr bestehen."

Gerhard wollte im Eifer sagen: „Ihr könntet es, so Ihr nur wolltet“, doch zur rechten Zeit hielt er noch inne. Es wäre eine leere Einrede gewesen. Denn zur Umkehr gehört mehr als nur die Einsicht, es gehört die gute Tat dazu, die Bewährung. Dafür aber war Valentin Groß keine Zeit mehr gegeben, ihm stand das Ende auf dem Gesicht geschrieben. So sagte er nur: „Eure Umkehr hat aber schon gute Frucht getragen, lieber Freund. Seht, wir verstehen einander, und allen, die das Vergangene kennen, kann ich Gutes berichten. Ist das nit ein großer Gewinn?“

Der Kranke schloß die Augen. Wieder lächelte er, es war ein ruhiges, fast glückliches Lächeln. Und leise sprach er: „‚Lieber Freund‘ habt Ihr gesagt! Das ist freilich ein großer Gewinn.“ Nach einer Weile fragte er: „Wie steht es mit Eurem Werk?“

„Es geht seinen rechten Gang, ich kann wohl zufrieden sein. Bald sind die Öfen fertig. Dann gehen wir daran, die Dammgrube auszuheben.“

„Und ihr werdet nit mehr gestört?“

„Nein. Mich dünkt gar, die Menschen nähmen immer mehr Anteil an dem Werk.“

Groß seufzte. „Dann ist es gut! Sagt's allen, die es wagen sollten – sagt's allen – allen –“ Er hielt plötzlich inne, riß die Rechte an die Brust, bäumte sich leicht auf.

Maria sprang herzu, hob den Oberkörper des Kranken an. „Das ist oft so, seit er liegt“, erklärte sie leise. „Bitte, Meister, wenn Ihr mir den Becher dort auf dem Tisch ...“

Schon hatte Gerhard das Gefäß herbeigeholt. Es enthielt eine rötliche, bitter riechende Flüssigkeit. Maria setzte es dem Kranken an den Mund. Der trank gierig. Es war, als zwinge die Medizin das aufgebrachte Herz zur Ruhe, denn nach kurzer Zeit schon war der Anfall vorüber. Sie ließen den Oberkörper vorsichtig in die alte Lage zurücksinken.

Gerhard setzte sich nicht wieder. „Es ist wohl an der Zeit, daß ich gehe“, sagte er zu Maria. „Das Reden strengt ihn an.“

Er glaubte, der Kranke sei so mitgenommen, daß er seine Worte nicht beachtet habe.

Valentin Groß hob aber die Hand ein wenig. „Noch auf ein Wort“, bat er mit leiser Stimme. „Ich habe noch nit alles gesagt. Maria höre! Im Anbau an der Werkstatt liegt das schwere Hebezeug. Es gehört jetzt Meister van Wou. – Gib – gib es ihm, sobald er es braucht. – Meister, ich ließ es mir bauen, damals, als ich so vermessen war, an – an die ‚Gloriosa' zu gehen. Nun soll es Eurer ‚Gloriosa' dienen. In der Stadt gibt es – gibt es kein besseres, kein schwereres. Nehmt es, Meister, bitte!"

„Aber gerne, lieber Freund. Ich werde es recht gut gebrauchen können. Ich danke Euch. Und nun Gott befohlen! Ich komme morgen wieder, so Ihr es wünscht."

Der Kranke nickte leicht und lächelte, es war ein wehmütiges Lächeln. „So kann ich Euch doch noch helfen", flüsterte er.

Maria begleitete den Meister bis zur Haustür.

Er drückte ihr die Hand. „Ich werde das Hebezeug nit zum Geschenk nehmen, das konnte ich ihm jedoch nit sagen, um ihn nit zu erregen. Ich kaufe es, und das Geld nehmt Ihr an Euch, sagt ihm aber nichts. Und macht Euch keine Sorge! Gebt dem Vater, was er sich wünscht, laßt es ihm an nichts fehlen."

Sie nickte ergeben. „Das sagte auch der Arzt, und er hat ihn aufgegeben. So meint auch Ihr ...?"

„Ihr seid ein tapferes Mädchen, darum sage ich es Euch ohne Umschweife: Es kann morgen schon sein oder übermorgen. Er weiß es aber selbst. Es wäre eine grobe Lüge, die ihn quälte, wollten wir ihm etwas anderes einreden. Besorgt morgen einen Priester!"

Der Priester hätte am Abend schon kommen müssen. In der Nacht schlief Valentin Groß ein, ruhig, ohne daß Maria es gewahrte. Als sie am frühen Morgen an sein Lager trat, fand sie ihn schon starr und kalt, doch ohne Zeichen eines Kampfes mit dem Unausbleiblichen.

Sie holte den Priester, holte Gerhard van Wou und Hans Pfeffer, ihren Brotherrn. Am Lager des Toten trafen sie sich.

„Nun hat er doch noch den rechten Frieden gefunden", sagte der Brückenzöllner, als der Priester sein Amt beendet hatte und gegangen war.

„Er hat sich noch redlich darum bemüht", entgegnete Gerhard.
Zwei Tage später begruben sie Valentin Groß.

Rasch wuchsen die beiden Schmelzöfen empor. Ludwig Kellner, der Ofenbauer, strahlte ob des Lobes, das Gerhard van Wou ihm und seinen Leuten spendete, eitel Wonne aus.

„Alte Kunst bewährt sich eben auch an Ungewohntem", sagte er stolz zu Gerhard. „Es ist doch etwas anderes als ein Backofen oder ein Kamin, die uns sonst zumeist durch die Hände gehen. Morgen, Meister, schließen wir die Decken, und übermorgen könnt Ihr die

Feuerchen zum Austrocknen entzünden. Und dann, ja, ich meine ...“

„Ich weiß, was Ihr meint“, sagte Gerhard in die Kunstpause hinein. „Die Kehlen Eurer Leute sind trocken geworden bei der guten Arbeit. Dem muß abgeholfen werden.“

Kellner tat verlegen. „Nit meinetwegen. Doch Ihr hattet es den Leuten versprochen.“

„Und sie haben es sich redlich verdient. Was den Zimmerern recht ist, ist den Ofenbauern billig. Sagt ihnen: übermorgen, am Abend Schlag acht, im ‚Halben Mond‘.“

„Schon recht! Und braucht Ihr Leute zum Ausmauern der Gießgrube, ich kann zwei entbehren.“

„Das geht nit an. Ich habe die Arbeit den Maurern zugesagt, die das Fundament des Gießhauses legten. Meine Gesellen heben die Grube mit aus und gehen auch den Maurern zur Hand.“

Am nächsten Tag steckten sie bereits die Gießgrube ab, groß genug, daß vier Männer bequem darin werken konnten und auch die Form der Glocke ihren guten Platz hatte.

Unzufrieden war allein Pieter. Er lag in einer Kammer neben der Ulrich Schuppes, das angeschlagene Bein noch immer auf ein Brett gebunden. Grete versorgte ihn mit großer Hingabe, plauderte mit ihm, sobald sie ihre Arbeit in der Badestube getan, redete ihm gut zu. Auch der Bader mühte sich um ihn nach Kräften. Doch nichts konnte des Gesellen Kummer verjagen.

„Da schaffen sie drüben, kommen mehr und mehr zur Hauptarbeit, und ich liege hier, als sei ich überflüssig!“ murrte er. „Fast scheint es mir, der Meister habe mich abgeschrieben. Nit ein einziges Mal hat er mich besucht.“

„Er besucht dich ganz gewiß, wenn er die rechte Zeit für gekommen hält, Pieter“, versuchte Grete ihn an einem Abend zu beruhigen. „Du hast ihn eben doch gekränkt, und darum mußt ...“

„Das muß doch aber wohl einmal ein Ende haben!“ begehrte er auf. „Oder will er warten, bis die Glocke auf dem Turm hängt?“

Da mahnte Ulrich Schuppe: „Gemach, gemach, mein Freund! Solch harte Reden wider Euren Meister dürft Ihr nit führen, dazu habt Ihr nit das Recht. Wer gab denn bei alledem die erste Ursache – hm?“

„Ach!“ Pieter winkte ärgerlich ab.

„Jajaja! Wer das Loch gegraben hat, muß auch darüberspringen, so er weiterkommen will. Redet Ihr weiter so, zeigt Ihr Euch Eures

Meisters wenig würdig. Ihr solltet es zwar nit erfahren, doch nun sei es gesagt, damit Ihr seht, daß Ihr Eurem Meister nit Recht tut: Gerhard van Wou hat Tag für Tag bei mir nachgefragt, wie es Euch ergehe, auch heute wieder, da er mit seinen Gesellen ein Bad nahm. Und wie besorgt er ist! Ich mußte ihm gar ausreden, daß er Euch den Doktor Curtius schickte, den teuersten Arzt in der Stadt. Ja, nit wahr, da macht Ihr große Augen!"

„Ich – ich wußte nit – der Meister, er ist – er hat ..."

„Na, zerbrecht Euch nur nit das Hirn, seid lieber fein zufrieden! Nun will ich Euch einmal eine kleine Geschichte erzählen. Sie soll Euch zeigen, daß es auch Meister gab und gibt, die anders handeln als der Eure.

Da war ein Meister meiner Zunft, der hatte seinen einzigen Sohn bei einem anderen Bader Geselle werden lassen. Dann nahm er ihn in seine Badestube. Und er mahnte ihn immer und immer wieder, das Gezeug nach der Ordnung sauber zu halten. In dieser Ordnung steht nämlich geschrieben: ‚Auch sollen die Bader ihr Gezeug, Vogert und Bänke, Schermesser, Laßeisen und Laßköpfe rein halten. Wer das nit also tut, der soll das mit fünf Schilling verbüßen.' Der Geselle war bei seinem Vater sonst als tüchtig angeschrieben. Darum überließ dieser ihm an einigen Tagen das Schröpfen kränklicher Badegäste, denn er selbst konnte sich nit um die Badestube kümmern, da er krank darniederlag. Der Sohn verrichtete das Schröpfen recht geschickt, doch nach einigen Tagen kamen Klagen ein. Bei zweien der Kunden hatten sich an Schröpfstellen entzündliche Beulen gebildet. Der Vater stieg sogleich aus dem Krankenbett, besah sich die Schäden und kurierte sie unentgeltlich. Aber er besah sich auch das Gezeug, das der Geselle, sein Sohn, verwendet hatte, und da gewahrte er, daß die Schröpfköpfe nur oberflächlich gereinigt waren. Fast hätte er den Sohn aus dem Haus gejagt. Doch er ließ sich von seinem Weib erweichen, ging nur nach der Ordnung vor, dies aber unerbittlich. Er vermeldete die Sache bei der Zunft, und sein Sohn mußte zur Buße an diese fünf Schilling zahlen. Da sein Tagelohn achtzehn Pfennig betrug, könnt Ihr Euch wohl denken, wie hart ihn diese Buße traf. Fünf Schilling! Er hätte sich dafür vier Paar gute Stiefel kaufen können. Er war verbittert gegen den Vater, murrte ärger als Ihr, doch als er die Sache überwunden, erkannte er, daß sie ihm eine heilsame Lehre war. An dieser Lehre zehrt er heute noch.

Der Vater war mein Vater, und der Sohn war ich. Ich hatte die Schröpfköpfe nit nach der Mahnung meines Vaters ordentlich genug gesäubert, weil mich die Arbeit zu lange dünkte. In der rechten Arbeit gibt es eben nit Vater und Sohn, kein Ach und kein Möchte, da gibt es nur eines: das Beste in bester Ordnung. Hält man es nit so, gibt es oft schnell eine bittere Lehre, und mag man sonst noch so tüchtig sein.

So, das wäre meine Geschichte. Ich könnte Euch noch eine erzählen, doch ich meine, diese eine reiche schon zum rechten Nachdenken aus. Und damit Ihr Muße zum Nachdenken habt, löschen wir die Lichter und legen uns. Morgen wickele ich das Bein auf und schaue mir die Sache an. Vielleicht kann ich Euch schon ein paar Schritte in der Stube humpeln lassen."

Er verließ mit einem freundlichen Nicken zu Pieter und Grete hin die Stube.

Das Mädchen strich dem Gesellen sanft über das nachdenkliche Gesicht und drückte ihm einen Kuß auf die Stirn.

„Schlafe gut, Liebster!" flüsterte sie. „Und sei deinem Meister nit mehr gram! Er ist ein guter Mensch."

Pieter nickte nur leicht und lächelte abwesend.

„Ich bitte Euch, noch heute, am Vormittag, bei meinem Manne vorzusprechen. Bitte, verbrennt diesen Zettel, sobald ihr ihn gelesen. Elisabeth Bonhard."

Am frühen Morgen, noch ehe Gerhard van Wou sich mit seinen Gesellen zum Gießhaus begeben hatte, brachte ein Bote das zusammengefaltete und versiegelte Papier in den „Roten Löwen".

Verwundert las Gerhard die wenigen Zeilen. Keine Anschrift, keine Anrede, dazu noch die Aufforderung, den Zettel sogleich zu verbrennen! Wie eigenartig! Was wollte der Zunftmeister von ihm unter solch geheimnisvollen Umständen? Warum schrieb er nicht selbst, überließ es seinem Weib? Das war doch ganz gegen seine herrische Art und unhöflich ihm, den er bitten ließ, gegenüber dazu. Und auch noch so dringlich: „Heute, am Vormittag"! Er zündete eine Kerze an und verbrannte den Zettel.

Nachdenklich machte sich der Meister mit seinen Gesellen auf den Weg zum Gießhaus. Ein großer Erdhaufen lag seitlich des Eingangs. Er stammte von der Gießgrube, die bereits ausgeschachtet war und deren Seitenwände jetzt gemauert wurden. Hierbei halfen auch die drei Gesellen. In zwei Tagen würde die Arbeit geschafft sein.

In der elften Stunde begab sich Gerhard van Wou zu Michael Bonhards Haus an der Roßmarktbrücke. Eigenartige Gefühle bewegten ihn auf dem Weg. Sosehr er über des Zunftmeisters merkwürdigen Wunsch nachzudenken, sich eine Erklärung zu geben versuchte, stets stand ihm das Bild von dessen Weib, dieser zierlichen Person mit dem feinen Gesicht und dem traurigen Blick, vor Augen. Schon einmal hatte es ihn mehr beschäftigt, als ein flüchtiger Eindruck es gemeinhin zuwege bringt – damals, als sie ihn im Mainzer Hof besuchte.

Doch in der Verantwortung der Arbeit war es weit zurückgetreten. Nun, da er zum erstenmal ihren Namen gelesen, zierlich und klar dahingeworfen, drängte sich ihm ihr Bild wieder auf mit einer Heftigkeit, die ihn fast verärgerte, weil sie ihm unerklärlich war.

Fast zögerte er, den Messingklopfer an der Haustür zu betätigen. Doch dann ergriff er ihn rasch, ließ ihn dreimal auf die kleine Aufschlagpfanne fallen.

Da hörte er auch schon leichte Schritte. Die Tür wurde geöffnet. Elisabeth Bonhard stand vor ihm.

„Gott zum Gruß, Meisterin!" sagte er, unbefangen wie nur möglich und sich leicht verbeugend.

Doch sie nickte nur, trat zur Seite, lud ihn mit einer – wie es ihm schien – hastigen Armbewegung zum Nähertreten ein. Sogleich führte sie ihn in die Wohnstube.

„Meister Bonhard hat mich durch Euch gebeten." Diese Worte kamen ein wenig hart aus seinem Mund, fast wie eine unwillige Frage.

Ihr Gesicht rötete sich, sie schaute einen Augenblick verlegen zur Seite. „Verzeiht, Meister van Wou, ich habe Euch gebeten, nit Meister Bonhard. Er weiß nichts davon, ist auch nit im Haus, kommt erst am Nachmittag zurück."

„Oh!" stieß er hervor, einen Schritt zurücktretend. „Das – das überrascht mich."

„Ich kann es mir denken", entgegnete sie leise. Es war ihm, als höre er Enttäuschung aus ihren Worten. „Sind Euch diese Umstände nit recht, so steht es Euch frei, wieder zu gehen. Ich würde es Euch nit verübeln."

„Aber nein, ich sehe in des Meisters Abwesenheit keinen Grund. Doch ich bin in der Tat überrascht, das müßt Ihr verstehen. Habt Ihr doch geschrieben, Euer Mann ..."

Da blickte sie ihn frei, doch unendlich traurig an. „Wäre es denn erlaubt, Euch anders als auf solchem Weg zu mir zu bitten? – Doch da Ihr bleibt – wollt Ihr Euch nit setzen?"

Gerhard war verwirrt. Welch ein Rätsel war diese Frau! Ein Rätsel im Wesen und im Wollen. Er setzte sich an einer Schmalseite des Tisches nieder.

Sie nahm an der anderen Schmalseite Platz. Sogleich fuhr sie fort: „Meister, ich bitte Euch, sagt Michael Bonhard nichts von diesem Besuch. Er würde mich – ich meine, er würde mich und Euch vielleicht nit verstehen. Und dabei ist es so dringlich."

„Ich werde nit darüber sprechen, mit niemandem. Doch sagt, was ist denn so dringlich?"

„Michael Bonhard ist wieder zornig auf Euch!" Besorgtheit, ja Angst sprach aus ihrem Blick.

„Zornig?" wiederholte er erstaunt. „Zornig auf mich? Ja, was hat denn nun wieder seinen Unwillen erregt?"

„Ihr habet das schwere Hebezeug des verstorbenen Valentin Groß an Euch genommen, sagt man. Ist das wahr?"

Da lachte Gerhard laut auf. „Heilige Mutter, welch unnütze Kümmernis bereitet sich da Euer Mann! Doch Eure Worte klingen wie ein Vorwurf, das tut mir leid. So wißt: Ich habe das Hebezeug nit an mich genommen, ich habe es nach der Ordnung gegen gutes Geld von des Verstorbenen Tochter gekauft, nachdem es mir Valentin Groß in seinen letzten Lebensstunden sogar als Geschenk vermacht. Er tat es ohne mein Zutun; Maria, seine Tochter, kann es bezeugen. Und Hans Pfeffer, der Brückenzöllner, war dabei, als ich ihr das Geld gab."

In ihren Augen leuchtete es auf. Als stoße sie eine große Sorge von sich, seufzte sie: „Dann ist es ja gut! – Man hatte nämlich Michael Bonhard zugetragen, Ihr habet das Hebezeug gleich nach Groß' Tod heimlich aus dessen Werkstatt verbracht. Er hatte darum vor, Euch morgen zur Rede zu stellen."

Gerhard schaute kopfschüttelnd vor sich hin. „Solch dummes Geschwätz! Mir scheint, da seien wieder einmal Neider am Werk. Dabei liegt das Hebezeug noch in Groß' Werkstatt. Obgleich ich es bezahlte, habe ich noch nit ein Seil, nit ein Rad an mich genommen." Nun wurde seine Stimme hart. „Und Euer Mann will mich zur Rede stellen? Was ficht ihn eigentlich die Sache an? Es ist nit seines Amtes, über des Verstorbenen Hinterlassenschaft zu wachen. Ich werde es ihm deutlich sagen."

Wieder seufzte sie. „Ach, Ihr wißt nit, was vorausgegangen ist, Meister van Wou. Ich würde Michael Bonhard nit das Wort reden, ginge es um eine ungerechte Sache, bei den Heiligen, ich würde es nit. Doch weiß ich recht, konnte er sich gar wohl Hoffnung auf das Hebezeug machen. Er half Valentin Groß in dessen schwerster Zeit, sorgte auch, daß Groß Metall und Werkzeug zu gutem Preis verkaufen konnte, als der seine Werkstatt auflöste. Nur von dem Hebezeug – es ist das beste in der Stadt – wollte Groß sich nit trennen, er sagte, er wolle es einmal jenem geben, der ihm bis zu seinem Tode am meisten geholfen. Mein Mann nahm diese Worte nit ohne Grund für sich. Und nun sagte man ihm, daß Ihr – daß Ihr ..."

„... es gestohlen. Darauf kommt es doch hinaus, nit wahr? Ach, Frau Elisabeth, warum nur immer gleich Mißtrauen, Zorn und Aufbegehren! Warum nit erst zuvor ein ruhiges, klärendes Wort! Hat das Leben die Menschenherzen so verhärtet, daß ihnen ein solches Wort nit mehr gilt?"

„Ich habe von Anfang an nit geglaubt, was man Euch nachsagt", bekannte sie mit leiser Stimme, „und ich habe Michael Bonhard auch ein solch ruhiges, klärendes Wort empfohlen. Doch er wies mich hart zurück, meinte, die Art, wie er mit Euch fertig würde, sei seine Sache." Sie schaute an ihm vorbei in eine Ferne, die keine Grenze hatte. Und sie errötete mehr und mehr.

Ein beklemmendes Gefühl beschlich ihn. Da kehrte es sich wieder heraus, dieses Rätselhafte im Wesen der Frau, das ihn verwirrte. Was ließ es erkennen – oder sollte es erkennen lassen? Wandte es sich nur an ihn? War es echtes Wesen oder gezielt, bezweckt? Je mehr er sich im Angesicht dieser Frau befragte, je mehr er in diesen großen, schönen, doch jetzt so leer blickenden Augen forschte, desto unbehaglicher wurde ihm. Derlei Rätsel waren nicht nach seiner Art. Darum wehrte er sich dagegen, strebte nach Klarheit.

„Warum habt Ihr mir das alles gesagt, Frau Elisabeth?"

Sie schaute noch immer an ihm vorbei ins Leere. „Weil weil ich Euch warnen wollte. Michael Bonhard ist furchtbar in seinem Zorn. Und Ihr hattet schon genug der Ungelegenheiten."

„Und warum wolltet Ihr mich warnen?"

Da riß sie erschrocken den Blick aus der Ferne, senkte den Kopf. Gequält kam es aus ihrem Mund: „Das – das hättet Ihr nit fragen sollen!"

Jäh erhob er sich. In seinem Suchen nach Klarheit war er – das spürte er auf einmal schmerzhaft deutlich – einen Schritt zu weit gegangen. Dieses Suchen war zu einer Forderung nach einem Bekenntnis aus ihrem Mund geworden. Sie war diesem Bekenntnis ausgewichen – und hatte sich doch bekannt. Heiß kam es in ihm hoch. O wie schlecht hatte er gehandelt. Er hatte kein Recht zu einer solchen Forderung, ach, schon das Abwägen, ob Recht oder nicht, wäre schuftige Vermessenheit. Und er war in seinem Suchen nach Klarheit diesen Schritt gegangen, ohne ihn gar noch abzuwägen.

„Verzeiht mir, Frau Elisabeth, es war – war ungebührlich, was ich tat.“ Seine Stimme klang heiser.

„Bitte, geht!“ sagte sie leise.

Als er an der Tür war, sprach sie: „Michael Bonhard wird nit zu Euch kommen.“

Draußen in der sommerlichen Helle kamen seine Gedanken langsam wieder in Ordnung. Diese Frau ...! Doch je mehr er nachdachte, desto deutlicher wurde ihm, daß er am meisten gefehlt. Wozu Klarheit, wenn Elisabeth Bonhard ihm gleichgültig gewesen wäre? Wozu die Herausforderung an sie, wenn er ohne Selbstsucht und falschen Stolz gewesen wäre? O du Narr, hat das Leben dich nicht schon genug zurechtgestutzt? Hat das Alter dich nicht genug geläutert? Da lag sein Weib seit zwanzig Jahren unter dem Rasen mit seinem unausgesprochenen Versprechen, sie sei die Beste gewesen und werde die einzige bleiben, da wirkte sein Sohn, würdig dem guten Geist seiner Mutter und seiner Ahnen, als ehrbarer junger Meister in der Heimat – und er? Der große, gute, redliche Meister Gerhard van Wou! Das Beispiel für seine Gesellen, für die, die ihn kannten, der Mahner, der für die Moral stetig den Zeigefinger erhob, der – ha! Es schüttelte ihn vor sich selbst.

„Gemach – gemach, lieber Meister!“

Erschrocken blieb er stehen, schaute auf. Offizial Degenhart stand vor ihm, lächelte auf ihn herab wie auf ein Kind, das man freundlich zur Achtsamkeit ermahnt.

„Ihr stürmt ja einher, als treibe Euch der Böse“, fuhr der Offizial fort. „Vorsicht auf diesen Stufen, sie sind ein wenig ausgetreten!“

Erst jetzt bemerkte Gerhard, daß er sich auf dem hinteren Aufgang des Domhügels befand. „Verzeiht, Herr Offizial, ich – ich war in Gedanken versunken“, stotterte er.

„Nun, bei solcher Arbeit ist es wohl zu verstehen“, entgegnete Degenhart nachsichtig. „Doch es trifft sich gut, ich suchte Euch schon im Gießhaus. Zum ersten sollte ich Euch dieses Brieflein von Johann von Lasphe übergeben. Ich kenne dessen Inhalt. Er bittet Euch, bei ihm Wohnung zu nehmen, da nun sein Besuch abgereist sei. Zum zweiten wollte ich mich nach dem Fortgang Eurer Arbeit erkundigen. Einer Eurer Gesellen, der mit dem spitzen Gesicht, sagte mir, Ihr würdet wohl übermorgen mit dem Bau des Glockenkerns in der Grube beginnen. Ist dem so?"

„Gewiß, denn die Grube ist morgen fertig. Habt Ihr dazu noch ein besonderes Anliegen?"

„Ja. Wenn es Euch gelegen käme, würde ich gerne einmal zuschauen, wie das Werk entsteht. Ich war noch nie Zeuge eines solchen Vorgangs."

„Aber gerne, Herr Offizial. Ihr werdet nit allein sein, denn Vikarius Stolle hat vor langer Zeit schon gebeten, dabeisein zu dürfen."

Degenhart lachte. „Das ist nit verwunderlich. Der Unentwegte schreibt ja alles auf, was des Erwähnens wert ist. Er ist ein guter Chronist, wir verdanken ihm viele Überlieferungen, und er kümmert sich um Sankt Marien ebenso wie um Sankt Severi."

Gerhard van Wou begab sich auf schnellstem Weg in das Gießhaus. Als Conrad ihm berichten wollte, winkte er müde ab. Er bat die Gesellen, ohne ihn zum Mittagsmahl zu gehen.

Was sie bisher geschaffen hatten, galt nur der Vorbereitung des großen Werkes: der Bau des Gießhauses, der beiden Schmelzöfen, der Dammgrube, das Modellieren des Schmuckes in Wachs, die Beschaffung des Metalls und manches andere. Das alles machte den ersten Abschnitt der Vorbereitungen aus. Nun, mit dem Bau des Glockenkerns in der Grube begann der zweite Abschnitt, der die Fertigung der Glockenform zum Ziele hatte. Der dritte Abschnitt würde der kürzeste, doch der wichtigste sein; er diente nicht mehr der Vorbereitung, sondern der Ausführung des Werkes: der Guß der Glocke und das Putzen.

Früh, in der achten Stunde, machten sich der Meister und die Gesellen auf den Weg zum Gießhaus. Als sie die letzte Stufe der Freitreppe erreicht hatten, blieben sie verdutzt stehen. Da saß jemand vor dem verschlossenen Tor des Hauses auf einem Holzklotz und schaute erwartungsvoll zu ihnen her.

Doch plötzlich brach es in lautem Jubel aus den Kehlen der Gesellen: „Pieterche – Pieterche! Ach, er ist ja wieder da!"

Und sie ließen den Meister stehen, eilten zu dem Hauptgesellen hin.

Der erhob sich, doch er stimmte noch nicht in ihre Freude ein. Mit beiden Armen erwehrte er sich ihres Ansturmes. Dabei blickte er dem Meister ängstlich entgegen.

Gerhard blieb vor der Gruppe stehen. Ernst schaute er Pieter an, nickte einige Male leicht. Dann sagte er: „Ist das nit ein bissel zu frühzeitig?"

„Wenn es Euch recht ist, Meister ...", entgegnete der Geselle unsicher. „Der Bader meinte, ich solle das Bein nur noch ein wenig schonen und den Leinenwickel noch ein paar Tage drumlassen."

„Soso!" Er reichte dem Gesellen die Hand, gab ihm mit der Linken einen leichten Schlag auf die Schulter. „Dann wären wir ja wieder zusammen! Du kommst zum Bau des Glockenkerns gerade zur rechten Zeit. – Schon gut, Pieter, die Sache ist nun abgetan, ich brauche wohl nichts weiter dazu zu sagen. Halte dich nur gut daran, was Ulrich Schuppe dir aufgab!"

Die Gesellen hatten wohl bemerkt, wie es in des Meisters Augen freudig aufgeleuchtet hatte, als er mit Pieter sprach.

Beide Tore wurden weit geöffnet, die Schieber der Fensterlöcher zurückgeschoben. Viel Licht brauchten sie für die Arbeit.

Conrad raunte Claus und Martin zu: „Den Pieter lassen wir die Steine nit mit schleppen, und den Binder bereiten wir auch allein zu. Pieter soll sich gleich am Anfang mit in die Grube setzen und mit dem Meister mauern und die Schablone richten."

„Das war ja von jeher sein gutes Recht, warum sollte es jetzt nit sein?" gab Claus leise zurück.

Gerhard hatte es aber gehört. Er nickte den Gesellen unauffällig zu und teilte die Arbeit so ein.

Kaum waren die ersten Handgriffe getan, stellte sich auch schon ein Besucher ein. Es war Vikar Conrad Stolle. Er stand noch beim Meister, da erschien auch Elias Degenhart. Die Männer begrüßten sich herzlich.

„Ich habe dort am Rande der Grube eine Bank als Platz für Euch vorgesehen, Ihr Herren", sagte Gerhard. „Da läßt es sich gut zuschauen. Ein Schreibpult habe ich freilich nit zur Hand, Herr Vikarius."

„Danke, danke, lieber Meister, es geht auch ohne ein solches Ding. Ich schreibe, muß es sein, auch auf einem Eselsrücken. Und der Herr Offizial wird gewiß fein stillesitzen."

„Oh!" Degenhart schluckte. „Mich mit dem Eselsrücken in einem Atemzug zu nennen ..."

Stolle lachte herzlich. „Nit böse sein, Herr Offizial, so war das nit gemeint. Zudem hatte ich hinter dem Eselsrücken einen Punkt gesetzt."

Gerhard konnte ein Schmunzeln nicht unterdrücken. Darum wandte er sich ab, stieg in die Grube. Er wartete, bis die Besucher auf der Bank Platz genommen hatten. Belustigt bemerkte er, daß Degenhart zwischen sich und dem Vikar einen großen Raum ließ.

„Wir beginnen heute mit dem Bau des Glockenkerns, der einmal den inneren Teil der Glockenform abgeben soll", nahm Gerhard seine Erläuterung auf. „Gemeinhin – bei kleineren Glocken – werden diese Formen außerhalb der Dammgrube gefertigt, doch bei solch einem großen Stück wäre es schwierig und für die Form nit ohne Gefahr, wollten wir sie erst nach Fertigstellung in die Grube schaffen, wo sie dann ausgegossen wird. Darum vollbringen wir das Werk von Anfang an in der Grube.

Erlaubt, Ihr Herren, daß ich, ehe ich ins einzelne gehe, auf die Wandlung hinweise, die der Formenbau durchgemacht hat. Ein Mönch namens Theophilus hat uns ein schriftlich Zeugnis hinterlassen, die ‚Schedula diversarum artium', aus dem wir recht gut ersehen können, daß die Glockengießer bis in das elfte Jahrhundert hinein im Formenbau und Guß ein anderes Verfahren übten als wir. Es war das Wachsschmelzverfahren.

Die zu gießende Glocke wurde aus Wachs oder Talg gebildet. Dieses Wachsstück umgab man völlig mit Formlehm, in dem man – je wie die Größe der Glocke es gebot – eine oder mehrere rohrförmige Öffnungen freiließ. Die Form wurde nun gebrannt, wodurch sie sich festigte und das Wachs ausfloß. Durch die Ausflußöffnungen oder auch einen besonders dafür gedachten Einguß ließ man die flüssige Bronze – auch Glockenspeise genannt – einfließen. War das Metall erstarrt, wurde die Form zerschlagen, und die fertig gegossene Glocke kam hervor. Das war also das Wachsschmelzverfahren von einst."

„Ist damit auch die andere Form der Glocken selbst zu erklären?" wollte Elias Degenhart wissen.

„Die ältesten Glocken, die ich kenne, sind doch – wie soll ich sagen – fast wie dicke, kurze Rohre. Unsere heutigen dagegen sind tulpenförmig."

„So ist es! Wohl im zwölften Jahrhundert kam das bessere Formverfahren auf. Die Glockenform besteht seitdem nit mehr aus einem Teil, sondern aus zwei, dem Kern und dem Mantel. Der Mantel läßt sich abheben. Da aber bei der – wie Ihr sagtet – röhrenartigen Form der alten Art dieses Abheben recht schwer wäre, mußte eine neue Form gefunden werden, die sich möglichst nach oben verjüngte. Man fand sie, es war die Form der Tulpe."

„Eine sinnvolle Wandlung zum Besseren", erklärte Conrad Stolle. Er schaute zu Degenhart hin, doch der tat, als habe er es nicht gehört.

Gerhard fuhr fort: „Doch nun zur Gegenwart, Ihr Herren, zu unserer Art, wie wir heute allgemein in unserer Kunst ans Werk gehen! Seht, hier ruht ein Querbalken mit beiden Enden auf dem Grubenrand. Der eiserne Stab, dessen oberes Ende der Geselle soeben in der Führung am Balken befestigt, wird Spindel geheißen. An dem unteren Ende der Spindel befindet sich ein Holzklotz. Dieser Klotz wird so gerückt und in die Erde versenkt, daß die Spindel genau im Lot steht. Genau im Lot, Ihr Herren, sonst ist die Glockenform am Ende schief. Die Spindel muß oben am Balken und unten im Klotz drehbar sein, und damit auch das, was da, an vier eisernen Bändern befestigt, von der Spindel wie ein Engelsflügel absteht und Schablone geheißen wird. Es ist, wie Ihr seht, ein Brett, von dessen innerer Kante die Hälfte des Längsschnitts einer Glocke ausgesägt wurde. Könnten wir die Spindel jetzt schon drehen, so schlüge die Schablone in der Luft die innere Form, die unser Werk einmal haben wird."

„Ein gewaltig Ding!" rief Conrad Stolle begeistert aus.

Gerhard lächelte stolz. „Es wird ja auch die größte Glocke, die wir je geschaffen." Und er fuhr fort: „Nach der inneren Kante der Schablone als Richtmaß wird nun der Kranz des Glockenkerns hochgemauert, immer fein genau im Kreis um den Holzklotz, in dem sich das untere Ende der Spindel befindet, und immer genau nach dem Lauf der Schablonenkante. So geht es bis oben hin zur Haube. Damit wäre der rohe Kern fertig gemauert."

„Aber er ist doch recht uneben und rauh, wie kommt es denn da zu einer glatten Fläche?" fragte Elias Degenhart.

„Ich sagte: der rohe Kern, Herr Offizial. Der Kern besteht aus dem Gemauerten und einer Lehmschicht. Auf das Mauerwerk wird Lehm aufgetragen. Während ein Geselle diese Arbeit verrichtet, zieht ein anderer die Schablone hinterdrein. Die Kante des Brettes verteilt den Lehm gleichmäßig, entsprechend der ausgeschnittenen Form, und glättet ihn, gibt genau die innere Form der späteren Glocke. Und damit der Lehm auch gleichmäßig trockne, ohne daß Risse entstehen, werden im hohlen Kern mit Holzkohle zwei Feuerchen angezündet."

„Innen im Kern?" fragte Degenhart erstaunt. „Wie soll denn das geschehen, da doch der Kern keine Öffnung hat wie ein Ofen? Und bei der großen Höhe des Kerns kann doch nit von oben gefeuert werden."

„Und die Luftzufuhr, der Zug?" fiel Stolle eifrig ein.

Der Meister nickte anerkennend. „Die Herren haben gut nachgedacht. Ich vergaß es am Anfang zu erwähnen: Der Glockenkern wird auf einer Art Fundament, einem Ring aus Tonsteinen, aufgeführt, damit er die rechte Standfestigkeit hat.

Der Ring wird mehrfach durch Öffnungen unterbrochen, durch welche die Holzkohle in den Hohlraum geschoben wird. Die Öffnungen dienen zugleich der Luftzufuhr."

Die beiden Männer auf der Bank nickten befriedigt. Vikar Stolle schrieb eifrig das Gehörte in ein Buch.

„Und wie geht es dann weiter?" wollte Degenhart wissen. Er war ganz im Banne der großen Sache. „Ihr sagtet mir einmal etwas von einer ‚falschen Glocke'. Welche Bewandtnis hat es damit?"

„Die folgt als nächster Arbeitsgang", erklärte Gerhard. „Doch erlaubt, daß ich den Gesellen erst einige Anweisungen gebe."

Das war schnell getan, und der Meister fuhr fort: „Ja, die ‚falsche Glocke'! Ist der Kern gut getrocknet, wird er mit Talg eingerieben. Nun wiederholt sich das, was zur Vollendung des Glockenkerns schon vonnöten. Es wird eine weitere Lehmschicht aufgetragen und wieder mit der Schablone abgedreht und glattgestrichen, nur daß vorher die innere Kante der Schablone um so viel ausgesägt wurde, wie die künftige Wandung der fertigen Glocke ausmacht. Und wieder brennen im Kern die Holzkohlefeuerchen, den Lehm langsam und gleichmäßig zu trocknen."

„Aber wozu wird denn vorher der Kern mit Talg eingefettet?" fragte Degenhart.

„Damit später die ‚falsche Glocke' sich vom Kern abnehmen läßt, nit mit ihm verbäckt. Es ist eben eine falsche Glocke, die vernichtet wird, sobald sie ihren Dienst getan. Doch noch ist es nit soweit! Ist die ‚falsche Glocke' erkaltet, wird eine dünne Fettschicht aufgetragen und mit der Schablone gleichmäßig verteilt. Und nun geht es zur Vollendung der Form, indem ..." Da fiel Degenhart wieder ein: „Der Form? Ihr spracht doch stets von der ‚falschen Glocke'."

„In praxi ist die ‚falsche Glocke' samt dem Kern der erste Teil der Form, er zeigt die äußere Form der künftigen Glocke.

Doch ehe er gebraucht werden kann, ist noch eine wichtige Arbeit vonnöten: das Anbringen des Schmuckes, besser der Schmuckformen. Das sind die aus Wachs gebildeten Buchstaben und Verzierungen, sie werden sorgsam auf die ‚falsche Glocke' aufgeklebt. Nun erst ist der erste Teil der Form fertig, er gleicht der späteren Glocke wie, na, sagen wir, wie ein Ei dem andern. Doch verzeiht, die Gesellen warten auf weitere Anweisungen."

Da neigte sich Vikar Stolle zu Degenhart hin. Leise sagte er: „Mich dünkt, wir sollten ihn nit länger aufhalten. Die Gesellen brauchen ihn."

„Mir genügt auch das Zuschauen", erwiderte der Offizial ein wenig frostig. „Dazu braucht es nit mehr erklärender Worte."

Stolle lächelte versöhnlich. „Drückt Euch immer noch der Eselsrücken, lieber Freund? Es war doch ein unfreiwilliger Scherz. Verübelt ihn mir nit! Und Ihr habt fein stillegesessen, so daß ich fleißig schreiben konnte. Dafür danke ich Euch."

Nun mußte auch Degenhart lächeln. „Schon gut, schon gut!"

Der Vikar erhob sich, trat an den Rand der Grube und rief Gerhard zu: „Habt Dank, lieber Meister! Ihr habt alles so vorzüglich erklärt, daß ich mir das rechte Bild machen kann. Beginnt Ihr das Weitere, so gebt mir bitte Nachricht."

Gerhard winkte ihm zu. „Gerne, Herr Vikar. Doch da müßt Ihr Euch einige Tage gedulden."

Beim Nachtmahl im „Roten Löwen" waren sie ziemlich schweigsam. Der Meister hatte den Gesellen eröffnet, daß er morgen im Hause des Domherrn Johann Bonemilch von Lasphe Wohnung nehmen werde. Das war ihnen nicht gut eingegangen. Nur Claus hatte das nicht beeindruckt, er zwinkerte bei dieser Nachricht Conrad zu.

„Es ist nit zu umgehen", sagte Gerhard. „Er hat mich sehr freundlich eingeladen, und es wäre wohl unpassend, wollte ich mich sträuben."

Daraus ersahen sie, daß es ihm selbst nicht eine besondere Freude war.

„Warum auch nit!" platzte Claus heraus. „Ich meine, in einem Domherrenpalast läßt es sich nit schlecht wohnen."

Gerhard schüttelte den Kopf. „Palast? Das gilt wohl nit für Johann von Lasphes Wohnung. Nit mehr als ein gutes Bürgerhaus ist es. Offizial Degenhart sagte mir gar, der ‚Rote Löwe' mache mehr von sich, ich solle nur nit enttäuscht sein. Doch darauf kommt es wohl nit an."

Worauf aber dann, wenn ihm nichts an der Wohnung bei dem Domherrn liege, wollte Claus fragen. Doch Pieter trat ihm zur rechten Zeit auf den Fuß, ahnte er doch, daß es wieder eine zudringliche Frage werden sollte. Er wußte, was den Meister bewegte: Der ließ sich jetzt nicht gern aus dem Kreis der Gesellen reißen.

Am frühen Abend des nächsten Tages zog Gerhard van Wou um. Lasphes Haus stand unweit von Sankt Bonifatius, nahe der inneren Stadtmauer gen West. Von hier aus war es ein weiter Weg zum Domhügel. Das sagten die Gesellen unverblümt, als sie den Meister begleiteten.

„Das habe ich wohl bemerkt", entgegnete er. „Doch uns gute Freunde zu erhalten ist kein Weg zu weit."

Der Domherr empfing den Meister mit großer Herzlichkeit. Er führte ihn selbst in die ihm zugedachten Räume. Es waren zwei im ersten Stockwerk, durch eine breite Tür miteinander verbunden, und jeder Raum hatte drei Fenster. Helle und Frische strahlten die Gemächer aus, und das tat Gerhard wohl. Daß die Einrichtung alt war, störte ihn nicht.

Am selben Abend lud Lasphe ihn zu einem Trunk ein, nachdem Gerhard die Einladung zum Nachtmahl freundlich abgelehnt hatte mit der Begründung, daß er schon im „Roten Löwen" gespeist habe.

„Ich bin begierig, mehr von Euch über Euch zu hören, als man hier gemeinhin erzählt", begann Lasphe das Gespräch, als sie in dessen Bibliothek zusammensaßen. Die Wirtschafterin hatte sie mit einer Kanne guten Rheingauers versorgt.

Gerhard lächelte verlegen. Von sich zu erzählen war nicht recht nach seinem Sinn. „Erkleckliches wird sich dabei nit ergeben, hochwürdiger Herr. Was ist schon das Leben eines wandernden Glockengießers! Unrast, Abenteuer! Ginge es nit darum, eine gute Kunst über die Grenzen der Länder zu tragen, wäre es wohl besser, er verbrächte sein Leben in der heimischen Werkstatt."

„Oh, nit so bescheiden, mein Freund! Ihr seid nit irgendein wandernder Glockengießer, hätten wir Euch sonst zu unserem Werk gebeten? Das Wort von der guten Kunst, die über die Grenzen der Länder zu tragen sei, ist schön, sehr schön. Doch ist es Euch nit auch Befriedigung, daß Ihr mit dieser Kunst ein hohes Gotteswerk verrichtet, mit ihr im Dienst des Höchsten steht?"

„Gewiß. Doch darin unterscheide ich mich nit von jenen allen, die rechtschaffen arbeiten, nit vom Landmann und nit vom Tagelöhner. Denn auch sie dienen mit dem, was ihre Hände für den allgemeinen Nutzen geben, dem Höchsten. Der Unterschied liegt nur in der Art des Dienens."

Lasphe lachte laut auf. „Stellt sich doch der große Meister neben den namenlosen Landmann und Tagelöhner! Das ist lustig! Mich dünkt indes, der Unterschied sei recht beträchtlich, und Ihr rücktet Eure Kunst allzusehr unter den Schemel."

„O nein, hochwürdiger Herr, ich rücke meine Kunst nit unter den Schemel", widersprach Gerhard ernst. „Im Gegenteil, ich bin stolz auf sie. Das treibt mich ja eben, sie über die Grenzen der Länder zu tragen. Ich vergesse nur nit, daß es mit meiner Kunst übel bestellt wäre und nit nur mit meiner Kunst –, würden andere nit vor mir den Anfang schaffen: die Bergleute das Kupfer und das Zinn, die Tagelöhner die Lehmziegel, die Maurer die Öfen. Das nur zum Exempel! Wo stünde ich, wären sie nit zuerst? Und zuvörderst der Landmann, der ihnen, uns allen für die Nahrung sorgt. Ach, es ist das alte Leid, daß man sie nit sieht! Und dabei ist alles, was um uns ist, was an uns ist, was wir speisen und trinken, was wir zum Schaffen brauchen, das Werk dieser Unbeachteten. Denkt sie Euch weg – was bliebe Euch, mir? Ist's darum nit gerecht, wenn ich sage, daß sie wie ich dem Höchsten dienen, daß der Unterschied nur in der Art des Dienens liegt?"

Der Domherr nickte still vor sich hin. Er hatte es nicht geglaubt, als man ihm sagte, daß in diesem Holländer ein wenig von dem neuen Wesen liege, das sich allgemach in den Landen unter dem Volk breitmache und das hie und da schon drohend aufgeflammt war. Freilich, der Mann war besonnen, klug, sein Verlangen wohl nichts weiter als Gerechtigkeit, und man konnte seiner Rede vom Gegenteil her nichts erwidern. „Denkt sie Euch weg – was bliebe Euch, mir?" Das war eine neue Welt, eine harte Weisheit, beschwerlich, sie weiterzudenken, doch bestechend in der Vernunft. Wenn man sie sich wirklich wegdenken sollte, diese Unbeachteten ..., er seufzte. Dann sprach er: „Ich achte Eure Meinung, lieber Meister, schätze Euer offenes Wort. Ist Euch diese Meinung aus eigener Erfahrung gekommen, oder haben Eure Vordern sie Euch mitgegeben?"

„Beides war wirksam, hochwürdiger Herr. Meine Vordern lehrten mich gerechtes Denken und Handeln, meine Erfahrungen in langen Wanderjahren mit dem Volk und den Herrschenden in vielen Landen ließen mich erkennen, wie bitter vonnöten ein solches Denken und Handeln ist, soll für alle ein Ersprießliches gedeihen. Ehe mein Vater, der zu Xanten anno 1461 seine letzte Glocke goß, die Augen für immer schloß, übergab er mir sein Gezeug mit den Worten: ‚Gebrauche alles nach dem Besten hin, mische redlich das Metall und denke stets daran, daß der Körper den Klang gibt, nit die Krone!' Denkt Euch das auf das Volk übertragen, so habt Ihr die Meinung meines Vaters."

Lasphe lächelte. „Und doch hängt der Körper an der Krone und findet dort seinen Halt."

„Darum muß eben beides in einem guten und gerechten Bunde miteinander stehen, muß jedem das gegeben werden, was ihm seiner Bedeutung gemäß gebührt. Nur so wird ein gutes Ganzes daraus."

Unvermittelt fragte der Domherr: „War Euer Großvater auch Glockengießer?"

„Ja, er begründete das Handwerk in unserer Familie, goß aber nur kleinere Stücke. Mein Vater, Wilhelm van Wou, nahm die Fertigung von Kirchenglocken auf, und so ist es geblieben bis auf meinen Sohn."

„Oh, Ihr habt auch einen Sohn! Wie schön, daß diese edle Kunst sich in Eurer Familie so vererbte."

Über Gerhards Gesicht breitete sich ein glückliches Lächeln. „Heinrich heißt er, ein prächtiger Bursche. Ich habe ihm die Werkstatt überlassen. Er hält nichts vom weiten Wandern, wie mir es liegt, schafft lieber in Kampens Umgebung. Freilich gibt es dort Arbeit genug für ihn. Mit Mühe habe ich ihn überredet, mich in naher Zukunft einmal nach Braunschweig zu begleiten, wo mich im Sankt-Blasius-Dom ein großes Werk erwartet. Sieben Glocken sollen es werden. Es sind erst noch vielerlei Verhandlungen zu führen, doch er soll dabeisein."

„Wie schön! Welch große Freude muß es Euch sein, an solchen Werken zu schaffen! Nun ja, Euer Name hat den Ruch bewährter Kunst weit über das Gewohnte hinaus. Sagt, wieviel Glocken habt Ihr eigentlich schon gegossen?"

Gerhard zuckte verlegen die Schultern. „Das genau zu sagen, müßte ich erst mein Büchlein zu Rate ziehen. An größeren Stücken werden es wohl an die dreißig sein. Die besten befinden sich zu Cranenburg unweit Cleve, zu Xanten, Elten, Calcar, Krusemark unweit

Stendal, zu Ahaus, Wüllen und Wessum. Und ehe ich in Braunschweig beginne, muß ich erst noch einmal in Wessum und dann in Recklinghausen gießen."

Der Domherr schlug verwundert die Hände zusammen. „Heilige Mutter, Ihr rollt da so munter eine Landkarte auf, als sei das für Euch eine Kleinigkeit! Seit wann gießt Ihr denn überhaupt eigenständig?"

„Seit anno 1462."

„Und seitdem wandert Ihr auch?"

„Zumeist. Den Winter verbringe ich ganz in der Heimat, in der warmen Jahreszeit leidet es mich aber nur wenige Wochen dort."

Johann von Lasphes Augen ruhten mit Bewunderung auf seinem Gast. Welch ein kraftvoller Mensch, wie klug, gerade und klar! Steckte auch einiges von dem neuen Wesen in ihm, so war es ganz gewiß nur auf das Beste gerichtet. Das mannhafte Auftreten damals im Kapitelhaus für sein Werk wie auch wider den Ungeist um die Teufelsreihe – sie waren ein gutes Zeugnis für seinen Sinn und sein Wollen.

Noch viele Fragen stellte er dem Meister, ließ sich aus dessen Leben und Arbeit berichten. Erst als der Wächter des Viertels die elfte Stunde geblasen hatte, begaben sie sich zur Nachtruhe.

Als Hans Pfeffer, der Brückenzöllner, die Märkter wieder einmal abgefertigt hatte und sein Fensterchen schließen wollte, erschien draußen die hünenhafte Gestalt des Zunftmeisters Michael Bonhard. Der Mann mußte sich bücken, um hereinblicken zu können.

„Oh, was treibt Euch denn zum Zoll?" stieß Hans Pfeffer überrascht hervor. „Seid Ihr mit Euren Glocken unter die Markthändler gegangen?"

Bonhard zeigte ein mürrisches Gesicht. „Redet nit so quer, Brückenzöllner! Zu Eurer Magd will ich. Laßt mich ein!"

„Gemach, gemach, mein Freund! Maria bereitet mir das Mittagsmahl vor. Wißt Ihr, was das heißt? Das heißt heute Lammfleisch, in edler Würze gekocht, mit Pfefferkuchen! Dazu ein Maß Eimbecker Bräu und ein ..."

„Was schert mich Euer Mittagsmahl!" unterbrach Bonhard grob. „Ich muß mit ihr reden. Laßt mich ein!"

„Sucht Euch eine bessere Zeit, stört sie nit! Die Würze, die sie bereiten muß – ach, versteht doch! Morgenländische Kräuter, Rosinen, ein wenig Pfeffer, nur ein wenig, sage ich Euch, sonst ..."

„Meinetwegen auch noch Kuhdreck!“ brauste der Gießer auf. „Ich wollte gestern abend schon zu ihr, doch sie ließ mich nit ein. Sie sei allein im Haus, rief sie durch die Tür. Als ob ich ein Wegelagerer sei, so gebärdete sie sich.“

Hans Pfeffer lachte laut auf. „Hat sie gut gemacht, sehr gut! Ist ein sauberes Ding, meine Maria! Mit einem Mann allein am Abend hahaha! Da kennt Ihr sie nit!“

„Nun ist's genug!“ schrie Bonhard und schlug seine mächtige Rechte auf das Zahlbrett an der Fensterbank, daß es knackte. „Ihr schwatzt so dumm wie ein Roßbub. Habe nit Zeit, mir solche Flausen anzuhören. Laßt Ihr mich ein oder nit?“

Der Brückenzöllner hatte erschrocken seinen Oberkörper zurückgebogen. „Was – was erlaubt Ihr Euch, Ihr – Ihr –!“ rief er ängstlich. „Ich lasse Euch ja ein. Was wollt Ihr von ihr?“

„Das braucht Euch nit zu kümmern.“

Kopfschüttelnd erhob sich Hans Pfeffer von seinem Schemel. „Nun hört euch das an!“ brummte er. „Soviel Grobheit steckt auch nur in einem Glockengießer.“

Er öffnete die Haustür, ließ den ungeduldigen Besucher ein. „Aber nur in der Küche könnt Ihr mit ihr reden, daß sie nit vom Feuer weg muß. Die Würze braucht Obacht.“

„Meinetwegen im Taubenhaus!“ grollte Bonhard.

„Was wollt Ihr denn von ihr?“ fragte der Brückenzöllner wieder.

„Mit ihr Eulen backen.“

Pfeffer schüttelte den Kopf. Und dabei dachte er an die Eierschitgen, die Maria gestern für ihn gebacken hatte.

Ein würziger Duft empfing die Männer, als sie die Küche betraten. Maria stand am Feuer und rührte mit einem Holzlöffel in dem an einem Haken hängenden eisernen Kessel. Sie kehrte ihnen den Rücken zu.

„Nit stören lassen, bei der Arbeit bleiben! Daß der Rauch nit hineinschlägt!“ mahnte Pfeffer. „Michael Bonhard will mit dir reden. Er bleibt an der Tür stehen.“

„Nun habt Euch nit!“ grollte der Gießer. „Ich spucke Euch nit in die Würze.“ Weil Pfeffer neben ihm wartete, fuhr er fort: „Mit Maria will ich reden, und zwar allein.“

Zögernd verließ der Brückenzöllner die Küche, doch sie hörten, daß er unweit der Tür stehenblieb.

Maria fuhr in ihrer Arbeit fort. Nur für einen Augenblick wandte sie sich um. Das nahm Bonhard für eine Frage nach seinem Begehr.

„Ich komme wegen des schweren Hebezeugs“, sagte er. „Wie ist es damit, Maria?“

„Meister Gerhard hat es gekauft“, entgegnete sie leise, und er hat es auch schon bezahlt.“

Er stampfte hart mit dem Fuß auf. „Also ist's doch wahr! Hat dein Vater zu Lebzeiten nit einmal gesagt, daß ich mit dem Hebezeug rechnen könne?“

„Das ist mir nit erinnerlich. Ich weiß, er sagte einmal, das Zeug bekomme einmal der, der ihm am meisten geholfen.“

„Und war ich das nit? Weißt du nit, was ich alles für ihn getan?“

Da wandte sie sich für einen Augenblick um. „Ihr habt viel für ihn getan, Meister Bonhard, das weiß ich, und dafür bin ich Euch sehr dankbar. Doch eines habt Ihr nit vermocht: ihn aus seinem Irrtum zu reißen und ihm den Frieden zu geben. Das tat aber Meister Gerhard van Wou, und damit hat er ihm von allen am meisten geholfen. Darum schenkte er ihm das Hebezeug. Meister Gerhard nahm es aber nit als Geschenk, er kaufte es, ohne es meinem Vater zu sagen. So ist's, Meister Bonhard. Ich kann's nit ändern. Redet doch einmal mit Meister Gerhard! Vielleicht findet er Rat.“

„Verdammter Holländer!“ zischte Bonhard. Ohne einen Gruß oder Dank verließ er die Küche.

Draußen fiel er fast über den Brückenzöllner. „Huch!“ stieß er grimmig hervor, mit der Faust drohend.

„Sind die Eulen gut geraten?“ rief Pfeffer ihm lachend nach.

Da er keine Antwort erhielt, ging er in die Küche.

Trotz seines Zornes hatte Michael Bonhard Marias Rat angenommen, Meister van Wou aufzusuchen. Er überquerte eilig den Domplatz, manchmal rücksichtslos den Ellbogen gebrauchend, wenn er sich den Weg durch die Menge der Marktbesucher bahnen mußte. Das Schimpfen und Murren der von ihm zur Seite Gedrängten kümmerte ihn nicht.

Als er die letzte Stufe der Freitreppe erreicht hatte, blieb er tief atmend stehen. Er hatte sich in seinem Zorn abgehetzt, und in diesem Zustand wollte er dem Holländer nicht gegenübertreten. Dazu brauchte er überlegene Ruhe. Der Holländer war ein kluger Mann, da fruchtete nicht sogleich die Faust auf dem Tisch.

So verweilte er ein wenig. Nur wenige Schritte waren es noch bis zum Gießhaus vor Sankt Severi. Er konnte durch das offene Tor blicken. Eben sah er eine Gestalt eine aus der Erde ragende Leiter besteigen und nach unten verschwinden. Sie arbeiteten also in der Grube.

Er näherte sich dem Gießhaus. In der Toröffnung hielt er zunächst inne. Noch wenige Schritte, und er würde am Rand der Gießgrube stehen. Diese Schritte tat er zögernd, die Größe und Zweckmäßigkeit der Anlage, der Frieden in diesem Raum beeindruckten ihn.

In der Grube war ein emsiges, aber ruhiges Schaffen. Etwa in der Mitte erhob sich die Form der künftigen Glocke – ein gewaltiges Stück, wie es Michael Bonhard noch nicht gesehen. Er gestand sich ein: Ein solches Stück hätte er nicht gewagt. Hier einmal das fertig gegossene Werk zu heben und auf den Erdboden zu bringen, dazu bedurfte es freilich eines schwersten Hebezeugs und dazu noch eines großen Geschicks.

Auf einem auf Holzklötzen liegenden Bretterumlauf stand Gerhard van Wou. Er klebte den aus Wachs gefertigten Schmuck, die Ornamente und Buchstaben, auf die Form. Zwei Gesellen halfen ihm: Einer – es war Martin – bestrich die einzelnen Stücke des Schmucks, die neben ihm auf Brettern lagen, mit einer Klebemasse, der andere, Pieter, reichte sie dem Meister auf einem kleinen Handbrett zu und korrigierte, wenn es notwendig war, aus größerem Abstand den Sitz der Stücke. Wenn diese schwierige Arbeit getan, war die Form, die „falsche Glocke", fertig.

„Was ist Euer Begehr?"

Michael Bonhard schreckte aus seinem Sinnen. Neben ihm stand einer von Gerhards Gesellen, der mit dem spitzen Gesicht, und schaute ihn fragend an. Er hatte ihn bisher noch gar nicht bemerkt.

„Ich möchte Euren Meister sprechen", sagte er.

Conrad zuckte die Schultern und deutete in die Grube. Das sollte heißen: Ihr seht doch wohl, daß das jetzt nicht angeht, welcher Meister würde sich bei solcher Arbeit stören lassen? Bonhard war Gießer genug, das zu verstehen. Er nickte leicht vor sich hin. Doch er wurde einer Antwort enthoben. Gerhard van Wou hatte die Gestalt längst bemerkt, sie jedoch gegen den hellen Himmel nicht erkannt, sich darum nicht um sie gekümmert. Die kraftvolle Stimme war ihm aber eingegangen, erschreckend deutlich gar. Fast hätte er den Wachsbuchstaben, den er gerade in der Hand hielt, fallen lassen.

Bonhard war doch gekommen, obgleich sein Weib ...! Sein Weib! In Gerhards Brust begann es zu drücken. Das Bild des zierlichen Geschöpfes mit den traurigen Augen stand wieder vor ihm, und da oben befand sich der, dem es gehörte! Hatte er erfahren, was vor einigen Tagen in seinem Hause, in seiner Abwesenheit vor sich gegangen war? Kam er, Rechenschaft zu fordern? Seine Hand zitterte. Mit Macht riß er sich zusammen. Das Gesicht wahren – das Gesicht wahren! Heilige Jungfrau, es würde ein unehrlich Gesicht sein oder eine erniedrigende Bitte um Vergebung oder ... Oder kam Bonhard aus einem anderen Grund? Vielleicht – vielleicht wegen des Hebezeugs? An diesem Gedanken machte Gerhard sich stark.

„Kommt doch herab, Michael Bonhard!" rief er hinauf. „Versteht, ich kann jetzt hier nit aufhören."

„Ich komme", entgegnete der Zunftmeister. Er begab sich auf die andere Seite der Grube, stieg auf der Leiter hinab.

„Gott zum Gruß, Meister van Wou!"

Gerhard seufzte verhalten. Bonhard hatte ruhig gesprochen.

Sein Weib hatte nicht geredet. „Ja, nit wahr, es ist eine peinlich genaue Sache, dieses Kleben", sagte er beinahe fröhlich. „Doch setzt Euch, da ist ein Klotz, und verzeiht, daß ich hier fortfahre. Ich freue mich, daß Ihr mich besucht."

„Ich habe ein Anliegen", erklärte Bonhard kurz.

„Nun, heraus damit! Sollte ich Euch helfen können, ich würde es von Herzen gerne tun."

„Es ist wegen des Hebezeugs von Valentin Groß." Bonhards Stimme war trocken, und Gerhard wußte gar wohl, daß das die Folge eines mit Macht unterdrückten Unmuts war. „Ihr habt es von Maria gekauft. Elisa ... mein Weib sagte es mir, sie hat es in der Stadt gehört, und Maria hat es mir vorhin bestätigt."

Sein Weib hatte es in der Stadt gehört! Wahrlich, sie wahrte ihr Gesicht, so gut sie konnte.

„Ja, ich kaufte das Hebezeug, Meister Bonhard. Es ist das schwerste und beste in der Stadt, und Ihr könnt Euch wohl denken, daß ich es bei einem solchen Stück hier recht gut gebrauchen kann."

„Hm!" brummte der Zunftmeister. „Doch Ihr seid mir damit in die Quere gekommen. Ich war der Hoffnung, daß ich es einmal bekommen würde."

Gerhard fragte nicht, worauf Bonhard diese Hoffnung gründete, er wußte es zu gut. Und er hatte sich längst entschlossen, dem Meister einen Vorschlag zu unterbreiten, falls dieser einen Anspruch bei ihm geltend machen würde. „Ich habe das nit gewußt, als ich das

Zeug kaufte", sagte er wahrheitsgemäß. „Doch was ist nun Euer Begehr?"

„Macht den Kauf rückgängig! Leiht das Gerät nur für Euren Zweck!"

Das war kein Wunsch, es war ein Befehl so recht nach der Art Michael Bonhards. Gerhard schüttelte mißbilligend den Kopf. Die Gesellen schauten sich verstohlen an. Wie sie ihren Meister kannten, würde er in gleicher Art antworten. Doch sie warteten vergeblich auf ein scharfes Wort. Gerhard entgegnete ruhig: „Und Ihr denkt nit daran, daß Maria das Geld gar nit mehr voll aufbringen könnte, da das Begräbnis ihres Vaters ihr so große Kosten verursachte? Und sie hat ihm ein gutes Begräbnis gegeben."

„Wie Ihr, so kann auch ich ihr einen ordentlichen Kaufpreis zahlen", sagte Bonhard ohne Bedenken. „Ich habe Valentin Groß eh und je gut abgegolten, was er mir verkaufte."

Dagegen war nichts einzuwenden. Schon aus Stolz würde Bonhard ihm nicht nachstehen wollen. „Geduldet Euch eine kleine Weile, ich bin mit dem Ring gleich fertig. Dann mache ich Euch einen anderen Vorschlag."

In Ruhe brachte er die restlichen Buchstaben an.

Endlich hielt er in der Arbeit inne, stieg vom Brett. „Glättet die Form noch, wo es notwendig ist, und kümmert euch dann um den Lehm für den Mantel!" gebot er den Gesellen. Zu dem Zunftmeister gewandt, fuhr er fort: „Kommt bitte mit in meinen Arbeitsraum!"

Sie stiegen aus der Grube. In dem großen Verschlag am anderen Ende des Gießhauses bot Gerhard seinem Besucher Platz auf einem Hocker an der Werktafel, setzte sich unweit ebenfalls an der Tafel nieder.

„Valentin Groß übergab mir auf seinem Sterbebett das Hebezeug unter dem Zeugnis seiner Tochter als Geschenk", begann Gerhard. „Doch ich zahlte ihr einen guten Kaufpreis, um ihr zu helfen. Das versteht Ihr gewiß. Mir kommt das Gerät zur Vollendung meines Werkes hier sehr zustatten. Das könnt Ihr Euch gewiß auch denken. Nun erhebt Ihr Anspruch darauf. Gebt Ihr zu, daß ich das Hebezeug redlich erworben habe?"

Michael Bonhard nickte, wenn auch widerwillig.

„Gut, das wollte ich zuvor klären. Nun hört zu! Ich streite wegen des Gerätes nit mit Euch, habt Ihr mir doch zweimal gesagt, daß Ihr mir helfen wolltet, so ich einer solchen Hilfe bedürfe. Das habe ich Euch nit vergessen. Zur Einigung biete ich Euch dieses: Ihr kauft mir das Hebezeug ab, eines Umwegs über Maria bedarf es doch nit. Indes, Ihr belaßt mir das Gerät bis zur Vollendung des Werkes und setzt dafür eine Leihsumme fest. Diese Summe ziehen wir vom Kaufpreis ab. Ich hätte das Gerät ohnehin Eurer Zunft angeboten, da ich es doch nit mit auf Wanderschaft nehmen kann. So geht es aber in Euren Besitz über. Damit ist Euch und mir geholfen. Zur beiderseitigen Sicherheit geben wir diese Abmachung mit den vorgesehenen Summen zu Papier. Ist es so recht?"

Bonhards Gesicht hatte sich während dieser Rede mehr und mehr aufgehellt. Nun spielte unter dem kurzen Bart ein beinahe freundliches Lächeln. „Ihr seid ein guter Zunftgenosse, Gerhard van Wou", sagte er zufrieden. Mehr für sich sprach er etwas, von dem Gerhard nur die Worte verstand: „Man sollte doch nit ..."

„Was sollte man nit?" fragte Gerhard.

Der Zunftmeister winkte ab. „Ach, da hatten sie mir zugetragen, Ihr habet das Hebezeug heimlich an Euch genommen, und am Anfang hatte ich es auch geglaubt."

„Ehrlich und stark, aber wetterwendisch wie ein altes Weib", dachte Gerhard. „Ja, der Neid ist ein böses Ding", sagte er. „Man soll einer Sache stets auf den Grund gehen, ehe man urteilt. Das Gerät liegt noch jetzt in der Werkstatt von Valentin Groß, ich habe es noch nit angerührt."

In seiner Verlegenheit nahm Bonhard ein anderes Thema auf. „Maria sagte mir, Ihr hättet ihn von seinem Irrtum geheilt und ihm den Frieden gegeben. Wie habt Ihr das nur zuwege gebracht?"

Gerhard schilderte ausführlich, wie er sich um Valentin Groß gemüht hatte. „All das ließ ihn erkennen, daß ich ihm nit feind war, daß ich ihm helfen wollte. So wurde aus dem Besessenen ein nach Wahrheit Suchender, aus dem Suchenden aber ein Erkennender und Gewandelter."

Der Zunftmeister konnte seine Bewunderung nicht verbergen. „Da habt Ihr in der Tat Gutes vollbracht", sagte er. „Wenn ich daran denke, daß er Euch damals das Feuerchen bescherte ..."

„Er hatte sich nit daran beteiligt und es auch nit angestiftet. Freilich geschah es aus dem Geist heraus, den er verbreitete. Seine Burschen glaubten wohl, sie handelten in seinem Sinn. Daß ich die Sache nit weiter verfolgte und auch dem Domkapitel riet, es nit zu tun, gab ihm gewiß auch zu denken. Nach den Drohungen gegen mich wäre es wohl nit schwer gewesen, ihn als Urheber zu verklagen. Dessen war er sich gewiß auch bewußt."

„Meint Ihr, der Widerglaube um die Teufelsreihe sei nun überwunden? Oder hat man auch nach Valentins Tod Eure Arbeit gestört?“

„Man hat nach seinem Tod meine Arbeit nit gestört. Doch der Widerglaube um die Teufelsreihe ist nach Valentins Wandlung und Tod durchaus noch nit überwunden. Groß war ja nur der Anführer einer kleinen Gruppe, die den Widerglauben laut und mit unredlichen Mitteln vertrat. Diese Gruppe freilich hat – des Anführers beraubt – nun klein beigegeben, ihre Mißerfolge waren ja auch zu deutlich. Das ist für unsere gute Sache aber schon ein großer Gewinn. In dem großen Kreis derer, die dem Widerglauben scheu und heimlich nachhingen, geistert indes die Teufelsreihe fort, ach, ich spüre es in manchem Gespräch. Zwar sagte man mir am Anfang, als ich in dieser Stadt mit meinem Werk begann, der Widerglaube sei nach dem Abgang des Meisters Claus von Mühlhausen bald wieder eingeschlafen, der Besessene Valentin Groß habe ihn erst wieder aufgebracht ...“

„Dieser Meinung war ich auch“, unterbrach Bonhard.

„Ich weiß, Ihr sagtet es mir damals, als ich Euch besuchte. Doch dem ist nit so. Valentin Groß ist nur jener gewesen, der ihn nach dem Unglüek, das ihn traf, zum erstenmal wieder laut verkündete. In Wahrheit schwelte er seit zwanzig Jahren im Volke ungebrochen fort und schwelt heute noch, weil sich keine Macht fand, die dagegen aufgestanden wäre.“

„Wollt Ihr nun noch Weiteres dagegen tun?“

„Ich habe damit längst schon begonnen“, entgegnete Gerhard lächelnd. „Mein Werk, die neue Große, soll der stärkste Beweis gegen den Widerglauben werden. Gelingt er – wer könnte ihm widerstehen?“

Bonhard erhob sich. „Ihr wollt Großes und Vieles zugleich, Meister van Wou. Möge es Euch gelingen! Behaltet das Hebezeug, solange Ihr seiner bedürft. Und ich biete Euch noch einmal meine Hand für Euer Werk.“

„Habt Dank, Michael Bonhard. Ich entsinne mich – kommt die Zeit – gewiß Eurer guten Worte.“

Am späten Nachmittag nahmen der Meister und die Gesellen bei Ulrich Schuppe wieder ein Bad. Pieter blieb danach noch eine Weile, der Bader wollte sich sein Bein ansehen und es mit Arnikageist einreiben. Das tat er jeden zweiten Tag. An diesem Tag hatte

Meister Schuppe über das Allgemeine hinaus noch ein besonderes Anliegen. Das merkte Pieter schon, als der Bader sein Werk begonnen hatte, denn er redete ziemlich zerstreut, seine Gedanken waren bei einer anderen Sache. Einigemal flickte er ein: „Tja, und da hätte ich ..." und „Man müßte ja nun ...", ohne daß er die Sätze vollendete.

Pieter geriet darüber in Verwunderung. Er kannte den Meister als einen Mann, der sich ohne Scheu vom Herzen redete, was er dachte und wollte. Und nun dieses Zögern, diese Unsicherheit. Schließlich wurde es ihm zuviel. „Euch beißt doch etwas, Meister Schuppe. Sagt's doch rundheraus!" forderte er.

„Ach!" seufzte der Bader, während er mit einem Ruck Pieters Strumpf hochzog. „Sorgen eines Vaters, mein Freund!"

Dabei blickte er scheu zu Pieter auf.

„Sorgen eines Vaters?" wiederholte der Geselle erstaunt. „Macht Euch Grete Sorgen?"

Schuppe eilte zur Tür, schloß sie. Dann setzte er sich neben Pieter auf die Bank. „Grete ist so blaß. Heute fiel sie in Ohnmacht, und danach erbrach sie." Er hatte leise gesprochen, ohne den Gesellen anzuschauen.

„Oh!" rief Pieter erschrocken aus. „Da hat sie wohl was Schlechtes gegessen?"

„Ich hoffe es." Schnell verbesserte sich der Bader: „Ich meine, ich hoffe, daß es nichts anderes ist."

„Was sollte es denn sonst sein?"

Wieder seufzte Schuppe. „Vielleicht ist's auch die Arbeit. Seitdem ich den Just hinausgeworfen habe, ist's wohl ein bissel viel für sie. Und die Lies ist alt, sie kann nit mehr recht schaffen. Ich habe die Grete darum befragt. Sie sagte aber nichts, meinte nur, so etwas komme bei der Frau zu gewissen Zeiten einmal vor, ich sollte mir nur keine Sorgen machen. Ich habe aber bei ihr so etwas noch nit erlebt. Darum – na ja", er wurde verlegen, „na ja, ich kann doch mit Euch von Mann zu Mann reden, Pieter?"

„Mich dünkt, das sei sogar sehr vonnöten", entgegnete der Geselle. Er ahnte, worauf der Bader hinauswollte.

„Ich weiß, Ihr liebt meine Grete, und sie liebt Euch, und wenn junge Leute mit dem Herzen so heiß beeinander sind, dann kann es geschehen, daß sie – daß sie – ich meine, daß sie ..."

Pieter mußte lächeln. Er half dem Bader aus der Verlegenheit. „Schon gut!" unterbrach er ihn. „Von Mann zu Mann: Ich bin kein

Leichtfuß, Meister Schuppe, Grete ist der Saubersten eine. Das Schönste und Heiligste im Zusammenleben zwischen Mann und Weib heben wir uns auf bis zur rechten Stunde. Das haben wir uns längst geschworen. Darum macht Euch keine Sorgen."

Da legte Ulrich Schuppe seine Hand auf Pieters Linke und blickte zu ihm auf. Er lächelte glücklich. Und er sagte: „Ich danke dir, mein Junge."

Zum erstenmal hatte er „du" zu ihm gesagt und „mein Junge". Eine warme Freude kam in dem Gesellen auf. Er erfaßte des Baders Hand. „Ich habe meinen Vater nit gekannt. Als Fischer blieb er auf dem Meer, kaum daß meine Mutter mich zur Welt gebracht."

„Sag ‚Vater' zu mir!"

„Vater!" Leise hatte es Pieter gesprochen, als wollte sein Mund dieses Wort verstohlen üben, das ihm so ungewohnt war.

Lange Zeit blickten sie stumm vor sich hin.

„Es wird wohl noch drei Jahre dauern, ehe ich's geschafft habe", begann der Geselle wieder das Gespräch. „Dann kann ich in eigener Werkstatt arbeiten. Der Meister gibt mich dann frei, das hat er mir versprochen, und er will mir auch die Werkstatt einrichten helfen." Lächelnd fügte er hinzu „Dann hole ich dir die Grete weg, Vater."

Schuppe nickte vor sich hin. „Dann holst du mir die Grete weg! Dann bin ich allein! – Aber das ist wohl der Weg, den mir das Schicksal vorgezeichnet. Es ergeht ja vielen so."

„Und wenn du mit uns kommen würdest?"

„Ich alter, abgerackerter Mann? Einen knorrigen, saftlosen Baum versetzt man nit, Junge. Na, überlassen wir's der Zeit und dem, der sie lenkt! – Tja, und das mit der Grete, ich meine nun, es ist doch die Arbeit. Seit ich den Just davongejagt ..."

„Kannst du denn nit einen neuen Gesellen nehmen?"

Der Bader winkte ab. „Einen neuen Gesellen? Das ist gar nit so einfach. Er muß Bader und Barbier sein, und zwar von guter Art, nit einer, der nur Lauge bereiten und Schröpfköpfe putzen kann. Die Barbiere beginnen sich abzusondern, wollen eine eigene Zunft gründen, weil sie eigenständig mehr verdienen und keine große Stube brauchen. Und die guten Bader gehen zu den Junkern, den reichen Kaufleuten und in die geistlichen Häuser, die mehr und mehr eigene Badestuben einrichten. Der Just war ein guter Bader und Barbier zugleich. Schade, recht schade, daß er sich in deiner Sache so unredlich zeigte. Sonst konnte ich mich auf ihn verlassen, er hatte ja auch bei mir gelernt."

‚Wie gut er von ihm spricht', dachte Pieter, ‚fast als reue es ihn, den Burschen davongejagt zu haben.' Freilich, ihm fehlten die geschickten Hände, und Grete ... „Was schafft denn jetzt der Just?" fragte der Geselle.

„Er tagelöhnert bei dem Mainzer Fischmeister vor der Stadt. Sein Vater, der dort auch Tagelöhner ist, hat ihn mit Mühe untergebracht. Der Alte ist ein braver Mann, hat sich die Füße abgelaufen, um den Jungen wieder in eine Badestube zu bringen. Aber keiner der Meister nahm ihn, weil er bei mir Unredlichkeit begangen. Ich mußte das ja der Zunft melden."

„So war er auch bei dir?"

„Freilich! Mehr denn einmal! Doch was sollte ich tun, da der Just sich in deiner Sache so schändlich verhalten?"

Pieter dachte an den Schmerz, den der Badeknecht Grete und ihm damals bereitete, an die quälende Enttäuschung, die so schwere Schatten auf ihre Liebe warf, an dessen beleidigendes Verhalten im „Halben Mond", als er sich in die Reihe der wüsten Gesellen um Valentin Groß stellte. Ha, nicht schlecht hatte er es damals dem Burschen gegeben! Doch da drängte sich ihm plötzlich seines Meisters Beispiel in den Sinn, das Beispiel mit Valentin Groß. Hieß es nicht: Geduld, Vergebung, Mühen um das Gute im Schlechten? „Der Just war ein guter Bader und Barbier zugleich ... Sonst konnte ich mich auf ihn verlassen", hatte Ulrich Schuppe gesagt. War da nicht auch Gutes im Schlechten? Und das Schlechte war doch eigentlich gar nicht aus Schlechtem erwachsen. Just liebte Grete, die täglich um ihn war. Er begehrte sie, war ihr aber nie zu nahe getreten. Das Schlechte begann erst, als er ihn, Pieter, mit Grete zu entzweien trachtete. Wenn Just sich nun auch gewandelt hätte wie Valentin Groß? Wenn die harte Lehre, die er einstecken mußte, fruchtbar gewesen wäre? Er hatte redliche Eltern, die sich um ihn mühten.

„Hast du ihm verziehen?" fragte Pieter.

„Ich? Zu verzeihen habt ihr doch – Grete und du! Mich selbst hat er doch nit geschädigt. Aber in meinem Hause konnte ich solch üble Streiche nit leiden." Der Bader hatte es sehr bestimmt gesagt, doch er schaute zu Pieter auf, als erwarte er weitere Fragen.

„Hat Grete ihm verziehen?"

„Mich dünkt, sie hat es getan, da doch die Dinge dann ihren guten Lauf nahmen. Als Justs Vater zum erstenmal hier war, meinte sie, der Alte jammere sie, und es sei gewiß ein gutes Werk, seinen Jungen wieder in die rechte Ordnung zu bringen."

„Wollte sie damit sagen, daß sie nichts darwider habe, wenn Just wieder in deiner Badestube schaffe?"

Schuppe lächelte verschmitzt. „Du könntest ganz gut bei der Stadtpolizei dienen, mein Junge. Fragst, als stünde ich vor dir im Verhör. Ich will dir offen sagen: Grete und ich – wir hätten nichts darwider, wenn Just zu uns zurückkäme. Doch wie könnten wir dir das antun!"

„Ihr hättet aber mit mir schon darüber reden können."

„Wir getrauten es uns nit."

„Ach, ihr seid mir schon die Richtigen!" seufzte Pieter. „Getraut es euch nit! Als ob ich ein Seelenwolf wäre! – Und wenn ich nun auch nichts darwider hätte?"

„Oh, das wäre gut!" stieß der Bader freudig hervor. Eifrig fuhr er fort: „Aber so leicht sollte man es ihm nit machen. Er müßte euch beide erst um Verzeihung bitten."

„Das ist wohl vonnöten. Mehr noch: Wir müssen erst Gewißheit haben, daß er sich beim Fischmeister als Tagelöhner redlich gehalten hat. Wäre es so, dann hätten wir ein Zeugnis der Wandlung zum Guten hin."

Wieder lächelte der Bader verschmitzt. „Dies Zeugnis habe ich schon. Der Fischmeister, den ich befragte, sagte, der Just sei ihm ein guter, redlicher Helfer, er fische auch nit hinter seinem Rücken ab, wie es so mancher andere tue."

„Heilige Mutter, das ist ja eine schöne Verschwörung gegen mich!" rief Pieter lachend aus. „So stückweise erfahre ich, daß ihr beiden schon alles vorbereitet! Was bleibt mir da noch zu tun!"

„Ihm ins Gewissen reden – und ihm verzeihen. Das ist – so meine ich – das Schwerste und Beste."

„Und wenn ihm gar nichts daran gelegen ist? Weißt du denn, ob er hierher zurückkehren will? Ich kann mir denken, daß es ihm nit gerade Behagen bereitet."

Da legte Ulrich Schuppe ihm die Hand auf die Schulter. „Er will, das glaube mir. Er scheut sich nur, den ersten Schritt zu tun. Tun wir ihn, Pieter, auch wenn er im Unrecht steht!"

„So es nützlich ist – gut!"

Der Bader nickte zufrieden, erhob sich. „Komm, wir gehen zu Grete und bereden alles. Sie wird sich gewiß freuen."

Gerhard van Wou hatte im Gießhaus wieder Zuschauer. Wieder waren es Offizial Degenhart und Vikar Conrad Stolle. Dazu hatte sich noch Küchenmeister Nikolaus Engelmann gesellt. Zwar galt im Ursprung sein Besuch einem anderen Zweck – er lud den Meister zu einer Besichtigung des in voller Pracht stehenden Weingartens am Spielberg in Hochheim ein, die er mit einem fröhlichen Umtrunk beim Weinmeister zu beenden gedachte –, da jedoch Gerhard gerade vor einem wichtigen Abschnitt seiner Arbeit stand, blieb er noch eine Weile, um dieser Arbeit zuzuschauen: der Herstellung des zweiten Teiles der Glockenform, des Mantels.

Daß die drei Männer einträchtig nebeneinander auf der Bank am Rande der Grube saßen und der Küchenmeister auch noch den Offizial zum Nachbarn hatte, vermerkte Gerhard mit Vergnügen. Er wußte, daß beide sich nicht sonderlich leiden mochten und sehr nach der amtlichen Form miteinander verkehrten. Das ergab sich aus ihren Ämtern. Deren Belange führten oft zu Überschneidungen, die jeder mit der ihm eigenen Kraft und Klugheit auf seine Art bekämpfte.

So saßen denn auch die beiden steif und einsilbig nebeneinander, nachdem sie sich mit kühler Höflichkeit begrüßt hatten. Da nahm sich der sonst so würdig erscheinende Vikar Stolle, der wieder sein Schreibbuch in der Hand hielt, gegen sie recht lebendig aus. Er sprach ab und zu auf den Küchenmeister ein, um ihn auf dieses und jenes im Gießhaus aufmerksam zu machen. Engelmann nickte dazu sparsam und abwesend. Augenscheinlich bedrückte ihn die enge Nachbarschaft mit Elias Degenhart.

Meister Gerhard war inzwischen in die Grube gestiegen.

Zwei Gesellen, Conrad und Claus, trugen einige Kübel breiigen Lehms hinab und stellten sie in die Nähe der Glockenform.

Nun begann Gerhard: „Seht, Ihr Herren, dies ist die noch unvollendete Glockenform. Sie besteht aus dem Kern und der ‚falschen Glocke'. So wird einmal die Große aussehen, die nach dem Willen der Domherren wieder ‚Gloriosa' heißen soll. Freilich, noch fehlt die Krone, doch zwei meiner Gesellen sind dabei, sie zu modellieren. Seht, die Schrift, der Schmuck hier an dieser ‚falschen Glocke' – alles ist aus Wachs geformt oder geschnitten und dann aufgeklebt. Nun wird die Glockenform vollendet. Sie wird mit einer dicken Schicht aus Lehm überzogen, die man Mantel heißt. – Beginnt, Gesellen!"

Flink griffen Conrad und Claus in die Kübel, begannen den grauen Brei auf den großen Körper zu streichen.

„Aber verbindet sich denn nit dieser Lehm mit dem der ‚falschen Glocke'?" rief Vikar Stolle erschrocken aus. „Und die wächsernen Ornamente, die Buchstaben! Die werden doch zerdrückt!"

Unwillig schüttelte Degenhart den Kopf, als wollte er sagen: Das ist doch nit die erste Glocke, die der Meister vorbereitet, es ist doch alles wohlerprobt!

Gerhard aber erklärte: „Keine Sorge, Herr Vikar! Die äußere Fläche der ‚falschen Glocke' ist mit Fett getränkt, da klebt der aufgebrachte Lehm nit. Und da, wo der wächserne Schmuck ist, muß die Hand eben ein wenig Vorsicht walten lassen, zudem wird an diesen Stellen feinerer Lehm aufgestrichen. Das Wachs ist hart genug, daß es nit zerdrückt wird, es drückt sich im Gegenteil in den aufgebrachten Lehm ein.

Ist nun die Lehmschicht, der Mantel, aufgetragen, werden im Glockenkern wieder zwei Feuerchen entzündet. Die Hitze brennt den Mantel zu einer festen Schicht, und zugleich schmilzt der wächserne Schmuck der ‚falschen Glocke'. Sein Abdruck innen im Mantel aber bleibt. Ist der Mantel erkaltet, wird er mit einem Hebezeug von der ‚falschen Glocke' gehoben."

„So besteht also die ganze Form aus dem Glockenkern, der ‚falschen Glocke' und dem Mantel", stellte der Vikar noch einmal fest. „Die ‚falsche Glocke' erscheint mir indes nunmehr recht überflüssig, da doch ihr Wachsschmuck zerschmolzen ist. Welche Aufgabe harrt ihrer denn nun noch?"

„Gar keine. Da sie ihre Aufgabe nunmehr erfüllt hat, wird sie weggeräumt, das heißt vorsichtig vom Kern abgeschlagen.

Dann wird der Mantel über den Kern gestülpt. Der also entstandene Hohlraum zwischen beiden ergibt genau die Wandstärke der späteren Glocke und wird mit dem flüssigen Erz ausgegossen. Vor dem Guß wird noch die Form der Krone aufgesetzt. In der Kronenform, ganz oben, aber befindet sich die Gußöffnung. Daneben ragen zwei gebrannte Lehmröhren empor, Windpfeifen genannt, aus denen die Luft entweicht, wenn später das glühende Erz durch die Gußöffnung in die Form fließt. Die Form wird vor dem Guß hier in der Grube völlig mit Lehm zugestampft. Nur die Gußöffnung und die Öffnungen der beiden Windpfeifen bleiben frei. – Das, Ihr Herren, wäre im groben der Gang der Dinge von der Fertigung des Mantels bis zum Beginn des Gusses."

„Welch mühsame Arbeit!" rief der Küchenmeister aus. „Und dabei habt Ihr es nur im groben geschildert! Doch die Krone – sagt, Meister, kann man wohl sehen, wie sie in der Form entsteht? Oder ist ein Geheimnis dabei?"

Lächelnd verneinte Gerhard diese Frage. „Die Zeit der Geheimnistuerei in der Glockengießerkunst ist vorbei", erklärte er. „Einst glaubte man, mit geheimgehaltenen geweihten Zusätzen die Glockenspeise verbessern zu können, um der Glocke einen besonders schönen Klang zu geben und sie haltbarer zu machen. Sogar einige Tropfen menschlichen Blutes fügten manche Meister der Speise bei. Doch Metall läßt sich nit bestechen, Ihr Herren, die Fertigkeit des Geistes und der Hände derer, die die Glocke schaffen, macht es. Das gilt auch für die Formen. Die Krone wird jetzt in meinem Arbeitsraum von zwei meiner Gesellen modelliert. Bitte, folgt mir!"

Er stieg aus der Grube. Die drei Männer folgten ihm auf dem Weg durch das Gießhaus, voran der würdige Vikar Stolle, der von allen am eifrigsten bei der Sache war.

Pieter und Martin saßen sich an der langen Arbeitstafel gegenüber. Links neben jedem stand ein Behälter, gefüllt mit geschmeidigem Wachs, rechts lagen Zeichnungen, welche die Krone im ganzen und auch in Details mit den Einzelheiten des Schmuckes, den Christusköpfen, zeigten. Genau zwischen ihnen aber wuchs unter ihren geschickten Händen ein Gebilde empor, das schon klar die Form der Krone erkennen ließ: sechs Henkel, die von einer Platte hochstrebten, sich nach außen bogen, sich dann aber nach innen einander zuneigten.

Die Gesellen setzten beim Eintreten der Männer die Arbeit fort, verbeugten nur leicht den Oberkörper zum Gruß. Pieter hantierte gerade mit einem Meßstab, um die Höhe und den Durchmesser des Gebildes zu prüfen.

„So wird sie aus Wachs geformt", erklärte Meister Gerhard den Besuchern. „Ist das Modell fertig, wird es in Lehm gepackt. Der also bereitete Klumpen wird gebrannt. Dabei schmilzt das Wachs, fließt heraus. Im Innern des nunmehr harten Klumpens aber ist die Form der Krone abgedrückt, besser, ausgespart. Wie ich schon sagte, wird zum Schluß der Klumpen als Kronenform auf die Glockenform in der Grube aufgesetzt. Seht, Ihr Herren, es ist kein Geheimnis dabei."

Inzwischen hatte der Küchenmeister sich die Zeichnungen angeschaut und sie mit dem unter den Händen der Gesellen entstehenden Gebilde verglichen. „Wahrlich, eine große Kunstfertigkeit ist schon dabei", sagte er, doch mehr für sich.

Die anderen hatten es aber gehört, und die Gesellen lächelten stolz ob der Anerkennung.

Mit herzlichen Worten bedankten sich die Besucher zum Abschied bei Meister Gerhard.

„Sagt, lieber Freund, wann werdet Ihr wohl zum Guß schreiten?" fragte der Küchenmeister, als sie am Tor des Gießhauses angelangt waren.

„Mit Gottes Hilfe wird es wohl in einer Woche sein."

„Gebt Ihr mir Nachricht? Ich möchte dabeisein."

„Das werde ich gerne tun, es werden viele dabeisein. Doch Ihr müßt Euch dann fast eine Nacht um die Ohren schlagen."

Es war die Monatswende vom Juni zum Juli. In üppiger Pracht prangten die Gärten in den weitläufigen Mauern der Stadt, die Felder und Wiesen vor den Mauern. Die Feldfrucht gedieh gut, und die Obstbäume hatten vorzüglich angesetzt. Ein reiches Jahr – für die, denen der Segen zugutekam.

Auf einer Steinbank inmitten schattigen Laubgehölzes am Hang des Petersberges saßen Pieter und Grete. Ein schmaler Waldweg den Berg herauf endete hier.

„Ob er wohl kommen wird?" fragte Grete bang.

„So ihm ernstlich an der Sache liegt", erwiderte der Geselle. „Den ersten Schritt haben wir getan, mehr kann er wohl nit erwarten. Heut hat er ja Zeit, es ist Sonntag."

Sie brauchten nicht lange zu warten. Vor ihnen, noch hinter der Biegung des Waldweges, knackte dürres Gezweig. Gleich darauf trat Just Diener hervor. Zögernd kam er auf sie zu, blieb vor ihnen stehen, sie verlegen anblickend. „Gott zum Gruß!" sagte er leise. Er trug eine zerschlissene Kniebluse, doch sie war sauber und sorgfältig geflickt. Nicht alle Leute konnten sich ein Sonntagsgewand leisten. Das wußten Pieter und Grete gar wohl.

„Gott zum Gruß!" entgegnete Pieter. „Komm, setz dich, hierher, neben mich!"

Sie saßen eine Weile und schauten stumm vor sich hin.

Da begann Just verlegen: „Die Lies war bei uns, richtete alles aus." Weil Pieter schwieg, fuhr er fort: „Ich will alles tun."

„Das ist löblich", sagte Pieter. „Nur es muß ehrlich gemeint sein, so aus dem Herzen heraus, nit der Form wegen."

„Es ist ehrlich. Bei der Heiligen Jungfrau, nit leicht war's, weil – weil ..." Er zögerte, als falle es ihm schwer, den Grund zu sagen.

„Rede weiter!" forderte Pieter. „Ist's Wahrheit, nehme ich dir's nit übel."

„... weil ich dich haßte. Ich hasse dich nit mehr, doch freund bin ich dir auch jetzt noch nit."

„Oh!" rief Grete erschrocken aus. „Wie kannst du so etwas sagen, Just! Du weißt doch, worum es geht."

„Ich weiß es, doch ich kann's nit ändern. So was muß sich erst legen, und das dauert eben seine Zeit."

Pieter legte seine Hand auf Gretes Arm. „Errege dich nit! Er hat gesagt, was er denkt, und das ist ehrlich. – Ich verstehe dich, Just. Ich erwarte auch gar nit, daß du mir freund bist, doch uns in Anstand begegnen, das können wir, nit wahr?"

„Ja, so meine ich's."

„Nun wohl! Siehe, ich habe dich nit gehaßt, obgleich ich Ursache zur Genüge gehabt hätte. Nur eine Quittung für deinen – deinen Streich gab ich dir, und das war wohl mein gutes Recht, nit wahr? Wärest du damals so stark und ehrlich gewesen wie jetzt, hättest du dir und uns manches Leid erspart."

„Ich – ich liebte Grete", sagte Just leise, „und du kamst dazwischen."

„Haben wir daran eine Schuld – Grete und ich?"

Da stieß Just hervor: „Schuld – Schuld! Wer fragt nach Schuld und Nichtschuld, wenn es da drinnen hämmert und würgt, daß einem schier der Brustkasten zerspringt! Und das geht über Jahre und nimmt kein Ende, weil solch verdammte Briefe ... Versteht ihr das? Da – da – na, da geschah es eben!" Ruhiger fuhr er fort: „Ich war schon als Lehrjunge bei Meister Schuppe. So viele Jahre stand die Grete neben mir, werkte mit mir, hatte immer ein gutes Wort für mich, aber nit mehr, aber doch ein gutes Wort und auch mal einen Spaß. Wir wurden groß miteinander, wir – wir – ach, verstehst du das alles, Geselle?" Er wischte sich über die Augen, wandte das Gesicht ab.

„Armer Just", flüsterte Grete. Sie drückte sich an Pieter. „Ist's nit doch ein armer Bursche?"

Pieter nickte ernst. Ja, er verstand ihn, wäre es nur nicht zu der Schurkerei gekommen.

„Was ich dann tat, war nit gut, gar nit, ich weiß es", fuhr Just fort. „Fast jeden Tag in den zwei Jahren lief ich zur Kaufmannspost ins Gildehaus, um nach Briefen für Grete zu fragen. So kamen sie in meine Hände. Aber glaubt nur nit, daß das so einfach war. Eine Quälerei war's, dieses Warten und Aufpassen. Und dumm war die ganze Sache auch. Wegen des Verses, den ich abschrieb, mußte es ja wohl einmal herauskommen, vielleicht auch durch einen anderen Zufall. Na, ich hab's zur Not verdaut." Er wandte den beiden das Gesicht zu. „Ich – ich bitte es euch ab. Es reut mich."

Da reichte ihm Pieter die Hand. Zum erstenmal blickten sie sich frei in die Augen, und jeder wußte vom andern, daß er es ehrlich meinte.

Auch Grete reichte ihm ihre Rechte. „Und nit mehr hassen, Just, gelt?"

„Ich habe es schon gesagt", entgegnete er.

Von irgendwoher im Wald hörten sie Stimmen und Rufe. Sie achteten nicht darauf. Ihre Gedanken hingen der Sache nach, unter die sie soeben einen Strich gezogen.

„Wann fängst du wieder bei Meister Schuppe an?" fragte Pieter.

„In einer Woche, wenn es recht ist. Ich will doch Fischmeister Weyrach nit aufsitzen lassen, wo der so gut zu mir war. Wir bauen gerade Rechen für die Abflüsse."

„Tust recht so! Meister Schuppe sagte ..."

Er unterbrach sich. Sie hörten Keuchen und schnelle Schritte.

Da tauchte vor ihnen ein junger Mensch auf, schweißbedeckt, mit wirrem Haar. Erschrocken verharrte er einen Augenblick im Lauf, als er der drei ansichtig wurde. Dann stürmte er weiter, auf sie zu.

„Helft – helft mir!" keuchte er. „Versteckt mich! – Sie – sie jagen mich. Ich habe – habe keine Schuld – habe mich nur gewehrt."

„Das kann jeder Schelm sagen", meinte Pieter, „und wenn ..."

„Den kenne ich", fiel Just schnell ein. „Los, hinter die Bank! Leg dich unter die Steinplatte!"

„Dann haben wir uns aber gerade gesetzt, und du lagst schon dort – für den Ernstfall", erklärte Pieter. „Wir wissen nit, warum du gejagt wirst. – Errege dich nicht, Grete!"

„Bei der Heiligen Jungfrau, ich habe mich nur gewehrt", tönte es unter der Steinbank hervor. „Und das ist eines jeden Recht."

Just entgegnete gleichmütig: „Es kommt darauf an, gegen wen."

„Still!" gebot Pieter. „Da kommen sie schon."

Aus dem Gebüsch rechter Hand brachen zwei Bewaffnete hervor. Zwei andere kamen auf dem Waldweg daher. Es waren Edelknechte. Die mit einem farbigen Wappen bestickten Wämser zeigten es an.

Gleichmütig blickten die drei auf der Bank den Knechten entgegen.

„Habt ihr nit einen Flüchtling gesehen?“ fragte der Älteste mit rauher Stimme. Er war in Atemnot vom schnellen Laufen.

„Einen Flüchtling?“ fragte Pieter zurück. „Wie sieht denn ein solcher aus?“

Der Knecht bemerkte wohl den Spott. Ärgerlich entgegnete er: „Wie soll er wohl aussehen! Der, den wir suchen, trug ein grobleinenes graues Gewand. Schlank und jung ist er.“

„Ach der!“ warf Just ein. „Hatte er nit auch helles Haar, kurz geschnitten?“

„Ja, ja! So sah er aus! Hast du ihn gesehen?“

„Ei freilich! Drüben, wo der Wald aufhört und Sankt Peters Weingarten anfängt, lag er unter einem Busch. Ich dachte, der Bursche habe geschlafen. Da hat er sich aber wohl vor Euch versteckt. Ach freilich, der hatte sich versteckt, denn als er sich von mir entdeckt sah, lief er auf dem Rasen am Wald entlang, zum Kloster hinauf. Ist vielleicht ein Dienstbote des Klosters.“

„Das werden wir schnell ergründen“, brummte der Knecht.

„Aber wappnet Euch gut. Die Klosterleute führen eine harte Sprache.“

Der Knecht lachte dröhnend. „Keine Sorge! Wir sind schon mit anderen fertig geworden.“

Schnell waren die Bewaffneten im Wald verschwunden.

Just wandte den Kopf ein wenig. „Bleib noch eine Weile!“ flüsterte er.

„Der Mutter sei Dank!“ seufzte Grete. „Fast konnte ich den Knecht nit anblicken.“

Sie unterhielten sich über harmlose Dinge. Dann gebot Pieter: „Nun kriech aus dem Loch, Flüchtling! Bleib aber hübsch hinter uns am Gebüsch sitzen und steh uns Rede und Antwort. Rede leise! Und denk daran, daß dieser Geselle dich kennt!“

Der Flüchtling tat, wie ihm geheißen. „Habt Dank! Ach, hätten die mich erwischt, wäre ich wohl nit wieder aus dem Turm gekommen. – Bist du nit Just, der Fischknecht?“

„Hm! Nit mehr lange. Und du bist doch Korbflechter beim Bohrmann in der Salzgasse? Ich meine, du habest meinem Fischmeister einigemal Weidenreusen geliefert.“

„So ist es! Doch Korbflechter bin ich nur an den Wochentagen. Der Lohn reicht nit zum Leben und nit zum Sterben. Mit dem, was ich bringe, kriegt meine Mutter die Mäuler meiner vier kleinen Geschwister nit voll, und selber kann sie nit arbeiten wegen ihres Steinleidens. Und einen Vater habe ich nit mehr. Drum putze ich an den Sonntagen Lederzeug für die edlen Herren, wenn sie vom Land in die Stadt reiten. Ich flicke auch, nit schlechter als ein Sattler, glaubt es mir. Heut bin ich aber übel angekommen. Da stieg vor der ‚Güldenen Sonne' ein Edler mit seinen Knechten ab. Hätte ich ihn gleich erkannt, ich wäre ihn nit angegangen, bei der Heiligen Jungfrau, ich wäre es nit. Es war der Herr Sigmund von Gleichen, von dem man sagt, er habe die Grenzen seiner Ländereien mit Totenköpfen versteinen lassen."

Just lachte hart auf. „Ha, da bist du aber an den Richtigen gelangt!"

„Das ist doch nit möglich!" stieß Grete hervor. „Das wird ganz gewiß nur geredet. So etwas macht doch kein Christenmensch."

„Christenmensch!" wiederholte Just spöttisch. „Such einen dieser Herren, den man in Wahrheit so heißen könnte!"

Pieter fuhr dazwischen: „Nun laßt aber mal unseren Flüchtling reden! Ich bin begierig, was er angestellt hat. Und bleib fein hinter uns sitzen und rede leise. Es ist möglich, daß die Knechte hierher zurückkommen."

„Was ich angestellt habe? Nichts als daß ich mich vor ihm verbeugte, wie es das Gebot erheischt, und ihm meine Dienste anbot. Das Lederzeug seiner Pferde war dreckig genug. Er aber schrie mich an: ‚Aus dem Weg, Bettelvolk!' Da ich ihn nun erst erkannte, war ich wohl zu erschrocken, um sogleich zur Seite zu gehen. ‚Aus dem Weg, verdammt!' schrie er wieder und trat nach mir. Der erste Tritt traf mich. Beim zweiten – na ja, meine Hände waren eben schneller als meine Gedanken. Ich packte sein Bein und riß es hoch, und er fiel nach hinten, schlug wohl auch ein wenig hart auf. Während ihm seine Knechte auf die Beine halfen, riß ich aus. Ich hörte ihn aber brüllen: ‚Los, ihm nach, ihr Dummköpfe! Bringt ihn, aber lebendig!' Lebendig in seiner Hand – wißt ihr, was das hieße?"

„Hm!" Just grinste. „Bei Herrn Sigmund von Gleichen hieße das: jeden Tag zum geringsten fünfundzwanzig auf den nackten Hintern – bis das Fleisch von den Knochen fällt."

„Da hätte aber wohl die Stadt ein Wörtchen mitzureden, denn es geschah auf ihrem Gebiet", wandte Pieter ein.

Just winkte ab. „Meinst, für einen armseligen Korbflechter macht der ehrenwerte Rat einen Finger krumm? Ja, wenn's ein reicher Bürger wäre! Zudem vermeinen die Gleichen, noch einige Rechte aus ihrer Burggrafenzeit her in der Stadt zu haben. Mußt nur sehen, wie die heruntergekommenen Gräflein protzen, wenn sie in die Stadt kommen! Der Sigmund ist der schlimmste. – Ja, Korbflechter, was stellst du denn nun an?"

„Ich weiß nit. Nach Hause mag ich nit, jetzt noch nit. Wenn der Sigmund die Sache an die Stadtpolizei gibt, sucht die mich. Ich habe nun mal einen Edlen angegriffen."

„Ob dich vor der ‚Güldenen Sonne' jemand erkannt hat?" fragte Just. „Wenn's nit wäre, brauchtest du keine Angst zu haben."

„Wie soll ich's wissen? Es waren viele Gaffer da. Freilich, die haben gelacht, als der Herr Graf im Dreck lag. Aber es könnt' auch einer dabeisein ... Du hast mich ja auch erkannt."

Just dachte einige Zeit nach. Dann sagte er: „Kommst erst mal mit zu mir für ein paar Tage, mein Alter hat gewiß nichts darwider. Wir warten hier, bis es dunkel ist, brauchen ja nit durch ein Tor. Deiner Mutter sage ich heute noch Bescheid."

„Bist ein guter Kerl!" seufzte der Korbflechter. „Aber zu meinem Meister kann ich ganz gewiß nit zurück, da holen sie mich gleich weg."

„Man müßte sich umsehen, ob dich die Stadtpolizei wirklich sucht", sagte Pieter. „Ist's nit, brauchst du dich nit zu fürchten."

Just stimmte zu. „Ich mache das schon, kenne ja die Stadtknechte zur Genüge. Deinem Meister sage ich auch Bescheid. Sollte dich die Stadtpolizei suchen, weiß ich auch Rat."

„Und das wäre?" fragte Pieter.

Der Badeknecht zwinkerte ihm vielsagend zu. „Das will ich mir erst noch einmal genau überlegen. Da – da gibt es nämlich einen Fischmeister, der sicherlich bald einen neuen Knecht braucht. Und der Fischmeister wohnt und schafft auf kurmainzischem Gebiet, wo weder ein Herr Sigmund von Gleichen noch die hiesige Stadtpolizei etwas zu suchen haben."

Pieter schlug ihn auf die Schulter, als seien sie von jeher gute Freunde gewesen. Und Just nickte dabei lachend.

„Mag's nur gut gehen!" seufzte Grete.

Sie verließen das versteckte Plätzchen, Just und der Korbflechter blieben zurück.

Das leichte zweispännige Gefährt kam gerade noch an, ehe das Tor geschlossen wurde. Bald hielt es vor dem Mainzer Hof. Der Fuhrknecht sprang vom Sitz, öffnete diensteifrig die Tür des Wagens. Auf seinem Gesicht lag ein vergnügtes Grinsen. Es war ja auch ein Spaß, zwei solch bedeutende Männer, die sich den ganzen Tag in bester Stimmung befanden, zu fahren. Wie hatten sie gesungen und gelacht, seit sie die mainzischen Weingärten am Spielberg zu Hochheim besichtigt und der Weinmeister ihre trockenen Kehlen immer wieder angefeuchtet hatte!

„He, wo ist denn deine Hand, Michel!" rief es fröhlich aus dem Wagen heraus. „Nun hilf mir doch endlich! Ich b – bin ein wenig ge – geschwächt."

„Hier – hier, Herr Küchenmeister!" Einmal hierhin, einmal dorthin stieß der Fuhrknecht seine Hand in das Dunkel des Wagens. Sie wurde gefaßt, wieder losgelassen, wieder gefaßt, endlich fest umklammert. Vorsichtig zog er sie mit dem schweren Gewicht zurück.

„Oh, ihr Heiligen, wie schwer i – ist es doch, im Di – Dienst eures Mainzer Sohnes zu ste – stehen!" stöhnte Engelmann, während er mit des Fuhrknechts Hilfe mühsam aus dem Wagen kroch. „Da – da drinnen ist no – noch einer."

Michel schmunzelte. „Ich weiß, Herr. Doch der Herr – er scheint zu schlafen."

„Schlafen! Schlafen?" Engelmann reckte sich, schüttelte die Schwäche ab. „He, Meister van Wou, großer Gießer von der Heiligen Jungfrau Gnaden – raus! Hört Ihr? Raus! – Ach, ihn machten dreißig Acker schon müde, wie so – sollte es erst bei den ganzen vierundsiebzig unseres gnädigsten Herrn sein! – He, mein Freund, nun – nun aber ..."

Er fühlte sich von hinten sanft am Arm gezogen, wandte sich um. Da stand der Pförtner Bestell vor ihm.

„Darf ich Euch ins Haus geleiten, Herr?" fragte der Alte sehr bestimmt.

„Ach, mein treuer Wächter!" rief der Küchenmeister aus, den Alten fröhlich auf die Schulter schlagend. „Ins Haus? Freilich! Aber nit – nit ohne meinen Freund da drinnen! Hilf ihm aus dem Loch!"

Doch mit Michels Hilfe war auch Gerhard aus dem Wagen gekrochen. Er blinzelte verlegen um sich. „Aaach!" seufzte er. „Wär's nit so schön gewesen – man müßte sich bis auf den Grund der Seele schämen!"

Nikolaus Engelmann lachte laut heraus. „Kämt nit bis zum Grund durch, mein Freund, da steht zuviel alter Spielberger drüber. Kommt mit herein! Die Käsemagd bereitet uns ein gutes Mahl, und dann schlaft Ihr in Eurer alten Kemenate."

„Danke, danke! Der gute Lasphe würde die Stadtpolizei auf die Beine bringen, käme ich nit zur Nacht ins Haus. Die Luft tut mir ganz gut."

„Luft – Luft! Nichts da! Wart heute genug an der Luft! Dann fährt Euch eben der Michel nach Haus."

So geschah es denn auch.

Auf Gerhards Klopfen hin öffnete Lasphes Wirtschafterin die Haustür. Mit einer kleinen Laterne leuchtete sie ihn an. Verständnisvoll lächelte sie. „Euer Mahl ist bereitet, Meister", sagte sie. „Der Herr wartet oben, er war schon in Sorge."

„In Sorge!" brummte Gerhard. Lauter sagte er: „Danke, Magdalena!"

Der Domherr empfing ihn mit ausgestreckten Armen, als ob es ein Wiedersehen nach langer Abwesenheit zu begehen gälte.

„Den Heiligen sei Dank", seufzte er. „Es sind zwei Stunden über die Zeit, da ich Euch erwartete, lieber Meister. Seit der Abendmesse hatte ich keine Ruhe mehr. – Ich sehe, Ihr seid ein wenig mitgenommen. Mit dem Mahl habe ich gewartet."

„Verzeiht, hochwürdiger Herr", entgegnete Gerhard. „Ungelegenheiten wollte ich Euch nit bereiten. Ich war mit Küchenmeister Engelmann unterwegs, es dauerte ein bissel länger."

Lasphe lächelte. „Ich verstehe. Ist ja auch nit der Rede wert. Nur, es war heute unruhig in der Stadt. Vor der ‚Güldenen Sonne' gab es einen Auflauf, da war ich doch in Sorge um Euch. Setzen wir uns, das Mahl wartet!"

„Einen Auflauf?" fragte Gerhard, während sie aßen. „Was war denn geschehen?"

„Man erzählte mir, ein Bursche habe einen Edlen, Graf Sigmund von Gleichen, angefallen und niedergeschlagen. Dessen Knechte verfolgten den Burschen, erwischten ihn aber wohl nit. Die vielen Gaffer, die es gesehen, zeigten ihre Lust an dem Vorfall, höhnten: Recht so – recht so! Bedenkt, lieber Freund, das einem Edlen! Und wie schwach zeigte sich die Stadtpolizei! Ehe sie erschien, waren die Übeltäter verschwunden. Und keiner von den Zeugen, die man vernahm, kannte sie. Auch den Flüchtigen kannte keiner.

Der Herr Graf aber tobte sich die Seele aus dem Leib. Ach, wo sind doch Sitte und Zucht geblieben, lieber Freund! Wird da einfach ein Edler großen Namens am hellen Tag auf der Straße überfallen und gehöhnt – und keiner der Täter wird gefaßt! Zeiten sind das, Zeiten!" Der Domherr seufzte.

„Und was ging dem Überfall voraus?" fragte Gerhard.

Lasphe schaute ihn verwundert an.

„Mich dünkt, alles muß eine Ursache haben", fuhr Gerhard fort. „Wer wäre wohl so vermessen, einen Edlen am hellen Tag auf belebter Straße ohne Grund zu überfallen? Nit einmal ein Räuber! Ein Irrer vielleicht – oder war's ein Rächer?"

„Ich weiß es nit", bekannte der Domherr. „Freilich, Graf Sigmund ist ein gar harter Herr, auch seinesgleichen sehen ihn nit allzugern. Gar mit dem Erzbischof hat er sich überworfen, will ihn nit als Landesfürsten anerkennen. Das Kriegerische hat er von seinen Ahnen, schon aus der Zeit der Kreuzzüge. Sein Vater kämpfte im Bruderkrieg auf Herzog Wilhelms Seite, und dessen Vater, Ernst der Neunte, führte das wettinische Heer gegen die Hussiten, bei Außig fiel er.

Dessen Vater aber ..."

„Vielleicht war es doch ein Rächer", unterbrach Gerhard.

Sein Kopf schmerzte, er hatte nicht Lust, sich die Historie der Grafen von Gleichen anzuhören. „Und da müßte man gar wohl abwägen, was die Ursache war."

„Gewiß – gewiß", stimmte Lasphe zu. „Doch bedenkt: am hellen Tag, auf belebter Straße! Und ein einfacher Bursche soll es gewesen sein, aus dem gemeinen Volk. Was könnte ein solcher schon an einem Edlen rächen!"

Gerhard wandte ihm langsam das Gesicht zu. „Ja, was könnte das gemeine Volk wohl an Edlen rächen, hochwürdiger Herr? Vielleicht Unrecht, Gewalt? Gutes und Wohltun rächt man doch nicht."

„Ihr sprecht vom Volk, Meister", entgegnete Lasphe lächelnd, „es war ein einzelner."

„Und so viele riefen: Recht so – recht so! Und die, die dabei waren, ließen sie entkommen, deckten sie. Mich dünkt, das spräche deutlich."

Lasphe seufzte. „Ach ja!" Dabei beließ er es. Es war schwer, mit dem klugen, hartnäckigen Glockengießer über derlei Sachen zu reden.

Als Gerhard das Zimmer verließ, trat ihm Magdalena mit einem Leuchter entgegen, ihn durch den dunklen Gang zu seinen Räumen zu führen. Sie ging voran, entzündete, während er draußen wartete, in seinem Wohnraum einige Kerzen.

Ehe sie hinter ihm die Tür schloß, sagte sie leise – „Es war am Nachmittag ein junges Weib da, begehrte Euch zu sprechen, Meister. Ich sagte, sie möchte es an einem anderen Tag versuchen." Sie senkte den Blick, fuhr verlegen fort: „Doch, ich bitte Euch, nit hier im Haus. Der würdige Herr sieht es gewiß nit gern."

„Ein Weib?" fragte Gerhard erstaunt. „Ihr Name?"

„Sie sagte ihn nit, war ein wenig erregt."

„Wie sah sie aus?"

„Nit groß, zierlich, hatte dunkle Augen, dunkles Haar."

Gerhard trat betroffen einen Schritt zurück. „Danke", sagte er leise. Als sie die Tür geschlossen hatte, setzte er sich auf den nächststehenden Stuhl. „Heilige Mutter!" seufzte er. „Das war Elisabeth!" Sie wollte zu ihm. Was mußte da geschehen sein!

Es war gut, daß die Gesellen von des Meisters Ausflug mit dem Küchenmeister wußten. So glaubten sie, sein gedrücktes Wesen sei eine Folge der Genüsse, die der Beamte ihm gestern geboten. Sie verstanden das, warfen sich nur vielsagende Blicke zu. Nur der freche Claus gab eine Spitze von sich, indem er halblaut zu Pieter sagte: „Selig macht der Wein, schwelig hinterdrein!" Doch der Meister hatte es zum Glück nicht gehört.

Verbissen, stumm schaffte Gerhard im Gießhaus. Kurz waren seine Anweisungen. Er ging mit finsterem Gesicht einher, gar oft den Blick zu den Toröffnungen gewandt, als erwarte er unliebsamen Besuch. Nur Pieter beobachtete es, und mehr und mehr kam er zu der Meinung, daß es nicht der Wein allein war, was den Meister so bedrückte. Wie kein anderer kannte er ihn. Da mußte noch etwas Schlimmes sein.

An den Ketten eines mittelschweren Hebezeugs hing der gebrannte Mantel neben dem Glockenkern, so hoch, daß man gebückt darunter hinweggehen konnte. Die letzte Arbeit im Mantel verrichtete der Meister selbst. Er kroch darunter, den innen eingeprägten Schmuck auf dessen Sauberkeit hin zu überprüfen, auszubessem, wo es notwendig war. Dabei mußte er sich auf einen Holzklotz stellen. Es war eine peinliche, langwierige Arbeit, denn jede

Unzulänglichkeit würde sich später am gegossenen Stück, an der Glocke, wiedergeben.

In der oberen Öffnung des Mantels, da, wo später die Form der Krone ihren Platz bekommen würde, hing eine Laterne. Conrad beleuchtete mit zwei Laternen des Meisters Arbeitsplatz von unten her. Nach einer Stunde löste Claus ihn ab, diesen dann Martin. Um die Mittagszeit hatte der Meister die Arbeit geschafft.

„Es hat sich alles gut eingedrückt", sagte er, sich den Schweiß von der Stirn wischend. Er lächelte ein wenig. Das peinlich genaue Arbeiten am Glockenmantel hatte ihn ruhiger werden lassen. „Am Nachmittag bringen wir ihn auf den Kern."

Sie wuschen sich in großen Wasserkübeln, um sich für die Mittagszeit fertigzumachen.

Als Gerhard das Tor schloß, trat ihm eine ältere, einfach gekleidete Frau entgegen. „Seid Ihr Meister van Wou?" fragte sie.

„Der bin ich."

„Ich habe Euch dieses abzugeben." Sie zog aus dem faltenreichen Rock einen kleinen Brief und reichte ihn Gerhard mit einer kurzen Bewegung. Noch ehe er eine Frage stellen konnte, war sie gegangen.

Er konnte seine Erregung nicht verbergen. „Geht schon!" gebot er den Gesellen. Als er allein war, öffnete er den Brief. Er war mit einem rohen Siegel verschlossen. Nur zwei Zeilen standen darin, sie waren ohne Anrede und ohne Unterschrift: „Kommt bitte heute abend in der neunten Stunde zum Andreastor, es ist dringlich. Verbrennt den Brief sofort."

Die Schrift war ihm fremd, doch sie schien verstellt. Trotzdem glaubte er zu wissen, daß ihn Elisabeth Bonhard rief. Und das verhieß nichts Gutes, wie hätte sonst die Frau gewagt, den Brief zu senden.

Als die Gesellen nach der Mittagszeit zurückkamen, fanden sie das vordere Tor des Gießhauses schon geöffnet. Den Meister sahen sie nicht.

„Ob ihm etwas geschehen ist?" fragte Martin bang.

Claus spottete: „Schlimm ist's, wenn der Geist des Weines zum Ungeist wird. Wir werden unseren Meister zu Zucht und Sitte mahnen müssen."

Von Pieters starkem Arm gestoßen, torkelte der Spötter zum Rand der Gießgrube hin. An der starken Stütze des Hebezeugs fand er gerade noch einen Halt. „Hast's nötig, du Unflat!" zischte der Hauptgeselle. „Bleibt hier, ich gehe zu ihm. Er sitzt gewiß in seinem Arbeitsraum."

Als Pieter den Raum betrat, sah er wirklich den Meister an der langen Tafel sitzen. Den Kopf in die Linke gestützt, starrte er nachdenklich auf die Tischplatte. Die Rechte spielte mit einem Meßstab.

Der Geselle schloß leise die Tür hinter sich, trat heran. „Seid Ihr krank, Meister?“ fragte er.

Gerhard hob den Kopf ein wenig, wandte das Gesicht dem Gesellen halb zu. „Schlimmer, Pieter, viel schlimmer!“ entgegnete er seufzend.

„Schlimmer? – Kann ich Euch helfen?“

„Nein, das kannst du nit. Diese Suppe muß ich allein auslöffeln. Setz dich doch! Ich muß dich etwas fragen.“

In banger Erwartung tat Pieter, wie ihm geheißen.

Noch immer mied der Meister des Gesellen Blick. Und er fuhr fort: „Bewahre Ruhe und behalte alles für dich! – Es könnte sein, daß ich – daß ich das Werk nit vollende, daß ich vielleicht nit mehr, nun, sagen wir: nit mehr würdig wäre, es zu vollenden.“

„Meister!“ Pieter war erschrocken aufgefahren.

„Ich sage noch einmal: bewahre Ruhe! Es muß nit sein, doch es könnte sich ergeben. Ich sage dir schon einmal, warum. Es ist eine Sache der Ehre. Es könnte sein, daß ich euch verlassen muß, ehe wir den Guß vorgenommen. – Laß mich doch ausreden! – Hättest du die Kraft, das Werk mit den Gesellen allein zu schaffen?“

Pieter starrte den Meister an, als habe er ihn nicht recht verstanden. „Euer größtes Werk – und Ihr wollt es verlassen?“ flüsterte er fassungslos. „Das ist doch – das ist doch nit Euer Ernst!“

„Ein Werk, das in Unehre geboren, ist nit groß“, entgegnete der Meister hart. „Es sei denn, der Schuldige lasse zur rechten Zeit seine Hände davon. – Gib mir Antwort auf meine Frage!“

„Ich – ich – wir würden alles tun, es gut zu schaffen. Aber, lieber Meister, das kann doch nit.“

„Ohne fremde Meister zu bitten?“

Pieter nickte, doch gleich schüttelte er den Kopf. „Aber das ...“

„Dann darfst du nit vergessen, meinen Namen im Mantel zu verstreichen. Wir bringen den Mantel erst in zwei Tagen auf den Kern. Bis dahin habe ich wohl Gewißheit, bis dahin bin ich – krank.“

„Meister!“ hauchte Pieter.

Das Andreastor lag im Nordosten der Stadt. Hier führte die von Mühlhausen kommende Straße herein. Weit hinausgerückt war die äußere Mauer mit dem neuen Tor. Das innere Tor lag in der Flucht des älteren Befestigungsringes am Fuße des Berges Sankt Peter. Linker Hand begannen die Weingärten anzusteigen. Ein breiter Streifen niedrigen Laubgehölzes schloß sie gegen die Stadt hin ab.

Als Gerhard sich dem inneren Tor näherte, gewahrte er unweit des Wachhauses jene Frau, die ihm den Brief brachte. Es war gewiß Bonhards Hausmagd. Er näherte sich ihr. Als sie ihn erkannte, nickte sie und wies mit der Rechten stumm nach dem dichten Laubgehölz. Dann verschwand sie ohne Gruß in der Gasse, die sich rechter Hand an der Mauer entlangzog.

Er näherte sich dem Gehölz, ging ein Stück an dessen äußerer Grenze entlang. Da wurde er plötzlich am Arm berührt.

In eine Lücke des Buschwerks gedrückt, stand Elisabeth Bonhard vor ihm.

„Kommt herein!" stieß sie hervor. „Hier ist eine Bank."

Wie sie aussah! Ihr schmales Gesicht war bleich, die dunklen Augen schauten ihn unnatürlich groß und wässerig an.

„Frau Elisabeth! – Was ist denn geschehen?"

Sie riß ihn mit auf die Bank nieder. „Er hat mein Buch." Ihre Stimme war heiser, fast erstickten die Worte in ihrer Kehle. „Ist er noch nit bei Euch gewesen?"

„Was ist denn das für ein Buch?"

„Mein Tagebuch. Ich habe alles darin verzeichnet: Euren Besuch, zu dem ich Euch bat, meine – meine Gefühle, meine Worte, Eure Worte."

Sie schlug die Hände vor das Gesicht, stöhnte.

Da war es, das Schlimmste! Ach, er hatte es geahnt. In seiner Brust zog es sich zu einer schmerzhaften Schwere zusammen.

„Das ist – das ist nit gut, wahrlich nit!"

„Und er war noch nit bei Euch?" fragte sie hastig.

„Nein. Mir berichtete gestern Lasphes Wirtschafterin von Eurem Besuch, und heute, gegen Mittag, brachte mir eine Frau – wohl Eure Magd – den Brief. Das ist alles."

Sie blickte erschrocken auf. „Gegen Mittag? Ich schickte sie doch schon am Morgen."

„Er kam aber noch zur rechten Zeit."

Sie weinte still vor sich hin. Nach geraumer Zeit sagte sie tonlos: „Nun hat er Euch in der Hand. – Gott, was habe ich getan!"

„Ihr? Ich, Frau Elisabeth, ich! Ich habe schlecht an Euch gehandelt, schlecht an ihm. Die Folgen muß ich tragen, und wenn ich ..."

„Ach, er ist furchtbar in seinem Zorn!" unterbrach sie ihn heftig. „Ihr kennt ihn ja noch nit. – Flieht, Meister Gerhard, flieht, ehe Ihr seinen Zorn spürt! Er vergreift sich an Euch, macht Euch unmöglich in der Stadt."

„Aber Frau Elisabeth! Für das, was ich tat, muß ich ihm doch stehen. Soll ich über meine üble Herausforderung an ihn hinaus auch noch zum Lumpen werden? Ich werde zu ihm gehen, heute noch."

Sie nahm die Hände vom Gesicht. „Das dürft Ihr nit wagen, es hätte auch keinen Sinn. Gestern zu Mittag hat er das Haus verlassen, und ich weiß nit, wo er sich befindet."

„So warte ich, bis er zurück ist. Das bin ich zuerst Euch schuldig."

Traurig schüttelte sie den Kopf. „Es geht nit um mich, Meister Gerhard. Seht, ich habe mich bei ihm an Leid und Schmerz gewöhnt. Mein Weg mit ihm war ein Dornenweg vom ersten Tag an. Des Geschäftes wegen gaben meine Eltern mich ihm zur Frau. Das Leben mit ihm ist so kalt geblieben wie ein Geschäft bis zum heutigen Tag. Er ist leidend, als Folge eines Unfalls in jungen Jahren, nie werden wir Kinder haben. Das erfuhr ich erst, als wir in die Ehe getreten waren. Dieses Leiden macht ihm wohl Kummer, ich kann es verstehen. Doch sein Jähzorn, seine Herrschsucht, seine Eifersucht, die daraus kamen – mußte er sie in solchem Maße an mir auslassen? Was kann ich für sein Leiden? Nie durfte ich ihn auf seinen Reisen begleiten, nie ließ er mich allein ausgehen, so er mich nit schickte, nie ließ er im Hause eine Gesellschaft zu, in der sich ein jüngerer Mann befunden hätte. Er sparte nit an mir, gab mir alles, dessen ich bedurfte, doch er setzte mich in einen goldenen Käfig. Verstieß ich einmal gegen sein Gebot, schrie er mich an. Mein Aufbegehren erstickte er schon nach den ersten Worten – nie gab er mir Gelegenheit, mich mit ihm auszusprechen. Und ich glaubte am Anfang, ihn einmal lieben zu können, so er nur sein hartes Wesen ändere. Nichts – nichts! Ach, es ist ein böses Leben, das ich nun seit fast zehn Jahren führen muß! Ja, und dann kamt Ihr! Mir war, als sei ein Hauch neuen Lebens in meinen Käfig gekommen. Ich kämpfte dagegen an mit Macht, doch vergeblich. Das, was mich dabei hätte stützen, bewahren müssen – es war nit da, es war zertreten, von ihm zertreten. Verurteilt mich, daß ich es offen bekenne, doch es ändert nichts, denn es ist lautere Wahrheit.

Und nun kommt das Ende! Für mich kann es nit viel bitterer sein als mein Leben. Vielleicht schlägt er mich noch, was er bisher nit getan, wirft mich dann vielleicht aus dem Haus. Ich wüßte mir aber Rat, auch als Verdammte. Doch um Euch geht es, Gerhard van Wou, um Euren guten Namen, Euer Werk. Wenn Ihr zur rechten Zeit flieht ..."

„Wird mein Name verdammt sein, mein Werk zerstört", unterbrach er eindringlich, „und Euer Unglück würde auf mir lasten bis an das Ende meiner Tage. Nein, Frau Elisabeth, so kann es nit sein! – Ach, Ihr habt mir ein bitteres Leben enthüllt, und ich kann Euch wohl verstehen. Doch soll es wirklich ein solches Ende geben? Michael Bonhard ist doch trotz seiner Fehler kein schlechter Mensch. Seht, er hob in seinem ersten Zorn nit die Hände gegen Euch, auch nit gegen mich, er verließ nur das Haus. Freilich, wir wissen nit, was er vorhat. Doch es ist – so meine ich – ein gutes Zeichen, daß er sich erst Zeit zur Überlegung nimmt. Suchen wir ihn zu verstehen! Ist sein Zorn in diesem einen Fall nit berechtigt? Die letzte Ursache gab ich. Darum werde ich zu ihm gehen."

Sie seufzte. „Es wird schlimm werden, glaubt es mir. Und wie wollt Ihr ihn finden?"

„Vielleicht kommt er morgen zurück oder übermorgen. Ich werde an seinem Haus anklopfen – wieder und wieder. Ist Bonhard nit da, schickt Eure Magd an die Tür. Wir – wir dürfen uns nit wiedersehen, Frau Elisabeth, oder doch nit eher, als bis wir mit Michael Bonhard ins reine gekommen."

Müde erhob sie sich. „Es muß wohl so sein. – Lebt wohl, Gerhard van Wou! Möge Euch Eure Stärke nit reuen!"

Auch er erhob sich, verbeugte sich stumm. Lange schaute er zu jener Stelle im Buschwerk hin, wo sie seinem Blick entschwunden war.

Für die Gesellen und alle, die nach ihm fragten, war Gerhard van Wou am nächsten Tag krank. Er hatte Lasphes Wirtschafterin gebeten, jeglichen Besuch abzuweisen, es sei denn, der Zunftmeister Michael Bonhard spräche vor oder es käme ein Bote aus seinem Haus. Am Vormittag klopfte er zweimal bei Bonhard an, am Nachmittag dreimal. Stets öffnete die Hausmagd die Tür, und stets erklärte sie mit finsterem Gesicht, der Meister sei nicht zu Hause. Wie schwer waren diese vergeblichen Gänge, wie zermürbten sie! Müde warf er sich am späten Nachmittag auf sein Lager, nachdem er sich durch Magdalena bei dem hochwürdigen Herrn für den Abend entschuldigt hatte. Lasphe war abwesend, er würde ohnehin erst spät zurückkehren. An diesem Abend wollte es der Meister noch einmal bei Michael Bonhard versuchen.

Und im Gießhaus warteten morgen seine Gesellen, wartete sein Werk! Morgen mußte der Mantel auf den Kern gebracht werden, sollte am Freitag der Guß vor sich gehen, wie er es den Domherren versprochen und manchem anderen angezeigt hatte. Und er lag hier – krank! Krank – ha! „Heilige Mutter, vergib mir!“ stöhnte er. „Hilf mir – nur einmal noch!“

Fast erschrak er vor den eigenen Worten. Waren sie nicht vermessen? Als er die Augen aufschlug, war es dämmrig. Rasch erhob er sich, heute zum letztenmal den schweren Gang zu Michael Bonhards Haus anzutreten. Er ordnete seine Kleidung, sein Haar.

Da hörte er draußen Schritte, es wurde an die Tür des Wohngemachs geklopft. Magdalena brachte wohl das Nachtmahl, und er hatte ihr doch gesagt, heute wünsche er es nicht. Es klopfte wieder. „Ja?“ rief er.

Es war Magdalena. Sie trug aber nur einen großen Leuchter.

„Meister Bonhard begehrt Euch zu sprechen“, sagte sie freundlich. Ohne Zögern trat sie ein, stellte den Leuchter auf den Tisch. Dann verließ sie das Zimmer. An ihrer Stelle stand Michael Bonhard in der Tür.

Es legte sich wie eine Klammer um Gerhards Brust. Er fand nicht als erster das Wort.

„Erlaubt Ihr?“ fragte der Besucher, nachdem sie sich eine Weile stumm angeschaut hatten. Ohne ein Wort abzuwarten, trat er an den Tisch, setzte sich daran nieder. Mit beinahe freundlichem Spott fuhr er fort, auf den Stuhl am anderen Ende des Tisches zeigend: „Wollt Ihr nit auch, Meister van Wou? Im Sitzen läßt sich's besser reden. Und Ihr wolltet doch etwas mit mir bereden, nit wahr?“

Gerhard nickte verwirrt. Das war doch gar nicht der Beleidigte, Zornige, wild Aufbegehrende, den er erwartet hatte! Kein lautes Wort, keine harte Geste, nicht einmal ein finsteres Gesicht! Heilige Mutter, das war doch gar nicht der Michael Bonhard, den er kannte und – fürchtete!

„Ich warte auf Euer Wort“, hörte er den Mann in seinen wirren Gedankengang hinein sagen. Doch es klang nicht drohend, war nur eine gleichmütige Mahnung.

Er seufzte hart auf. „Ich – ich suchte Euch den ganzen Tag, Meister“, sagte er endlich, „wollte eben wieder zu Euch. Was ich tat, es war – es war unehrenhaft. Darum bitte ich Euch um Verzeihung. Ich bitte auch für Euer Weib. Ihr Verhalten – es war meine Schuld."

„Hm!" machte Bonhard. Sein Blick ruhte lange Zeit auf Gerhard, und der hielt ihm stand mit der Kraft des Mannes, der es ehrlich meint. „Das war ein klares Wort, Meister Gerhard van Wou", sagte er endlich. „Erlaubt, daß ich ein gleiches Wort rede. Am Abend des Sonntags hatte ich vor, Euch den Schädel einzuschlagen."

„Das – das wäre freilich greulich gewesen. Und jetzt?"

„Jetzt? Jetzt wäre ich beinahe versucht, Euch zu danken."

Fast riß es Gerhard hoch. Er schaute sein Gegenüber fassungslos an. „Ich – ich verstehe Euch nit."

„Das werdet Ihr bald." Er lehnte sich auf dem Stuhl müde zurück. „Die letzten Tage haben mir mehr an guter Erkenntnis gebracht als die zehn Jahre meiner Ehe. Ihr müßt wissen: Ich habe das Tagebuch meiner Frau gelesen, habe heimlich ihr Gespräch mit Euch gestern abend am Andreastor belauscht – das konnte ich, weil ich die Magd mit dem Brieflein an Euch abfing –, habe das Tagebuch noch einmal gelesen. Das war auch unehrenhaft, nit wahr?" Er wartete nicht auf Antwort, fuhr sogleich fort: „Aber ich hielt es für Notwehr. Das Tagebuch war indes ein gar feiner Spiegel, den mein Weib mir ohne ihr Zutun vorhielt. Und ich mußte hineinschauen, ob ich wollte oder nit, hatte ich ihn mir doch selbst angeeignet. Und dann ihr Bekenntnis vor Euch – Heilige Mutter! Ich stand im Gebüsch hinter Euch, hörte Wort für Wort. Erst wuchs mein Zorn in einem Maße, daß ich Euch beide auf der Stelle hätte erwürgen mögen. Vielleicht war es auch die Scham. Zum Glück war mir noch so viel Besonnenheit, Eure Worte abzuwarten. Sie hinderten mich an der schrecklichen Tat, denn sie bezeugten eine gute Haltung. In der Tat, Gerhard van Wou, ich mußte Eure Kraft bewundern. Ich erkannte: Ihr wart nit ein Geliebter meines Weibes, und Euer Sinnen ging auch nit danach. Ihr fandet gar für mich ein gutes Wort. Ich mußte aber auch erkennen, daß die Schuld im Ursprung auf meiner Seite liegt. Ach, es begann mich wirklich die Scham zu drücken. Ja, ich habe Elisabeth gequält, unwürdig behandelt – in meiner Eifersucht sah ich es nit. Ihr müßt wissen, ich liebe sie über alles, und ich konnte, kann ihr doch nit geben, was der rechten Ehe Vollendung ist, ein Unfall in meiner Gesellenzeit – ach, sie sagte es Euch schon! So kam aber, was wohl einmal kommen mußte. Daß Ihr es wart, der bei meinem Weib den Anstoß gab, ohne es zu wissen ..."

Er vollendete den Satz nicht, seufzte, starrte lange Zeit vor sich hin.

Gerhard störte ihn nicht. Die Wandlung der Dinge, das Bekenntnis dieses starken Mannes hatten ihn zutiefst ergriffen.

Michael Bonhard fuhr fort: „Ich habe mich zwei Tage lang verkrochen, habe das Tagebuch wieder und wieder gelesen, habe in Ruhe nachgedacht. Das Ergebnis war mein Weg zu Elisabeth heute am späten Nachmittag, zu Euch in dieser Stunde. Ich bat sie, zu vergessen, neu mit mir zu beginnen, so sie noch die Kraft dazu habe. Euch bitte ich auch, zu vergessen – und uns ein guter Freund zu sein."

Er erhob sich, schritt um den Tisch, hielt Gerhard die Rechte entgegen.

Und der nahm sie, drückte sie fest mit beiden Händen.

Die Gesellen hatten den Meister selten so freudig und wohlgelaunt bei der Arbeit gesehen wie heute.

Als sie am Morgen ins Gießhaus kamen, fanden sie ihn schon eifrig beim Werken. Er räumte vor den Schmelzöfen auf. Dabei pfiff er das Liedchen vom Gänse-Meisje. Staunend blieben sie am Rande der Gießgrube stehen, schauten sich mit hellen Augen an.

Pieter faßte sich als erster, eilte zu Gerhard. „Ich – wir sind ja so froh, Meister", sagte er in überschwenglicher Freude.

Sie schüttelten sich herzlich die Hände.

„Heran, Gesellen!" rief Gerhard fröhlich. „Die Arbeit wartet. Heute bringen wir den Mantel auf, schütten die Grube zu, stampfen die Form ein, machen hier reine Bahn. Morgen holen wir das Hebezeug aus Valentin Groß' Werkstatt, bringen das Erz und das Brennholz heran, wärmen die Öfen an.

Und übermorgen, Gesellen, ist unser größter Tag – mit des Allmächtigen Hilfe!"

Martin bekreuzigte sich. „Heilige Mutter", flüsterte er erregt, „er hat sie wieder, die alte Kraft. Bewahre sie ihm bis an das Ende seines Lebens!"

Ja, er hatte sie, die alte Kraft, es war eine Lust, mit ihm zu schaffen. Am Vorabend des großen Tages war das Werk getan, wie sie es sich vorgenommen hatten.

Dieser große Tag war der 7. Juli anno 1497. Sie begannen ihn mit dem Besuch der Messe im Dom. Jeder von ihnen hatte ein kleines Stück Erz mitgebracht, das er während des Gottesdienstes in einer Hand verborgen hielt. Das war alter Brauch bei ihnen. Diese Erzstückchen wurden dann stets als erste in den Gießofen geworfen.

Nach der Messe begaben sie sich sogleich in das Gießhaus, tauschten in des Meisters Arbeitsraum die Sonntagskleidung mit dem Arbeitsgewand. Als sie den Raum verließen, wurden sie schon von dem Domkastellan und einigen Dienern erwartet. Diese harrten der Anweisung des Meisters, wie sie den Tisch, auf dem während des feierlichen Vorgangs das heilige Sakrament seinen Platz haben sollte, am besten zu stellen hätten.

Zwei Gruppen arbeiteten in den nächsten Stunden mit froher Eilfertigkeit im Gießhaus. Unter Meister Gerhards Leitung begannen die Gesellen die erzene Glockenspeise in die Schmelzöfen einzubringen und schichteten die Scheite des Brennholzes handgerecht in der Nähe der Öfen auf. Jenseits der einstigen, nun mit Lehm bis oben hin gefüllten Gießgrube schmückten indessen unter des Kastellans Leitung die Domdiener den Tisch mit Blumen und Kerzen, brachten an der Wand weitere Kerzen und auch Girlanden an und stellten Fahnen auf.

Immer und immer wieder kam Offizial Degenhart, um nach dem Rechten zu sehen. Auch zu Gerhard begab er sich. „Wie steht es bei Euch, Meister?“ fragte er aufgeregt. „Schafft Ihr es zur rechten Zeit?“

„Ich befürchte nit das geringste. Schlag eins werden die Öfen angeheizt, gegen zehn Uhr am Abend ist die Glockenspeise fertig. Dann kann der feierliche Vorgang beginnen. Verbringt den Tag getrost in Ruhe.“

„Ach, die hochwürdigen Herren!“ seufzte der Offizial. „Seit sie erfuhren, daß Ihr einige Tage krank darniederlagt, lassen sie andauernd durch Boten fragen, ob wohl alles zur rechten Zeit geschehe.“

„Lasset den hochwürdigen Herren sagen, auch sie könnten den Tag in Ruhe verbringen“, entgegnete Gerhard kurz.

„Dank, lieber Meister. Ich habe denen, die fragen ließen, auch in diesem Sinne schon berichtet. Doch versteht, ich wollte mir noch einmal Gewißheit holen.“ Er schaute suchend um sich. Sein Blick blieb auf einem Gegenstand, der aus dem Lehm in der einstigen Gießgrube ragte, haften. „Es sieht alles so ganz anders aus, seit die Grube geschlossen. Das dort ist wohl der – wie nanntet Ihr es doch?“

„Es ist das gebrannte Lehmstück mit den Windpfeifen. Wenn das Erz in die Form fließt, entweicht daraus die Luft.“

„Ach ja, die Windpfeifen! – Wie freue ich mich auf diesen Augenblick!"

Gerhard nickte ihm freundlich zu. Dabei wünschte er dem Offizial im stillen einen mit Arbeit reich gesegneten Tag, auf daß ihn nicht mehr allzusehr die Lust plage, hier nach dem Rechten zu schauen.

Es war gegen ein Uhr, als der Meister befahl, die Öfen, die schon angewärmt waren, anzuheizen. Kaum loderten die Flammen empor, flog Scheit um Scheit des fichtenen Holzes in die Schürlöcher, die an den Seiten der Öfen schachtartig eingebaut waren. Es bedurfte einer großen, gleichmäßig zu haltenden Hitze, um das Erz zum Schmelzen zu bringen; in neun Stunden mußte alles, auch das, was in regelmäßigen Abständen noch nachgelegt wurde, gar und ausgesotten sein.

Sie nahmen heute in des Meisters Arbeitsraum das Mittagsmahl ein. Das Gießhaus zu verlassen, versagten sie sich, denn die Öfen verlangten stetig neue Nahrung, das schmelzende Erz mußte ständig beaufsichtigt werden. Der Meister ließ, nachdem der Kastellan mit den Domdienern das Ausschmücken beendet hatte, beide Tore schließen, um Neugierige fernzuhalten. Das geboten die Sicherheit und der ungestörte Fortgang der Arbeit. Die Fenster- und Abzugsöffnungen ließen genug Licht ein.

Am Nachmittag, als das Hin und Her vor den Öfen zur Ruhe gekommen, zogen sie die beiden kleinen Gräben, in denen dann das flüssige Erz von den Ausflußlöchern am Fuße der Öfen zur Gußöffnung der im Lehm verborgenen Glockenform fließen würde. Sie legten die Gräben mit Tonsteinen aus, denn das Erz mußte vor Verunreinigung geschützt, sein ungehindertes Ablaufen gesichert werden.

Stunde um Stunde verrann in frohem, aber stillem Schaffen. Die Zeit kam, da Meister Gerhard länger vor den Öfen verweilte. Die Augen zusammengekniffen, blickte er immer wieder durch die Einbringöffnungen, die Beschaffenheit der flüssigen, leicht brodelnden Glockenspeise zu prüfen. Ihm haftete der Ruf an, ein „Gießer mit dem guten Blick" zu sein, ohne eine Probe die Güte des Metalls zu erkennen. Hier verließ er sich jedoch nicht allein auf den guten Blick, hier probte er nach alter Weise. Er tauchte das Ende eines langen Eisenstabes in die Speise, was daran haften blieb, ließ ihn ihre Beschaffenheit zur Genüge erkennen. Ein sauberes Metall war es, das sah er schon vor der Probe. Es lag nicht an dessen Güte, daß

Meister Claus von Mühhlausen mit der Glocke damals Mißgeschick hatte. Immer wieder nickte Gerhard seinen Gesellen zufrieden zu.

Von ihnen kaum bemerkt, war der Abend gekommen. In der neunten Stunde nahmen sie im Gießhaus das Nachtmahl ein. Dann schoben sie die Fensteröffnungen zu, entzündeten die Laternen, die in kurzen Abständen an Drähten von der Decke hingen, und die Kerzen drüben an der Wand, an der die Sitzgelegenheiten für die Gäste standen. Schließlich öffneten sie das vordere Tor, allen jenen Einlaß zu gewähren, die geladen waren, an dem feierlichen Vorgang teilzuhaben. Und es waren derer gar viele, geladen vom Offizial des Domkapitels und geladen von Meister Gerhard van Wou.

Als erster stellte sich Offizial Degenhart selbst ein. Dann kamen die Meister, die das Gießhaus und die Öfen erbauten, Matthias Sprenger mit seinen Gesellen, die den Klöppel schmiedeten, Küchenmeister Engelmann, zahlreiche Kleriker von den Stiftern Sankt Marien und Sankt Severi, Abgesandte anderer Stifter und aller Klöster in Erfurt, Vikar Conrad Stolle, Brückenzöllner Hans Pfeffer mit Maria, seiner Magd, Bader Ulrich Schuppe mit seiner Tochter und – ziemlich zuletzt – Zunftmeister Michael Bonhard mit seinem Weib. Und sie alle wurden von Offizial Degenhart und Gerhard van Wou mit einem Händedruck begrüßt. Als der Meister Elisabeth Bonhard die Hand reichte, verbeugte er sich tief. Selbst im ungewissen Licht der Kerzen und Laternen hatte er bemerkt, daß sie errötete. Doch auf ihrem Gesicht lag ein frohes Lächeln.

Auf Bänken und Schemeln, die zu beiden Seiten des geschmückten Tisches aufgestellt waren, ließen sich die Gäste nieder. Indessen versammelte sich vor dem Tor eine Menge Neugieriger. Der Offizial gebot dem Kastellan, dafür zu sorgen, daß für den Einzug der Domherren eine Gasse bleibe. Ein Domdiener zündete die Kerzen auf dem Tisch an.

Die zehnte Stunde vollendete sich.

Aller Blicke waren auf die beiden großen Schmelzöfen gerichtet, in die noch die flüssige Glut der Glockenspeise gebannt war. Sie sahen dort die Gießer werken. Kaum ein Wort hörten sie; die wenigen Zeichen, die der Meister mit der Hand gab, genügten den Gesellen. Zwei warfen Holz in die Schürlöcher, zwei zogen die steinernen Platten von den Einbringöffnungen. Der Meister blickte in die brodelnde Glut, gab ein Zeichen. Die Gesellen ergriffen eiserne Stangen mit gewaltigen Haken, tauchten sie leicht in das Erz, um die Schlacke, die auf der Oberfläche schwamm, vorsichtig abzuziehen. Wie die Männer an den Schürlöchern duckten sie sich vor der gewaltigen Hitze, die ihnen entgegenschlug. Mit der Hitze schoß ein blendendes Leuchten in den Raum. Es war, als wirkten dort hinter den steinernen Mauern geheimnisvolle Kräfte, von des Meisters und seiner Gesellen starken Händen in Zucht und Grenzen gehalten. Und auch jene, die es nicht wußten, ahnten, welch ein gewaltiges Werk hier vollendet wurde.

Da erklang ein Glöckchen. Leuchtende Punkte näherten sich draußen dem Tor. Es waren Windlichter, die den Domherren vorangetragen wurden. Gemessen schritten sie einher, vierzehn Domherren und am Schluß vier Junioren. Johann Bonemilch von Lasphe ging an der Spitze, und er trug auch das heilige Sakrament. Als sie das Tor durchschritten, stimmten sie einen Gesang an, eine flehentliche Bitte an die heilige Mutter, dem Werk, das ihr zu Ehren vollbracht werde, den Segen zu geben. Die Wartenden erhoben sich, verneigten sich, verharrten in Andacht, bis Johann von Lasphe das heilige Sakrament auf den Tisch gestellt hatte.

Es wurden weihevolle Stunden bis nach Mitternacht. Gesänge der Domherren wechselten mit einer Ansprache Lasphes und Gebeten.

Dann kam der große Augenblick.

Lasphe hob die Hand. Es war das Zeichen, daß dem Erz der Weg freizugeben sei. Gerhard van Wou und seine Gesellen entblößten die Häupter, verneigten sich nach dem heiligen Sakrament hin. Dann sprachen sie, in der Stille allen vernehmbar, das alte Gebet der Glockengießer: „Der Herr sei uns gnädig und fördere das Werk unserer Hände."

Sie traten zurück. Der Hauptgeselle ergriff eine lange eiserne Stange.

„Stoß ein in Gottes Namen!" rief Gerhard van Wou.

In des Gesellen sicherer Hand zuckte die Stange nach vorn, stieß den Zapfen, der die Ausflußöffnung des ersten Ofens verschloß, ein. Ein glühender Strahl schoß heraus, nahm sicher den ihm vorgeschriebenen Weg durch einen der kleinen Gräben zur Einflußöffnung neben den Windpfeifen hin.

Gebannt folgten die Zuschauer dem Schauspiel. Sie vernahmen ein dumpfes Rauschen, ein leises Knistern. Es war, als komme es aus einer unergründlichen Tiefe der Erde, angespannt beobachtet von den werkenden Männern. Mehr und mehr wandelte sich das dumpfe Rauschen in ein helleres, mehr und mehr ließ das Knistern nach, und jeder spürte, daß die Männer die Gesetze, nach denen das in der Erde aufbegehrende glühende Metall zu vorbestimmter Form gelangen sollte, fest in der Hand hielten.

Da begann der kleine leuchtende Fluß schwächer zu werden, und da stieß ein Geselle auch im zweiten Ofen den Zapfen ein. Das Schauspiel begann von neuem, im anderen Graben floß die Speise der Einflußöffnung zu. Doch nun war nur noch ein sanftes Rauschen und Zischen zu vernehmen.

Die Spannung in den Körpern der Zuschauer löste sich langsam, Bewunderung ergriff sie. Und als auch der zweite kleine Strom versiegt war, als der Meister und seine Gesellen sich mit entblößten Häuptern wiederum zum heiligen Sakrament hin verneigten, da hätten sie, wäre es erlaubt gewesen, diese Bewunderung laut kundgetan. Doch schon erhoben sich die Domherren, einen Gesang anzustimmen, einen Dank an die heilige Mutter für das Gelingen des Werkes.

Die Menschen verließen still den großen Raum. Es waren manche dabei, die sich in banger Sorge eingefunden hatten, daß das Werk vom Bösen gestört werde, wie damals bei Meister Claus. Er hatte es nicht gestört. Ob der mutige Holländer ihm vielleicht doch die Kraft gebrochen?

„Verbringt die Zeit bis zum Dienstag nach eigenem Ermessen", hatte Gerhard zu den Gesellen gesagt. „Am Mittwoch in der Frühe findet euch im Gießhaus ein."

Wenn er geglaubt hatte, diese Zeit bei ruhiger Arbeit zu Hause verbringen zu können, so wurde er gar bald eines anderen belehrt. Selten so deutlich wie jetzt empfand er, daß Aufmerksamkeit und Anteilnahme gar drückend sein können, wenn sie zu ungelegener Zeit in gehäuftem Maße dargebracht werden, die Glückwünsche seiner Freunde und Bekannten nahm er mit Freude entgegen. Freilich ließ er sie wissen: „Mich dünkt, die lieben Worte seien verfrüht. Bedenkt doch, die Glocke steckt noch in der Erde, ich habe sie noch nit gesehen, habe ihren Klang noch nit geprüft. Daß der Guß selbst gelungen ist, bezweifele ich nit. Doch das reicht noch nit aus, um zu sagen, das Werk sei vollendet."

Bei diesen Glückwünschen seiner Freunde und Bekannten blieb es aber nicht. Da kamen einige Ratsleute und Junker, die ihn bestaunten, als sei er ein Wunderkind, und seine Kunst in überschwenglicher Weise priesen. Er hatte sie nie gesehen, ihre Namen waren ihm fremd, doch sie redeten mit ihm, als verbinde sie eine jahrelange Freundschaft.

„Das ist ganz gewiß Neugierde“, erklärte Johann Bonemilch von Lasphe lachend, als ihm am Abend des Sonntags der Meister sein Leid klagte. „Ihr habt nun einmal die größte Glocke aller deutschen Lande geschaffen, Ihr habt dabei dem Bösen getrotzt, der nit wagte, Euch anzutasten. Glaubt mir, mein Freund, der Widerglaube hat auch in diesen Kreisen nit wenige Gönner. Nun kommen sie, zu schauen, ob Ihr noch leibhaftig lebt. Nehmt es gleichmütig, verargt es ihnen nit.“

Am Montag hörte er aber eine Auslegung, die ihn nachdenklich werden ließ.

Nach der Messe hatte er seine Räume kaum betreten, als sich der Junker Andreas Utsberg bei ihm anmelden ließ. Der Name ließ den Meister aufhorchen, denn die Utsberg waren ein bekanntes, alteingesessenes Händlergeschlecht, Fernkaufleute, spielten im Rat eine Rolle, waren freilich nicht mehr so wohlhabend wie einst. Er gebot Magdalena, den Herrn einzulassen.

Bald stand ein kleiner, dicker Mann vor ihm, rauschend vor bunter Seide vom Kopf bis zu den Füßen. Die in Fettpolstern fast verschwindenden Äuglein strahlten Lebendigkeit und List aus. Mit ausgebreiteten Armen und herzlichem Lächeln schritt er auf den Meister zu, als gälte es, nach langer Trennung ein frohes Wiedersehen zu feiern. ‚Einer wie der andere!‘ sagte sich Gerhard.

„Hochverehrter, lieber Meister, wie freue ich mich, von Euch empfangen zu werden!“ rief der Dicke pathetisch aus. „Glaubt mir, vor Eurem Ruhm fiel es mir schwer, den Weg zu Euch zu wagen. Indes, ich muß Euch danken für das gewaltige Werk, das Ihr vollbracht. Die größte Glocke aller deutschen Lande in unserer Stadt – ach, wer hätte das gedacht! Und ich bin stolz, mit einigen Gulden ein Weniges zu diesem Gott wohlgefälligen Werk beigetragen zu haben, mit dem Herzen, mit heißen Wünschen aber noch um vieles mehr. Und wenn Ihr – wenn Ihr erlaubt, ich – ich würde mich gl – glücklich schätzen ...“ Er japste, die Luft war ihm knapp geworden, er suchte nach einer Sitzgelegenheit.

Gerhard schob ihm einen Stuhl hin. Er konnte seinen Unwillen nicht verbergen. Die Pose des Mannes schien ihm zu gut einstudiert, zu zweckbestimmt und übertrieben. „Strengt Euch nit unnütz an, Herr Utsberg, nehmt Euch Zeit!“ sagte er trocken.

Die Herren, die ihn schon besuchten, hatten sich in ähnlichen Reden ergangen, nur waren sie nicht ganz so feurig gewesen. Doch auf eines waren aller Worte hinausgegangen: Sie alle hatten sich erboten, seine uneigennützigen Freunde zu werden, hatten ihn in ihre Häuser eingeladen.

Dieser buntschillernde Mann da führte gewiß das gleiche im Sinn. Dem mußte er zur rechten Zeit steuern. Darum fuhr er fort: „Von den hohen Herren dieser Stadt sind mir schon so reiche Kundgebungen der Anteilnahme an meinem Werk zuteil geworden, daß ich zutiefst verwirrt bin. Und alle verbanden diese Kundgebungen mit so herzlichen Einladungen, daß ich nit widerstehen konnte ..."

„Und Ihr habt angenommen?" fuhr der andere jäh auf.

„Oh, warum erschreckt Euch das, Herr Junker? Sind derlei Einladungen nit gute Zeichen der Freundschaft? Doch ich habe nur bei zweien zugesagt. Woher sollte ich wohl die Zeit nehmen, den vielen anderen nachzukommen?"

Alles Überschwengliche war aus dem Wesen des Mannes gewichen. Seine Augen blickten mit unverhohlener ängstlicher Spannung auf den Meister. „War auch der Huttener schon da? Der Elxleben? Der Cranichfeld? Haben die Euch eingeladen?"

Gerhard konnte seine Verwunderung ob der unpassenden Neugierde des Mannes nicht verbergen. „Ich weiß nit, was Euch bewegt, so zu fragen, Herr Utsberg. Die anderen erkundigten sich nit nach den Besuchern."

„Ach, Ihr wißt ja nit, worum es dabei geht!" stieß der Mann unhöflich hervor. Er rückte seinen Stuhl näher heran, schlug einen vertraulichen Ton an. „Verehrungswürdiger Meister, ich schätze Euch zu sehr, als daß ich zuschauen könnte, wie man Euch Eures großen Rufes wegen mißbraucht. Darum warne ich Euch, befolgt die Einladungen nit!"

Gerhard verschlug es den Atem. Was dieser Mensch sich herausnahm, war eine unüberbietbare Anmaßung. Er war versucht, aufzustehen und ihn aus dem Zimmer zu weisen. Doch er bezwang sich. Es war wohl besser, erst den Gründen nachzugehen, die den Herrn Junker zu einer solchen Haltung bewogen. Darum sagte er ruhig, aber bestimmt: „Soweit ich mich entsinnen kann, ist es noch niemand gelungen, mich zu mißbrauchen, Herr Utsberg, versteht Ihr? – Bitte, erklärt mir, warum ich derlei Einladungen nach Eurer Meinung nit befolgen soll."

„Gerne, sehr gerne“, entgegnete der Junker eifrig. „Wie könntet Ihr sonst mein Verhalten verstehen. Erlaubt zuvor eine Frage. Hat sich von den Handelsherren je zuvor einer um Eure Gunst bemüht?“

„So wenig wie Ihr. Sie warteten erst ab, ob mir der Teufel den Hals umdrehen werde – so wie Ihr gewartet habt.“

„Ach, es geht doch nit um mich, lieber Meister. Ich befand mich dauernd in Geschäften unterwegs. An die Teufelsgeschichte glaube ich nit. – Fällt Euch nit auf, daß die Handelsherren sich nun, da Euch der Guß gelungen, Euch so eilfertig nähern?“

„Es ist mir gar wohl aufgefallen, so wie Euer Besuch.“

Der Junker wiegte ärgerlich den Kopf hin und her. „Meister, ich erklärte Euch doch schon ...! Und warum tun sie das? Warum laden sie Euch ein? – Ach, Ihr wißt es nit! So will ich es Euch sagen: Weil sie Euch an sich ketten wollen zur Förderung ihrer Geschäfte. Versteht Ihr das?“

„Nein.“

Andreas Utsberg schlug in Verwunderung die Hände zusammen. „Heilige Mutter, ein so kluger und starker Mann seid Ihr, und Ihr versteht das nit! – Gebt acht! Sie treiben doch auch noch Handel mit Holland und den Landen in dessen Nachbarschaft, aus der hohen Zeit der Hanse her. Doch dieser Handel ist zurückgegangen, ich spüre es ja am eigenen Geschäft. Nit weil der Markt dort erschöpft ist, nein, weil sie sich im Preis zu übervorteilen versuchen. Sie unterbieten sich beim Angebot, und einer nimmt dem andern die preiswerten Quellen weg. So stechen sie sich gegenseitig aus, nit nur die hiesigen, auch die Händler in den anderen Städten. Darunter aber leidet der gesamte Handel mit diesen Landen. Insonderheit aber ...“

Unwillig unterbrach Gerhard: „Ich habe in dieser Stadt andere Gründe für den Rückgang des Handels mit Holland gehört. – Doch was hat das alles mit mir zu tun?“

„Gemach, lieber Meister! Die Hauptursache muß ich noch sagen, gebt acht! Den hiesigen Handelsherren sind in Holland die Vertrauensleute und Vermittler weggelaufen, denn die Namen der Erfurter Handelshäuser haben dort viel von ihrem Klang verloren. Wem von ihnen es nun gelänge, sich eines würdigen Mannes mit gutem Namen zu versichern zu dem Zweck, die Belange des Hauses dort wahrzunehmen, der würde den Wettlauf vor den anderen gewinnen. Wenn dieser Mann nun nit nur einen guten, sondern gar einen großen Namen hätte, so wie Ihr, der Ihr dazu noch Holländer seid – nun, versteht Ihr?“ Er zwinkerte listig mit einem Auge.

Gerhard van Wou verstand. Er verstand aber noch mehr, nämlich daß dieser Herr, selbst ein Fernhändler, genau zu dem Zweck, den er dem Handeln der anderen zusprach, zu ihm gekommen war. Und darum wollte er ihn davon abhalten, die Einladungen der anderen anzunehmen.

Es kam ihn zornig an. So also war ihr Mühen um ihn zu verstehen! In seiner Angst, daß die anderen ihm zuvorkommen würden, hatte Herr Utsberg ein wenig zu deutlich geplaudert. Der einst gewiß gute Händlergeist in dieser Stadt war zum neidvollen Krämergeist geworden. „Und woher wißt Ihr, daß die Handelsherren solches im Sinne führen?“ fragte er, um sich letzte Gewißheit zu holen.

Der Mann lächelte verlegen. „Woher? – Hm! Erlaßt mir die Antwort, Meister, sie könnte mir Ungelegenheiten bereiten.“

„Wie Ihr wollt!“ Mit deutlichem Spott fuhr er fort: „Ihr könnt Euch wohl denken, daß mich Eure Antwort nit befriedigt, Herr Junker. Ich werde jedoch die Handelsherren, so sie sich mir in dem von Euch dargelegten Sinne nähern, deutlich wissen lassen, daß ich nit bereit bin, ihre Geschäfte in gedachter Art zu fördern.“

„Oh, wirklich? Das ist gut, in der Tat, das ist gut! Und Ihr macht keine Ausnahme? Auch nit, wenn zum Exempel der Jakob von der Sachsen an Euch heranträte?“

„Wer ist Jakob von der Sachsen?“

Verwundert schüttelte Utsberg den Kopf. „Ihr kennt ihn nit, den König der Erfurter Handelsherren? Sucht einen wohlhabenderen in der Stadt! Hat achthundert Eimer Wein in den Kellern des Junkerhofes und dreihundert Malter Korn im Speicher des Rings auf der Pilse! Und ist dabei noch so jung! Würdet Ihr auch ihn zurückweisen?“

„Ich bin kein Handelsmann, sondern ein Glockengießer. Wer der Kunst mit ganzem Herzen ergeben, taugt nit zu solchen Geschäften. Dem Herrn von der Sachsen würde ich ebensowenig dienen wie – Euch, Herr Andreas Utsberg.“

Der andere schluckte, atmete hörbar in großer Verlegenheit. Doch er gab noch nicht auf. „Und so es nur Vermittlung wäre mit gutem Gewinn, ohne große Umstände, neben Eurer Kunst auf Euren Reisen leicht zu tätigen?“

„Müht Euch nit! Ich rücke keinen Zoll von meiner Meinung ab.“

„Schade, ach, wie schade!" seufzte der Junker. Er erhob sich geräuschvoll und klagte: „Wir Händler sind übel dran, Meister, glaubt es mir, seit die Hanse-Geschäfte zurückgegangen. Zwar bietet uns der Osten einen Ausweg, mit Prag ließe es sich gut an, mit Warschau, gar auch mit Kiew, indes die Leute dort sind übervorsichtig, wollen beständig Sicherheit mit Brief und Siegel. Meinem Freund, dem Sebastian Ziegler, sagte ein Kiewer frei ins Gesicht: ‚Einem Schwankenden traut man nit sogleich.' Ach, wir in Erfurt sind derzeit wirklich Schwankende. Schwer ist's, bei der Heiligen Jungfrau! So sucht man eben einen – einen ..."

„... wunderlichen Weg."

„Nehmt's nit ungut auf, Meister van Wou." Er verbeugte sich mit bitterer Miene.

Der Meister nahm es nicht ungut auf, doch über keinen der bisherigen Besuche dachte er so nach wie über diesen.

Am Mittwoch in der Frühe fanden sich der Meister und die Gesellen wieder im Gießhaus ein. Noch schaufelten sie nicht den Lehm aus der Grube, so ungeduldig die Gesellen auch diese Zeit erwarteten. „Erst morgen", hatte der Meister gesagt, und sie wußten, daß er nicht eine Stunde eher ans Werk gehen würde. Das große Stück brauchte fünf Tage, um ordentlich abzukühlen.

Sie räumten im Gießhaus auf, und da hatten sie am Vormittag auch Arbeit genug. Es lag und stand alles noch so, wie sie es nach der feierlichen Handlung am Freitag verlassen. Der Meister hatte auch dem Domkastellan, der seine Inventarien ausräumen wollte, den Eintritt in das Gießhaus verwehrt.

Die Glocke mußte sich in Ruhe festigen, durfte nicht durch ein unruhiges Hin und Her gestört werden. Um den Kastellan zu versöhnen, gab ihm der Meister das Versprechen, daß seine Gesellen die Inventarien ordnungsgemäß bei der Verwaltung abliefern würden.

Während die Gesellen ihre Arbeit verrichteten, saß Gerhard in seinem Arbeitsraum über neuen Zeichnungen, die er in den vergangenen Wochen an freien Abenden gefertigt hatte. Es waren die Entwürfe für die „Osanna", die das Domkapitel noch bei ihm bestellt hatte, und die „Vincentia", die er für Sankt Severi gießen sollte, sobald die Arbeiten für die „Gloriosa" abgeschlossen waren. Zwei um vieles kleinere Werke als die „Gloriosa" sollten entstehen. Die „Vincentia" aber würde das gleiche Relief mit Mutter Maria im

Strahlenkranz tragen, so hatten es die Stiftsherren von Sankt Severi gewünscht.

Es wurde an die Tür geklopft. Auf sein „Tretet ein!" erschien Offizial Degenhart.

„Wer sollte es auch anders sein!" rief Gerhard ihm lachend entgegen.

„Oh!" entfuhr es dem Offizial. „Ich komme Euch wohl ungelegen?"

„Ach, verzeiht, so ist es nit gemeint! Ich dachte just in diesem Augenblick an Euch, da ich Euch mitteilen wollte, daß Schmied Sprenger den Klöppel gefertigt hat und gerne die Rechnung bald beglichen sieht. – Doch setzt Euch! Bequem ist's freilich nit." Er nahm Papier und Meßstäbe von dem nächststehenden Hocker.

Degenhart nickte Dank und setzte sich. „Wie steht es mit dem Werk, lieber Meister?"

„Morgen legen wir es frei, heben den Mantel ab und putzen es. Übermorgen schaffen wir es an den vorbestimmten Ort, der liegt ja nit weit."

Der Offizial schüttelte belustigt den Kopf. „Wie Ihr das sagt! Als ob es ein Meßglöcklein wäre!"

„Keine Sorge! Uns steht das beste Hebezeug der Stadt zu Hilfe, das von Valentin Groß. Dazu das schwere von Schmied Sprenger und ein drittes schweres von den Maurern.

Wir werden, da wir die Glocke auf starken Buchenwalzen zu ihrem Ort bewegen, mit den zweihundertfünfundsiebzig Zentnern gewiß fertig."

„Ihr allein mit Euren Gesellen?" fragte Degenhart zweifelnd.

„Da müßten wir freilich Übermenschen sein. Wir haben uns einiger guter Helfer versichert. Michael Bonhard packt mit an, Schmied Sprenger und seine drei Gesellen sind dabei – alles starke Männer. Und geschähe ein Unfall, was die Heilige Mutter verhüten möge, so sind fürs erste Bader Schuppe und sein Geselle zur Stelle. Es wird gewiß einen kleinen Auflauf geben, schon um zu sehen, ob der Böse mir dabei nit doch noch das Genick bricht."

Degenhart lachte laut auf. „Mir scheint, Ihr habet ihm den Atem genommen. – Doch Ihr habt gut vorgesorgt, Meister, in der Tat. Und wie gedenkt Ihr die Übergabe zu vollziehen?"

„So ich bitten darf, Herr Offizial, ohne jeglichen Aufwand. Nit mehr als sein muß. Die feierliche Handlung während des Gusses ist, so dünkt mich, schon fast ein Weiheakt gewesen, es fehlte nur noch die Namensgebung."

„Die Domherren wünschten es so", erklärte Degenhart.

„Ich weiß, und ich machte ja auch keinen Einwand. Lege ich das Werk in die Hände des hochwürdigen Herrn Lasphe, so möge es indes ohne sonderliche Zeremonie geschehen, nit mehr als was alter Brauch ist. Und auch nit vor geladenen Gästen. Laßt die Leute, die an dem Werk mit schafften, und jene, die der Weg zufällig oder gewollt an den Ort führte, die Gäste sein. Ich bat den hochwürdigen Herrn, die Glocke sogleich zu übernehmen, wenn sie an dem vorbestimmten Ort gut angekommen ist."

Degenhart hob gleichmütig die Schultern. „Da die Domherren in dieser Sache Wünsche nit äußerten, mag es also geschehen." Er erhob sich, reichte Gerhard die Hand. „Gott befohlen, Meister! Möget Ihr morgen große Freude haben, wenn Ihr die Glocke aus der Erde hebt. Ich werde, da ich heute ins Eichsfeldische reise, morgen nit dabeisein. Doch die Übergabe lasse ich mir nit entgehen." Lächelnd setzte er hinzu: „Wie ich Euch kenne, werdet Ihr Euer Werk nit ohne einige wohldurchdachte Worte aus der Hand geben."

„Vielleicht", entgegnete Gerhard nur.

Am Nachmittag holte er mit seinen Gesellen bei Matthias Sprenger und bei dem Maurermeister die schwersten Hebezeuge, die diese besaßen. Peinlich genau prüften sie das Ketten- und Seilwerk und das Gestänge, schmierten die eisernen Laufrollen. Verbrauchtes, Angeriebenes, Verrostetes ersetzten sie, denn sie bedurften eines Werkzeugs, das auch bei außergewöhnlich schwerer Belastung verläßlich war.

Als sie ihre Arbeit für den Tag beendet hatten, mahnte der Meister: „Also, Gesellen, heute und morgen keinen Wein, kein Bier, nichts, was Magen und Kraft verdirbt. Es werden noch zwei schwere Tage, da darf keiner versagen." Sie versprachen es, Claus grinste dabei, öffnete den Mund. Conrad, der neben ihm stand, sah es und kniff ihn vorsorglich in den Arm. Als sie sich vom Meister getrennt hatten, meinte Claus, er habe doch gar nichts Böses im Sinne gehabt, habe nur sagen wollen, daß der Herr Küchenmeister sie ganz gewiß nicht einladen werde.

„Du stinkender Absud, gerade das habe ich erwartet", grollte Conrad. „Beim heiligen Severus, du stehst doch noch einmal am

Gak vor dem Henkershaus. Dann bin ich der erste, der dich mit Kuhdreck bewirft."

„Aber – aber!" mahnte Martin sanft. „Seid doch friedlich, wenigstens bis wir die Große glücklich an ihren Ort gebracht!"

Sie bummelten über den Graden. Da herrschte noch reges Leben, es waren die letzten Stunden des Markttages. Manche Händler, die alles verkauft hatten, packten freilich schon ein, verluden ihre Habseligkeiten auf Karren oder Wagen. Die Gesellen sahen auch Brückenzöllner Hans Pfeffer. Mit seinen drei Zöllnern tauchte er hier auf und dort, um noch bis zur letzten Stunde nach Händlern zu spüren, die den Erwerb des Zollzeichens versäumt hatten. Diese Probe machte Hans Pfeffer oft selbst mit, und sie lohnte sich zumeist auch für die Kasse seines Herrn.

„Ich habe Lust, dem Zöllner ein wenig nachzugehen", sagte Conrad. „Ist ja bis zum Nachtmahl noch viel Zeit. Vielleicht haben wir Glück."

„Was du Glück nennst!" rügte Pieter kopfschüttelnd. „Daß er ein armes Luder erwischt und die Hand auf dessen Kram legt! Ich weiß mir Besseres."

Conrad lachte lautlos auf. „So etwas Besseres besitze ich freilich nit. Grüße es schön von mir! – Wer kommt mit?"

Die anderen gingen mit.

„Da ich heute nichts vorhabe", sagte Martin zu Pieter, als wollte er sich entschuldigen.

„Na, dann viel Glück!" entgegnete der Hauptgeselle mit deutlichem Spott. „Aber denkt daran, daß ihr in dieser Stadt zu Gast seid!" Er schlug den Weg zu Ulrich Schuppes Badestube ein.

Durch ein Gewirr von Wagen, Karren, handelnden Bauern, Händlern, die schon im Aufbruch begriffen waren, und Käufern folgten die drei Gesellen unauffällig dem Brückenzöllner und dessen Leuten. Lange Zeit geschah nichts, was ihnen besonders aufgefallen wäre. Zwar gab es überall, wo die Zöllner auftauchten, mürrische Gesichter und gar oft auch unfreundliche Worte, doch stets lagen gültige Zollzeichen bereit.

„Unnütze Lauferei!" erklärte Claus enttäuscht. „Der Brückenzöllner sollte sich lieber nach einem so anstrengenden Tag ..."

„Da, schaut!" rief Conrad plötzlich. Er deutete zum spitzen Türmchen des Marktbrunnens hin, das zwischen zwei Linden stand. In deren Schatten befanden sich einige Verkaufsstände. Vor einem verweilten die Zöllner länger als gewohnt. Die Gesellen drängten sich neugierig heran. Sie sahen Hans Pfeffer mit hochrotem Gesicht vor einem bärtigen Riesen stehen, der spöttisch lächelnd auf den kleinen Mann herabschaute. Wohl ein Bauer aus der Umgebung, der mit eigenen Erzeugnissen handelte: Schmalz, Speck und Talg. In kleinen Kübeln und Holzkisten hatte er seine Ware auf der Bank ausgestellt, zum Teil sauber mit großen feuchten Blättern überdeckt. Eine messingne Handwaage lag daneben.

„Nein", sagte er gerade mit beinahe fröhlichem Gesicht, als die Gesellen hinzukamen.

„Nein – nein – nein!" ereiferte sich der Brückenzöllner. „Ihr sagt beständig nein. Und warum habt Ihr kein Zeichen? Habt Ihr es mit Fleiß nit gelöst?"

„Ja."

Hans Pfeffer schluckte, dann räusperte er sich. „Wißt Ihr nit, daß Ihr Euch da einer Defraudation schuldig gemacht habt?"

„Nein."

„Ihr wißt es nit? Ihr kommt hierher und handelt und kennt nit die Marktordnung?"

„Ja. Doch eben darum!"

Kopfschüttelnd schaute Hans Pfeffer zu dem Riesen empor. „Mann – Mann, Ihr wißt nit, was Ihr redet! Doch mir ist nicht erinnerlich, Euch hier schon gesehen zu haben. Wo kommt Ihr denn her?"

„Aus Hochheim."

Pfeffer blies die Wangen auf. „Aus Hochheim! Dem hier bei der Stadt?"

„Ja."

„Zeigt mir Euren Freischein! Warum habt Ihr das denn nit eher gesagt?"

„Habt mich doch nit eher danach gefragt."

Der Brückenzöllner blickte auf das Papier, gab es mißmutig zurück. Dann blinzelte er zu dem Riesen hoch. „Soso, Ihr seid also der Bauer Gebhard Schunke aus Hochheim! Entsinne ich mich recht, habe ich schon von Euch gehört, Gutes war es – so glaube ich – nit." Er winkte seinen Leuten, ging rasch weiter. Ein schallendes Gelächter der Umstehenden begleitete ihn, bis er in der Menge verschwunden war.

Martin gab sich mit dem Erlebten nicht zufrieden, er hatte die Zusammenhänge nicht begriffen, wollte sie ergründen.

„Sagt, Bauer, warum braucht Ihr keinen Zoll zu bezahlen?“ fragte er den Riesen. „Nur weil Ihr aus Hochheim seid?“

„Gewiß“, entgegnete der Mann bereitwillig. „Hochheim ist seit anno 1157 ein Küchendorf des Mainzers. Es muß den Mainzer Hof zu Erfurt mit versorgen. Dafür können die Einwohner des Dorfes hier ihren Kram zollfrei verkaufen. Dies ist aber auch das einzige Recht, das uns der hohe Herr gelassen hat. Doch was er uns hier gibt, nimmt er uns durch Fron und Zins wieder weg – und noch einiges dazu.“

Der Freimut des Mannes war dem Gesellen peinlich, vor allem wegen des Volkes, das sich um sie versammelt hatte und dem Gespräch zuhörte.

„Hättet aber den Brückenzöllner nit so hochnehmen sollen“, sagte er vorwurfsvoll. „Er ist doch auch nur ein Diener seines Herrn, der auch Euer Herr ist, und tut nur seine Pflicht.“ Martin glaubte, Hans Pfeffer diese Fürsprache schuldig zu sein, weil der doch ein Freund des Meisters war.

Der Bauer hinter der Bank riß erst überrascht die Augen auf, dann stemmte er die gewaltigen Fäuste in die Seiten, lachte dröhnend und drohend zugleich. „Hört den Kleinen, Leute! Macht dem Gebhard Schunke aus Hochheim einen Vorwurf! Seid wohl fremd hier, hm? Von weit her, hm? Dann hütet mal Eure Nase, daß sie nit in Töpfe riecht, die sie ganz und gar nichts angehen.“ Er wandte dem Gesellen brüsk den Rücken zu.

Die Umstehenden lachten, hofften wohl auf ein hartes Wortgefecht. Doch Martin war dem Streiten abhold, gekränkt trat er zurück.

Da fühlte er sich am Arm gezogen. Als er sich umwandte, erkannte er einen Ofenbauergesellen, der im Gießhaus mit gearbeitet hatte.

„Laß es gut sein!“ warnte der Ofenbauer. „Der Gebhard Schunke ist bei den Landleuten sehr angesehen. Er redet für das neue Wesen, hat drum schon mehr als ein Jahr im Turm gesessen. Ist besser, du verdrückst dich, hast's sonst gewiß bald mit allen hier zu tun.“

Conrad stimmte zu. „Er hat recht, Kleiner. Im Volk läßt sich nun mal schlecht für unliebsame Herren reden. – Kommt, vielleicht sind Ulrich Schuppes Steine noch heiß. Ist's nit, tut's auch ein kalter Guß.“

Der Augenblick war gekommen, da sie die Glocke in der Grube freilegten. Obgleich der Meister zu ruhiger Arbeit mahnte, entfalteten die Gesellen einen erregten Eifer. Jeder wollte den Lehm aus der Grube werfen helfen, keiner ihn aus dem Gießhaus karren. Am Ende, als der Meister drohte, es selbst zu tun, erklärte Martin wehmütig, er wolle damit beginnen.

„Tröste dich, Martinche", sagte Gerhard lächelnd, „darfst dafür mit mir die Glocke putzen. Die anderen müssen den Kern herausholen."

Das war ein guter Trost, eine Arbeit so ganz nach Martins Art. So karrte er mit Eifer den Lehm aus dem Haus, den die anderen an den Grubenrand warfen. Freilich mußte ihm am Schluß Claus mit einem zweiten Karren helfen.

Noch vor der Mittagszeit war das Werk so weit getan, daß die Form, in weitem Umkreis vom Stampflehm befreit, in der Grube stand. Rastlos schafften sie weiter. „Nur mit Bedacht!" mahnte der Meister immer wieder. „Auf eine Stunde kommt es nit an, dagegen auf die gesunden Glieder."

Sie gingen daran, den Mantel von der Glocke zu heben. Über der Form bauten sie das leichteste der schweren Hebezeuge auf, ein Dreibein aus starken Eichenstämmen mit zwei eisernen Rollen und gutem Kettenwerk. Die Tragketten legten sie um die vier in den Mantel oben eingelassenen eisernen Haken. Dann ergriffen sie die beiden Zugketten, zogen erst vorsichtig, dann nachhaltiger, bis der Mantel sich hob. Rasch, mit geübten Griffen war er zur Seite gebracht, in eine Ecke der Gießgrube gestellt. Er hatte seine Aufgabe erfüllt.

Nun standen sie vor dem Werk, das sie in Wochen harter Arbeit vorbereitet und geschaffen hatten – nicht überwältigt, nicht einmal sonderlich beeindruckt, denn nichts Besseres, nichts Geringeres als das, was da vor ihnen stand, hatten sie erwartet. Doch ihre Augen tasteten Zoll um Zoll ab, von der Schärfe, die noch auf dem Sockel ruhte, bis hinauf zur Krone.

Noch war die bronzefarbene Oberfläche rauh, zum Teil rußig, noch hafteten Reste grauen Formlehms an ihr, doch Blasen, Risse und was der Fehler sonst noch sein konnten, bemerkten sie nicht. Schrift und Ornamente, das Bild der Mutter Maria im Strahlenkranz – alles war sauber ausgegossen.

Auf des Meisters Gesicht lag ein frohes Leuchten. Er schaute die Gesellen an, nickte ihnen stumm zu. Das hieß für sie: Es scheint gelungen.

Martin hob die Hände, faltete sie.

Doch der Meister legte seine Rechte darauf und sagte: „Warte, bis wir den Kern herausgeholt, bis die Glocke an Ort und Stelle ist! Das ist noch ein harter Weg und nit ohne Gefahr."

„Dann gelte es als Bitte an die Heilige Mutter, daß sie uns Kraft gebe und die Gefahr banne", entgegnete Martin unbeirrt.

Da taten sie alle wie er.

Nach einer Weile erklärte der Meister: „Nun holen wir den Kern heraus. Die beiden leichteren Hebezeuge heran! Mit dem stärkeren müssen wir an der Krone ziehen, das andere wird sie beim Fall aufhalten."

Sie mußten die Glocke von dem Sockel kippen, um das Mauerwerk des Kerns, das sie füllte, herausschlagen zu können. Es bedurfte nicht vieler Worte des Meisters, jeder kannte seinen Platz, jeder die Handgriffe, die notwendig waren, ein solches Werk zu bewältigen. Freilich, an einem so großen Stück hatten sie sich noch nicht geübt. Darum mahnte der Meister immer wieder zur Bedachtsamkeit.

In ihrem Eifer hatten sie die hohe Gestalt nicht bemerkt, die vor geraumer Zeit schon durch das Tor getreten war, ein großer, rauhbärtiger Mann. Er hatte sich auf einen Holzklotz am Rande der Grube gesetzt und schaute den Männern zu. Doch er verharrte nicht reglos. So wie die Gesellen an den Ketten der Hebezeuge zogen, erst ruckartig, um die Glocke vom Sockel zu lösen, dann mit sich steigernder Kraft, so ging sein Oberkörper mit, schlossen und öffneten sich seine gewaltigen Fäuste. Je länger die Männer sich mühten, desto härter wurden seine Bewegungen. Plötzlich erhob er sich erregt. „Ach, die Knirpse schaffen's doch nit!" rief er, und ehe die Männer sich seiner Anwesenheit bewußt wurden, war er in die Grube gesprungen. „Weg da, ihr Kleinen!" herrschte er Martin und Claus an. „Nehmt den Hebebaum dort, schiebt ihn unter die Glocke, wenn sie sich an der Seite hebt, daß sie nit gleich wieder ganz zurückfällt!" Er faßte gleich zwei Zugketten in seinen Händen zusammen. „Los, Männer!" gebot er dem Meister, Pieter und Conrad, neben die er sich gestellt hatte. „Bedächtig anziehen, dann stärker, immer stärker, nit nachlassen! Los!"

Die Männer schauten sich an, zuckten die Schultern, doch gleich ergriffen sie die Ketten.

Im Hebezeug knackte es, die Glocke neigte sich, langsam, als gehorche sie nur widerwillig, doch die Kraft, die sie zog, war stärker.

Es knirschte im Sockel, die Glocke kippte, blieb mit der Krone im Kettenwerk des anderen Hebezeugs hängen, genau wie der Meister es vorgesehen hatte. Rasch eilten sie hin, lösten die Ketten von den Halteeisen, ließen die Glocke vollends zu Boden.

Der bärtige Riese lachte behäbig. „Ein Prachtstück!" sagte er, auf die Glocke deutend. „Wieviel wiegt sie wohl?"

„Nach der Berechnung zweihundertfünfundsiebzig Zentner", entgegnete Gerhard, während er sich den Schweiß von der Stirn wischte. „Doch sagt, wer seid Ihr eigentlich?"

„Oh, das ist nit wichtig. Doch der kleine Dicke da kennt mich, haben schon zusammen gefochten. Auch diese beiden habe ich schon gesehen." Er deutete auf Conrad und Claus. „Wußte nit, daß es Eure Gesellen sind."

Verständnislos schaute Gerhard von einem zum andern. „Gefochten? Mit Martin habt Ihr gefochten? Und er – er ... ?"

„Er lebt noch, wolltet Ihr sagen, nit wahr?" Der Riese lachte lauthals. „Es war halt nur mit dem Maulwerk. Anders hätte ich freilich nit für ihn stehen können, bei der Heiligen Jungfrau nit!"

Martin war herangetreten. Kleinlaut erklärte er: „Es ist Bauer Gebhard Schunke aus Hochheim, Meister. Ich hatte – ich sagte ihm – es war doch wegen des Brückenzöllners, Eures Freundes, den er – ich meine ..."

„Laß es nur gut sein, Kleiner!" fiel ihm der Riese ins Wort.

Er legte die Hand auf Martins Schulter, daß der erschrocken in die Knie ging. „Ich bin dir darum nit gram. Hast's ja nit übel gemeint." Zum Meister gewandt, fuhr er fort: „Müßt wissen, ich stehe gegen alles, was mainzisch ist. Nit gegen die Leute, doch gegen die Ämter, gegen Fron, Zoll, übermäßigen Zins und alles andere, womit sie denen, die für sie arbeiten, das Fell über die Ohren ziehen. Und der Brückenzöllner tut's gar ernst. Drum habe ich ihn gestern auf dem Markt ein wenig hochgenommen. Ich konnte es tun, weil ich lange Zeit nit hier war. Und der Kleine da wollte für ihn einen Spieß brechen. So ist's!"

„Hm – hm!" Der Meister überlegte. „Gebhard Schunke seid Ihr! Entsinne ich mich recht, habe ich schon von Euch gehört, vor zwei Jahren schon, als ich zum erstenmal hier war. Ich weiß nur nit die Gelegenheit."

Wieder lachte der Riese. „Ist's von den Ämtern, wird's nit Gutes sein. Bei der Herrschaft bin ich übel angeschrieben. Doch ich habe auch von Euch gehört, freilich nur Gutes, wenn man nit rechnet, was da von der – der – wie nennen sie es doch? – Teufelsreihe im Schwange ist. Drum kam ich, Euch bei der Arbeit zu sehen. Ich freue mich, in der Tat, ich freue mich."

„Nun, Euer Zuschauen war uns sehr nützlich, Gebhard Schunke. Ich danke Euch für diese Hilfe. Ohne Euch hätten wir einiges länger gebraucht. Wäre es Euch recht, so bäte ich Euch für heute abend zu einem Trunk in den ‚Halben Mond' oder in den ‚Roten Löwen'."

„Angenommen! Lieber in den ‚Halben Mond'. Im andern ist nit die rechte Luft für einen armen Landmann, der den Junkern und Amtsleuten lieber aus dem Wege geht."

Sie verabschiedeten sich mit einem herzlichen Händedruck.

„Ist ein rauher Geselle", sagte Pieter, als der Bauer draußen war. „Wie der uns annahm! Und wie er von seiner Herrschaft redet!"

„Ein wilder Bart, aber klare, kluge Augen. Und er packt zu, ohne zu fragen, ohne sich bitten zu lassen", entgegnete der Meister. „Das sind allemal gute Zeichen. Ein fester, starker Mann, der weiß und hart verficht, was er will."

Pieter schlug Martin freundschaftlich auf die Schulter. „Und mit dem nahm es unser Kleiner auf!" rief er lachend. „Es ist nit zu glauben! Unser friedlicher, ängstlicher Martin!"

„Eben ein stiller Held, wie sein Patron", spottete Claus.

Sie nahmen mit einigen Stunden Verspätung im Arbeitsraum des Meisters ihr Mittagsmahl ein. Dann setzten sie die Arbeit fort. Während Pieter, Conrad und Claus den Kern aus dem Innern der Glocke meißelten, begannen der Meister und Martin bereits das Äußere zu putzen. Mit Stichel, Spatel, Sand, Bürste und Wasser gingen sie an die Arbeit.

Als der Meister am Abend die große Schankstube des „Halben Mondes" betrat, wurde er schon von Gebhard Schunke erwartet. Der hatte sich in der Ecke an dem kleinen Tisch auf einer Bank niedergelassen, der von den Gießergesellen benutzt wurde, als sie hier noch ihr Quartier hatten. Der Wirt empfing den Meister mit herzlichen Worten und geleitete ihn zu Schunke. Gewiß hatte dieser dem Wirt den Besuch angekündigt.

„Weißen oder Roten?" fragte Gerhard den Bauern, weil der Wirt stehengeblieben war, um sogleich die Wünsche entgegenzunehmen.

„Macht's Euch nichts aus, Gebrautes – Eimbecker oder Lauwensteiner. Das beruhigt, Wein treibt."

Der Wirt brachte rasch das Gewünschte. Als er gehen wollte, hielt der Bauer ihn am Arm fest.

„Gemach, mein Freund, noch einmal das gleiche! Ihr erlaubt doch, ehrbarer Meister?“ Er wartete die Antwort nicht ab, trank den Krug leer, ohne ihn abzusetzen.

„Deckt das Bedürfnis Eurer Kehle nach Herzenslust, Ihr habt es euch redlich verdient. Eine Kraft habt Ihr – alle Wetter! So etwas ist mir selten begegnet. Gegen Euch ist ja Pieter van Zwoll ein Zwerg.“

„Pieter van Zwoll? Wer ist das?“

„Mein Hauptgeselle. Ihr habt ihn heute gesehen.“

Schunke wiegte den Kopf hin und her. „Ist nit immer ein Segen, eine solche Kraft. Habe deswegen schon im Turm gesessen. Hatte den mainzischen Fronvogt, der mich unflätig anging, in den Hüften gepackt und ihn auf einen Misthaufen gesetzt. Da war ihm die Sotte übers Arschleder gelaufen. Zwar lachte der Mainzer Richter darüber, doch er mauerte mich mit demselben Lachen ein gutes Jahr ein.“

„Nur weil Ihr den Vogt auf den Misthaufen gesetzt?“

„Nun ja, mein Maulwerk tat noch einiges dazu. Kann man auch stille sein, wenn sie einem mit der Fron zur Erntezeit den ganzen Tag stehlen, so daß man sich ums Eigene erst zu nachtschlafender Zeit kümmern kann?“

Gerhard seufzte. „Ach, es ist in allen Landen das gleiche, glaubt es mir. Doch da seid Ihr noch gut weggekommen. Ich habe in solchem Falle schon Schlimmeres gehört und gesehen.“

„Ich glaub's Euch aufs Wort. Kann sein, daß ich auch noch solche Erfahrung mache. Angedroht hat mir's der Richter zur Genüge.“

„Meint Ihr, daß Ihr es ändert, wenn Ihr als einzelner handelt, einen kleinen Vogt auf den Misthaufen setzt? Der Richter wird um einen Prozeß reicher, Ihr um einiges ärmer, der Vogt bleibt Vogt, die Fron bleibt Fron.“

Der Bauer blickte seinen Gastgeber prüfend von der Seite an. Ein wenig Mißtrauen klang aus seiner Stimme. „Ich weiß nit recht, was ich von Eurer Rede halten soll. Ist's, daß sie mein Handeln verurteilt, da es gegen die Herren gerichtet ist? Ist's, daß sie ein nützlicher Rat sein will?“

„Nehmt getrost das letztere, Gebhard Schunke! Seht, mich hat das Reisen durch die Lande vieles gelehrt. Auch dieses: Nichts bringt ein einzelner zuwege, handelt er so wie Ihr, er begibt sich nur seiner Kraft. Nützt diese Kraft besser, ihr Bauern alle!“

„Hm!“ brummte Schunke. „Worauf wollt Ihr eigentlich hinaus?“

„Auf das, was Euch längst bedrückt und was Ihr mir unter Mißtrauen verbargt. Ich habe gar wohl erkannt, wes Wesens Kind Ihr seid. Man sagte mir heute, die Landleute in Eurem Ort und in dessen Umkreis sähen mit Achtung zu Euch auf. Das hat doch seinen Grund, nit wahr? Und doch nit allein darin, daß Ihr den Vogt auf den Misthaufen gesetzt, einige artige Worte dazu gesagt und dafür ein Jahr eingemauert wurdet?“

Der Bauer trank seinen Krug aus, stellte ihn hart auf den Tisch. „Und Ihr meint, das sei nit gut für mich?“

„In der Weise, wie es jetzt läuft, ganz gewiß nit.“

„Hm!“ brummte der Bauer wieder. „So redet doch deutlicher!“

„Dann gebt gut acht! Die Bauern bilden zwar keinen geschlossenen Stand wie Klerus, Ritter, Bürger, Kaufleute und Handwerker, sind doch aber in der Zahl weit über allen anderen Ständen. Was könnten sie schaffen, wären sie sich ihrer Kraft bewußt, wäre diese Kraft geordnet nach guten, auf ein großes Ziel gerichteten Regeln! Alle Stände haben sich diese Regeln und Gesetze gegeben, nur die Bauern nit, just jene nit, ohne die jede Herrschaft am Ende wäre. Und weil ihnen diese geordnete Kraft fehlt, sind sie auch überall in Hörigkeit gesunken. Ist's darum auch ein Wunder, wenn die neue Schrift ‚Der Bauern Lob‘ klagen muß: ‚Wo jetzt die Bauern Söhne gewinnen, machen sie alle aus ihnen Handwerksleute. Wer will noch hacken und reuten?‘ So verliert noch die Bauernschaft zum guten Teil ein junges Volk und begibt sich weiter ihrer Kraft. Und die Herren lachen über sie wie der Richter über Euch und mauern lachend jeden ein, der gegen sein Los einzeln aufbegehrt.“

Der Riese hatte den Kopf in die Rechte gestützt. Er nickte nachdenklich. Dann sagte er: „Hm! Schon – schon! Doch eines vergeßt Ihr: Die Bauern sind nit ohne Widerstand in die Hörigkeit gekommen, haben schon der Kraft genug bewiesen. War's nit just in unserer Nachbarschaft zu Gotha, daß sie vor mehr denn hundert Jahren schon, anno 1392, aufbegehrten? Und was ist daraus geworden? Man hat sie niedergeworfen, hat sie geknebelt mehr denn je zuvor.“

Gerhard schüttelte mißbilligend den Kopf. „Ach, Ihr erkennt es noch nit! Warum ist denn nichts daraus geworden, aus dem Aufbegehren? Überall war es doch dasselbe, ob im Thüringischen oder im Württembergischen, ob im Fränkischen oder im Salzburgischen: Sie schlugen los, ohne einträchtig zu sein, hier ein Haufen für sich, dort einer und dort einer, und die anderen schauten zu, ob einer von denen wohl etwas erreiche. Da die anderen aber nichts erreichten, steckten sie die Fäuste wieder in den Sack. Ich sage Euch, Gebhard Schunke: Die Eintracht macht es, der geschlossene Stand mit eigenen Regeln und Gesetzen, mit einem gemeinsamen Ziel. Und ist das geschaffen, dann gemeinsam handeln! Andersherum geht es nit."

„Es ist ein langer Weg, das zu schaffen", sagte der Bauer.

„Freilich ist es ein langer Weg, doch nit so lang, daß nit an jedem Tag damit begonnen werden könnte. Es ist doch die rechte Zeit. Spürt Ihr nit, daß ein neues Wesen im Aufbruch ist? Freilich noch unergründet, ungelenkt. Überall, wo ich bin, sehe ich die Unzufriedenheit des Volkes stärker und stärker werden. Das Handwerk reckt sich gegen die Patrizier, die Kirche wird erschüttert in harten Kämpfen des Klerus untereinander und gegen die weltlichen Herren. Das sind tiefe Zeichen, mein Freund. Und die Bauern?"

Schunke seufzte. „Sie fronen sich weiter den Buckel krumm. Ach ja, so ist es!" Er wandte langsam den Kopf, schaute den Meister lächelnd an. „Wenn ich Euch so reden höre, möchte ich meinen, Ihr wäret selber einer, der's mit dem neuen Wesen hält."

„Ich halte es mit Recht, Gerechtigkeit und Wahrheit für alle, auch für den Geringsten. Seht Ihr es so, ist Eure Meinung recht."

Es wurde ein harter Arbeitstag.

Der Meister und die Gesellen hatten sich schon im Gießhaus eingefunden, als die Morgensonne erst die Türme von Sankt Marien und Sankt Severi vergoldete. Nur kurze Zeit später traf auch Gebhard Schunke ein, der sich dem Meister erboten hatte, zu helfen, wenn die Glocke an ihren vorbestimmten Ort gebracht würde. Dieser Ort war ein Platz neben dem Triangel des Domes.

Sie räumten erst im Gießhaus auf, dann stiegen sie in die Grube. Das Innere der Glocke war noch fertig zu putzen, hatten die Männer sie wieder aufgerichtet, auch noch jene Seite, auf der sie gelegen.

Während Pieter die Arbeit im Innern vollendete und Claus den alten Sockel beseitigte, schafften die anderen bereits eines der Hebezeuge aus der Grube und bauten es an deren Rand nach dem vorderen Tor des Gießhauses hin auf. Von der Höhe mußten sie am Oberteil der Glocke ziehen, um sie wieder auf deren Schärfe zu stellen. lhr Standort war vorher mit eichenen Bohlen zu belegen.

Nach einer Stunde war das Werk getan. Martin und Claus vollendeten die Putzarbeit.

Der Bauer rieb sich zufrieden die Hände. „Ein prächtig Ding – ein prächtig Ding!“ rief er immer wieder aus. „Sagt, Meister, können wir sie nit rasch mal heben, um ein wenig ihren Klang zu hören?“

Gerhard lachte. „Rasch heben? Eine feine Rede! Den rechten Klang – so hoffe ich – werdet Ihr erst hören, wenn sie draußen ist.“

„Warum erst dort?“ fragte Schunke erstaunt.

„Ist die Glocke in der Grube ein wenig gehoben, schlage ich sie nur leicht an, um den Klang zu prüfen, sagen wir einmal: für mich zu prüfen. Ihr werdet nit viel hören, es sei denn ein Brummen, indes, mir genügt es. Dann wird sie auf den Weg gebracht, ein kurzer Weg, doch ein schwieriger und nit ohne Gefahr. Sollte unterwegs etwas mit ihr geschehen ...“

Martin unterbrach den Meister mit einem kräftigen Räuspern und bekreuzigte sich. Vorwurfsvoll schaute er ihn an.

Gerhard schüttelte lächelnd den Kopf und fuhr fort: „Es ist eben bei uns Brauch, den Tag nit vor dem Abend zu loben.“

Nach und nach stellten sich die Helfer ein, die sich dem Meister angeboten hatten, und noch andere dazu, die nur zuschauen wollten. Da kam Zunftmeister Bonhard mit seinem Weib, auch der Schmied Matthias Sprenger mit drei Gesellen, und diese brachten starke Eisenhaken mit, die sie eigens nach Meister Gerhards Angaben gefertigt hatten. Da kam Bader Ulrich Schuppe, begleitet von Grete und Just, der eine große lederne Tasche trug. Da stellte sich als einer der ersten auch Vikar Conrad Stolle ein, und es kam sogar Brückenzöllner Hans Pfeffer, obgleich er bisher vor den vielen eigenen Sorgen dem Werk keine sonderliche Aufmerksamkeit entgegengebracht hatte.

Der Meister bemerkte, daß Pfeffer verdutzt stehenblieb, als er das Gießhaus betrat. Sein Blick war auf Bauer Schunke gefallen, und der nickte ihm spöttisch lächelnd zu. Es schien, als wollte der Brückenzöllner sich umwenden, um wieder zu gehen. Darum rief Gerhard: „Welche Freude, hier so manche Stände in Eintracht zu sehen: den Amtmann, den Bauern, den Geistlichen, den Handwerker. Oh, wäre diese Eintracht bei jeglicher Gelegenheit!“

„Eine gute Rede!“ rief Matthias Sprenger.

Hans Pfeffer lächelte sauer, trat aber näher.

Sie hatten sich an den Rand der Grube gestellt, sich das Werk aus der Nähe anzuschauen. Meister Gerhard ließ sie eine Weile gewähren, erfreute sich des Staunens, der Bewunderung. Er stand in Elisabeths Nähe. Die Frau nickte ihm still und froh zu.

Dann bat er die Helfer, ans Werk zu gehen, die anderen aber, von der Grube zurückzutreten. Er besprach mit den Helfern das Vorhaben, stellte jedem eine Aufgabe, wies jedem einen Platz an.

Conrad Stolle aber, der sich abseits auf einen Holzklotz gesetzt hatte, schrieb alles nieder, was er sah, und das lautete:

„Sie bauten über der Glocke das große Hebezeug des Valentin Groß auf, nahe diesem zu beiden Seiten zwei andere Hebezeuge. Von diesen führten sie starke Seile und Ketten zur Glocke, befestigten sie an der Krone. Vier der Männer werkten am großen Hebezeug, an jedem der anderen zwei. Zwei andere standen mit eichenen Klötzen und Stämmen verschiedener Länge bereit, sie unter die Glocke zu schieben oder zu stellen, sobald diese ein Stück gehoben.

Als die Glocke unter großer Mühe eine Elle über den Boden gebracht, ergriff Meister van Wou rasch einen eisernen Hammer mit rundem Kopf und schlug von innen leicht an das Metall, den Klang zu prüfen. Es erhob sich ein reines, tiefes Summen, leise und dennoch so voller Kraft, daß man gar wohl die dem geformten Metall innewohnende Gewalt zu ahnen vermochte. Dreimal unternahm der Meister diese Probe, dann nickte er zufrieden, winkte rasch den Gesellen, die sogleich eichene Klötze unter die Glocke stellten.

Nun legten sie starke eiserne Haken um die Schärfe der Glocke, von denen Zugketten zu den Hebezeugen führten. So konnten sie die Glocke an der Krone und an der Schärfe zugleich heben. Elle um Elle zogen sie sie empor, bis sie über der Höhe des Grubenrandes hing, und die flinken Gesellen gaben ihr einen Halt, indem sie eichene Stämme darunterstellten. Solcher Stämme schichteten sie daneben, zum Rande der Grube hin, eine ganze Anzahl auf, über die Höhe des Randes hinaus, doch in der Höhe der Glockenschärfe. Nachdem die Männer zwei der Hebezeuge zum Grubenrand hin versetzt hatten, zogen sie die Glocke auf das aufgeschichtete Fundament herüber.

Indessen legten einige Gesellen dicke Walzen von diesem Fundament zum Tor des Gießhauses hin. Zu beiden Seiten dieser Walzenbahn bauten die Männer die zwei kleineren Hebezeuge auf und verbanden sie durch Seilwerk mit der Glocke. Als dies geschehen, hoben die am großen Hebezeug in der Grube die Glocke ein wenig an, die anderen draußen zogen sie zu sich hin, so daß die Glocke außerhalb der Grube auf den Walzen zu stehen kam. Auf diesen aber hoben und zogen und schoben sie das schwere Stück an seinen Ort, neben dem Triangel von Sankt Marien.

Welch ein hartes, mühevolles Unternehmen! Nach drei Stunden war es vollbracht. Die Männer hatten ihre Kraft verbraucht. Das Volk, das sich auf dem Platz zwischen dem Gießhaus und Sankt Marien angesammelt hatte, dankte es ihnen durch ehrfürchtige Stille."

Also hatte Conrad Stolle das Geschehen notiert bis zu dem Augenblick, da die Glocke fest auf dem starken hölzernen Rost am Dom stand, da die Männer sich bekreuzigten und verschnauften, da die Zuschauer nach ängstlichem Verharren aufatmeten. Sollte der Böse, dem der Meister mit Wort und Werk den Kampf angesagt, nicht doch noch seine Faust zeigen? So hatten sich manche gefragt, in deren Hirn die Teufelsreihe spukte. Er hatte sie nicht gezeigt, es war gut gegangen.

Nach einer Pause, in der sie einen Trunk zu sich nahmen, begannen die Männer über der Glocke das große Hebezeug aufzubauen. Es hatte sich bei den Zuschauern herumgesprochen, der hochwürdige Herr Johann Bonemilch von Lasphe werde kommen, die Glocke von Gerhard van Wou zu übernehmen. Zu diesem Zwecke werde der Meister die Glocke noch einmal ein wenig heben lassen, um sie laut erklingen zu lassen, zum Zeichen, daß das Werk gelungen sei.

Noch einmal richteten darum die Männer das starke eiserne Gestänge mit dem dreifachen Radwerk und den Zugketten und Seilsicherungen auf. Es war mühevoll nach den Anstrengungen in den vergangenen Stunden.

„Zurück, Bonhard!" schrie plötzlich der Meister. Zugleich warf er sich gegen den Zunftmeister, stieß ihn mit harter Gewalt vor die Brust. Bonhard taumelte zum Domgemäuer hin, Gerhard sprang an ihm vorbei. In diesem Augenblick schlug eines der schweren eisernen Räder des Hebezeugs auf dem Boden auf, just an der Stelle, wo vor wenigen Atemzügen noch Michael Bonhard stand.

Die Menschen waren starr. ‚Der Böse!' durchzuckte es sie. ‚Der Böse hatte seine Faust doch noch erhoben! Der Holländer aber – er ist doch stärker! Gelobt sei die Heilige Mutter!'

Bonhard lehnte am Gemäuer, noch keines Wortes mächtig. Sein Blick irrte vom Rad zu Meister Gerhard, von diesem zum Rad – wieder und wieder.

Schreckensbleich eilte Elisabeth herbei. „Michael!" schrie sie. „Ach!" Und sie warf sich ihm an die Brust.

Langsam kam Leben in ihn. Er lächelte verwirrt, wischte sich den Schweiß von der Stirn. Während er sein Weib mit der Linken umfing, reichte er Gerhard die Rechte. „Ich – ich danke Euch“, sagte er heiser.

„Ich sah die Rolle aus der Führung springen, eben gerade noch zur rechten Zeit“, entgegnete der Meister.

Da reichte ihm auch Elisabeth die Hand, stumm, doch mit festem Blick, als wollte sie sagen: Du bist ein würdiger Freund.

Die Gesellen holten aus dem Gießhaus eine Leiter. Gerhard ergriff die eiserne Rolle, stieg selbst zum Haltewerk des Hebezeugs hinauf. Er baute die Rolle ein, prüfte die anderen Teile.

„Mach die Tasche wieder zu!“ gebot Ulrich Schuppe leise seinem Knecht. „Sie brauchen uns nit – gelobt sei die Heilige Jungfrau!“

„Sie sind doch aber noch nit fertig“, warf Just ein.

„Tu es!“ entgegnete der Bader streng, und er machte verstohlen drei Kreuze auf seiner Brust.

Pieter trat, während der Meister am Hebezeug werkte, zur Seite, winkte unauffällig Grete heran. „Kommst aber heute abend ganz gewiß mit in den ‚Löwen‘?“

„Sind sie denn alle da?“ fragte sie leise zurück.

„Alle, die mitgeholfen haben. Der Meister hat euch doch auch eingeladen. Setzt dich neben mich, ich halte den Platz frei.“

Sie nickte eifrig und trat in die Menge zurück.

Gerhard hatte die Arbeit beendet, stieg von der Leiter. Es war gerade zur rechten Zeit, um die beiden Ankömmlinge zu begrüßen, auf die er schon lange gewartet hatte: Johann von Lasphe und Elias Degenhart. Sie waren aus dem Triangel des Domes getreten.

Herzlich drückten sie sich die Hände. Dann hob Lasphe die Rechte und grüßte mit freundlichem Nicken in die große Runde – zu den vielen Helfern hin und zum Volk, das in andächtiger Stille verharrte.

Meister Gerhard winkte seinen Gesellen und Helfern. Das war das Zeichen, die Ketten an der Krone der Glocke zu verankern. Dann trat er zurück. Seine gedrungene Gestalt straffte sich, seine Augen leuchteten. Und er sprach laut, daß es alle vernahmen: „Hochwürdiger Herr! Das Werk, welches Ihr mir im Auftrag des Kapitels vor langer Zeit übertragen habt, steht nun gelungen vor Euch, geschaffen nach den Regeln und Gesetzen der edlen Gießkunst, in Verantwortung vor dem hohen Zweck, der da lautet: Dienst an Gott, den Heiligen und den Menschen, unter dem

Schutz und Segen der hehren Frau, der das Werk geweiht. Ich danke Euch für die gute Förderung, ich danke allen Helfern und Fürbittern. Jedoch ich rufe auch allen, allen zu: Haltet den Namen, den dieses Werk einmal tragen wird, rein! Duldet nit, daß Widerglaube und Haß sich seiner bemächtigen! Beachtet wohl, nie liegt Böses in einem solchen, dem Guten geweihten Werk begründet, darum kann es auch nie nach dem Bösen hin wirken. Geschieht Böses, so kommt es stets von den Menschen. Wer anders redet, handelt leichtfertig oder will gar das Böse.

Hochwürdiger Herr! Es ist guter Brauch, ein neues Werk mit dem gemeinsam, der es in Auftrag gegeben, zu prüfen und ihm dann, so dieser es in Ordnung befunden, zu übergeben. Erlaubt, daß ich die Glocke zur Probe anschlage."

Er winkte seinen Helfern, und diese griffen mit Kraft und Geschick in die starken Ketten des Hebezeugs. Die Glocke hob sich gemächlich vom Rost. Meister Gerhard ergriff einen großen rundköpfigen Hammer und schlug kräftig innen an das Metall – einmal, zweimal, dreimal.

Da sang das Werk ein gewaltiges Lied. Es dröhnte so mächtig und rein, daß die Menschen den Atem anhielten. Das war eine Kraft, die sie noch nie gehört, eine Kraft, die Zweifel und Schwäche bezwang, wahrhaftig des Namens würdig, den dieses Werk einmal tragen sollte: ‚Gloriosa'.

Stumm, ergriffen lauschten sie dem Klang nach, der noch in die Weite schwang, als der Meister längst den Hammer aus der Hand gelegt.

Und wieder sprach Gerhard van Wou: „Hochwürdiger Herr! Erlaubt nach altem Brauch die Frage: Haltet Ihr das Werk für gelungen?"

Johann Bonemilch von Lasphe wischte sich über die Augen. Eigentlich kam es ihm jetzt zu, zu reden, doch er konnte es nicht. Er nahm des Meisters Hände, schüttelte sie wieder und wieder. Und er stammelte nur „Dank – Dank – Dank!"

„So sei Euch dieses Werk übergeben", fuhr Gerhard ergriffen fort. „Möge es ein guter Rufer und Mahner sein: ein Rufer für alle zum Dienst am Herrn, ein Mahner für alle, beständig diesen Dienst zu erfüllen in Friedfertigkeit, Gerechtigkeit und Liebe."

Die Chronisten berichten:

Die große Glocke wurde von Johann Bonemilch von Lasphe, der inzwischen zum Weihbischof von Erfurt ernannt worden war, wahrscheinlich am 16. August 1498, also rund ein Jahr nach ihrer Fertigstellung durch Meister Gerhard van Wou aus Kampen, geweiht. Sie erhielt den Namen „Gloriosa".

Das Hinaufbringen der Glocke in den mittleren Turm des Domes war schwierig und kostspielig, mußten doch vorher die beiden Gewölbe des Turmes durchbrochen und dann wieder zugemauert werden. Wann das geschah, wissen wir nicht genau. Die Glocke ist vermutlich Ende Mai oder Anfang Juni 1499 an jener Stelle im Turm befestigt worden, an der sie sich heute noch befindet.

Lange Zeit galt die „Gloriosa" als die größte Glocke Deutschlands, ihr wurden einst aber auch noch höhere Prädikate zugestanden. So rühmte ein 1650 in Rom erschienenes musikwissenschaftliches Werk sie als „omnium campanarum regina", Königin aller Glocken des Abendlandes, und noch in der neueren Zeit sprachen nicht wenige von ihr als der größten freischwingenden Glocke der Welt. Bei ihren „Personalien" war das auch nicht verwunderlich: Durchmesser 2,57 Meter, Höhe mit Krone 2,50 Meter, Gewicht 275 Zentner, beim Nachwiegen gelegentlich des Umhängens im Jahr 1900 rund 228 Zentner.

Im Herbst 1975 mußte sie für einige Zeit verstummen, ihre Achse hatte sich um einige Zentimeter durchgebogen. Doch Weihnachten 1976 war ihre gewaltige, wohltönende Stimme wieder zu vernehmen – bis Weihnachten 1984. Nach dem Hochamt am 1. Feiertag wurde es bemerkt: der Wohlklang war zum Mißklang geworden. Die sofort vorgenommene Untersuchung ergab, daß der Schlagring einen Haarriß von 50 Zentimeter Länge aufwies. Als Hauptursache erkannten die Gutachter die 1900 zur Schonung von Glockenkörper und Kronenbügel vorgenommene Drehung der Glocke.

Es wurde die komplizierteste und aufwendigste Reparatur, die je an einer Glocke in Deutschland vorgenommen werden mußte. Der Erzbischöfliche Glockeninspektor Kurt Kramer gewann Europas besten Glockenschweißer, Hans Lachenmeyer aus Nördlingen, für das risikoreiche Werk. Und es gelang! Am 8. Dezember 1985, am Abend des 2. Advent, ließ die „Gloriosa" wieder ihre Stimme ertönen, schöner als zuvor. Der Nachhall, der erst 3,5 Minuten, mit dem Riß nur 25 Sekunden gedauert hatte, erhöhte sich auf 5 Minuten. Bei günstigem Wind ist die eherne Stimme in Weimar und Gotha zu hören.

Benutzte Literatur

Becker, Karl, und andere: Die Stadt Erfurt. Dom, Severi, Peterskloster, Zitadelle. Burg 1929

Gutsche, Willibald: Geschichte der Bader und Barbiere in Erfurt. Teil I: Das Mittelalter. „Beiträge zur Geschichte der Stadt Erfurt“: Heft 4, Erfurt 1957

Michelsen, A. L. J.: Der Mainzer Hof zu Erfurt am Ausgang des Mittelalters. Jena 1853

Neubauer, Theodor, Th.: Die sozialen und wirtschaftlichen Verhältnisse der Stadt Erfurt vor Beginn der Reformation. I. und II. Teil. In „Mitteilungen des Vereins für die Geschichte und Altertumskunde von Erfurt“, Erfurt 1913/1915

Schilling, Fritz: Unsere Glocken. Thüringer Glockenbuch. Jena/Berlin 1954

Tettau, Wilhelm Johann Albert von: Der Meister und die Kosten des Gusses der großen Glocke zu Erfurt. In „Mitteilungen des Vereins für die Geschichte und Altertumskunde von Erfurt“, Heft 1, Erfurt 1866

Tettau, Wilhelm Johann Albert von: Über das staatsrechtliche Verhältnis von Erfurt zum Erzstift Mainz. In „Jahrbücher der Akademie gemeinnütziger Wissenschaften zu Erfurt“, N. F. I, Erfurt 1860

Wiegand, Fritz: Über hansische Beziehungen Erfurts. Vorabdruck aus „Hansische Studien“ Forschungen zur mittelalterlichen Geschichte, Band 8, 1960, Erfurt 1960

Wildenhayn, Kurt: Die große Glocke im Dom zu Erfurt. Sonderabdruck aus Band II „Aus der Vergangenheit der Stadt Erfurt“, Erfurt 1959

Wildenhayn, Kurt: Kurmainzische Zölle und zollähnliche Abgaben in der Stadt Erfurt. I. Teil, „Beiträge zur Geschichte der Stadt Erfurt“, Reihe 1 Heft 2, Erfurt 1955

Ziegler, Günter: Eherne Zungen. Ein Bildbuch vom Werden der Glocken. Berlin 1960

Wertvolle Hinweise verdankt der Autor

dem ehemaligen Leiter des Domarchivs in Erfurt,
Herrn Prof. Dr. Klapper, ·

dem ehemaligen Leiter des Stadtarchivs in Erfurt,
Herrn Fritz Wiegand,

dem ehemaligen Leiter des Glockenmuseums in Apolda,
Herrn Hübner.